rororo

ro
ro
ro

Andreas Winkelmann, geboren 1968 in Niedersachsen, ist verheiratet und hat eine Tochter. Er lebt mit seiner Familie in einem einsamen Haus am Waldrand nahe Bremen. Wenn er nicht gerade in menschliche Abgründe abtaucht, überquert er zu Fuß die Alpen, steigt dort auf die höchsten Berge oder fischt und jagt mit Pfeil und Bogen in der Wildnis Kanadas.

Sie möchten regelmäßig über Neuerscheinungen, Veranstaltungen und aktuelle Gewinnspiele von Andreas Winkelmann informiert werden? Dann abonnieren Sie den Newsletter unter www.rowohlt.de/andreas, besuchen die Website www.andreaswinkelmann.com oder folgen dem Autor auf www.facebook.com/andreas.winkelmann.schriftsteller oder www.instagram.com/winkelmann.andreas.autor.

ANDREAS
WINKELMANN

DAS LETZTE, WAS DU HÖRST

THRILLER

ROWOHLT
TASCHENBUCH
VERLAG

Originalausgabe
Veröffentlicht im Rowohlt Taschenbuch Verlag,
Hamburg, Juli 2022

Covergestaltung Hafen Werbeagentur, Hamburg
Coverabbildung natrot/shutterstock
Satz aus der Kepler Std
bei Dörlemann Satz, Lemförde
Druck und Bindung GGP Media GmbH, Pößneck, Germany
ISBN 978-3-499-00751-4

Die Rowohlt Verlage haben sich zu einer nachhaltigen Buchproduktion verpflichtet. Gemeinsam mit unseren Partnern und Lieferanten setzen wir uns für eine klimaneutrale Buchproduktion ein, die den Erwerb von Klimazertifikaten zur Kompensation des CO_2-Ausstoßes einschließt.
www.klimaneutralerverlag.de

FSC
www.fsc.org
MIX
Papier aus verantwortungsvollen Quellen
FSC® C014496

Die Lüge der Vergangenheit
ist die Wahrheit der Zukunft.

KAPITEL 1

1

Damals

Wenn sich das Monster unter dem Bett verbirgt, wo kann ich mich dann noch verstecken?

Der Junge wusste, dass es ein Monster unter seinem Bett gab, aber es kam nicht heraus, nie, deshalb war das bisher kein Problem gewesen. Er hatte den dunklen, staubigen Raum unter dem Bett so gut es ging ignoriert, und wenn er abends zu Bett gegangen und morgens aufgestanden war, hatte er das mit einem ausreichend großen Sprung getan, um nicht Gefahr zu laufen, von dem Monster, das er Groll nannte, am Knöchel gepackt zu werden.

Jetzt stand der Junge in seinem Zimmer im Obergeschoss des Hauses und starrte den schwarzen Spalt unter dem Bett an. Gleichzeitig drangen Schreie zu ihm herauf, entsetzliche, furchterregende Schreie, und das schon seit einiger Zeit. Sie wollten nicht aufhören, und es nützte gar nichts, wenn er sich die Ohren zuhielt, das hatte er schon probiert. Die Schreie waren laut genug, um seine Hände mit Leichtigkeit zu durchdringen.

Der Junge wusste, er musste sich verstecken.

Denn heute war der Tag gekommen, vor dem sie alle sich immer gefürchtet hatten.

In den Schrank konnte er nicht, darin war kein Platz für ihn, alles war voller Regalbretter, nirgends ein Spalt, in den er sich hätte quetschen können. Das hatte er einmal erfolglos versucht, als es auch schlimm gewesen war. Aber damals hatten die Schreie wieder aufgehört.

Es gab kein weiteres Versteck in seinem kleinen Zimmer unter dem Dach. Nur das dunkle Königreich unter dem Bett. Die Angst davor ließ den Jungen zittern. Tränen traten ihm in die Augen und liefen über seine erhitzten Wangen. In dieser Familie weinten die Männer nicht, das war ihm oft genug gesagt worden, und meistens schaffte er es auch, die Tränen zu unterdrücken, aber nicht heute, nicht jetzt, da seine Mama so furchtbar schrie.

Aber weil die Angst vor Groll zu groß war, entschied der Junge sich für die Flucht nach vorn. Raus aus seinem Zimmer. Hinunter in den Flur. Vielleicht würde er es hinausschaffen, dann rüber zu den Nachbarn, die immer so nett waren und ihm Süßigkeiten gaben, vor allem die blauen Schlümpfe, die er so gern mochte. Die würden ihm bestimmt helfen, ihn irgendwo verstecken, wo es keine Monster gab – und keine Papas, die irgendwann durchdrehten.

Barfüßig trat der Junge an die Tür und drückte die Klinke hinunter. Er musste tief Luft holen und den Rotz in seinem Hals hinunterschlucken, bevor er es schaffte, die Tür zu öffnen. Unten schabte sie ein wenig über den blauen Teppichboden, aber das Geräusch wurde von Mamas Schreien übertönt.

Durch den geöffneten Spalt schaute er auf den Gang hinaus. Er war leer. Durch das schräge Fenster im Dach fiel ein helles Lichtquadrat auf den Teppich. Draußen schien die Sonne, es war ein schöner Tag, warm und hell und freundlich. Er hätte hinausgehen und in dem Sandhaufen hinter der Garage mit seinem Bagger spielen sollen, als er die Chance dazu gehabt hatte. Zu spät.

Das ganze Haus war schon voll von den Schreien, sie wussten nicht mehr wohin, und so wie Wasser nach einem Dammbruch in die Freiheit schoss, schossen sie nun in sein Zimmer. Kurz fragte der Junge sich, ob er sein Fenster öffnen sollte, damit sie hinauskonnten.

Er tat es nicht. Setzte stattdessen seine nackten Füße so vorsichtig auf, dass er meinte, jede einzelne Schlinge des Teppichs spüren zu können.

Und dann hörten die Schreie plötzlich auf.

Zwischen zwei Schritten.

Der eine Fuß des Jungen schwebte nur Zentimeter über dem Boden, er traute sich nicht, ihn in die Stille hinein aufzusetzen. Unten erklang ein sirrendes Geräusch. Das kannte er schon. Es entstand, wenn Stahl durch die Luft schwirrte. Als der Stahl auf Widerstand traf, veränderte sich das Geräusch.

Wieder Tränen. Wieder zitterte er. Konnte sich nicht länger halten, musste den Fuß aufsetzen, tat es aber rückwärtsgewandt, weil er ahnte, dass er nicht entkommen konnte. Jetzt nicht mehr, da Mama schwieg.

Schritte. Schwere Schritte unten auf dem Flur.

Er kam!

Der Junge huschte in sein Zimmer zurück und drückte behutsam die Tür zu. Jetzt, da er keine Wahl mehr hatte, erschien ihm das dunkle Königreich wie ein verheißenes Land. Vor dem Bett ließ er sich bäuchlings zu Boden fallen, presste die Wange an den Teppich und schaute in die Schwärze.

Nichts bewegte sich darin. Aber es lagen Gegenstände unter dem Bett, von denen er nicht wusste, worum es sich handelte. Sie waren alle schwarz und wirkten tot. Vielleicht waren es die Opfer von Groll.

Trotz seines Alters wusste der Junge genau, was Mut war.

Mut war, den Blick nicht zu senken, wenn Tobi, der Schäferhund unten an der Straße, wie ein Verrückter auf der anderen Seite des Maschendrahtzauns bellte.

Mut war, Melanie in der Schule abschreiben zu lassen, obwohl Frau Hundertmark, ihre Deutschlehrerin, es verboten hatte.

Mut war, nicht zu heulen, wenn Papa die Hand hob.

Aber nichts von alledem hatte ihn je so viel Mut gekostet wie diese Entscheidung. Es war fast mehr, als er schaffen konnte, und vielleicht hätte er es gar nicht geschafft, hätte er nicht die Schritte auf der Treppe gehört und das Schaben von Metall auf dem Eisengeländer.

Er robbte unters Bett.

Ganz tief in den schwarzen Spalt. Bis in die Mitte, wo es besonders dunkel und er ganz weit entfernt war von der Welt da draußen. Es roch hier unangenehm, und der Junge spürte, wie ihm etwas in die Nase stieg, winzig klein, vielleicht Staub, vielleicht aber auch die Hautschuppen des Monsters. Jedenfalls kitzelte es sofort in der Nase, und weil er nicht niesen durfte, quetschte er sich die Nasenflügel mit den Fingern zusammen und atmete nur noch durch den Mund. Immer nur ganz kurz und wenig, damit es nicht so laut war.

Wo war Groll? Warum regte er sich nicht? Lauerte er ganz oben, am Kopfende, fletschte er bereits die Zähne? Oder streckte er seine klauenbewehrte, mit ekligen Schuppen überzogene Hand nach ihm aus? Der Junge glaubte, eine leichte Bewegung an seinem Kopf zu spüren, sodass sich sein blondes Haar aufstellte, wie wenn er an einem Wintertag in der Schule die Mütze absetzte. Dafür war der Strom verantwortlich, das wusste der Junge. Aber nicht jetzt. Jetzt lag es an Groll.

Nicht schreien.

Du darfst nicht schreien.

Du musst noch stiller sein als auf der Beerdigung von Oma.

Er riss sich zusammen, trotzte seiner Furcht, atmete kaum noch, und trotzdem ging die Tür zu seinem Zimmer auf, und es kam ein Geruch herein, der alles andere überlagerte. Es roch wie die kleine Pfütze auf dem rostigen Blech hinter der Garage. Braunes Wasser, das Stahl fraß.

Schritte näherten sich.

Der Junge drehte den Kopf, weil er sehen wollte, was passierte, und da entdeckte er mit Entsetzen, dass er seinen nackten linken Fuß nicht unter das Bett gezogen hatte.

Die scharfe Grenze zwischen Licht und Dunkelheit lag über dem Knöchel, sein Fuß schien hell zu leuchten. Er wollte das Bein anwinkeln, den Fuß in Sicherheit bringen, doch seine Muskeln ließen sich nicht mehr bewegen. In diesem Moment wurde dem Jungen klar, dass das Monster gar nicht unter dem Bett war.

Es stand davor.

2

«Tu das nicht! Ich bitte dich, tu das nicht! Ich ...»!

Roya Mayer, die selten um Worte verlegen war, wusste nicht, was sie sagen sollte. Panik stieg in ihr auf. Das durfte nicht passieren, nicht schon wieder. So etwas wiederholte sich doch nicht.

Ihr Blick glitt zwischen dem Display des Handys in der Halterung am Lüftungsgitter der Mittelkonsole und der engen Landstraße hin und her, die sich wie ein Tunnel durch die Dunkelheit über den Wäldern und Wiesen zog. Sie hielt sich für eine gute Fahrerin – auch wenn ihr Vater immer das Gegenteil behauptet hatte –, aber in diesem Moment war sie heilfroh über den schwachen Verkehr hier draußen auf dem Lande.

«Martina? Bist du noch da? Bitte, sag doch was?»

Von vorn näherten sich Scheinwerfer und erweckten die Schatten der mächtigen Eichen an den Rändern der Straße zum Leben. Uralte, vernarbte Stämme, die einen Zusammenprall schadlos wegstecken würden, ganz im Gegensatz zu Royas in die Jahre gekommenem Suzuki. Denn der hatte lediglich zwei Airbags, einen im Lenkrad, einen über dem Handschuhfach, und das war es dann auch schon mit der Sicherheit. Seine Knautschzone war lächerlich, das Blech dünn. Mit diesem Wagen hatte man besser keinen Frontalzusammenstoß – weder mit einem Baum noch mit einem Fahrzeug. Deshalb nahm Roya den Blick vom Handy und konzentrierte sich auf die Fahrbahn, folgte dem weißen Strich am rechten Rand, der außerhalb der Scheinwerfer in der Dunkelheit verschwand und sie dorthin zu locken schien.

Die Scheinwerfer wurden groß und größer, blendeten Roya, sie kniff die Augen zusammen, klammerte sich ans Lenkrad und fragte sich, ob es nicht doch besser wäre, an den Straßenrand zu fahren, die Warnblinkanlage einzuschalten und die Polizei anzurufen.

Aber was sollte sie sagen? *Hallo, ich glaube, da will sich jemand umbringen?* Es wäre eine Möglichkeit, und vielleicht würde man ihr glauben, aber es gab mehr als nur einen Grund, der sie davon abhielt.

Als der entgegenkommende Wagen vorbeigefahren war, traute sie sich, wieder auf ihr Handy zu schauen. Immer noch standen lediglich die sechs Worte im Display.

«Hilf mir ... ich bin am Baum ...»

Mit einer flinken Bewegung tippte Roya auf das Lautsprechersymbol für eine Sprachaufnahme.

«Martina! Sprich mit mir, bitte. Ich möchte deine Stimme hören!»

Doch Martina wollte oder konnte nicht sprechen. Vor einer Viertelstunde war diese kurze Textnachricht eingegangen, unverständlich für Außenstehende, doch Roya ahnte, was Sache war. Martina ging es schlecht. Und Roya hatte das Gefühl, an dieser Entwicklung eine gewisse Mitschuld zu tragen. Vielleicht hatten ihre Fragen sie zu sehr aufgerüttelt, vielleicht hatte Roya auch zu vehement nachgefragt und zu tief gebohrt, aber wie hätte sie auch wissen können, dass Martina Spiekermann so instabil war. Vor einer Woche hatte sie noch einen gefestigten Eindruck auf Roya gemacht. Zwar alles andere als selbstbewusst, aber doch mit einer Perspektive und einem guten Blick auf die Dinge, die sie beschäftigten. Was hatte sich seitdem geändert? Und warum wandte sich Martina in dieser verzweifelten Situation ausgerechnet an Roya? Sie war doch nur eine Journalistin, dic für cincn Artikel recherchierte, und kannte die Frau kaum. Zugegeben, sie hatten von Beginn an einen besonderen Draht zueinander gehabt. Die Chemie stimmte zwischen ihnen, und zu einer anderen Zeit oder in einem anderen Leben wären sie vielleicht sogar Freundinnen geworden.

Roya setzte eine weitere Sprachnachricht ab.

«Martina, ich bin sicher, wir kriegen das wieder hin. Lass uns einfach miteinander reden, ja. Ich fand unser Gespräch neulich wirklich schön und … ganz ehrlich, ich habe selten mit so sympathischen Menschen zu tun, wie du es bist. Magst du mich nicht anrufen, jetzt gleich?»

Roya hatte ihrerseits mehrfach versucht, Martina zu erreichen. Zwecklos. Sie nahm nicht ab. Und auf die Aufforderung zu telefonieren, reagierte Martina nicht. Das Display blieb leer, und Royas Herz schlug noch schneller, als es das ohnehin schon tat. Sie musste Martina in der Leitung behalten, durfte die Kommunikation auf keinen Fall abbrechen lassen. Gleichzeitig durfte sie aber auch nicht anhalten. Niemand sonst wusste, wo Martina sich befand, und selbst wenn Roya einen Notruf absetzte, würden die Helfer auch nicht eher vor Ort sein als sie selbst. Es hing alles an ihr. Sie war die Einzige, die Martina in diesem Moment helfen konnte.

«Sag was, sag irgendwas», forderte Roya sich selbst auf, während ihr Daumen über dem Lautsprechersymbol schwebte. Doch ihr fielen die richtigen Worte nicht ein. Was sagte man einem Menschen, um ihn davon abzuhalten, sich umzubringen?

Roya versuchte es mit der Wahrheit.

«Martina, wir haben doch einen Plan! Du und ich, zusammen sorgen wir dafür, dass nicht noch mehr Menschen auf ihn hereinfallen. Aber ich brauche deine Hilfe, hörst du. Ohne dich schaffe ich es nicht.»

Eine Antwort blieb aus. Die Stille am anderen Ende der Leitung ließ Roya verzweifeln. Sie dachte an das Gespräch von vor zwei Wochen zurück.

Martina hatte an der Buche gelehnt, den Blick auf die

Wiese hinaus gerichtet. Obwohl Martina beinahe genauso alt war wie Roya, wirkte sie in ihrer unschuldig-kindlichen Art jünger. Die Haut in ihrem Gesicht war glatt und rein, das dunkelblonde Haar fiel ihr auf die Schultern und schimmerte im Sonnenlicht. Martina war eine hübsche Frau, einzig die tief liegenden und dadurch stets dunkel wirkenden Augen wollten nicht so recht zu den sonst symmetrischen Formen ihres Gesichts passen. Sie sprach zögerlich, immer darauf bedacht, nichts zu sagen, was andere verletzen oder zu einer Diskussion führen könnte, in der sie sich würde behaupten müssen. Sich zu behaupten, das konnte sie nicht. Sie trug den tiefen Wunsch nach Harmonie in sich, nach einer Welt ohne Streit, ohne laute Worte oder gar Gewalt.

«Wir finden einen Weg, Martina. Weißt du ...»

Roya war kurz davor, Martina die ganze Wahrheit zu erzählen, tat es aber doch nicht. Die Wahrheit war zu verwirrend, und Roya war sich nicht einmal sicher, ob sie auf der richtigen Fährte war. Was, wenn sie sich täuschte?

Das Kreischen der Hupe kam wie aus dem Nichts. Ohrenbetäubend und schrill riss es Roya in die Realität einer Landstraße abends um neunzehn Uhr zurück, auf der ihr erneut Scheinwerfer entgegenkamen. Doch diesmal waren sie riesig – und verdammt nah dran! Roya war unbemerkt auf die Gegenfahrbahn geraten, eine Hälfte ihres Suzukis befand sich links der durchgezogenen Linie, die hier wegen der schlechten Einsehbarkeit der Kurve ein Überholverbot markierte.

Roya riss das Steuer herum. Zu heftig. Sofort steuerte sie gegen, dann gleich noch einmal, trat dabei zu fest auf die Bremse, sodass sie binnen Sekunden die Kontrolle über den kleinen Wagen verlor, der wie die Kugel in einem Flipperautomaten von rechts nach links über die Fahrbahn schoss.

Ihr Wagen rammte zuerst mit der rechten vorderen Seite gegen die Leitplanke. Dann folgte ein Zusammenprall mit den nächsten Leitplanken. Glas barst, Blech zerbeulte, der Wagen kreischte herzzerreißend. Nach dem dritten Zusammenprall hob er ab und überschlug sich. Roya klammerte sich mit aller Kraft ans Lenkrad, aus dem ihr plötzlich der Airbag ins Gesicht sprang. Die Schwerkraft war aufgehoben, oben war unten und unten oben, sie verlor vollkommen die Orientierung, schrie ihre Panik in die weiße Kunststoffhülle, bekam einen heftigen Schlag gegen den Kopf und dann noch einen und verlor die Besinnung.

Als sie ihre Umgebung wieder wahrnahm, lag der Wagen still. Kopfüber hing Roya in ihrem Gurt, die Halswirbelsäule abgeknickt, Blut tropfte von einer Wunde an ihrer Stirn auf den Wagenhimmel. Sie spürte keine Schmerzen, spürte nicht einmal ihren Körper, hatte vielmehr das Gefühl, daraus entwichen zu sein.

War sie tot?

Ihr Blick fiel auf das Handy. Es war aus der Halterung gefallen und lag neben dem rasch größer werdenden Blutfleck am Dachhimmel. Ein großer Riss zog sich über die Glasfront.

Roya nahm ihre ganze Kraft zusammen und streckte ihre rechte Hand danach aus. Sie konnte sie bewegen, war also nicht tot, immerhin. Sie tippte auf das Display, und das Handy leuchtete auf. Die Messenger-App, über die sie mit Martina Spiekermann kommuniziert hatte, war noch geöffnet. Ihre letzte Nachricht lag sechs Minuten zurück. Sie war länger bewusstlos gewesen als vermutet.

Sechs Minuten Schweigen musste sich für einen Menschen, der sich das Leben nehmen wollte, wie eine Ewigkeit anfühlen.

Roya wollte auf das Mikrofon-Symbol drücken, um eine weitere Sprachnachricht aufzunehmen, doch das Symbol war so klein, viel zu klein, um es mit ihren zitternden Fingern treffen zu können, zudem löste sich das Handy immer wieder vor ihren Augen auf. Ihre Lider flatterten, ihr Schädel pochte, als wolle er zerbersten. Roya spürte, sie würde abermals die Besinnung verlieren.

In einer halbwegs klaren Sekunde erkannte Roya das Mikro-Symbol und drückte drauf.

«Martina ... ich bin da ... ich komme zu dir, hörst du. Und dann finden wir eine Lösung, bitte ... tu das nicht.»

Keine Reaktion.

Blut tropfte in die Stille hinein. Ihre Sinne schwanden. Bevor Roya abdriftete, nahm sie ein Klopfen an der Seitenscheibe wahr und blickte in das Gesicht eines Mannes.

«Keine Angst, ich hole Sie da raus!», sagte er mit einer Stimme, die ganz dumpf klang, und das war das Letzte, was sie hörte.

3

«Ist das dein Ernst? Da habe ich mal pünktlich Feierabend, und du servierst mich ab? So langsam bekomme ich Lust, den Typen umzubringen und in Einzelteilen ...»

Sarah Henschel riss die Kopfhörer aus ihren Ohren. Da ihr Auto seit gestern in der Werkstatt war, musste sie den Bus nehmen, und Sarah hasste das Busfahren. Wenigstens konnte sie sich während der Fahrt mit Musik ein wenig von der Welt abschotten, doch dann war die Sprachnachricht ihres Freundes Björn eingegangen und hatte alles verdorben.

Sarah liebte Björn, und die allermeiste Zeit trug er sie auf Händen und erfüllte ihr jeden Wunsch, aber wenn er nicht ganz oben auf ihrer Prioritätenliste stand, war er schnell beleidigt. Dabei wusste er genau, was sie heute Abend vorhatte, dass diese zwei Stunden für sie allein reserviert waren. Jetzt war er auch noch eifersüchtig auf einen Podcaster und haute so einen kindischen Satz raus.

Sarah steckte das Handy in ihren Rucksack. Sie wollte sich nicht zwingen lassen, jetzt eine Entscheidung zu treffen. Björn musste einfach lernen, dass zu einer Beziehung auch Auszeiten gehörten. Vielleicht sollte Sarah das mit der gemeinsamen Wohnung, in die sie demnächst ziehen wollten, noch einmal überdenken.

Mit einem Blick durch den Bus lenkte Sarah sich ab. Sie hatte Spätschicht im Pflegeheim gehabt, und der Bus war um diese Zeit dünn besetzt. Lediglich fünf weitere Fahrgäste saßen darin. Sarah suchte nach einem Lächeln, einem fröhlichen Ausdruck, einer besonderen Farbe, sah aber nur Missmut, Gleichgültigkeit und Verschlossenheit.

Björn hätte sich keinen besseren Tag für seine Aktion aussuchen können als den heutigen. Ihr neuer Chef war mal wieder besonders nervig gewesen, nichts hatte man ihm recht machen können. Seit Jahren wurde der Druck immer höher, die Anforderungen stiegen, ständig musste Sarah sich rechtfertigen, warum sie mit den vorgegebenen Zeiten nicht auskam – unmenschliche Zeitvorgaben in einem Beruf, der doch dem Menschen dienen sollte. Und der neue Chef hatte tatsächlich begonnen, die Angestellten mit der Stoppuhr zu kontrollieren. Sporadisch nur, aber immerhin, und er schien Sarah dabei besonders ins Visier genommen zu haben. Er war ein Kostenoptimierer, ein Erbsenzähler. Sie hingegen hielt gern Hände, wenn es jemandem schlecht ging. Wie sollten sie jemals mit diesem Kerl klarkommen?

Immer häufiger fragte Sarah sich, wie lange sie dem Druck noch standhalten würde. Eigentlich liebte sie ihren Beruf, daran zerbrechen wollte sie aber nicht. Mit Björn Kinder zu bekommen und eine Weile ins Familienleben auszuweichen, erschien ihr eine gute, sinnvolle Alternative zu sein. Björn sprach dauernd von Kindern. Eine große Familie zu haben, war ihm sehr wichtig.

Zum Glück gab es am Ende dieses nervigen Tages einen Lichtblick.

Heute Abend. Punkt zwanzig Uhr.

Ihr Lieblingspodcast!

Wenn sie die Augen schloss, konnte sie die Stimme schon hören. Es war wie in einem Film, in dem aus dem Off jemand zu den Zuschauern und Zuschauerinnen sprach. Mit einer charismatischen, tiefen Stimme, dunkel eingefärbt, gleichzeitig aber mit weichem Timbre. Eine Stimme, die einen sofort in den Bann schlug. Gelassen wie ein großer Strom, der sich seiner Ewigkeit bewusst durch die Landschaft strömte. Stundenlang konnte Sarah sich dieser Stimme hingeben, und das würde sie heute Abend auch tun, ganz gleich, was Björn davon hielt. Einmal die Woche stand dieser Termin unverrückbar fest, Björn wusste das. Klar, Sarah hätte sich die Aufzeichnung des Podcasts auch an einem anderen Tag anhören können, aber immer montags kam die neue Folge heraus, und sie war nun mal nur an diesem Abend neu.

Warum nur verstand Björn das nicht? Bei seinem geliebten Fußball war es doch genauso! Da schaute er sich auch keine Aufzeichnung an.

Warum also diese kindische Eifersucht? Hatte sie ihm zu oft von dieser Stimme vorgeschwärmt?

Der Bus näherte sich ihrer Haltestelle. Sarah stand auf und positionierte sich an der hinteren Tür. Regentropfen schlugen dagegen. Schon seit Tagen herrschte dieses deprimierende Novemberwetter, nasskalt, grau, unangenehm. Sarah war lange genug im Job, um zu wissen, dass dieser Monat und dieses Wetter Einfluss auf die Menschen hatten. In den Pflegeheimen stieg dann die Sterbequote. Wer ohnehin keine Kraft mehr hatte, gab jetzt leichter auf als noch im Sommer.

Sarah bemerkte eine Gestalt, die ebenfalls an der nächsten Haltestelle aussteigen wollte. Aufgrund der Statur und Kleidung hielt sie sie für einen Mann, sein Gesicht blieb im Schatten der Regenkapuze seiner grauen Outdoorjacke verborgen. Er trug Jeans und schwarze Stiefel. Am Hals schaute ein dünnes weißes Kabel hervor, das zum Smartphone in seiner Hand führte. Wahrscheinlich steckten in seinen Ohren Kopfhörer, man sah die Dinger heutzutage ja überall. Die Menschen hörten einander nicht mehr zu, alles war ihnen wichtiger als die Person, die ihnen gegenüberstand. Der Mann hielt den Kopf gesenkt und schien vollkommen in die Welt abgetaucht zu sein, die ihm sein Gehör bot.

Der Bus hielt, und Sarah stieg aus. Hinein in die kalte Luft und den Nieselregen. Sie zog die Schultern hoch, den Schal fester um den Hals, stülpte die Kapuze ihrer Jacke über ihren Kopf, packte die Schulterriemen ihres Rucksacks und lief nach links den Bürgersteig entlang. Sie schritt kräftig aus, wollte schnell nach Hause, um sich in Ruhe auf den Podcast vorbereiten zu können, doch nach zehn Schritten drehte sie sich um, weil sie das Gefühl hatte, beobachtet zu werden.

Der Mann aus dem Bus stand noch da.

In ihre Richtung gewandt, stocksteif, mit hängenden Schultern, schaute er ihr hinterher. Regenschleier fielen durch den Lichtkegel der Straßenlaterne auf ihn nieder. Erst jetzt fiel Sarah auf, wie ausgelatscht die Stiefel waren, die er trug. Zu den Außenkanten hin waren die Sohlen so stark abgelaufen, dass er leicht o-beinig dastand.

Sarah Henschel machte, dass sie fortkam.

In ihrer Tasche brummte aggressiv ihr Handy.

4

Das grobe Seil rieb sich mit jedem Schwung in die feuchte Rinde des Baumes – und am anderen Ende in die zarte Haut am Hals der jungen Frau. Die mechanische Gleichgültigkeit der Bewegung glich der eines Metronoms. Vor und zurück, vor und zurück, den Rhythmus gab der Wind vor, der den toten Körper zum Schwingen brachte.

Und dann riss die junge Frau am Seil Augen und Mund weit auf, ein stummer Schrei entrang sich ihr, eine schreiende Anklage im Blick: Warum bist du nicht gekommen? Warum hast du mich nicht gerettet?

Roya Mayer schlug die Augen auf.

Grelle, wild zuckende Lichter, ungewohnte Geräusche und fremde Stimmen um sie herum. Über alledem ein merkwürdiger Geruch, eine Mischung aus Rost und Gummi und Benzin.

Die Welt da draußen war beängstigend, und Roya wollte mit ihr nichts zu tun haben, aber noch weniger wollte sie in diesen Traum zurückkehren, diesen entsetzlichen Traum von eben. Noch immer befand sie sich in seinen Fängen, konnte spüren, wie er versuchte, sie zurück in die Dunkelheit zu zerren, dorthin, wo Bilder und Schreie sich zu einem Horrorszenario vermischten, dem sie nur zuschauen konnte.

Das zuckende Licht verwandelte sich hinter ihrer Stirn zu Schmerz, doch sie unterdrückte den ersten Impuls, die Augen rasch wieder zu schließen, riss sie stattdessen weit auf, konnte aber trotzdem kaum etwas erkennen.

Dafür hörte Roya Stimmen, ganz nah bei sich. *Konzentrier dich darauf. Du musst wissen, was sie sagen, sie sind deine Rettung, denn sie gehören nicht zu dem Albtraum.*

«...hat wohl telefoniert ... Handy gefunden ... ist bei den Rettungsarbeiten aber zerstört worden ... keine Funktion ... typischer Handyunfall ... immer wieder dasselbe, die Leute lernen nicht dazu ...»

Sie hörte die Worte, verstand auch deren Sinn, sah aber die Personen nicht, die die Unterhaltung führten. Um sie herum flackerte weiterhin blaues Licht in schnellem Rhythmus, irgendwo darin war auch Bewegung, aber Royas Blickfeld war zu eng, um den Bewegungen folgen zu können. Es war, als trüge sie Scheuklappen.

«Martina!», stieß Roya hervor, und in ihrem Kopf klang es, als schrie sie den Namen hinaus. In Wirklichkeit war es aber wohl nicht mehr als ein Krächzen – das sorgte aber immerhin für Aufmerksamkeit.

«Sie ist bei Bewusstsein!», rief jemand. Eine Frau mit einer Polizeimütze auf dem Kopf beugte sich über Roya und schirmte das zuckende blaue Licht ab. Royas Blick war zu verschwommen, um mehr als die diffuse helle Fläche des Gesichts mit den Augen darin erkennen zu können.

«Können Sie mich verstehen?», fragte die Polizistin.

Noch bevor Roya antworten konnte, beugte sich eine weitere Person über sie und legte ihr eine Hand an die Wange. Was für ein schönes, warmes Gefühl das war, mächtig genug, die Tentakeln des Traumes zurückzuschlagen.

«Alles wird gut», sagte diese Person mit einer angenehmen Stimme. «Sie sind in Sicherheit. Sie hatten einen Unfall, aber keine Sorge, es wird alles gut. Mein Name ist Stefan, ich bin der Notarzt, ich bringe sie sofort ins Krankenhaus, und bis wir dort ankommen, kümmere ich mich um Sie. Können Sie mir sagen, wie Sie heißen?»

«Martina ...», stieß Roya abermals aus.

«Also, Martina, bleiben Sie bitte ganz ruhig und ...»

«Nein, nein, nein, ich heiße Roya ... Martina ... Ich muss ihr helfen.»

«Das muss warten, jetzt müssen wir erst einmal Ihnen helfen.»

«Wer ist Martina?», mischte sich die Polizistin ein. «War noch jemand im Wagen?»

«Nein, da war niemand», antwortete eine männliche Stimme, die bisher noch nicht gesprochen hatte. «Im Wagen gibt es keine Anzeichen für einen weiteren Insassen. Wir haben alles abgesucht, da ist niemand hinausgeschleudert worden ...»

Roya bekam jedes Wort der Unterhaltung mit und ärgerte sich darüber, dass die Menschen um sie herum nicht verstanden, worum es ging.

«Sie ... sie wartet an ihrem Baum ... sie will sich umbringen», stammelte Roya verzweifelt. Warum nur brachte sie es nicht fertig, klar und deutlich zu formulieren? In ihrem Kopf waren all die dringlichen Informationen vorhanden und abrufbar, doch auf dem Weg bis zu ihren Lippen kam irgendwie alles durcheinander.

«Wir müssen jetzt abfahren», sagte der Notarzt.

«Nein, warten Sie mal ...»

Die Polizistin beugte sich tiefer über Roya.

«Roya, mein Name ist Katja ... können Sie mir sagen, ob Sie mit Martina telefoniert haben, als der Unfall passierte?», fragte sie.

Roya wollte nicken, konnte aber ihren Kopf nicht bewegen, er schien fixiert zu sein.

«Ich muss zu ihr ... können Sie mir helfen, bitte!»

«Aber sicher, ich helfe Ihnen. Können Sie mir sagen, wo ich Martina finde?»

Natürlich konnte Roya es ihr sagen, was für eine dumme Frage. Martina war ... Martina war ... an ihrem Lieblingsbaum, ihrem Seelenort, dorthin ging sie, wenn sie nachdenken musste, wenn sie allein sein wollte, wenn es ihr schlecht ging. Von diesem geheimen Ort, von dem nicht einmal ihr Partner wusste, aber Martina hatte Roya für das Interview dorthin geführt. Nur dort war es ihr möglich gewesen, sich zu öffnen.

«Ich ... ich ...»

Roya strengte sich an, doch ihre Gedanken entzogen sich ihrem Willen, lösten sich auf, verschwammen, und dann war da plötzlich wieder dieses furchtbare Geräusch.

Das Knarzen des groben Seiles am Ast des Baumes im Rhythmus des schwingenden Körpers.

Hin und her und hin und her ...

5

Eine Stimme kann wie ein Gesicht sein.

Du erkennst darin den Charakter, die Eigenschaften und Emotionen eines Menschen. Jede Nuance Veränderung in der Stimme spiegelt sich in ausdrucksstarker Mimik. Mit einem Zusammenführen der Augenbrauen senkt sich die Farbe der Stimme ins Dunkle, mit einem Lächeln hebt sie sich wieder. Eine Lüge ist oft begleitet von einem suchenden, unsteten Blick, und dann geht die Stimme auf Wanderschaft, mäandert in den Tonlagen, ist sich nicht sicher, wohin der Weg führt, lässt sich von spontanen Einfällen in wechselnde Richtungen lenken.

Die Stimme von Marc Maria Hagen hatte für Sarah Henschel ein Gesicht. Sein reales Gesicht musste sie gar nicht sehen, das kannte ohnehin kaum jemand, und vielleicht wäre das sogar kontraproduktiv. Sarah genügte die Vorstellung. Wenn sie seine Stimme hörte, sah sie ein Gesicht mit erdiger Hautfarbe, eingerahmt von dunklem, vollem Haar. Sie sah braune Augen mit einer Tiefe, die niemand wirklich ermessen konnte. Dieses Gesicht hatte Lachfalten in den Augen- und Mundwinkeln. Wenn Marc lachte, steckte er jeden mit seiner unbändigen Energie an. Zugleich zeichneten sich darin aber traurige Erfahrungen und beeindruckende Erlebnisse ab, die es brauchte, um eine virtuose Melodie auf der Klaviatur menschlicher Emotionen spielen zu können. Dieser Mann hatte viel gesehen und viel erlebt, aber egal, wie schlimm es auch war, sein Optimismus war ungebrochen, seine Zuversicht und sein Vertrauen tief und unerschütterlich.

Sarah Henschel liebte diese Stimme.

Sie liebte den Podcast «Hörgefühlt», den Marc Maria Hagen seit zwei Jahren betrieb. Mittlerweile war es der beliebteste und erfolgreichste Podcast im Bereich Mental Coaching, viele rissen sich darum, einmal als Gast in den Podcast oder zu den Seminaren und Live-Events eingeladen zu werden, die Hagen regelmäßig veranstaltete. Jeder konnte sich darum bewerben, und Sarah Henschel hatte schon vor Monaten damit begonnen, Bewerbungen an diese merkwürdige Mailadresse des Podcasts zu schicken: info@skarabaeus.com. Das war alles andere als einfach, denn sie musste Fragen dazu beantworten. Fragen wie: Wie definierst du Glück? Woher stammt deine tiefste Verletzung? Wie leicht oder schwer fällt es dir, dich Fremden gegenüber zu öffnen? Mit welchen Gedanken richtest du dich auf, wenn du niedergeschlagen bist?

Bisher waren nur Eingangsbestätigungen zurückgekommen, aber vielleicht würde sie irgendwann das große Los ziehen und mit Marc Maria Hagen über die wirklich wichtigen Dinge des Lebens sprechen können. Bis dahin lauschte sie jeden Montagabend dem Podcast Hörgefühlt. Diese eine Stunde hatte für sie die gleiche Wirkung wie ein Wellness-Wochenende; danach fühlte Sarah sich besser, ganz gleich, wie beschissen der Tag war, und immer nahm sie ein paar besondere Sätze daraus mit in den Alltag hinüber. Worte, die sie beschäftigten, aus denen sich Lehren ziehen ließen, die den Blickwinkel veränderten und die eigenen kreisenden Gedanken in neue Richtungen lenkten.

Zu Hause angekommen, fütterte sie zuallererst ihren Kater Mavi. Mavi war das türkische Wort für Blau, und Sarah, die den Menschen, Tieren, Dingen und Erlebnissen eine Farbe zuordnete, fand, dass ihre Katze blau war. Blau wie ein ruhiger See oder wie ein klarer Sommerhimmel.

Marc Maria Hagen war erdfarben. Also eine Mischung aus Braun, Beige, Schwarz, Grün und Ocker. Ein Mensch wie er konnte niemals nur eine einzige Farbe sein, dafür war er zu vielschichtig.

Ihr Freund Björn war gelb, mit dunklen Flecken darin, von denen Sarah noch nicht wusste, wofür sie standen.

Mavi strich ihr um die nackten Unterschenkel, während Sarah ihm sein Futter zubereitete. Sie mochte das Gefühl seines seidigen Fells an ihrer Haut. Als sie ihm den Napf auf den Küchenboden stellte, nahm Mavi sich die Zeit, seine Nase an ihre zu stupsen, und bedankte sich mit einem wohligen Schnurren, bevor er sich hungrig über das Futter hermachte. Das hatte Mavi immer schon getan, und dafür liebte Sarah ihn.

Sie ließ ihn fressen, wusch sich Hände und Gesicht und zog sich gemütliche Couchklamotten an. Dann bereitete sie sich selbst ihren Lieblingssalat zu. Hinein gehörten Gurken, Tomaten, Radieschen, Walnüsse, Sonnenblumenkerne und ein paar Streifen Hähnchenbrust, bevor sie alles in kalt gepresstem Olivenöl aus Griechenland ertränkte. Nur ein Schuss reichte nicht, der Salat musste schwimmen!

Mit der Schüssel ließ Sarah sich in die Couch fallen und aß, während sie auf ihrem Handy nach Mails und Nachrichten bei Insta oder WhatsApp schaute.

Dort waren weitere Nachrichten von Björn eingegangen. Er machte auf beleidigte Leberwurst, behauptete, sich immer nach ihr richten zu müssen, seine Belange spielten keine Rolle, und das gehe so nicht weiter.

Sarah antwortete nicht darauf. Sie hatte die feste Absicht, sich ihren Podcast-Abend nicht von Björn kaputtmachen zu lassen.

Sie wechselte zum Mailordner. Was sie dort entdeckte, ließ sie im ersten Moment erstarren, dann verschluckte sie sich an einer Gurkenscheibe und musste schließlich in die Küche eilen, um sie mit einem Schluck Wasser aus der Speiseröhre zu spülen.

Sie hatte eine Nachricht mit dem Absender «info@skara baeus.com»! Um Gottes willen! War das etwa ...?

Zusammen mit Mavi schlich Sarah barfuß ins Wohnzimmer zurück. Aus zwei Schritt Entfernung betrachtete sie das Handy auf der Couch. Ihr Herz wummerte in ihrer Brust. Vor Aufregung schoss ihr das Blut heiß in Ohren und Wangen.

«Mavi, wenn das meine Einladung ist, flipp ich aus.»

Sarah nahm das Handy auf, setzte sich aber nicht wieder auf die Couch, dafür war sie jetzt viel zu nervös. Im Stehen öffnete sie den Mailordner und rief die Nachricht auf. Statt eines Textes entdeckte sie eine Audiodatei.

Na klar, immerhin war der Absender ein Podcaster.

Sarah regelte die Lautstärke hoch und spielte die Datei ab.

«Hey hey, hier ist Brittany, die persönliche Assistentin von Marc Maria Hagen vom Podcast Hörgefühlt. Sarah, meine Liebe, es ist ein Platz im nächsten Hörgefühlt-Coaching freigeworden, und Marc hat dich dafür ausgewählt. Wir würden dich gern für den nächsten Dienstag um 17 Uhr zum Vorgespräch einladen. Die Adresse und weitere Infos findest du im Anhang. Ich weiß, das kommt jetzt kurzfristig, aber wenn du trotzdem möchtest, lass es mich wissen. Ich bin sicher, es wird toll werden!»

Viermal hintereinander spielte Sarah die Nachricht ab, stand dabei stocksteif mitten im Wohnzimmer, ignorierte den immer aufdringlicher um Aufmerksamkeit bettelnden Mavi und spürte, wie ihr flau im Magen wurde.

Sie würde mit Marc reden. Mit Marc Maria Hagen, *dem* Mental-Coach-Podcaster überhaupt. Er fand sie, eine 29-jährige Angestellte in der Altenpflege, interessant genug, um sie einzuladen.

«Mavi, sag mir, dass ich nicht träume», bat sie ihren Kater.

Als hätte er darauf gewartet, sprang er auf die Lehne der Couch und von dort aus auf ihre rechte Schulter, wo er ihr ins Ohr schnurrte. Sarah ließ sich auf die Couch sacken und nahm ihn herunter. Eben war ihr nur flau im Magen gewesen, jetzt wurde ihr regelrecht schlecht, als sie daran dachte, dass sie sich für das Vorgespräch würde freinehmen müssen. Vielleicht konnte sie Karen überreden, den Dienst mit ihr zu tauschen. Karen mochte den Podcast auch und würde ausflippen, wenn sie das hörte.

«Ich fasse es nicht», sagte Sarah leise zu sich selbst und Mavi. Sie hatte das Gefühl, als nähme ihr Leben gerade eine schicksalhafte Wendung.

6

Kommissarin Carola Barreis stoppte den Dienstwagen vor einer marode wirkenden Brücke aus Holz.

«Ich hab keine Zeit für diesen Mist», sagte sie zu sich selbst.

Sie war müde, hatte schlechte Laune, weil sie bei diesem Dreckswetter in die kalte Nacht hinausmusste, und sie würde nicht riskieren, den Wagen in diesem Bach zu versenken – ganz gleich, ob sich da drüben auf der anderen Seite gerade ein Drama zutrug oder nicht. Umdrehen und wegfahren kam aber auch nicht infrage, also stieß Kommissarin Barreis die

Wagentür auf und stieg aus. Ihr Atem wurde zu einer Wolke. Für Anfang November war es bereits erstaunlich kalt. Wenn das so weiterging, würde sie früher auswandern müssen als geplant. Kälte vertrug Carola Barreis gar nicht gut, sie schlug ihr auf die Laune und kroch in ihre Knochen. In Momenten wie diesen erinnerte Carola sich an die Worte ihrer Mutter, die schon lange tot war: *Kind, du musst essen, sonst bleibst du auf immer und ewig so spindeldürr und wirst dein Leben lang frieren.* Tja, genau so war es gekommen. Carola hatte gegessen, was das Zeug hielt, war trotzdem immer spindeldürr geblieben, und heute, mit 59 Jahren, fror sie schneller und tiefer als je zuvor.

Carola Barreis zog zum Schutz vor der Kälte und dem fiesen Nieselregen die Jacke zu bis unters Kinn und ging vor zu der Brücke. Die dicken Eichenbohlen klangen hohl unter den Absätzen ihrer Stiefel. Sie wunderte sich darüber, dass es eine solche Brücke in Deutschland überhaupt noch gab. Aber dies war ein Wirtschaftsweg, der zwischen Ackerflächen hindurchführte, und wahrscheinlich hatte niemand Interesse daran, für einen Brückenersatz Geld in die Hand zu nehmen, solange es die alte noch tat. Und die Traktorspuren, die Carola entdeckte, sprachen für sich. Wenn das Gestell Traktoren trug, würde es ihren Dienst-Golf wohl auch tragen.

Carola ließ ihren Blick schweifen.

Jenseits der Brücke, die kaum zehn Meter lang war und über einen schmalen Bach mit wenig Wasser führte, verwandelte sich der geschotterte Weg in eine Fahrspur mit Grasnarbe in der Mitte, die zwischen Äckern hindurch eine Anhöhe erklomm. Es war zu dunkel, um zu erkennen, wohin der Weg führte, aber Carola glaubte, am Horizont die schwarze Wand eines Waldes ausmachen zu können. Das würde zu der Beschreibung passen, die sie von der Verkehrspolizei bekommen hatte. Eine Kollegin hatte Carola darüber informiert, eine bei einem Unfall verletzte Frau sei angeblich zu einem Suizid unterwegs gewesen, als sie verunglückte. Unter Mühen hatte sie den Ort beschreiben können, an dem sich eine Frau namens Martina angeblich das Leben nehmen wollte.

Und zwar genau hier. An der einzigen Erhebung weit und breit.

Eine Baumgruppe aus alten Buchen auf einer Kuppe. An der höchsten Stelle der Kuppe eine mächtige Buche, sehr auffällig, man kann sie nicht übersehen.

Carola hatte die Verkehrspolizistin gebeten, selbst nach dem Rechten zu schauen, aber die war an der Unfallstelle unabkömmlich, und da Carola Dienst hatte, war ihr nichts anderes übrig geblieben, als sich auf den Weg zu machen.

Sie ging davon aus, dass es sich hier um einen Irrtum oder eine Inszenierung handelte. Vielleicht hatte diese Martina, von der die verletzte Frau gesprochen hatte, sich nur einen dummen Scherz erlaubt, oder wenn nicht, dann ihr Vorhaben abgebrochen. Carola war lange genug bei der Polizei, um zu wissen, dass viele Suizidankündigungen nur ein Schrei nach Aufmerksamkeit und Hilfe waren und nicht mit dem Tod endeten.

Carola Barreis glaubte nicht, dass sie hier jemanden finden würde. Was auch immer hinter dieser merkwürdigen Geschichte steckte, wahrscheinlich war die verletzte Frau aus dem verunglückten Wagen einem üblen Scherz zum Opfer gefallen. Bisher wusste niemand etwas über die Hintergründe, da die Frau nicht mehr ansprechbar war und sich auf dem Weg in die Klinik befand. Natürlich konnte man es nicht einfach auf sich beruhen lassen, das sah Carola ein, aber es reichte aus, wenn sie zunächst allein nachschaute. Sollte es wider Erwarten Probleme geben, konnte sie immer noch Unterstützung rufen.

Vielleicht hatte die Verunglückte auch einfach nur eine wilde Story erfunden, um ihre Handynutzung während der Fahrt zu erklären. Was das anging, waren Männer und Frauen gleichermaßen kreativ, egal, wie lächerlich ihre Ausrede klingen mochte.

Carola stieg zurück in den Wagen und warf einen Blick in den Rückspiegel. «Scheiß dich nicht ein, da ist keine Leiche», sagte sie zu sich selbst.

Dann steuerte sie den Wagen vorsichtig über die Brücke. Die Holzbohlen dröhnten unter den Reifen. Carola mochte das Geräusch, es klang zuverlässig. Auf dem Sandweg kratzte das hohe Gras am Unterboden des Wagens. Dieses Geräusch mochte sie nicht, klang es doch so, als wollte irgendwas mit langen Krallen unbedingt in den Wagen eindringen. Der Feldweg wand sich den Hügel hinauf. Auf der einen Seite wuchs noch Mais, die Pflanzen waren gut und gerne zwei bis drei Meter hoch und total vertrocknet. Carola fand, dass sie im Licht der Scheinwerfer wie eine Armee von Untoten wirkten, manche Stängel winkten ihr sogar zu. Auf der anderen Seite erstreckte sich ein riesiges Feld, das längst abgeerntet war.

Gab es das? Dass Bauern ein Feld vergaßen?

«Ein Nachname wäre mir lieber, dann kann ich an einer Haustür klingeln», hatte Carola am Telefon zu der Verkehrspolizistin gesagt.

Doch mit mehr als «Martina» konnte sie nicht dienen. Die verletzte Frau war nicht mehr ansprechbar gewesen, und ohne Nachname keine Adresse, deshalb musste Carola mitten in der Nacht durch die Walachei kurven.

Zumindest war sie aber richtig abgebogen. Den Bach und die Brücke in der Nähe der Ortschaft Feldkirchen hatte die Frau explizit erwähnt. Als sie näher an die Kuppe herankam, entdeckte sie links eine Reihe hoher Bäume, die sich bis zum höchsten Punkt hinzog.

Direkt davor verzweigte sich der Feldweg nach rechts und links. Carola stoppte den Wagen, ließ den Motor aber noch laufen.

Sie griff nach dem Innenspiegel und verdrehte ihn ein Stück nach links.

War da nicht gerade etwas gewesen?

Das kurze Aufblitzen von Licht in der Dunkelheit hinter ihr, ungefähr dort, wo sie über die Brücke gefahren war? Carola drehte sich um, sah genauer hin, doch jetzt war dort nichts mehr zu sehen.

«Dann hast du dich wohl getäuscht», sagte sie laut zu sich selbst, stellte den Motor ab, nahm die Taschenlampe aus dem Handschuhfach, stieg aus, trat ein paar Schritte von dem Wagen fort, ließ die Taschenlampe aber noch ausgeschaltet, damit ihre Augen sich an die Dunkelheit gewöhnen konnten.

«Hallo? Ist da jemand?», rief Carola. «Martina?»

Stille. Unter den Bäumen tiefe Schwärze. Regen prasselte leise auf Blätter, riss viele davon zu Boden.

Carola leuchtete den Waldrand ab. Plötzlich schrie irgendwo vor ihr im Wald ein Reh auf. Erschrocken zuckte Carola zusammen.

Sie kämpfte gegen den starken Drang an, zurück in den Wagen zu steigen. Nicht wegen der Dunkelheit oder dem kreischenden Bellen des Rehs, dergleichen machte ihr keine

Angst. In nächtlichen Wäldern trieb sich nichts herum, wovor sie sich fürchten musste, sehr wohl aber in ihrem Kopf. Dort war kein Platz mehr für eine mehr. Das Maß war voll, sie spürte es schon lange und hatte Angst vor den Folgen, wenn sie die Warnungen ignorierte. Und das tat sie. Weil es eben ihr Job war und man es von ihr verlangte. Alle gingen wie selbstverständlich davon aus, dass eine erfahrene, abgeklärte Beamtin wie sie, eine «alte» Beamtin, damit keine Probleme hatte.

Aber in ihrem Beruf war Erfahrung nichts anderes als eine Anhäufung schrecklicher Bilder und Erlebnisse. Und jeder Mensch hatte sein ganz individuelles Maß, wie viel davon er ertragen konnte.

«Da ist keine Leiche», sagte sich Carola. «Und selbst wenn, eine geht noch.»

Sie schritt voran. Folgte zuerst dem Sandweg nach rechts und wandte sich dann zum Hügel. Im Licht der Taschenlampe glaubte sie, einen Trampelpfad ausmachen zu können, der zwischen den Buchen hindurchführte.

Plötzlich glaubte sie, links von sich eine Bewegung im Unterholz wahrzunehmen. Abrupt blieb sie stehen und leuchtete dorthin.

Der Lichtkegel der Taschenlampe schnitt ein Loch in die Dunkelheit, doch da war nichts weiter als Bäume und Büsche. Irgendwo knackte es im Unterholz, einen Moment später rief ein Käuzchen. Waldgeräusche eben.

«Los, geh weiter», sagte Carola sich.

Es ging steil bergan, und sie begann zu schnaufen. Immerhin fror sie jetzt nicht mehr.

Auf dem Boden lag Totholz aus den Kronen der alten Buchen. Carola orientierte sich am Gelände. Die verletzte Frau hatte vom höchsten Punkt gesprochen, also ging sie einfach immer weiter, bis es nicht mehr höher ging.

Die mächtige Buche hob sich als Schattenriss vor dem helleren Nachthimmel ab. Zur Wiese streckten sich lange Äste, die selbst fast so dick wie Baumstämme waren.

Carola richtete den Lichtschein der Taschenlampe auf die Krone, suchte die einzelnen Äste ab ...

Ihr Herz pochte dumpf in ihrem Brustkorb. Plötzlich fühlte sie sich leer und traurig.

Der Kopf der Leiche war nach vorn abgeknickt, das lange Haar verdeckte das Gesicht. Sie trug gelbe Sneaker mit weißer Sohle, dazu enge Jeans und einen Kapuzenpulli.

«Hallo!», rief Carola wider besseres Wissen.

Keine Reaktion.

Carola stieß ein merkwürdiges Geräusch aus. Irgendwas zwischen Knurren und Würgen. Sie wollte keinen Schritt näher tun, wusste aber, sie musste feststellen, ob die Frau tot war. Plötzlich wurde Carola richtiggehend wütend. Auf diese Frau, die den Unfall gebaut hatte. Auf die Verkehrspolizistin, die umsichtig genug gewesen war, sie anzurufen. Auf diese Frau am Baum. Weil sie alle ihr das antaten.

Die Wut loderte nur kurz auf, verging und machte erneut Leere und Traurigkeit Platz.

Carola Barreis fasste sich ein Herz, schritt voran, bis sie vor der Frau stand, und leuchtete ihr ins Gesicht.

Starre, weit geöffnete Augen.

In den Ohren steckten diese weißen EarPods, die man heutzutage überall sah und die Carola Gehirnstöpsel nannte. Wahrscheinlich hatte sich die Frau zu schöner Musik das Leben genommen.

Immerhin.

Carola wusste, sie durfte nichts anfassen, aber die Neugierde war zu groß. Mit spitzen Fingern klaubte sie den rechten Pod aus dem Ohr der Leiche und steckte ihn in ihr eigenes Ohr, um ihn zu aktivieren.

«...tu, was deine innere Stimme dir sagt, sie ist die einzige Stimme, die dich niemals anlügt ...»

Ein Geräusch ließ Carola zusammenschrecken.

Irgendwo in der Dunkelheit des Waldes brach ein trockener Ast. Reflexhaft ließ sie den EarPod fallen und das Licht der Taschenlampe dorthin springen, konnte aber nichts entdecken. Als sie es wieder auf die Leiche richtete, hatte sie für den Bruchteil einer Sekunde den Eindruck, die Finger an der rechten Hand hätten sich bewegt.

Erst jetzt fiel ihr auf, dass beide Hände der Leiche blutbesudelt waren. Nicht nur einige Spritzer und Flecken, nein, die Hände sahen aus, als hätten sie in Blut gebadet.

Mit einem Geräusch voller Qual und Entsetzen wandte Carola sich von der Leiche ab, und obwohl sie in diesem Moment mit sich selbst beschäftigt war, hatte sie überdeutlich das Gefühl, jemand befinde sich in ihrer Nähe. Sie fuhr herum, leuchtete wieder in die Dunkelheit, doch da war niemand.

Plötzlich bekam sie es mit der Angst zu tun und wollte nur noch weg.

7

«Nur was du tief in dir hörst und fühlst, zählt. Immer und überall. Deine innere Stimme sollte stets das Letzte sein, was du hörst, sobald du eine Entscheidung treffen musst. Es gibt keine übergeordnete Instanz, niemanden, der es besser weiß.»

Sarah Henschel gab sich der Stimme von Marc Maria Hagen vollkommen hin, es war, als sänke sie nach einem stressigen Tag in ein weiches Kissen. Einfach nur zurücklehnen, die Welt ausblenden, in sich selbst eintauchen, wo Ruhe und Frieden herrschten.

«Ich habe hier eine Frage von Daniel auf dem Bildschirm», fuhr Marc fort. Während der Sendung konnte man Marc Fragen schicken, die dieser meistens auch sofort beantwortete.

«Aber was, wenn meine innere Stimme durcheinander ist, wenn sie heute dies und morgen das erzählt? Ich habe oft das Gefühl, ich kann ihr nicht trauen.»

«Dazu, mein lieber Daniel, kann ich dir Folgendes sagen: Deine innere Stimme ist niemals durcheinander. Sie ist immer klar und deutlich. Aber es gibt Situationen, in denen wir unter Stress oder Druck nicht auf die richtige Weise hinhören. Nun muss man natürlich wissen, was ist denn die richtige Art hinzuhören?»

Marc Maria Hagen legte eine Pause ein, und Sarah Henschel hielt den Atem an. Der Podcast Hörgefühlt neigte sich seinem Ende zu. Seit fast sechzig Minuten hörte sie zu und war vollkommen gebannt von Marcs charismatischer Stimme und seiner unfassbaren Empathie. Aber auch die Fragen der Gäste hätten von ihr selbst kommen können. Klar, die Probleme der Menschen glichen sich, und viele Themen waren bei Hörgefühlt schon mehrfach besprochen und analysiert worden, dennoch fühlte Sarah sich in dieser großen Community willkommen und aufgefangen. Sie war nicht allein, es gab viele andere da draußen, die von den gleichen Problemen gequält wurden, sich ähnliche Fragen stellten. Ein großes Alleinstellungsmerkmal des Podcasts Hörgefühlt war dabei, dass Marc Maria Hagen die Menschen miteinander verband. Wer wollte, konnte über ihn Kontaktdaten bekommen und sich außerhalb des Podcasts austauschen. Das hatte auch Sarah schon mehrfach getan und nur gute Erfahrungen gemacht. Die Community, die im Schatten des Podcasts heranwuchs, wurde immer größer, eine Schar von Menschen, die sich umeinander sorgte, sich unterstützte, Hilfe anbot. Was konnte es Schöneres geben!

Sarah wartete gespannt. Die Pause dauerte vielleicht etwas zu lang, aber gerade das mochte Sarah an Marc. Er nahm sich Zeit, posaunte nicht einfach irgendwas heraus, dachte lieber länger nach, und wenn er dann antwortete, tat er es mit Tiefe und Substanz.

«Mein lieber Daniel», begann Marc Maria Hagen, und für Sarah hatte seine Stimme in diesem Moment ein klares Gesicht. Ganz so, als schaute sie ihm in einer Talkshow im Fernsehen zu. Ein Gesicht voller Wärme und Klugheit, aber auch mit Zweifeln und Ängsten, denn Marc sagte immer wieder über sich selbst, dass kein Mensch unfehlbar oder allwissend sei, er schon gar nicht.

«Weißt du, ich habe lange nach einem passenden Namen für meinen Podcast gesucht», fuhr Marc nachdenklich fort. «Es durfte nicht irgendeiner sein, nur weil er vielleicht eingängig und gut zu merken ist. Nein, der Name sollte in einem einzigen Wort ausdrücken, worum es im Podcast geht. Er sollte die wichtige Botschaft, die ich euch allen da draußen und auch dir, Daniel, vermitteln will, mithilfe meiner Stimme transportieren. Und dann plötzlich, eines Nachts, als ich noch in meinem kleinen Kämmerchen unter dem Dach am Schreibtisch hockte und arbeitete, war der Name da. Stand vor meinem inneren Auge wie eine Manifestation, plastisch, schön und elegant, und ich wusste sofort, das ist es. *Hörge-*

fühlt. In diesem einen Wort steckt alles, was du wissen musst, mein lieber Daniel. Weißt du, warum?»

Wieder eine Pause.

«Hörgefühlt ist eine Abwandlung des Wortes ‹hergehört›. Hergehört meint, du sollst auf das hören, was andere dir sagen, und das ist nach meinem Dafürhalten das Schlechteste, was du tun kannst. Der Mensch, das muss man wissen, lieber Daniel, ist ein zutiefst eigennütziges Wesen. Er tut nichts ohne den Blick auf seinen Vorteil. Wenn dir also jemand einen Rat erteilt, dann spielst du in der Kosten-Nutzen-Rechnung nur die zweite Geige. Die Erste spielt er selbst. Und ich sage das ganz ohne Wertung, es ist einfach so, wie es ist, so sind wir Menschen gemacht. Es gibt nur einen Weg, dieser Ratschlag-Falle zu entgehen. Weißt du, unsere Nase kann nur riechen, was außerhalb von uns ist, unsere Augen nur sehen, was um uns herum stattfindet. Unsere Haut nimmt nur Berührungen von außen wahr. Unsere Sinne sind also auf die Außenwahrnehmung spezialisiert. Für das Überleben unserer Spezies ist das natürlich von großem Vorteil, denn die Welt ist voller Gefahren. Aber die Natur wäre nicht so perfekt, hätte sie uns nicht auch eine Innenwahrnehmung mitgegeben. Wir können in uns hineinhören, denn in uns gibt es eine Stimme, die immer schon zu uns gesprochen hat und der weiseste Ratgeber ist, den man sich nur denken kann. Nun kann man behaupten, das mache mich und meinen Podcast überflüssig, doch das ist zu kurz gedacht. Es geht mir nicht um Ratschläge, sondern darum, dich und alle anderen da draußen für das Hörfühlen zu sensibilisieren.»

Sarah Henschel hätte Marc am liebsten applaudiert. Sie nahm sich die Überzeugung heraus, Marc Maria Hagen zu verstehen wie kaum ein anderer oder eine andere, und es machte ihr Herzklopfen, wenn sie daran dachte, ihm bald gegenüberzustehen.

«Wir alle haben das Hörfühlen verlernt. Woran liegt das? Vor allem an Bildern. Der Einzug des Fernsehens in unser Leben hat unser sensibles inneres Gehör nach und nach verstummen lassen. Die Augen haben übernommen, aber die Augen können uns nur zeigen, was außerhalb von uns stattfindet, was andere erschaffen, aufbereiten, verändern, faken, manipulieren. Und wir neigen dazu, zu glauben, was wir sehen. Ihr kennt doch den Spruch ‹Ich glaube nur, was ich mit meinen eigenen Augen sehe›, nicht wahr?»

Marc wartete einen Moment, als bekäme er Antworten auf seine Frage.

«Seht ihr! So tief geht die Indoktrination auch bei euch. Augen vor Ohren, das ist es, was die Einführung der Bilder als Quelle der Erfahrungen verursacht hat. Augen vor Ohren. Kino und Fernsehen haben den Anfang gemacht, Facebook, Instagram und TikTok verschärfen es noch, machen uns taub für uns selbst. Wir sehen die anderen, alle anderen, auf der ganzen Welt, hören uns aber selbst nicht mehr, und das erzeugt in uns eine entsetzlich tiefe und weite Leere, die wir zu füllen versuchen, indem wir noch mehr Bilder konsumieren, und damit stecken wir mittendrin in einem Teufelskreis, aus dem es scheinbar kein Entkommen gibt.»

Marc Maria Hagen hatte sich leicht in Rage geredet. Sarah konnte hören, wie sehr ihm dieses Thema am Herzen lag, wie ihn das Leid seiner Mitmenschen beschäftigte. Das machte ihn authentisch und glaubwürdig, und es fehlte nicht viel, damit Sarah ihm ein lautes «Ja, ja, ja» zurief. Nur weil sie allein in ihrer Wohnung hockte und sich komisch dabei vorgekommen wäre, tat sie es nicht.

«Aber nur scheinbar», führte Marc weiter aus. «Denn es gibt ein Entkommen. Wir alle tragen die Möglichkeiten dazu in uns, seit Urzeiten. Sie sind da, wir müssen nur wieder lernen, sie zu nutzen. Unsere eigene Stimme ist das Erste, was wir hören, unser Leben lang ist sie unser wichtigster Ratgeber – und sie ist das Letzte, was wir hören.

Ich weiß, ich habe es schon oft gesagt, aber ich werde niemals müde werden, es zu wiederholen. Eine Sache gibt es, die unserer inneren Stimme Kraft verleiht, sie laut werden lässt, und das ist die Liebe. Liebt euch selbst, liebt eure Nächsten, und ihr werdet mit euch und der Welt im Reinen sein.»

Marcs Stimme ging in leise Panflötenmusik über, bevor ein Sprecher das Outro übernahm.

«Das war die neueste Folge des Podcasts Hörgefühlt von und mit Marc Maria Hagen. Wenn es euch gefallen hat, hört doch nächste Woche wieder rein. In der Zwischenzeit besucht gern unsere Website oder unseren Blog, beteiligt euch am Forum, diskutiert mit und bereichert euch und andere. Im Shop könnt ihr alle bisherigen Folgen auf MP3 erwerben und Marcs Bücher bestellen, die es natürlich auch als Hörbuch gibt, eingelesen von Marc selbst. Und denkt daran, bald findet wieder eines von Marcs Coachings statt. Die Teilnehmeranzahl ist begrenzt, schreibt an unsere Mailadresse, wenn ihr Interesse habt.»

Sarahs Herz hüpfte vor Freude, als der Sprecher des Outros das Coaching erwähnte. Sie selbst würde bald an diesem Coaching teilnehmen, würde Marc Maria Hagen persönlich treffen und sich von ihm darin unterrichten lassen, wie sie in dieser verrückten, ausufernden, unfassbar belastenden Welt besser mit ihren eigenen Gefühlen klarkam.

Zweitausend Euro würde das Wochenende bei Marc kosten, Unterbringung und Essen inklusive. Ungefähr so viel verdiente Sarah in einem Monat. Eigentlich hatte sie das Geld nicht übrig, würde dafür auf den nächsten Sommerurlaub verzichten müssen, aber das war es ihr wert.

Wie könnte sie das Geld besser investieren als in sich selbst?

8

Hier lauert der Tod.

Das war Carola Barreis' erster Gedanke, als sie eine Stunde später in einer Wohnstraße der Ortschaft Feldkirchen aus dem Wagen stieg.

Häuser konnten durchaus bedrohlich wirken, das hatte sie schon immer so empfunden, und das Haus, vor dem sie jetzt stand, glich einem Nachtmahr. Dunkler Stein, dunkles Dach, nirgends ein Licht. Im Zusammenspiel mit dieser dunklen Nacht bedrückend.

Martina Spiekermann war nicht in diesem Haus gestorben, aber ihrer bemächtigt hatte sich der Tod bestimmt zwischen diesen Wänden, die sie ihr Zuhause genannt hatte. Carola Barreis stellte sich vor, wie der schwarze Teufel sich in einsamen Nächten und zermürbenden Tagen in Martinas Gedanken geschlichen und sie gekapert hatte, still und heimlich zuerst, dann immer machtvoller, bis es für die junge Frau keinen Ausweg mehr gegeben hatte.

Und jetzt musste Carola an diese Tür klopfen und denen, die hinterblieben waren, schlechte Nachrichten überbringen.

Bei Tageslicht und ohne ihr Wissen war das hier sicher ein netter Ort in netter Gesellschaft. Kleinstadtidylle, viel

Grün drumherum, ruhige Menschen, die vom Sitz ihres Rasenmähertraktors über die Lage der Welt philosophierten. Carola war selbst so aufgewachsen. In ihren jüngeren Jahren hatte sie verächtlich auf diese Menschen geblickt, besonders nachdem sie in die Großstadt gezogen war. Aber dieser Blick hatte sich verändert. Heute wusste sie, dass hier mehr von der richtigen Weisheit vorhanden war, als man glaubte. Hier spielte die Natur ins Denken und Fühlen und gab die Regeln vor, nicht Daten, Algorithmen und die neuesten Kleidungstrends.

Ein Beamter der örtlichen Polizeiwache von Feldkirchen, den man aus dem Bett hatte klingeln müssen, weil die Dienststelle nur bis achtzehn Uhr besetzt war, hatte die Frau am Baum identifizieren und ihnen Nachnamen und Wohnort nennen können. Die Familie Spiekermann war ihm bekannt. Tim Spiekermann war angeblich ein Heißsporn, der auch schon mal die Fäuste sprechen ließ, wie er auf dem einen oder anderen Schützenfest bewiesen hatte. Nur im Suff, aber immerhin.

Hatte der Mann seine Frau geschlagen?

Der Beamte sagte nein.

War Martina Spiekermann deshalb am Abend vor ihm aus ihrem Haus geflüchtet, um in den Wald zu gehen und sich umzubringen?

Der Beamte konnte sich das nicht vorstellen.

Der Beamte spielte aber auch Fußball mit Tim Spiekermann und hatte schon das eine oder andere Bier mit dem Mann gekippt. Nähe veränderte den Blickwinkel, er wurde schmaler, ein Scheuklappeneffekt trat ein. Wer traute einem Kumpel schon häusliche Gewalt zu?

Sie würden es vielleicht nie erfahren, denn es war gut möglich, dass sich in diesem Haus eine Tragödie abgespielt hatte. Das Blut an den Händen der Frau konnte nicht von ihr stammen, denn an ihrem Körper gab es keine blutenden Wunden. Irgendetwas hatte sie getan, bevor sie in den Wald gegangen war. Noch wusste niemand, woran Martina Spiekermann gestorben war. Äußerlich wies sie keine Wunden auf. Aber die Obduktion würde diese Frage beantworten, und Carola, die Obduktionen hasste, überlegte schon jetzt, wie sie um diese herumkommen würde.

Sie verzichtete darauf, die beiden Kollegen vom Streifendienst mitzunehmen, die in dem unbeleuchteten Dienstwagen am Straßenrand in Sichtweite warteten. Sie hatten sich klammheimlich und still in diese Wohnstraße geschlichen, Einsatzlicht und Getöse in der Nacht hätte unnötigerweise die Nachbarn geweckt. Was geschehen war, würde sich noch früh genug herumsprechen.

Der Weg bis zur Haustür war ordentlich gepflastert, allerdings wieder mit diesem dunklen Stein, der hier alles zu dominieren schien. Fröhlichkeit und Farbe waren stark miteinander vernetzt, fand Carola, und hier fehlte beides. Ein Haus wie dieses passte nach ihrer Meinung in eine Stadt, in der dunkle Villen mit Schießscharten statt Fenstern wie Giftpilze aus dem Boden schossen, hier auf dem Lande wirkte es fehl am Platze. Vor sämtlichen Fenstern waren die Rollläden heruntergelassen.

An der Haustür fand Carola ein Klingelschild und beleuchtete es kurz mit ihrem Handy. Spiekermann. Kein weiterer Name, also würde sie wohl auf niemand anderen treffen als auf den Ehemann. Laut dem ortskundigen Polizisten hatte das Paar keine Kinder.

Immerhin etwas, dachte Carola und zog den Schlüssel hervor. Automatisierte Verhaltensweisen legten die Menschen selten ab, und Martina Spiekermann hatte ihr Schlüsselbund eingesteckt, wie sie es immer tat. Hatte sie schon gewusst, dass sie nicht wiederkommen würde?

Wann traf man eine solche Entscheidung?

In den Stunden oder Tagen vorher? Oder hatte Martina sie erst getroffen, als sie den Baum erreicht hatte, der laut Aussage des Unfallopfers ihr Lieblingsort gewesen sein sollte? Zumindest diesen Teil konnte Carola nachvollziehen. Eines Tages würde sie sich selbst an ihrem Lieblingsort in die warme Sonne setzen und den Tod willkommen heißen. Aber ganz sicher nicht in einer kalten, grauen Nieselregennacht im November.

Hatte Martina sich die Entscheidung bis zuletzt offengehalten? War es bis zur letzten Sekunde eine Möglichkeit gewesen, zu der es Optionen gegeben hatte? Immerhin hatte sie diese Frau kontaktiert, die nach dem Unfall im Krankenhaus lag, was man durchaus als Hilferuf deuten konnte.

Andererseits: Sie hatte Blut an den Händen!

Bevor Carola den Schlüssel benutzte, klingelte sie. Sie wusste ja nicht, woher das Blut an den Händen der Frau stammte, und wollte nicht von einem überraschten Ehemann niedergeschlagen werden, der sie für einen Einbrecher hielt. Sie wiederholte das Klingeln zweimal, hörte auch den nach Militärmusik klingenden Gong im Inneren des Hauses, wartete jedoch vergeblich auf eine Reaktion.

Ein Blick zum Streifenwagen. Carola verließ der Mut, sie wollte jetzt doch nicht mehr allein sein. Sie winkte den Beamten zu, beide stiegen aus, einer blieb beim Wagen, der andere kam zu ihr.

«Bleiben Sie hinter mir, und nichts berühren», wies Carola ihn an, schob dann den Schlüssel ins Sicherheitsschloss, drückte die Tür auf und rief: «Hallo?»

Es gibt kein Echo in bewohnten und möblierten Räumen, dennoch glaubte Carola, ihre Stimme werde zurückgeworfen, so als sei sie hier nicht willkommen. *Raus mit dir, und nimm deine Worte mit!*

«Polizei! Ist jemand zu Hause?»

Sie wartete mit einem Fuß auf der Türschwelle und lauschte. Hinter ihr atmete der übergewichtige Beamte laut. Irgendwo tickte es leise, vielleicht eine Uhr. Außerdem hörte sie ein kratzendes Geräusch, auf das ein merkwürdig hektisches Vibrieren folgte, leise nur, aber wahrnehmbar.

Carola zog ihre Dienstwaffe aus dem Holster und betrat das Haus. Ihr war selbst nicht ganz klar, warum sie die Waffe zog, es war eine Entscheidung aus dem Bauch heraus, sicherlich angefeuert von dem Gefühl da draußen am Waldrand, nicht allein gewesen zu sein.

Im Nachhinein war es ihr peinlich, aber sie war wirklich zu ihrem Wagen zurückgerannt. Mit Angst im Nacken und dem überwältigenden Gefühl, verfolgt zu werden. Da war jemand gewesen, irgendwo im Unterholz, hatte sie beobachtet. Aber das war Unsinn, wer sollte da schon gewesen sein?

In Ansätzen kehrte dieses Gefühl nun zurück.

Sie war nicht allein in diesem Haus, auch wenn sich auf ihr Klingeln und Rufen hin niemand gemeldet hatte, das spürte Carola.

Geh nicht weiter, sagte eine Stimme in ihrem Inneren. *Was immer du hier auch findest, willst du nicht sehen.*

Carola trat trotzdem tiefer in den Flur hinein. Es war nun einmal ihr Job.

Der Flur war kurz, vielleicht vier Meter, am Ende ging

er türlos in einen großen Raum über, aus dem ein wenig Licht hereindrang, sodass es nicht völlig dunkel war. Darauf steuerte Carola zu, angezogen wie eine Motte von einer Straßenlaterne. Hinter dem Durchgang wartete das Wohnzimmer, ein großer Raum mit Esstisch und Sofaecke. Das Licht stammte von den Stand-by-Lämpchen von Fernseher, Receiver und Blu-ray-Player. Das sirrende Geräusch war in diesem Raum intensiver, und nach kurzer Suche fand Carola den Grund. Ein einsamer Hamster drehte seine Runden im Rad. Im Licht der Handylampe erstarrte er und blickte sie fragend an. Vielleicht war es Einbildung, aber Carola meinte, Hunger in seinem Blick zu erkennen. Den Wunsch, das Tier zu füttern, musste sie mühsam unterdrücken.

Küche, Bad, Schlafzimmer – alle leer.

Es gab noch einen weiteren Raum, und als Carola die Tür aufdrückte, wusste sie sofort, was sie dahinter erwartete.

Der schwere metallische Geruch von Blut überlagerte alles, schien sogar den Sauerstoff aus dem Raum vertrieben zu haben. Carola betätigte den Lichtschalter, aber das Licht ging nicht an, also nutzte sie abermals die Handylampe. Diese erleuchtete ein Kinderzimmer. Bunte Wände mit fluoreszierenden Aufklebern von Sonne, Mond und Sternen. Ein Kinderbettchen, ein Wickeltisch, Vorhänge mit lachenden Gesichtern. Der ortskundige Beamte war sich sicher gewesen, dass das Paar keine Kinder hatte. So viel hatte er gewusst, aber wohl nicht alles, nicht, was in der nahen Zukunft lag.

War Martina schwanger gewesen?

Großer Gott, hoffentlich nicht, dachte Carola.

Tim Spiekermann lehnte an der Wand zwischen Kinderbettchen und Wickelkommode, neben ihm eine heruntergerissene Lampe, die er auf seltsam liebevoll-verkrampfte Art im Arm zu halten schien.

Der große Fleck auf dem Teppich zwischen seinen Beinen und rund um ihn herum hatte nichts mit dem aufgedruckten Blumenmuster zu tun. Es war sein Blut. Soweit Carola sehen konnte, war sein Oberkörper von Einstichen übersät, selbst Hals und Gesicht waren nicht verschont geblieben.

Hier hatten Kampf und Raserei stattgefunden. Hier also hatte Martina Spiekermann sich die Hände blutig gemacht.

9

Carola Barreis fütterte den Hamster, während sie auf das Team der Kriminaltechnik wartete. Sie hatte das Sirren des bunten Plastikrads nicht länger ertragen können, außerdem war es dem Hamster wahrscheinlich egal, was sich in diesem Haus zugetragen hatte. Er hatte Hunger.

«Und? Können Sie eine Aussage machen?», fragte Carola das weiß-braun-schwarz gefleckte Tierchen.

Im Moment wohl eher nicht, denn es hatte die Backen voll, behielt sie aber im Blick, während es emsig knabberte und kaute. Die Hirsestangen hatte Carola in der Schublade des Tisches gefunden, auf dem der Hamsterkäfig stand. Darin lag noch viel mehr Futter.

«Welche letzten Worte wurden hier gesprochen, hm? Sag's mir, Kleiner, und ich verspreche, ich lege ein gutes Wort ein für dich. Sonst kriegen wir dich wegen unterlassener Hilfeleistung dran.»

Auf den gut gefüllten Hamsterbacken zitterten die langen Härchen, in seinen Augen glänzte Dankbarkeit. Carola hatte keine Ahnung von Hamstern, aber dieser wirkte eindeutig ausgehungert. Sie ließ ihn allein mit seinen Hirsestangen und wandte sich widerwillig vom Käfig ab. Denn abwenden bedeutete, sich dem Fall zuwenden. Zwei weitere Leichen auf ihrem Konto, das ohnehin schon überfüllt war. Carola fürchtete die Strafzinsen. Sie machten sich schon seit Langem bemerkbar, vor allem nachts, wenn Schlaf und Erinnerungen ihren Giftcocktail mischten. Es war tatsächlich so, als buchte eine übergeordnete Macht still und heimlich von ihrem Lebenskonto ab. Die Frage war, was? Zeit oder Energie? Hoffentlich nicht beides!

Eine halbe Stunde würde das Team sicher noch brauchen, die Zeit konnte sie nutzen. Die beiden Beamten befanden sich draußen, schirmten das Haus ab, sie hatte Zeit und Ruhe, sich hier drinnen umzusehen und sich ein Bild zu machen. Auf den ersten Blick war alles klar: eine Beziehungstat mit anschließendem Suizid, diesmal aber andersherum. Nicht die Frau war das Opfer, sondern der Mann.

Oder nicht?

Die Antwort würde Carola ganz sicher in diesem Haus finden. Was auch immer mit dem Ehepaar Spiekermann nicht in Ordnung gewesen war, die Keimzelle lag zwischen diesen grauen Wänden, unter diesem grauen Dach.

«Vielleicht hätten sie einen anderen Architekten beauftragen sollen, der etwas von Feng-Shui versteht», sagte Carola leise auf ihrem Weg durch Düsterhausen.

Für einen kurzen Moment sehnte sie sich nach Taormina, in die Wärme und Farbe dieses Landstrichs. Beides machte so viel mit ihr, heilte die Wunden, die im deutschen Nieselregen ständig vor sich hin eiterten. Und dann dieser Ausblick von der Steilküste über das schier endlose Meer, das am Horizont den Himmel heiratete. Wenn es einen Ort gab, an dem man getrost seine Gedanken verlieren konnte, dann diesen. Noch drei Jahre, dann war es so weit. Ruhestand, Rente, Pension, wie auch immer man es nennen wollte, für sie würde dann die Taormina-Zeitrechnung beginnen. Das Haus wartete. Die ockerbraune Erde wartete. Ihre Seele wartete auf den neuen Input, fernab menschlicher Abgründe und Strafzinsen aufs Leben.

Aber noch gab es etwas zu tun. Carola wollte nicht, ging aber trotzdem wieder zum Kinderzimmer. Wie grausam, einen Raum, in dem Frieden und Glückseligkeit herrschen sollten, so zu missbrauchen. Auf dem Weg dorthin entdeckte sie blutige Handabdrücke an Wänden und Türrahmen. Sie stammten von kleinen Händen. Vor ihrem geistigen Auge sah Carola die verwirrte Martina nach der grausamen Tat durchs Haus torkeln, sich hier und dort abstützend.

Im Türrahmen zum Kinderzimmer blieb Carola stehen und betrachtete alles ganz genau. Warum hatte Martina ihren Mann ausgerechnet in diesem Raum getötet? Warum die hohe Anzahl an Messerstichen? Wie hatte sie es geschafft, ihn zu überwältigen? Spiekermann war ein zwar nur mittelgroßer, aber doch kräftig wirkender Mann. Die Tatwaffe hatte Carola längst gefunden: in der Küchenspüle. Blutverschmiert lag das Messer darin. Die Klinge war circa fünfzehn Zentimeter lang, und der leere Platz in der magnetischen Messerleiste an der Wand zeigte, wo das Messer hingehörte. Sauber an die Wand, schmutzig in die Spüle.

Die junge Frau tötet im Blutrausch ihren Mann, will sich danach selbst töten, legt die Mordwaffe aber ordentlich in der Spüle ab. Warum hat sie sich nicht damit die Pulsadern aufgeschnitten, gleich hier? Fragen über Fragen, aber Carola wusste natürlich, sie würde nicht auf alle eine schlüssige Antwort erhalten. Menschen außer Kontrolle handelten nicht schlüssig – die meisten nicht einmal, wenn sie die Kontrolle hatten. Aber gerade in einem solchen Chaos ließen sich Motivation und Tathergang gut einschätzen. Hier war nichts gestellt, niemand hatte versucht, Spuren zu verwischen oder falsche Fährten auszulegen.

Auch wenn es für die filmkundige Öffentlichkeit so wirkte, als starben die meisten Menschen durch die Hand von Serientätern, die wahllos und aus purer Lust töteten, war dem natürlich nicht so. Beziehungstaten dominierten seit jeher und immerfort die Mordstatistiken. Allein sein wollte und konnte der Mensch nicht. Zusammen sein aber endete oft genug in einer Katastrophe. Carola schätzte sich glücklich, so einen verkorksten Charakter zu haben. Eigenbrötlerisch, egoistisch, egozentrisch, sprach sie am liebsten mit sich selbst, mit Dingen oder Hamstern, kurzum: Sie war beziehungsunfähig. Damit war sie vor den meisten Mördern schon mal sicher.

Ein Kinderzimmer ohne Kind. Fertig eingerichtet, wahrscheinlich in freudiger Erwartung. Ob Martina schwanger gewesen war oder nicht, würde Carola morgen erfahren. Paul Müller, ihr Freund und Rechtsmediziner, würde ihr den Gefallen tun und gleich in der Früh mit der Obduktion beginnen, ganz gleich, wer sonst noch auf seinem Tisch lag.

Das Kinderzimmer kam Carola wie ein heiliger Gral vor, wie die Manifestation aller Wünsche dieses Paares, deshalb passte die verheerend zugerichtete Leiche nicht in dieses Bild. Etwas war schiefgelaufen. Hatten sich die Wünsche ins Gegenteil verkehrt? War der Wunsch des einen nicht der des anderen? War der Druck zu groß geworden?

Da sie das Zimmer nicht mit ihren eigenen Spuren verunreinigen durfte, betrat sie es nicht, wandte sich schließlich ab und nahm sich das Bad vor.

Warum graue Kacheln? Was stimmte nicht mit einer Gesellschaft, in der diese Depri-Farbe Trend war? Zumindest lockerten Weiß und ein wenig akzentuiertes Rot hier die Tristesse auf, aber eine Villa Kunterbunt wurde das Haus dadurch auch nicht.

Es gab einen Spiegelschrank im Bad von der Art, den ihre Eltern «Allibert» genannt hatten. Es hatte lange gedauert, bis Carola draufgekommen war, dass es kein familienspezifischer Name der Barreis' war, sondern ein Deonym.

Allibert barg immer Geheimnisse, egal wo er hing.

«Na, alter Freund, was kannst du mir denn verraten?», fragte sie ihn.

Zunächst einmal bewiesen die feinen weißen Sprenkel vom Zähneputzen auf dem Spiegelglas, dass die letzte Reinigung wohl schon eine Weile zurücklag. Carola sah sich einen Augenblick im Spiegelglas an. Sah ihre müden Augen, die dunklen Täler darunter, Falten, die sie wie wasserführende Schluchten miteinander verbanden. Sie mochte ihr Spiegelbild nicht und klappte Alliberts Türen auf.

Über die üblichen Dinge hinaus befanden sich Medikamente darin, die Carola als Barbiturate identifizierte. Schlafmittel. Vier Packungen. Wer hatte sie eingenommen? Er oder sie? Carola kontrollierte die Packungen und stellte fest, dass zwei Blister fehlten. Sehr wahrscheinlich hatte sie auch ohne die Hilfe ihres Freundes Paul Müller gerade die Todesursache von Martina Spiekermann gefunden. Ansonsten enthielt Allibert nichts Erhellendes.

Anschließend sah sich Carola im Wohnzimmer um. Dort

fand sie ein Regal mit Aktenordnern, wie es beinahe jede Familie hatte. Steuerunterlagen, Besitzunterlagen, Rentenunterlagen, persönliche Unterlagen. Existenzen waren auf Unterlagen gebettet und von ihnen abhängig.

Es gab einen Ordner mit der Aufschrift «Ansgar-Klinik».

Carola zog ihn heraus und begriff schon nach den ersten zwei Seiten, was eventuell schiefgelaufen war in dieser Beziehung.

Martina Spiekermann hatte auf natürlichem Wege nicht schwanger werden können und sich in den vergangenen drei Jahren vier künstlichen Befruchtungen unterzogen. Laut diesen Unterlagen, die Carola nur zur Hälfte verstand, war keine davon erfolgreich gewesen. Die letzte Behandlung lag ein halbes Jahr zurück, dann gab es eine Pause, und nach dem neuesten, zualleroberst abgehefteten Blatt stand der nächste Versuch einer Befruchtung unmittelbar bevor. Er war für in drei Wochen festgesetzt.

Drei Jahre lang hatten die Spiekermanns versucht, schwanger zu werden, und fraglos hatten sie erneut alle Hoffnung in diesen bald anstehenden Termin gesetzt.

Hatte Martina diesem Druck nicht standgehalten?

KAPITEL 2

1

Vorher

Den Geruch von frischem Mörtel hatte er schon immer geliebt. Deshalb rührte er länger mit der Maurerkelle darin herum, als es nötig wäre, um die Mischung aus Wasser und Fertigzement zu vermengen. Immer wieder stieß er in die puddingartige graue Masse, nahm etwas davon auf die Kelle und ließ es langsam von dem glatten Metall zurück in den schwarzen Kübel gleiten. Dabei spürte er den Erinnerungen an seine Kindheit nach, versuchte, den Geruch mit Bildern in Verbindung zu bringen, und auch wenn er das Gefühl hatte, nah dran zu sein, gelang es ihm doch nicht wirklich. Es war, als suchte er in stark bewegtem Wasser nach seinem Spiegelbild. Vielleicht erhaschte er zwischen zwei Wellen einen Blick, vielleicht aber auch nicht, und wenn, dann war das Bild verschwommen und unklar. Aus der Kelle wurde ein Schwert, aus dem Mörtel ein Körper.

So ging es seit Jahr und Tag.

Niemand konnte das auf Dauer aushalten.

Und deshalb benötigte er den Mörtel und die Klinkersteine, die ordentlich auf der Palette gestapelt darauf warteten, eine Mauer zu werden. Eigenhändig hatte er sie aus einer alten Wand herausgebrochen, ursprünglich zu einem anderen Zweck, und um das Loch zu verschließen, vor dem er hockte, waren sie eigentlich zu schade, aber er hatte keine anderen und wollte aus guten Gründen keine bestellen.

«Alles klar, kann losgehen», sagte er schließlich in das dunkle Auge des Loches. Er wusste, seine Stimme würde den unterirdischen Raum dahinter ausfüllen, vielleicht sogar widerhallen, auf jeden Fall aber Gehör finden, auch wenn er natürlich keine Antwort bekam. Er benetzte den staubigen Sims mit Wasser, nahm Mörtel auf die Kelle, füllte eine Schicht auf den Sims und positionierte dann die Klinkersteine darauf. Und weil er ein pingeliger Handwerker war, überprüfte er mit der Wasserwaage, ob die erste Schicht gerade war. Zwar kam es hier nicht drauf an, weil niemand diesen zugemauerten Schacht, durch den früher Kohle in den Keller geschüttet worden war, je sehen würde – zumindest nicht von außen – aber wenn man Ansprüche an sich selbst hatte, musste man diese auch erfüllen.

Auch bei den Fugen achtete er auf gleichmäßige Stärke. Stein für Stein setzte er ein, das Loch wurde schmaler und schmaler, immer weniger Tageslicht fiel in den Keller. Er fragte sich, was für ein Gefühl es da unten sein musste, Licht, Freiheit und Hoffnung langsam, Stein für Stein, Fuge für Fuge schwinden zu sehen? Nichts dagegen tun zu können, eingemauert zu werden?

Nach fünf Schichten Klinkersteinen blieb am oberen Rand des Loches nur noch ein schmaler Spalt – zu schmal für einen weiteren ganzen Stein. Steine zuschneiden wollte er nicht, da das viel Lärm und Staub machte, gerade bei Rotklinker. Also richtete er sich auf und ging hinüber zu der schräg eingelassenen Holzklappe, die, wenn sie geschlossen war, die Treppe verbarg. Jetzt stand sie sperrangelweit auf, wie eine Einladung, den Schritt in die Finsternis zu wagen. Er ging hinunter, roch den Kohlenstaub an den Wänden, der in all den Jahren tief ins Gemäuer gedrungen war. In dem schmalen Gang brannte eine alte Glühbirne in einem Metallkäfig, zwischen dessen rostigen Stäben die vielleicht älteste Spinne der Welt Wunderwerke geschaffen hatte. Mit einem Handfeger in der Hand hatte er eine halbe Stunde davor gestanden, die filigranen Vernetzungen betrachtet und schließlich entschieden, sie nicht zu zerstören. Neue Fäden, alte Fäden, und alle standen miteinander in Verbindung, keiner war überflüssig. Er hatte darin Analogien zum menschlichen Leben gesehen – zu seinem Leben. Einen Faden in die Vergangenheit zu kappen hatte immer auch Auswirkungen auf die Zukunft – und die waren nicht beherrschbar. Nicht einmal durch den Tod, wie er gelernt hatte.

Vier Schritte vom Spinnenhaus entfernt ging es links in den Raum, in dem früher der alte Kohlenbrenner gestanden und das Gebäude beheizt hatte. Nun befand sich darin die neue Gas-Zentralheizung, die viel kleiner war und doch doppelt so viel leistete. Den durch den Umbau entstandenen Platz hatte er genutzt und hinter dem Warmwasserkessel eine neue Wand aus Natursteinen eingezogen. Noch gab es eine Lücke darin, und er musste sich bücken, um hindurchzupassen. Seine Schultern rieben sich am Mauerwerk.

Der dahinter entstandene Raum war rechteckig, mit einer gemauerten Gewölbedecke. Ein idealer Weinkeller, wofür er auch vorgesehen gewesen war, aber daraus würde nichts werden. Oben unter der Decke schimmerte Licht durch den schmalen Spalt seiner frisch gesetzten Ziegelwand. Zwei

Fingerbreit maß der Spalt, kaum mehr als eine Fuge, aber in dem finsteren Raum wirkte das bisschen Licht, als strahle ein Scheinwerfer hinein. In schrägem Winkel fiel es als lang gezogenes Rechteck auf den staubigen Betonboden. Bis in die Ecke, wo der Stuhl stand, reichte es nicht, und er sah nur die weit aufgerissenen Augen, oder besser, das Weiße darin. Es schien zu leuchten. Konnte das sein? Verliehen Angst und Panik den Augen diese Fähigkeit?

Das Kopfschütteln war nicht mehr als eine Ahnung, die Stimme hinter dem Knebel nicht laut genug, um irgendjemanden in der fernen Welt da draußen aufmerksam zu machen. Eigentlich hätte ein Holzverschlag gereicht, um den alten Schacht zu verschließen, aber sicher war sicher. Man konnte nie wissen, außerdem mauerte er gern. Mauern waren viel solider, langlebiger und schützten besser vor einem Einbruch – oder Ausbruch.

Für die Restarbeiten benötigte er mehr Licht.

Er schloss den Stecker des kleinen Baustrahlers an. Den hatte er zwar für andere Zwecke angeschafft, aber warum nicht das Nützliche mit dem Sinnvollen verbinden? Ohne sich weiter um die hinter ihm in der Dunkelheit schwebenden Augen zu kümmern, betrachtete er die Innenseite seiner Handwerksarbeit. Von außen hatte er die Fugen sauber ausgestrichen, hier unten quoll der Mörtel wie Eiter zwischen den Steinen hervor. Das konnte so bleiben, kein Problem, niemand außer ihm selbst und seinem Gast würde es je sehen.

Holz und Säge hatte er bereitgelegt. Als guter Handwerker hatte er die Arbeitsschritte vorher geplant. Er schnitt ein Brett zurecht und befestigte es über dem verbliebenen Spalt mit Mauerhaken in den frischen Fugen. Dazu musste er auf die Trittleiter steigen, denn der Spalt befand sich direkt unter der zweieinhalb Meter hohen Decke.

Das Tageslicht erlosch nun vollkommen.

Er drehte sich um, weil ihn die Reaktion interessierte.

Bevor er mit den Maurerarbeiten begonnen hatte, hatte er den Stuhl bewusst so platziert, dass der Blick seines Gastes auf den Schacht gerichtet war. Auf das Tageslicht, den Ausgang, den Weg ins Freie. Er sollte mitbekommen, was geschah. Jeden einzelnen Stein sollte er sehen, wie er in das Loch eingefügt wurde, wie das Tageslicht nach und nach verschwand. Jetzt, da der Baustrahler den Raum erhellte, büßte das Weiß der Augen seine Leuchtkraft ein. Immer noch waren sie weit aufgerissen und zeigten deutlich die schier grenzenlose Angst, die er empfand.

So sollte es sein.

Das war der Zweck des Ganzen.

Der Schmerz würde später kommen, jetzt musste erst einmal die Angst reichen, um die Zunge zu lockern.

Obwohl noch Arbeit auf ihn wartete, verspürte er den Drang, ein paar Worte zu wechseln. Und warum auch nicht! Er hatte es sich verdient. Also ging er hinüber und löste den Knoten des Knebels im Nacken des Mannes. Das Teilstück aus dem Mund war nass vom Speichel, er ekelte sich davor und vermied, es zu berühren.

Nachdem der Knebel entfernt war, keuchte und würgte der Mann und beugte sich weit nach vorn, als müsste er sich übergeben. Er ließ ihm Zeit. Denn Zeit spielte hier unten keine Rolle mehr, zumindest nicht die vorwärtsgewandte. In Zukunft würde es hier nur noch um die Vergangenheit gehen.

«Das ... das können Sie doch nicht tun», sagte der Mann, als er sich gesammelt hatte.

«Oh doch, ich kann.»

«Aber warum? Was habe ich Ihnen getan?»

Der Mann fand die Kraft, den Kopf zu heben und ihn anzuschauen. Er weinte; Tränen zogen helle Streifen durch den Schmutz der Wangen.

Ihm war klar, dass der Mann nichts verstand, aber das würde er bald. Je tiefer sie gemeinsam in die Vergangenheit eintauchten, desto klarer würde auch seine Zukunft werden.

«Lassen Sie mich bitte gehen ... ich habe Familie.»

«Als ob dir das jemals etwas bedeutet hätte.»

Was in den Augen des Mannes aufblitzte, war keine Erkenntnis, eher eine Ahnung, vielleicht aber auch nur Scham. Scham, ja, die würde ihm gut zu Gesicht stehen.

«Fürchtest du dich?», fragte er.

Der Mann nickte.

«Das solltest du auch. Es ist wichtig für mich, dass du Furcht spürst, so wie ich sie gespürt habe, jahrelang, Tag für Tag. Und wenn sie groß genug ist, wirst du mir die ganze Geschichte, die komplette Wahrheit erzählen, das weiß ich. Ich muss alles wissen, jedes Detail, verstehst du?»

Er deutete auf das zugemauerte Loch. «Ich schaffe uns einen Ort, an dem wir uns kennenlernen können, wie sich nie zuvor zwei Menschen kennengelernt haben.»

Der Mann begann zu weinen, der Rotz lief ihm aus der Nase.

«Es gibt nur eine Möglichkeit für dich zu überleben.»

«Was? Ich tue alles, wenn Sie mich gehen lassen.»

«Sag. Meinen. Namen.»

Aber das konnte er natürlich nicht.

2

Roya Mayer schlug die Augen auf.

In den ersten Sekunden wusste sie weder, wo sie sich befand, noch, was passiert war. Klar war ihr aber, dass sie nicht im Schlafzimmer ihrer kleinen Zweizimmerwohnung lag, in dem sie sonst jeden Morgen erwachte. Es fehlten die üblichen Geräusche des morgendlichen Berufsverkehrs und das Poltern der Nachbarn aus der Etage über ihr. Wo auch immer sie war, es war erschreckend still hier.

Dass es ihrem Kopf nicht besonders gut ging, spürte Roya bei der ersten Bewegung. Es war, als schwappte der Schmerz darin hin und her wie Wasser in einem halb vollen Gefäß. Ein dumpfer, nur langsam abklingender Schmerz war das, leichter Schwindel in seinem Gefolge. Royas Magen rebellierte. Das tat er immer, wenn mit ihrem Gleichgewichtssinn etwas nicht in Ordnung war. Roya konnte weder Karussell fahren noch eine Kreuzfahrt machen, ohne sich übergeben zu müssen. Schon Bus fahren stellte sie auf eine harte Probe.

Ich hatte einen Unfall, schoss es ihr durch den Kopf.

Der Gedanke löste sofort Erinnerungen aus, zu denen sogar der Geruch und Geschmack des Airbags gehörte – vor allem aber sah sie Blut auf den Wagenhimmel tropfen, der sich unter, nicht über ihr befand – und ein Handy mit einem gesprungenen Display.

Martina!

Sie musste ihren Kopf nicht bewegen, allein der Name sorgte für eine weitere Schmerz- und Schwindelwelle. Und weil beides nun schon einmal da war, riskierte sie es und sah sich im Raum um. Sie befand sich in einem Krankenzimmer, so viel war klar. Eine Mitpatientin hatte sie nicht, es stand auch kein weiteres Bett im Raum, das belegt werden konnte. Vor dem Fenster war ein Rollladen heruntergelassen, deshalb wusste sie nicht, welche Tageszeit war.

Die Analogie der Ereignisse erschreckte Roya. Dies war der zweite Selbstmord, in den sie verwickelt war. Und dann dieser Unfall, obwohl ihre Familie doch schon durch einen anderen Unfall genug belastet war. Was stimmte nicht mit ihr, dass das Schicksal die Karten so für sie mischte?

Royas Hand legte sich automatisch auf ihren Hals, suchte das Medaillon, das in ihrer Familie alle trugen. Sie, Mama, Papa, ihr Schwester Jenna. Es bedeutete Zusammengehörigkeit und Liebe bis über den Tod hinaus. Mama und Jenna waren damals bei dem Unfall ums Leben gekommen und hatten ihr Medaillon mit ins Grab genommen. Doch wo war ihres? Es war fort.

War es beim Unfall verloren gegangen?

Die viel wichtigere Frage war aber:

Wie viel Zeit war seit dem Unfall vergangen?

Bestand noch die Chance, Martina zu helfen? Vielleicht wartete sie dort oben am Hügel auf eine weitere Nachricht von ihr.

Roya, die noch nie in einem Krankenbett gelegen hatte, wusste so gut wie jeder andere auch, dass es hier eine Notfallklingel gab. Mit vorsichtigen Kopfbewegungen sah sie sich um und entdeckte über sich einen roten Drucktaster an einem Kabel.

Sie drückte ihn, wie sie zuvor das Mikrofon-Symbol auf ihrem Handy gedrückt hatte. Zur Bestätigung ertönte ein leiser Summton. Keine Minute später ging die Tür auf, und eine Krankenschwester kam herein. Sie lächelte Roya mitfühlend an.

«Da sind Sie ja wieder! Wie schön! Wie geht es Ihnen. Tut der Kopf weh?»

«Mein Handy ... ich brauche mein Handy», sagte Roya und erntete einen Blick, der kaum verbarg, was die Schwester dachte.

Baut einen Unfall, weil sie während der Fahrt mit dem Handy beschäftigt ist, kommt gerade so mit dem Leben davon und hat wieder nichts anderes im Kopf als ihr verdammtes Telefon.

«Tut mir leid, ich weiß nicht, wo Ihr Handy ist ... soll ich jemanden für Sie anrufen?»

«Nein, ich ...»

Wie sollte sie der Krankenschwester erklären, worum es ihr ging? Und selbst wenn sie es schaffte, würde die Frau ihr bei dieser Sache nicht helfen können.

«Ähm ... die Polizei hat uns gebeten, sie zu informieren, sobald Sie ansprechbar sind. Das kann aber auch warten, bis Sie sich besser fühlen ... ganz wie Sie wollen.»

«Ja, die Polizei ... ich muss unbedingt mit der Polizei sprechen!»

Vor Aufregung wollte sich Roya im Bett aufrichten und bekam die Quittung sofort. Jetzt war der Schmerz nicht mehr dumpf, sondern stechend, und in ihrem Magen brach eine Revolte los, die sich nicht mehr kontrollieren ließ. Schwester Silke begriff sofort, zog eine Spuckschale aus dem Nachtschrank, beugte Roya sanft darüber und hielt ihr das schulterlange dunkle Haar zurück, während sie sich übergab. Viel mehr als Spucke und Flüssigkeit kam nicht heraus, ihr Magen war vermutlich leer. In ihrer Kehle brannte es, und der Geschmack in ihrem Mund war einfach nur furchtbar.

Erschöpft ließ Roya sich in die Kissen zurücksinken und von der Schwester den Mund abwischen.

«Danke ...», flüsterte sie peinlich berührt.

«Sie haben eine schwere Gehirnerschütterung, daher kommen Schwindel und Übelkeit. Sie dürfen sich nicht aufregen und müssen sich langsam bewegen.»

«Habe ich noch weitere Verletzungen?»

Schwester Meyer schüttelte den Kopf.

«Ein paar kleinere Schnittwunden und Prellungen. Sie haben großes Glück gehabt, sagt der Rettungssanitäter, der sie eingeliefert hat. Ihr Wagen hat wohl einen Totalschaden.»

Auch diese Nachricht löste Schmerzen aus, aber an einer anderen Stelle in Royas Körper. Unter dem Brustbein, wo der Solarplexus lag, spürte sie einen Stich, und ihr Brustkorb zog sich zusammen. Auch wenn es albern klang, sie hatte ihren Suzuki geliebt. Suse, wie sie ihn nannte, war über Jahre hinweg eine treue Begleiterin gewesen.

«Immer noch so schlimm?», fragte die Schwester. «Ich kann Ihnen etwas gegen die Schmerzen und die Übelkeit geben.»

Vorsichtig schüttelte Roya den Kopf. «Ich muss unbedingt mit der Polizei sprechen», sagte sie leise.

«Ich finde, das ist keine gute Idee. Sie sollten sich besser noch eine Weile ausruhen und ...»

«Ich muss aber!»

Ihre Stimme war flehentlich und eindringlich genug, um die Schwester innehalten zu lassen.

«Okay.»

Sie war schon fast zur Tür raus, als Roya ihr nachrief:

«Wie lange war ich bewusstlos?»

«Ihr Unfall liegt vierzehn Stunden zurück.»

3

Carola Barreis betrat das rechtsmedizinische Institut des Zentralkrankenhauses mit schlechter Laune und einem miesen Gefühl im Bauch. Sie wollte nicht sehen, was sie zwangsläufig sehen musste, und wünschte sich weit weg, am besten an ihren Lieblingsort in Italien, wo sie seit Jahren ihre Urlaube verbrachte. Ein kleines Haus am Berghang, ohne Strom und Internet. Vor sechs Jahren hatte Carola von ihrer Erbschaft die Hütte gekauft und plante, dort ihren Ruhestand zu verbringen. Ein Gefühl verband sie ganz besonders mit diesem Ort: Zeit zu haben. Hier hatte sie nie genug Zeit, sie lief ihr davon, zerrann zwischen ihren Fingern.

Aber noch gab es etwas zu tun, noch war sie im Dienst. Und in dessen Ausübung würde sie jetzt eine weitere Leiche auf dem blanken Metalltisch eines Obduktionssaales ansehen. Zwei weitere Leichen, um genau zu sein. Niemand konnte ihr das abnehmen, sie war die Chefin, eine starke Frau, führte Männer an, die doppelt so viel wogen wie sie, mitunter halb so alt waren und denen es ganz sicher nicht an Selbstbewusstsein mangelte. Doch als sie einen Fuß auf die Treppe setzte, die sie ins Untergeschoss führte, fühlte Carola sich alles andere als stark. Sie wünschte sich, dass ihr jemand diese Aufgabe abnahm. Außerdem war sie sauer auf diese Martina Spiekermann. Es war eine Sache, freiwillig aus dem Leben zu scheiden, aber eine ganz andere, dabei jemanden mitzunehmen und ihn auch noch so zuzurichten.

Mit einer Hand am Treppengeländer stolperte Carola Barreis die Stufen hinunter. Im ersten Untergeschoss angekommen, flüchtete sie sich in die Personaltoiletten und schloss sich in eine der Kabinen ein. Dort setzte sie sich auf die Klobrille und lauschte.

Keine Geräusche, sie war allein.

Ein paar Minuten ... Sie würde sich einfach ein paar Minuten Zeit nehmen, um sich auf das Kommende vorzubereiten. Das war kein Zeichen von Schwäche, sondern einfach nur menschlich. Es durfte nur niemand sehen.

Kaum hatte sie den Gedanken zu Ende gedacht, hörte sie, wie die Tür auf- und wieder zuging, außerdem klang es, als schließe sie jemand von innen ab.

Carola erstarrte.

Schritte näherten sich, leise, vorsichtig. Biegsame Kunststoffsohlen, die kaum Geräusche verursachten. Ein leises Quietschen, mehr nicht. Jemand betrat ausgerechnet die Kabine genau neben ihr, obwohl es doch ein halbes Dutzend weitere gab, die alle leer waren. Was sollte das? Hatte jemand sie auf die Toilette verschwinden sehen?

Plötzlich hörte sie ein Feuerzeug aufflammen, einen Moment später roch sie Qualm. Jemand zog sich hierher zum Rauchen zurück, obwohl an der Decke Rauchmelder installiert waren. Carola kam sich wie ein Eindringling vor und atmete so flach wie möglich, um ja kein Geräusch zu verursachen. Sie würde einfach reglos sitzen bleiben, bis die Raucherin verschwand.

«Ich habe schon vor Jahren die Batterien rausgenommen», sagte eine männliche Stimme, die Carola allzu gut kannte. «Kannst dir also auch eine anzünden.»

«Ich rauche nicht mehr», antwortete sie, nachdem ihre Überraschung abgeklungen war.

Statt zu antworten, schob der Mann eine Schachtel Zigaretten und ein Feuerzeug unter der Trennwand durch.

Carola dachte genau zwei Sekunden darüber nach, ob Tugenden wie Disziplin und Selbstbeherrschung in ihrem Alter noch wichtig waren – oder einfach nur Spielverderber. Die Entscheidung fiel einstimmig, die mahnende Stimme in ihrem Inneren schwieg still. Besser so. Die Armee der Zügellosen hatte eine Mordslaune heute. Carola griff nach Schachtel und Feuerzeug und zündete sich eine Zigarette an. Die Griffe saßen noch, jahrelanges Training vergaß der Körper nicht so schnell. Und er erinnerte sich auch sofort an das Gift, nahm es dankbar auf, öffnete ihm jede Zelle. Bis sie die ersten beiden Züge getan hatte, die sich wie eine Erlösung anfühlten, schwieg ihr Sitznachbar.

«Ist das nicht eine Frauentoilette», stieß Carola mit dem Qualm aus.

«Mein Institut, meine Regeln, und ich kacke, wo ich will», antwortete Paul Müller.

«Wehe!», drohte Carola.

«Keine Sorge, ich muss gerade nicht. Verstopfung. Ich war gestern mit Anastasia essen und hatte ein Steak.»

«Erspar mir bitte Details deiner Verdauung.»

Paul schwieg. Eigentlich hörte er sich gern reden, stand gern im Mittelpunkt, verfügte aber auch über die bei Männern seltene Gabe, im richtigen Moment die Klappe zu halten – vielleicht lag es aber auch nur an ihrer besonderen Beziehung und seinem Verständnis für ihre Befindlichkeiten. Carola spürte ihn geradezu rauchen. Ihr siebter Sinn war legendär gut, es lag also im Bereich des Möglichen.

«Und ich kann dich ins Bild setzen, wo ich will», durchbrach Paul schließlich die gekachelte Stille. «Warum also nicht hier.»

Paul Müller war sechsundsechzig Jahre alt, eine Koryphäe

der Rechtsmedizin, extrovertiert, exaltiert, einfach anders als andere. Carola liebte ihn. Ihre Bettgeschichte lag schon eine Weile zurück, und sie würde sie auch nicht wieder aufflammen lassen, aber sie konnte Paul trotzdem lieben. Er machte es ihr leicht, das zu können.

«Solange wir allein bleiben.»

«Ich habe die Tür abgeschlossen. Wir bleiben auf jeden Fall allein.»

«Wie gefährlich! Ich könnte behaupten, du hättest mich sexuell belästigt. Aus der Nummer kämst du nie wieder raus.»

«Hier kennen dich alle», erwiderte Paul gelangweilt. «Aller Mitleid wäre mir also sicher.»

Carola lachte Qualm durch die Nase.

«Leg los», sagte sie leise, lehnte sich mit dem Rücken gegen die kalte Wand, stemmte die Absätze ihrer Stiefel gegen die Toilettentür und nahm einen tiefen Zug. Carola spürte das Nikotin ihre Lunge fluten und sich dann im Körper verteilen. Sie wusste genau, was das Gift ihr antat, in diesem Augenblick war es ihr aber egal.

Who Wants to Live Forever von Queen schoss ihr in den Kopf. Na toll! Mit der Melodie würde sie jetzt den ganzen Tag herumlaufen. Immerhin war es nicht die schlechteste.

«Martina Spiekermann, 28 Jahre alt, eins zweiundsiebzig, dreiundsechzig Kilo. Gesund. Blinddarmnarbe. Sieben gut verheilte Narben an den Innenseiten der Unterarme ...»

«Sie hat sich geritzt?»

«Würde ich sagen. Lange her. Wahrscheinlich in ihrer Jugend.»

«War sie schwanger?»

«Nein.»

Wenigstens etwas, dachte Carola.

Paul hatte eine angenehme Stimme. Sonor, ruhig, sozusagen mit allen Wassern gewaschen. Carola hatte es immer gemocht, ihm zuzuhören, auch damals im Bett, nach dem Sex. Mittlerweile hatte er drei Bücher geschrieben. Keine reinen Fachbücher, sondern fachbezogene Unterhaltung. Die Menschen lasen gern Berichte aus der Rechtsmedizin, warum auch immer. Die Hörbücher hatte Paul selbst eingelesen, und Carola hatte sie sich angehört. Abends im Bett, allein, oder während langer Autofahrten nach Taormina. Es war schön gewesen, mit seiner Stimme einzuschlafen oder zu cruisen. Selbst eine solche Nachricht klang bei ihm irgendwie weniger schlimm.

«Weiter», forderte Carola ihn auf. «Woran ist sie gestorben.»

«Barbiturate, vermute ich. Die Untersuchungen sind noch nicht abgeschlossen. An deiner Stelle würde ich im Haus des Opfers nach ...»

«Habe ich», unterbrach Carola Paul, der sich schon immer gern beratend in ihre Ermittlungen eingemischt hatte. Manchmal war es hilfreich, oft aber auch nur nervig. Gesagt hatte Paul es nie, aber Carola vermutete, er wäre selbst gern Kommissar gewesen.

«In ihrem Badezimmer gibt es gleich mehrere davon.»

«Dann passt es ja zur Suizid-Vermutung.»

Carola musste an das überdeutliche Gefühl denken, in der Nacht da oben im Wald auf dem Hügel nicht allein gewesen zu sein. Mit den Jahren ließen die Sinne nach, da machte sie sich nichts vor. Hören, sehen und riechen liefen auch bei ihr nicht mehr auf Hochtouren, der sogenannte siebte Sinn aber schon. Intuition. Signale aus dem Unterbewusstsein. Bauchgefühl. Da war jemand gewesen, Carola war sich sicher.

«Sie hat eine Kopfverletzung», sagte Paul Müller. «Dorsal. An der Lambdanaht, zwischen Scheitelbein und Hinterhauptbein. Eine ungewöhnliche Stelle, ziemlich tief am Hinterkopf.»

«Ist sie gestürzt?»

«Niemand fällt auf den Hinterkopf, wenn er nicht geschubst wird.»

«Also hat ihr jemand auf den Kopf geschlagen, von hinten?»

«Vermutlich. Oder sie geschubst, wie gesagt.»

Vielleicht hatte es im Hause Spiekermann einen Kampf gegeben, vielleicht war es Tim gelungen, sich zu wehren. Vielleicht war der Angriff aber auch von ihm ausgegangen. Häusliche Gewalt, die sich gegen den Täter gerichtet hatte.

«Keine weiteren Verletzungen?»

«Leichte Kontusionen an den Ober- und Unterarmen, so als hätte sie jemand festgehalten.»

«Hat sie sich vielleicht gegen einen Angriff verteidigt und ihren Mann aus Notwehr erstochen?», dachte Carola laut nach.

Martina war nicht schwanger, hatte aber auf einen Befruchtungstermin gewartet. Sehnsüchtig? Oder voller Furcht? War das Kind ihr Wunsch gewesen, oder der ihres Mannes, den er gegen ihren Willen durchsetzen wollte? Hatte es gestern Abend deswegen einen Streit gegeben, der in Gewalt ausgeartet war? Carola stellte sich vor, wie Martina von ihrem Mann angegriffen wurde, sich verteidigte, die Kontrolle verlor, eins kam zum anderen und endete in einer Katastrophe. Aus Verzweiflung tötete sie sich dann selbst.

Carola würde mit den behandelnden Ärzten sowie mit Freunden und Bekannten sprechen, bevor sie sich ein abschließendes Urteil bilden konnte.

«Notwehr ...?», sagte Paul und lachte trocken durch die Nase, wobei er vermutlich Qualm ausstieß.

«Bis heute lagen achtzehn Ehepaare auf meinen Metalltischen. Von mittelalt bis ganz alt. Friedlich vereint, was ihnen zu Lebzeiten nicht möglich gewesen war ... Ich frage mich gerade, ob es ihnen eigentlich recht war, nebeneinander zu liegen? Oder ist es pietätlos? Was meinst du?»

«Ich denke, es dürfte ihnen egal gewesen sein.»

Paul zog an seiner Zigarette und schien nun doch nachdenken zu müssen. Für einen, der Menschen aufschnitt und ausweidete, war er ziemlich spirituell veranlagt. Er glaubte an ein wie auch immer geartetes Leben nach dem Tod.

«Notwehr wohl eher nicht», fuhr er schließlich fort. «Achtzehn Stiche. Zwei in den Kopf, zwei in den Hals, die übrigen verteilen sich über Brust, Bauch, Rücken und ... Genitalien.»

«Wie viele?»

«In die Genitalien?»

«Ja.»

«Vier.»

«Interessant.»

«Meinst du, es gibt einen Zusammenhang zwischen der Anzahl genitaler Verletzungen und der Motivation der Täterin?»

«Tja, sie war seine Frau. Er laut Gerücht ein Schläger, wenn er gesoffen hat ...», sagte Carola.

«Und er hatte einiges an Alkohol im Blut», schob Paul ein.

«...in ihrem Haus gibt es ein fertig eingerichtetes Kinderzimmer mit allem Drum und Dran. Über dem Bett tanzen Entlein und Schwänlein zu entspannender Schlafmusik ... ja, ich denke, es gibt einen Zusammenhang.»

«Die Frau hat aber nie geboren.»

«Genau davon spreche ich.»

«Manchmal finde ich dich grausam», sagte Paul.

«Ich bin nur der Lehm, geformt werde ich vom Leben.»

«Der stammt von mir. Aber du darfst ihn gern benutzen.»

«Danke. Irgendein Hinweis darauf, dass jemand anderes als die Ehefrau den Mann getötet hat?»

«Eine Sache ist merkwürdig.»

Paul genoss seine rhetorische Pause.

«Ich werde noch grausamer, wenn du nicht unaufgefordert damit herausrückst.»

«Die vier Stiche in die Genitalien wurden mit der linken Hand ausgeführt, die anderen mit der rechten.»

Carola verarbeitete die Information und glich sie mit den beiden blutigen Händen der Frau am Baum ab. Das passte. Andererseits auch wieder nicht.

«Achtzehn Stiche», dachte sie laut nach. «Da kann einer zierlichen Frau schon mal der Arm lahm werden. Kannst du die Reihenfolge der Stiche bestimmen?»

«Du willst wissen, ob sie oben angefangen und sich nach unten vorgearbeitet hat?»

«Genau.»

«Nein, kann ich nicht. Und weder in dieser noch in umgekehrter Reihenfolge macht es Sinn. Wenn sie unten begonnen hat, war es nach vier Stichen zu früh für einen Ermüdungswechsel. Wenn sie oben angefangen hat, zu spät.»

«Also hat sie wahllos drauflos gestochen.»

«Wahrscheinlich. Aber hier kommt die zweite Auffälligkeit: Alle Stiche wurden mit annähernd der gleichen Intensität ausgeführt, die Klinge ist immer nahezu gleich tief eingedrungen. Wenn du Rechtshänder bist, sticht es sich mit der Linken nicht so gut. Umgekehrt ebenso.»

Wie passte das zusammen? Eine Beziehungstat war plausibel und anhand der Fakten nachvollziehbar. Gab es jemanden, der es so aussehen lassen wollte? Allerdings passte das wiederum auch nicht zu den Stichen. Zwei Täter? Das wäre eine Erklärung für die unterschiedliche Stichführung, aber doch ziemlich weit hergeholt.

«Was denkst du?», fragte Paul.

Bevor sie zu einer Erwiderung kam, vibrierte Carolas Handy. Sie ging ran und erfuhr, dass die beim Autounfall verletzte Frau wach war und unbedingt mit der Polizei sprechen wollte.

Trifft sich gut, dachte Carola. *Da muss ich nur einige Stockwerke höher. Und wahrscheinlich kann diese Frau mir einige Fragen beantworten.*

«Ich muss los. Schreibst du in deinen Bericht, dass ich bei der Obduktion anwesend war?»

«Für dich immer, weißt du ja.»

4

«Komm mal ein bisschen näher, ich möchte dir etwas sagen. Hörst du gut zu? Hörst du mit dem Herzen? Bist du bereit? Okay ... du kannst aufhören damit, dich zu fragen, ob du den Ansprüchen dieser Welt genügst, ob du gut genug bist, gut genug aussiehst, deine Leistung ausreicht. Du kannst aufhören damit, weil sich jeder andere um dich herum die gleichen Fragen stellt, von den gleichen Ängsten gefressen wird, sich den gleichen Maßstäben unterwirft, und keine dieser Fragen hat eine Bedeutung.

Hat dich schon einmal jemand gefragt, wie es deinem Inneren geht? Was deine innere Stimme dir heute zugeflüstert hat? Welche Gefühle dein Solarplexus in jeden Winkel deines Körpers sendet, damit es dir gut geht?

Nein, danach fragt niemand. Weil niemand mehr wirklich in sich ist. Wir sind im Außen, um uns herum, bei den anderen, deren Meinungen, Ansprüchen, Vorurteilen. Wir verschlingen die Bilder und vergleichen unser Äußeres damit. Bin ich schön genug, ist mein Auto teuer genug, meine Kleidung cool genug, mein Urlaubsfoto exklusiv genug, bin ich einzigartig, falle ich auf?

Aber du wirst niemals einzigartig sein, wenn du dich auf das Außen reduzierst. Die wirklich einzigartigen Menschen unserer Geschichte haben durch Gedanken den Lauf der Geschichte verändert, nicht durch Fotos von sich. Sie haben durch Nachdenken herausgefunden, dass die Erde keine Scheibe ist und nicht der Mittelpunkt der Galaxie.

Und jetzt schau dich um.

Wir leben auf einer Leinwand, sind eindimensional geworden. Trittst du hinter die Projektionsfläche der Erwartungen, findest du nichts dahinter, keine Tiefe, keinen Geist, keine Seele.

Ändere das, und du wirst glücklich werden. Geh in dich, finde deine innere Stimme, höre fortan nur noch auf sie und blende die Bilder aus, die dich blenden sollen.

Bist du so weit, dein Leben zu ändern?

Du spürst doch auch, dass es so nicht mehr lange weitergehen kann, dass wir in vollem Tempo in den Untergang rennen, alle spüren das, aber niemand tritt auf die Bremse. Ganz im Gegenteil wird das Tempo immer weiter forciert, alles muss immer schneller gehen. Es sind die wirklich Mächtigen dieser Welt, die unser Tempo bestimmen, denn wenn wir rennen, wenn wir ständig außer Atem sind, kommen wir nicht zum Nachdenken. Wir sind wie Hamster im Rad. Müssen unsere Augen überall haben, um auch ja nichts zu verpassen, nur in uns selbst können wir nicht mehr schauen.

Geschwindigkeit und Überforderung sind die modernen Mittel der Sklaverei. Aber genauso, wie die alten Mittel nicht ewig funktioniert haben, werden auch die neuen nicht lange funktionieren. Warum nicht?

Ich will es dir verraten. Komm noch ein Stückchen näher, damit ich es dir einflüstern kann, damit es tief in dich eindringen und zu einem Teil von dir selbst werden kann.

Du hast auf die Bremse getreten.

In diesem Moment, da du mir zuhörst, bist du nicht mehr Teil des rasenden Mahlstroms.

Du bist in dir. Hörst dich. Fühlst dich.

Und? Fühlt sich das nicht großartig an?

Schreib mir, wie es sich für dich anfühlt.»

Sarah Henschel hielt den Atem an, denn jetzt kam «ihre» Stelle.

Sie saß auf der kleinen weißen Bank im Park des Pflegeheims, in dem sie arbeitete. Gegenüber putzten sich die alten Enten, die von den Bewohnern fett gefüttert wurden und nur eine winzige Wasserstelle zum Planschen hatten. Sarah nutzte ihre Pause dazu, eine alte Folge von Hörgefühlt zu inhalieren.

An einem Tag wie diesem, an dem zwei Bewohnerinnen verstorben waren, die sie lieb gewonnen hatte, und an dem die gewohnte Routine trotzdem weitergehen musste, als wäre nichts geschehen, brauchte sie jetzt einfach eine Dosis Marc Maria Hagen. Zudem wollte Sarah sich auf das Gespräch mit ihm vorbereiten. Sie hatte ein bisschen Bammel davor, sorgte sich, er würde sie vielleicht nicht ernst nehmen, ihre Tiefgründigkeit nicht erkennen.

«Hier kommt eine Nachricht von Sarah», sagte Marc und las vor, was Sarah ihm vor einigen Wochen während der Erstausstrahlung des Podcasts geschrieben hatte.

«‹Du sprichst mir so aus der Seele›», las er vor. «‹Ich habe das Gefühl, nicht mehr selbst entscheiden zu können, wohin mich mein Weg führt. Da sind so viele Abzweigungen, aber ich werde daran vorbeigetrieben, kann nicht innehalten. Nicht einmal für die wichtigsten Fragen.›

Doch, Sarah, du kannst innehalten und tust es bereits. Nenne mir eine wirklich wichtige Frage, die dich beschäftigt.»

Es entstand eine kleine Pause, in der Marc darauf wartete, dass Sarah etwas schrieb, und Sarah erinnerte sich, dass sie damals aus einem ersten Impuls etwas anderes hatte schreiben wollen, sich aber nicht traute und stattdessen «Woher weiß ich, ob ich wirklich liebe und geliebt werde?» schrieb.

«Liebe Sarah, wenn du Hörgefühlt in dem Sinne begreifst, wie ich ihn meine, dann trägst du die Antwort bereits in dir. Unsere innere Stimme funktioniert nicht wie ein Frage-Antwort-Spiel. Wir können uns nicht hinstellen, eine Frage formulieren und hoffen, eine Antwort in Form einer Handlungsanweisung zu bekommen. Es ist differenzierter, zugleich aber auch erlösend einfach. Und jetzt komme ich dir nicht mit dieser blöden Phrase «wenn du dich fragst, ob du liebst, dann tust du es nicht». Das ist Drehbuchmist. Deine Frage resultiert aus den Ängsten, die uns alle treiben, nicht aus einer bereits vorhandenen Gewissheit. Und da kommt das Hörfühlen ins Spiel. Achte darauf, was du in deinem Inneren fühlst und hörst, wenn du allein bist und nichts und niemand dich ablenkt. Dann, meine liebe Sarah, findest du deine Antwort ...»

Sarah schaltete den Podcast ab. Sie hatte nur eine halbe Stunde Pause, fünf Minuten waren noch übrig. Gerade genug Zeit, den fetten Enten beim Putzen zuzusehen und sich selbst die Frage zu stellen, die sie damals eigentlich hatte stellen wollen.

War sie mit dem richtigen Partner zusammen?

Sarah glaubte, ihn zu lieben, sie sehnte sich nach ihm, wenn sie allein war, fühlte sich wohl in seiner Nähe.

Also war er doch der Richtige, oder?

Aber was war mit seinen schwarzen Flecken?

5

Roya Mayer musste nicht lange warten.

Eine Viertelstunde nachdem die Krankenschwester davongeeilt war, um die Polizei anzurufen, klopfte es an der Tür, und nach ihrem «Herein» betrat eine Frau Ende fünfzig das Zimmer. Sie mochte eins siebzig groß sein, war spindeldürr, hatte schulterlanges, silberweißes, glattes Haar und ein ausgezehrtes Gesicht. Die Wangenknochen standen deutlich hervor, ebenso die imposante Nase, am eindrücklichsten in diesem ungewöhnlichen Gesicht waren aber die Augen. Hellblau, klar, kalt.

Sie trug braune Stiefel mit hohen Absätzen, dazu enge Jeans, ein weißes Shirt, darüber ein kariertes Hemd – beinahe schon einen Cowgirl-Look.

«Kommissarin Barreis», stellte sie sich vor und zeigte ihren Dienstausweis. «Wie geht es Ihnen?»

«Mein Kopf fühlt sich furchtbar an, aber sonst ganz gut, denke ich.»

«Dann fühlen Sie sich in der Lage, mir ein paar Fragen zu beantworten?»

«Ja, natürlich ...», sagte Roya und schob sofort die Frage hinterher, die ihr auf den Nägeln brannte. «Wissen Sie etwas von Martina?»

Während der Wartezeit hatte sie sich Gedanken darüber gemacht, was in der Zwischenzeit, als sie geschlafen hatte, wohl geschehen sein mochte. Wenn die Polizei von einem stinknormalen Verkehrsunfall wegen Handynutzung am Steuer ausging, hätte sie das Krankenhauspersonal wohl nicht gebeten, sie sofort zu informieren, wenn Roya erwachte – und sie hätte auch keine Kommissarin geschickt. Roya konnte sich nicht wirklich daran erinnern, was unmittelbar nach dem Unfall passiert war. Sie wusste, sie war kurz bei Bewusstsein gewesen und hatte mit jemandem gesprochen, aber hatte sie auch Informationen über Martina weitergeben können? War die Polizei dorthin geeilt, wo Roya Martina vermutete? Zu ihrem Seelenort, jener imposanten Buche am Waldrand?

Kommissarin Barreis nickte. Es war ein Nicken, bei dem man sofort wusste, dass etwas furchtbar schiefgelaufen war. Royas Magen zog sich zu einem winzigen, heiß brennenden Klumpen zusammen.

Die Kommissarin trat vor das Fenster, dessen Rollo jetzt hochgezogen war, verschränkte die Arme vor der Brust und musterte Roya mit einem Blick, der tiefer ging als alle Blicke, die sie bisher kennengelernt hatte – und das schloss den ihres Vaters mit ein. Vor Papa hatte sie nichts geheim halten können, nicht einmal den Diebstahl einer Packung Kaugummi aus dem Supermarkt, als sie acht Jahre alt gewesen war.

«Ist Martina tot?», fragte Roya vorsichtig und richtete ihren Kopf nach der Kommissarin aus, damit sie keine Silbe der Antwort verpasste.

«Ja. Sie ist tot.»

Roya schloss die Augen. Sofort sah sie Martina Spiekermann mit dem Rücken an den Baum gelehnt dasitzen, Sonnenschein auf dem hübschen, aber traurigen Gesicht, die Beine angewinkelt, die Arme um die Knie geschlungen. Verletzlich sah sie aus, und das war sie auch, viel verletzlicher, als Roya geglaubt hatte. Martinas Blick war über die abgemähte Wildblumenwiese geschweift, und sie hatte mit dem Kinn in eine unbestimmte Richtung gewiesen.

Wenn man frühmorgens hier sitzt, kann man Rehe beobachten. Im Frühjahr sogar noch mit ihren Kitzen. Ich glaube, sie haben mich bemerkt, aber es war ihnen egal. Sie haben mir vertraut ... haben mir ihr Leben anvertraut ... das ist leichtsinnig, das darf man nicht tun. Menschen haben immer Waffen dabei ... Messer, Gewehre, Worte, Gedanken ...

Roya erinnerte sich sehr gut an die Worte. Sie selbst verdiente ihr Geld mit Worten, aber so hatte sie es bisher nie gesehen – und das, obwohl sie am besten wusste, dass Worte töten konnten.

Warum passiert das wieder? Das kann doch kein Zufall sein? Hat es das Schicksal auf mich abgesehen?

«Woher kannten Sie Frau Spiekermann?», fragte die Barreis und riss Roya damit aus ihren Gedanken.

«Von Recherchen», antwortete Roya. «Wir haben miteinander telefoniert und uns zweimal getroffen.»

«Wann war das?»

«Getroffen haben wir uns vor einer Woche, telefoniert in den zwei Wochen davor.»

«Wo haben Sie sich getroffen?»

«An ihrem Seelenort, wie sie ihn nannte. An dem Baum, an dem sie sich erhängt hat.»

«Wie kommen Sie darauf, dass sie sich erhängt hat?»

«Weil, na ja ... Weil sie mir davon erzählt hat. Martina hatte kein einfaches Leben. Sie hat häufig über den Tod nachgedacht, auch über ihren eigenen. In ihren Träumen hat sie sich an ihrem Lieblingsbaum erhängt. Das waren ihre Worte gewesen.»

«Damit ich das richtig verstehe ... Frau Spiekermann hat Ihnen ihren Suizid angekündigt?»

«Nein!», stieß Roya erschrocken aus, weil die Kommissarin sie so falsch verstand. «Martina ging es besser, sie hatte nicht vor, sich umzubringen ...»

Wie dumm das doch klang im Angesicht der Ereignisse. Wie schlecht ihre Menschenkenntnis doch war. Roya war sich sicher gewesen, dass Martina stabil war, sonst hätte sie das Interview gar nicht gemacht.

Oder doch?

War sie mittlerweile so verblendet, dass sie alles riskieren würde, um diesen Heuchler zu überführen, der so tat, als wollte er den Menschen helfen? Wie viel Schuld trug sie an Martinas Tod?

«Haben Sie Martina gefunden?»

Kommissarin Barreis seufzte.

«Ja, ich habe Frau Spiekermann leblos vorgefunden. Ich bin circa anderthalb Stunden nach Ihrem Unfall dort angelangt, aber da kam schon jede Hilfe zu spät.»

Roya wusste nicht, was sie sagen sollte. Gestern Abend

hatten ihr die Worte gefehlt, jetzt schon wieder, diese Sache nahm sie furchtbar mit. Von professioneller beruflicher Distanz konnte keine Rede mehr sein.

«Sie sind Journalistin?», fragte die Barreis in einem Tonfall, der deutlich machte, was sie von diesem Berufsstand hielt.

«Ja. Freiberuflich. Hauptsächlich schreibe ich Online-Artikel.»

«Dann ist Ihnen klar, dass ich einige Fragen beantwortet haben möchte. Fangen Sie doch bitte von vorn an. Erzählen Sie der Reihe nach, wie es dazu kam, dass Sie gestern Abend diesen Unfall hatten.»

Roya empfand die schroffe Art der Kommissarin als unhöflich, hielt sich mit ebenso schroffen Bemerkungen aber zurück. Was nützte es, die Frau gegen sich aufzubringen. Also erzählte Roya, wie sie Kontakt aufgenommen hatte zu Martina Spiekermann, um ein Interview für eine Reihe von Online-Artikeln mit ihr zu führen, die sich mit den Gefahren der sozialen Medien befassten. Martina war ihr in einem Forum aufgefallen, dort hatte sie auch den ersten Kontakt hergestellt. Es war nicht ganz leicht, diese Menschen für ein Interview zu gewinnen, denn es ging dabei natürlich immer um private, wenn nicht sogar intime Dinge wie Ängste, Scham, Schwächen, Fehler und Gefühle, und viele der Betroffenen suchten den Grund für das, was sie in den sozialen Medien erlebt hatten, bei sich selbst, nicht bei den Menschen, die wirklich dafür verantwortlich waren. Martina aber war anders gewesen, sie hatte verstanden, dass nicht sie das Problem war, und es war ihr ein ehrliches Anliegen gewesen, darüber zu sprechen. Einzige Bedingung für das Interview war es gewesen, dass es an ihrem Seelenort, ebenjenem Baum am Waldrand, stattfinden musste. Martina hatte das damit begründet, dass ihr

Ehemann für dergleichen nichts übrig habe, sie bei sich zu Hause also nicht offen reden könne. Das mochte stimmen, aber Roya hatte bei dem Gespräch schnell bemerkt, welchen Einfluss der Ort auf Martina hatte. Wie er ihr dabei half, sich zu öffnen. Roya berichtete, dass sie auf eine durchaus positive, aufgeräumte Martina Spiekermann getroffen war. Sie hatte Pläne geschmiedet, wollte sich aus den sozialen Medien zurückziehen, ihren Kinderwunsch verwirklichen und sich endlich von ihren Eltern lösen. Dieses Thema war ihr besonders wichtig gewesen. Martina hatte ihren Vater als trunksüchtigen Choleriker beschrieben, ihre Mutter als Untergebene, die nie gegen ihren Mann das Wort erhob. Um ihre private Situation war es Roya aber nicht gegangen, sondern um das, was Martina erlebt hatte und worüber sie sich mit den anderen Mitgliedern des Forums ausgetauscht hatte. Es war eine schmerzhafte Episode gewesen, die sie aber gut verarbeitet zu haben schien. Von Selbstmord war nicht die Rede gewesen, diese Phase ihres Lebens lag offenbar hinter ihr.

«Und gestern Abend schrieb sie mir dann plötzlich eine Nachricht.»

«Was für eine Nachricht?»

«Hilf mir ... ich bin am Baum.»

«Das waren ihre Worte?», fragte die Barreis.

«Wie gesagt, sie hat sie nur geschrieben. Gesprochen habe daraufhin nur ich, aber ganz egal, was ich auch sagte, sie antwortete nicht ... ich wusste ja von dem Baum, und da ich nicht weit von dem Ort entfernt war, höchstens zwanzig Minuten mit dem Wagen, hab ich mich sofort auf den Weg gemacht. Ich ... ich war mir sicher, dass ich Martina davon abhalten könnte ... und dann, dann ist mir dieser Lkw entgegengekommen und ...»

Roya brach ab.

Jetzt kamen doch noch die Tränen, die sie bisher zurückgehalten hatte. Heiß und bitter fühlten sie sich an, nach Schuld schmeckten sie, und für einen Moment fragte sich Roya, ob sie der Kommissarin nicht doch die ganze Wahrheit erzählen sollte. Warum sie wirklich den Kontakt zu Martina gesucht hatte. Aber was sollte das bringen? Diese Mission musste sie ohnehin allein zu Ende bringen.

«Hat Frau Spiekermann mit Ihnen über ihren Kinderwunsch gesprochen?», fragte die Kommissarin.

Roya nickte und war froh, über Martina sprechen zu können, statt über sich selbst.

«Ja, hat sie. Sie versuchte schon seit einiger Zeit schwanger zu werden und war traurig darüber, dass sie ihrem Mann diesen Herzenswunsch bislang nicht hatte erfüllen können.»

«Was meinen Sie? Was war der Grund für ihren Selbstmord?»

Roya schüttelte den Kopf.

«Ich ... ich weiß es wirklich nicht. Martina schmiedete Pläne, wollte es noch einmal mit der Befruchtung versuchen ... wenn ich geahnt hätte, was sie vorhat, ich hätte sofort nach Hilfe für sie gesucht.»

«Könnte es etwas mit dem Interview zu tun haben? Worum genau ging es dabei? Mobbing? Missbrauch?»

«Meine Artikelserie dreht sich nicht um das übliche Spektrum wie Bodyshaming, Hatespeech und Shitstorms, diese Themen werden und wurden schon genug beackert. Bei mir geht es um die Riesen-Bubble von pseudospirituellen Influencern, die vorgeben, Menschen helfen zu wollen, letztlich aber nur an Geld und Reichweite interessiert sind.»

«Dann hat es also nichts mit Mobbing und Missbrauch zu tun?»

«Oh doch. Denn genau daraus machen diese Leute ein Geschäftsmodell. Sie wissen, da gibt es unzählige Menschen im Netz, denen es wegen dieser Thematik richtig dreckig geht, die an sich zweifeln, keinen Selbstwert mehr haben und deshalb ein gefundenes Fressen sind.»

«Sie verdienen im Internet also daran, dass das Internet manche Menschen krank macht. Hab ich das richtig verstanden?»

«Nicht das Internet macht manche Menschen krank, sondern die Menschen darin. Aber ja, Sie haben das richtig verstanden.»

«Und Sie verdienen wiederum daran, Artikel darüber zu schreiben.»

Roya hielt dem abschätzigen Blick der Kommissarin stand, sagte aber nichts, da ihr letzter Satz ohnehin keine Frage gewesen war.

«Und Frau Spiekermann bewegte sich in dieser ... wie haben Sie es genannt? Pseudospirituellen Influencer-Bubble?», hakte die Barreis nach.

«Wie so viele andere auch hat sie Rat und Hilfe gesucht. Antworten auf lebenswichtige Fragen, die natürlich auch mit ihrem unerfüllten Schwangerschaftswunsch zu tun hatten.»

«Und bekam sie die Antworten?»

«Sie bekam irgendwelche Antworten und gab eine Menge Geld dafür aus. Für Bücher, Seminare, Coachings, Pro-Mitgliedschaften bei Podcastern oder Influencern, esoterischen Dingen, die dort beworben und vertrieben werden.»

«Man kann also sagen, Frau Spiekermann war aufgrund

ihrer psychischen Verfassung empfänglich für dergleichen», sagte die Barreis.

«Das kann man sagen, ja.»

«Hat jemand von diesen Influencern ihr geraten, sich das Leben zu nehmen?»

«Nein, so etwas tun diese Leute nicht. Aber sie erteilen großzügig fragwürdigen Rat, ohne die nötige Expertise zu haben oder auch nur zu ahnen, was sie damit auslösen können. Ich habe mit Menschen gesprochen, die alles verloren haben, weil sie auf solche Ratschläge gehört haben. Die sich von heute auf morgen von der Familie losgesagt haben, weil die sie angeblich davon abhielt, zu ihrem Ich zu finden.»

Roya fragte sich, ob sie konkreter werden sollte? Ob sie Namen nennen sollte. Nein, es war besser, im Allgemeinen zu bleiben. Die Polizei hätte ja auch gar keinen Grund, gegen den Mann zu ermitteln, und selbst wenn, er tat ja nichts Verbotenes. Und falls er auf irgendeine Weise der Grund für Martinas unerwarteten Suizid sein sollte, würde sich das vermutlich nicht beweisen lassen.

«Warum haben Sie nicht sofort die Polizei informiert, als Frau Spiekermann Sie davon in Kenntnis gesetzt hatte, sich umbringen zu wollen?»

Das klang wie ein Vorwurf und kam bei Roya gar nicht gut an. Allein die Formulierung «in Kenntnis gesetzt» war entsetzlich gestellt und entsprach nicht dem, was passiert war. Martina hatte ja nicht explizit gesagt, dass sie sich umbringen würde. Aber ihre Textnachricht ließ darauf schließen, wenn man ihren Hintergrund kannte.

«Weil ich sowieso in der Nähe war und die Polizei auch nicht schneller gewesen wäre», sagte Roya.

«Da Sie nicht dort angekommen sind, wäre die Polizei auf jeden Fall schneller gewesen. Meinen Sie nicht?»

Roya biss sich auf die Lippe und schluckte die Provokation herunter. Eine bittere Medizin war das, die fraglos ihre Wirkung entfalten würde. Sie und die Barreis würden keine Freundinnen werden, so viel stand fest.

«Haben Sie nach dem Interview wenigstens mit Angehörigen über die Gedanken von Frau Spiekermann gesprochen? Mit ihrem Mann beispielsweise?»

«Nein, das ... das wollte Martina nicht.»

«Das wollte Frau Spiekermann nicht?»

Die Kommissarin stieß sich von der Fensterbank ab und ging durch den Raum.

«Sie stimmte zu, ihre Gedanken durch ein Interview einem größeren Publikum zugänglich zu machen, ihr Mann sollte aber nichts davon wissen?»

Roya rieb sich die Schläfen. Die Schmerzschübe wurden heftiger. Jede Bewegung und jeder weitere Vorwurf der Kommissarin löste eine neue Welle aus.

«Ich ... was sollte ich denn machen? Es war ihre Bedingung, ihrem Mann nichts zu sagen.»

«Tja, jeder denkt nur an sich, nicht wahr? Die Hater, die Influencer, die pseudospirituellen Helfer ...»

Die Kommissarin ließ den Satz unvollendet, es war auch so klar, wer in der Aufzählung den letzten Platz einnehmen würde.

«Dieses Interview, wo kann ich das lesen?»

«Noch nirgendwo. Es soll erst demnächst erscheinen ...»

Erst in diesem Augenblick wurde Roya klar, dass sie das vergessen konnte. Aus Gründen der Pietät würde zumindest das Interview mit Martina niemals irgendwo erscheinen.

Und wenn herauskam, was wirklich dahintersteckte, würde sie bei keiner Zeitung mehr arbeiten, weder off- noch online.

Egal! Ihre Mission stand über allem.

«Ich würde gern noch einmal auf den gestrigen Abend eingehen ...», begann die Barreis, die weiterhin im Raum auf und ab ging.

Doch Roya wollte und konnte keine Fragen mehr beantworten. Ihre Kopfschmerzen wurden schlimmer, sie spürte Übelkeit aufsteigen, außerdem ging ihr die Frau mit ihren penetrant-unhöflichen Fragen auf die Nerven. Sie vermittelte Roya das Gefühl, an allem schuld zu sein.

«Es geht mir nicht so gut», sagte sie und massierte sich die Schläfen.

«Vorhin sagten Sie noch ...»

Roya griff zu der Spuckschale auf dem Beistellwagen, hielt sie sich unters Kinn und begann zu würgen. Das war zum Teil Show, zum Teil echt. Sie hätte die Übelkeit zurückhalten können, wollte das aber nicht.

Als sie zu spucken begann, ergriff die Kommissarin die Flucht und rief, sie wolle Hilfe holen.

6

Vorher

Es ging flott voran mit den Umbauarbeiten. Heute war die Kellertreppe dran. Einst eine massive Treppe aus Eichenholz, der die Jahrzehnte nichts hatten anhaben können, doch der Holzwurm hatte Geschmack daran gefunden und sie ausgehöhlt. Überall rieselte Holzmehl aus winzig kleinen Löchern, und was so stabil aussah, war nurmehr eine Hülle, die nicht halten konnte, was sie versprach. Weil es lebensgefährlich war, einen Fuß darauf zu setzen, musste sie ohnehin abgerissen werden, aber das hätte noch ein paar Monate Zeit gehabt. Nun zog er die Arbeiten vor, weil sie in sein Konzept von Angst und Terror passten.

Bevor er sich ans Werk machte, leuchtete er die heutige Baustelle mit dem Baustrahler aus und legte das Werkzeug bereit. Dann holte er den Stuhl, positionierte ihn mit Blickrichtung zur Treppe und setzte sich darauf.

Die Ehrenloge für seinen Ehrengast, mit der besten Sicht auf die Bühne. Die Macht der Bilder war ihm bewusst, und er konnte sich vorstellen, was im Kopf seines Gastes vorgehen würde, wenn er die Bauarbeiten mit ansah. Solche Bilder wirkten hundertmal besser als irgendwelche Drohungen und Foltern. Vorgestern der alte Kohlenschacht, heute die Treppe: Zwei Möglichkeiten, aus diesem Keller zu entkommen, verschwanden, und mit ihnen die Hoffnung, diesen Ort jemals wieder aus eigener Kraft verlassen zu können. Stein für Stein, Stufe für Stufe – was ohnehin getan werden musste, nutzte er für seinen Plan.

Entschlossen klatschte er sich auf die Oberschenkel, erhob sich mit einem Ruck vom Stuhl und ging hinüber zu dem Steiger. Steiger. Er mochte das Wort, das er erst seit Kurzem kannte und sich von der Schornsteinfegerin des Ortes hatte erklären lassen. Eine nette Frau, vielleicht ein bisschen zu geschwätzig und die Sprache etwas zu vulgär. Früher, erzählte die Frau, gab es in vielen Häusern auf dem Land diese Steiger. Riesige Schornsteine, deren Durchmesser es erlaubte, darin auf- oder absteigen zu können. Diese Schornsteine wurden nicht nur dazu genutzt, den Qualm der Öfen aus dem Haus zu leiten – darin wurde auch Fleisch geräuchert und haltbar gemacht, im Sommer lagerte man darin Lebensmittel, weil es zwischen den Ziegelmauern im Kern des Hauses immer gleichbleibend kühl blieb. Der Steiger dieses Hauses maß an seinem Grundstock im Keller 1,5 mal 1,5 Meter und hatte hier auch seine größte Zugangsklappe, eine Metalltür von achtzig mal achtzig Zentimetern, die von außen mit Riegeln und einem Vorhängeschloss gesichert werden konnte. Früher war das wichtig gewesen, damit niemand die überlebenswichtigen Nahrungsmittel stahl.

Das neue Schloss aber schützte nicht vor Einbruch, sondern vor Ausbruch.

Er öffnete es, schob die drei Metallriegel zurück und zog die Klappe auf.

Der Geruch, der ihm entgegenschlug, war schlimm. Eine Mischung aus Schweiß, Angst und Urin. Aus der Dunkelheit des Steigers starrten ihn zwei Augen an. Wieder leuchtete das Weiß darin unnatürlich hell, was daran liegen mochte, dass das Gesicht seines Gastes vom Ruß inzwischen vollständig geschwärzt war.

Einen überraschenden Angriff musste er nicht fürchten, dafür war sein Gast bereits zu geschwächt. Zwölf Stunden hockte er jetzt in dem lichtlosen Steiger, konnte die Beine nicht ausstrecken, sich nicht hinlegen, hatte kein Wasser und keine Nahrung bekommen.

Sein Wille war wohl längst gebrochen.

Doch das reichte nicht.

Reichte noch lange nicht.

«Komm heraus, ich möchte dir etwas zeigen.»

Sein Gast rührte sich nicht, starrte ihn nur verständnislos an. Ihm kam in den Sinn, dass er womöglich den Verstand verloren haben könnte während der langen dunklen Stunden im Steiger. Damit wäre er wertlos, denn gerade auf seinen Verstand, seine Erinnerung, kam es ja an. Er musste wissen, was in diesem Kopf gespeichert war.

«Na, komm schon raus! Ich habe Essen und Trinken für dich. Ein richtig üppiges Frühstück.»

Diese Nachricht drang zu seinem Gast durch. Er regte sich, seine Hände erschienen rechts und links am Mauerwerk, schmutzige Finger, die Kuppen von Blut verkrustet. Hatte er versucht, in dem Steiger nach oben zu klettern? Die Vorstellung brachte ihn zum Lächeln. Als er den Schornstein inspiziert und über seine spezielle Verwendung nachgedacht hatte, war ihm diese Möglichkeit natürlich durch den Kopf gegangen. Die alten Metallsprossen gab es schon lange nicht mehr, und die Innenwände des Schornsteins waren zum Klettern zu glatt und zu stark mit Ruß und Fett vom geräucherten Fleisch verschmiert. Trotzdem war er aufs Dach geklettert und hatte zur Sicherheit eine schwere Waschbetonplatte auf das obere Ende des Schornsteins gelegt und diese mit sechs Betonschrauben befestigt. Das war nicht einmal seine Idee gewesen. Die Schornsteinfegerin hatte es empfohlen, da es bei einem ungenutzten Schornstein sonst von oben hineinregnete, besonders bei diesem Durchmesser.

«Brauchst du Hilfe?», fragte er seinen Gast.

Der reagierte nicht darauf und krabbelte unter großen Mühen aus dem engen Loch heraus. Vor dem Schornstein fiel er auf die Knie und spuckte einen schwarzen Schleimbatzen auf den Boden. Und weil er danach keinen Versuch unternahm, auf die Beine zu kommen, packte er seinen Gast schließlich unter den Achseln und zog ihn mit sich – er hatte schließlich nicht den ganzen Tag Zeit!

«Komm schon, wir haben noch eine Menge zu besprechen.»

Widerstandslos ließ sein Gast sich zu dem Ehrenplatz in erster Reihe schleppen und daran fesseln.

«Durst ... ich habe Durst», stammelte er.

«Erst die Arbeit, dann das Vergnügen.»

Unter den Augen seines Gastes begann er, die Treppe zu zerlegen und auseinanderzusägen. Er erklärte nicht, warum er das tat, sein Gast würde es sich schon denken können. Dann stellte er seine Fragen, während er weiterarbeitete.

«Sind die anderen wirklich tot?»

«Welche anderen? Ich verstehe nicht ...»

Die einzelnen Stufen waren von den Schenkelseiten her verschraubt, aber selbst nachdem er alle Holzschrauben herausgedreht hatte, fiel die Treppe nicht auseinander. Die Bauteile waren über die Jahre miteinander verwachsen.

Schließlich nahm er den Vorschlaghammer und drosch von oben auf die Stufen ein, bis sie herausfielen oder zerbröselten. Holzmehl stob auf und senkte sich auf seine Unterarme, sein Haar, seine Kleidung.

«Sag meinen Namen», herrschte er zwischen zwei Schlägen seinen Gast an.

«Bitte, so lassen Sie mich doch ...»

Noch eine Stufe, und noch eine. Die Schläge prasselten auf das Holz ein, die dumpfen Geräusche hallten im Kellergewölbe wider.

«Oder stimmt es gar nicht, was man mir erzählt hat? Haben die Zeitungen damals gelogen?»

«Oh Gott, ich brauche Wasser.»

Um an die oberste Stufe zu kommen, musste er auf die Leiter steigen, die er klugerweise bereitgestellt hatte.

«Ich will von dir die Wahrheit hören, die ganze verdammte Wahrheit!», schrie er seinen Gast an.

«Ich weiß doch nichts, bitte ...»

Er hämmerte auf die letzte Stufe ein, bis sie zersplitterte, dann sprang er von der Leiter, atemlos und verschwitzt baute er sich vor seinem Gast auf, den Hammer zum nächsten Schlag hoch über den Kopf erhoben.

«Sag. Meinen. Namen!»

«Ich ... ich ...»

Der Hammer sauste nieder und verfehlte den Kopf seines Gastes nur knapp.

«Sag ihn mir!», schrie er ihn an.

7

Roya Mayer hatte gelogen oder zumindest etwas verheimlicht. Also landete ihr Name im Google-Suchfeld, kaum dass Carola Barreis zurück im Präsidium war.

Von der hohen Anzahl an Treffern wurde sie überrascht.

Aber so war das wohl, wenn man bei den Medien arbeitete – oder wenn die Medien sich an einem abarbeiteten. Und das hatten sie bei Roya Mayer getan.

«Interessant», sagte Carola zu sich selbst und trank einen Schluck von dem Kaffee, den sie sich aus der Bäckerei neben dem Präsidium mitgebracht hatte. Dabei rief sie einen bestimmten Artikel auf und vertiefte sich in den Inhalt.

Roya Mayer war vor vier Jahren in die öffentliche Kritik geraten, weil man ihr anlastete, zumindest indirekt am Suizid einer Frau schuld zu sein.

«Ach, da schau her! Das erklärt so einiges», sagte Carola.

Zum Beispiel diese unüberlegte, halsbrecherische Aktion, Martina Spiekermann während der Fahrt übers Telefon helfen zu wollen. Und auch die beleidigte Reaktion im Krankenhaus, als Carola der jungen Frau vorgeworfen hatten, damit falsch gehandelt zu haben. Nicht besonders gut versteckt hatte sie darin ja auch den Vorwurf, die Sache hätte anders ausgehen können, wenn Roya Mayer sogleich die Polizei informiert hätte. Das war natürlich Quatsch, denn da war der Ehemann schon tot und die Sache nicht mehr zu stoppen gewesen, aber sie hatte Druck ausüben wollen und nicht wissen können, dass die junge Frau vorbelastet war.

Konkret ging es bei den Einträgen, die sie fand, um einen Artikel bei der renommierten Wochenzeitschrift *Durchblick*. Roya Mayer war dort als Journalistin im Bereich Neue Medien / Digitales angestellt gewesen. Sie hatte sich mit allem befasst, was das Internet so hergab, für *Durchblick* aber sowohl Online- wie auch Printartikel geschrieben.

In dem besagten Artikel hatte sie sich mit der Scheinwelt des Influencing befasst. Natürlich konnte man ein Publikum nicht mit lediglich einem Thema fesseln, das schaffte man nur mit Personen, Menschen, die einem Thema, einer Story ein Gesicht und Emotionen verliehen. In ihrer dreiteiligen Artikelserie hatte die Mayer zwei Personen einander gegenübergestellt. Beides junge Frauen, die eine in den sozialen Medien als Influencerin für die verschiedensten Lifestyle-Produkte erfolgreich, die andere eine Heranwachsende, deren Leben außer Kontrolle geraten war, weil sie nicht mithalten konnte mit der Welt der schönen Bilder. Sie litt unter Magersucht und hatte Depressionen, aus Verzweiflung, dem Druck und den Erwartungen nicht gewachsen zu sein – und das mit siebzehn. Roya Mayer hatte den einen großen Fehler begangen, den man als Journalistin niemals begehen sollte: Sie hatte Partei ergriffen, statt objektiv zu berichten und es den Leserinnen und Lesern selbst zu überlassen, sich ein Urteil zu bilden. Roya Mayer war äußerst hart mit der erfolgreichen Influencerin ins Gericht gegangen, hatte Fakes, Lügen und eine arrogante Haltung aufgedeckt, der jungen Frau damit ihr Geschäftsmodell kaputt gemacht, sie darüber hinaus aber auch einem lange Zeit nicht enden wollenden Shitstorm ausgesetzt.

Bis die Influencerin medienwirksam von einem Hochhaus gesprungen war.

Nachweislich hatte die junge Frau gelogen und betrogen, und als sie dafür ins Kreuzfeuer ebenjener Medien geriet, die ihr ein kleines Vermögen eingebracht hatten, verdammten diese sie. Diesem Druck konnte sie nicht standhalten. Als sie aber unter diesen Umständen starb, suchten die gleichen Medien die Schuld bei der Journalistin, die den Betrug aufgedeckt hatte.

Carola Barreis nahm ihren Kaffeebecher, lehnte sich zurück und trank einen Schluck. In den meisten Posts der Influencerin ging es hauptsächlich um Haarpflege- und Stylingprodukte, für die sie warb, indem sie behauptete, sie aus eigener Erfahrung heraus zu lieben, obwohl sie sie selbst nie benutzt hatte. Oberflächlich betrachtet keine große Sache. Aber natürlich ging es auch um Neid, Eitelkeit und Kränkung.

Kränkungen waren ein Grund für Kriege, Morde und andere Grausamkeiten. Der Mensch war ein Wesen, das zu kränken in der Lage war, selbst aber keine Kränkung ertrug.

«Wer hat bloß Zeit für diesen Scheiß?», fragte sich Carola.

Der Artikel machte ihr schlechte Laune, und sie hatte

keine Lust mehr aufs Internet, aber da sie einmal angefangen hatte, musste sie die Recherche auch zu Ende bringen.

Nach dem Suizid der Influencerin arbeiteten sich die sozialen Medien an Roya Mayer ab, allerdings nicht sehr lange. Bald gab es wieder andere Themen. Allerdings flog Roya Mayer in der Folge bei *Durchblick* raus. Man lastete ihr an, Partei ergriffen und Meinungen beeinflusst zu haben.

Zwar hatte die Journalistin nicht ihr Leben verloren, aber einen guten Job.

Carola fand keinen neueren Artikel von Roya Mayer. Das musste nicht heißen, dass sie keinen geschrieben hatte, es hieß nur, dass Google ihren Namen nicht damit in Verbindung brachte. Aber wie die Journalistin im Krankenhaus ja selbst erzählt hatte, beackerte sie trotz des Vorfalls mit der Influencerin schon wieder die Internetwelt. Diesmal nahm sie sich die pseudospirituellen Einflüsterer vor, die ja eigentlich auch nichts anderes als Influencer waren.

Carola hielt nichts von solchen Schaumschlägern. Wer psychische Probleme hatte, sollte sich fachlichen Rat holen. Das hatte sie selbst auch schon getan und es nicht bereut. Sich an jemanden zu wenden, der seine Expertise in einem Wochenendkurs auf einem alternativen Biohof erworben hatte, hielt sie für gefährlich. Wie konnte man nur auf diesen Mist hereinfallen? Wie und wann war diese entsetzliche Leere in den Menschen entstanden, dass die Sehnsucht, sie zu füllen, so groß geworden war, so essenziell, dass solche selbst ernannte Heilsbringer leichtes Spiel hatten, damit Geld zu verdienen?

Insofern fand Carola es eigentlich nicht verkehrt, was Roya Mayer trieb.

Sie fragte sich, ob sie die Frau mochte. Normalerweise traf

sie diese Entscheidung in Sekundenschnelle und lag damit meist richtig. Bei der Journalistin war sie sich aber nicht sicher.

Ihr Telefon klingelte.

Die Nummer war ihr bekannt. Der Anruf kam aus der technischen Abteilung ihres Präsidiums, also ging sie sofort ran.

Die Mitarbeiterin erklärte ihr, sie habe die Sperre des Smartphones von Martina Spiekermann überwunden und die Daten ausgelesen.

«Was Interessantes dabei?», fragte Carola, die keine Lust hatte, sich durch den Datenwust zu arbeiten.

«Was meinen Sie?», fragte die Mitarbeiterin. Den leicht genervten Unterton konnte Carola nachvollziehen. Schließlich war es nicht die Aufgabe der digitalen Forensikerin, Ermittlungen zu betreiben. Sie stellte lediglich Daten sicher und zur Verfügung.

«Einen Abschiedsbrief vielleicht», sagte Carola und hielt das gar nicht mal für so abwegig. Die Leute tippten heutzutage doch alles in ihre Handys.

«Nein, nichts dergleichen», antwortete die Mitarbeiterin. «Ich kann Ihnen den Zugangslink schicken», schlug sie vor, als Carola nicht sofort antwortete.

«Machen Sie das. Was hat Frau Spiekermann denn gehört?»

«Wie bitte?»

«Sie hatte diese EarPods in den Ohren, als ich sie fand.»

«Einen Podcast.»

«Sie hat einen Podcast gehört, als sie starb?»

«Ja.»

«Worum geht es darin?»

«Livecoaching.»

«Aha! Und hat dieser Podcast auch einen Namen?»
«Hörgefühlt. War's das dann?»
«Ja, das war's», sagte Carola und legte auf.

8

«Sarah, mach die Tür auf!»

Das war Björn, und er rief laut genug, um die Nachbarn auf sich aufmerksam zu machen. Zudem hämmerte er gegen die Tür.

Sarah Henschel stand einen Moment unentschlossen im Zimmer und wusste nicht, was sie tun sollte.

Gelb mit dunklen Flecken, schoss es ihr durch den Kopf.

Schließlich sagte sie sich, dass es ja nur Björn war und er sich schon wieder abregen würde. Hin und wieder ging sein Temperament mit ihm durch, das war nicht schön, andererseits gab es Situationen, in denen ihr gerade dieses Temperament gefiel.

«Ich komm ja schon!», rief Sarah und eilte zur Tür, damit Björn nicht noch mehr Nachbarn aufschreckte.

Verschwitzt und mit hochrotem Kopf stand er da. Das Haar zerzaust, so als wäre er direkt von seiner Arbeit als Zimmermann hierhergeeilt. Er roch nach Schweiß und Holz.

«Was soll das!», sagte er statt einer Begrüßung und stampfte an ihr vorbei in die Wohnung. Mavi, der neugierig um die Ecke gelugt hatte, verschwand eilig in die Küche. Diese Art der Eroberung ihres Privatraums gefiel Sarah nicht, und sie fragte sich, wie es sich wohl anfühlen würde, wenn sie beide wie geplant bald in eine gemeinsame Wohnung ziehen würden.

«Was meinst du?», fragte sie und schloss die Tür so sanft und leise, als könnte sie damit etwas gutmachen.

Björn war auf das Wohnzimmerfenster zugestürmt, das auf einen kleinen Park mit Spielplatz hinausging.

«Du kannst mich nicht einfach so ignorieren!», polterte er los, drehte sich dann zu ihr um und zeigte mit dem ausgestreckten Finger auf sie.

«So funktioniert das nicht in einer Beziehung.»

Sarah versuchte ein Lächeln.

«Hey, mach mal halblang, du weißt doch, wann mein Podcastabend ist und ...»

«Genau das meine ich», brauste Björn auf. «Du nimmst mich nicht ernst. Statt dich um mich zu kümmern, hörst du diesem blöden Schleimer zu und glaubst den Scheiß auch noch. Wenn ich das schon höre: Glaub an deine innere Stärke, dann wird alles gut. Du allein bewegst dein Universum, du bist die Kraft, die alles lenkt ... bla bla bla ... und immer geht es dabei nur um dich.»

Björn hatte sich in Rage geredet und begann, im Zimmer auf und ab zu gehen. Sarah überlegte, ob sie noch einmal versuchen sollte, ihm zu erklären, wie gut ihr der Podcast tat und dass es doch auch für ihn von Vorteil sei, wenn sie emotional gefestigt war. Sie ließ es bleiben, weil sie das schon einige Male versucht hatte, Björn sie aber offenbar nicht verstehen wollte.

«Ich sage dir doch auch nicht, wann du deine Fußballspiele anschauen darfst und wann nicht», argumentierte Sarah ruhig. «Wir müssen uns schon unsere Freiräume zugestehen, wenn es mit uns funktionieren soll.»

Er trat ganz nah auf sie zu.

«Du willst Schluss machen, oder?»

Jetzt, da sein Gesicht nah an ihrem war, roch sie, dass er Alkohol getrunken hatte. Okay, er hatte Feierabend, und eigentlich war es kein Problem, wenn er sich dann ein oder zwei Bier gönnte. Doch in der letzten Zeit waren es immer mehr geworden, oft fünf bis sechs.

Gelb mit dunklen Flecken.

«Nein, überhaupt nicht», sagte Sarah so beschwichtigend wie möglich.

«Vielleicht solltest du dich mal entscheiden, wen du mehr liebst ... mich oder diesen Laberarsch.»

Das war keine Frage, und selbst, wenn es eine gewesen wäre, hätte Sarah nicht darauf geantwortet, weil es einfach dämlich war. Sie wusste, dass Björn zur Eifersucht neigte, und hatte es immer irgendwie süß gefunden, aber heute erschreckte er sie damit.

Seit nunmehr fast drei Jahren waren Björn und sie ein Paar. Kennengelernt hatten sie sich auf der Bowlingbahn. Sarah war mit ihren Kolleginnen und Kollegen aus dem Pflegeheim dort gewesen, um den 50. Geburtstag von Ute zu feiern, die das Heim leitete. Dafür hatten sie im Bowlingcenter vier Bahnen gemietet. Auf den zwei Bahnen direkt daneben hatten vier Jungs gespielt. Kräftige, gut trainierte Typen, denen man ansehen konnte, dass sie ihre Arbeitszeit nicht in Büros verbrachten. Auf den Rücken ihrer T-Shirts stand der Aufdruck «Zimmerei Ludwig Günther», überbaut von einem angedeuteten Dach.

Die Jungs hatten sie immer wieder angefeuert, man war ins Gespräch gekommen, und Björn mit seiner frechen, charmant-süßen Art hatte Sarah sofort beeindruckt. Zwei Wochen später hatten sie zum ersten Mal miteinander geschlafen und waren seitdem ein Paar. Bei Björn fühlte sich

Sarah, die oft unter Ängsten litt, sicher, und sie wusste, dass ein Leben an seiner Seite Sicherheit und Geborgenheit bedeutete. Auch wenn sie bis dahin noch nie so konkret darüber nachgedacht hatte, spürte sie, dass sie genau danach suchte. Was in ihrem Elternhaus gefehlt hatte, versprach Björn in ihr Leben zu bringen – und das war eine Menge.

Niemand war perfekt, das wusste Sarah. Auch sie selbst nicht. Aber jetzt ging Björn einen Schritt zu weit. Sie musste sich behaupten und ihm seine Grenzen zeigen. Es ging hier nicht darum, was er fühlte, und dass sie ihm mit ihrer Leidenschaft für den Podcast und Marc Maria Hagen vielleicht einen Grund für seine Eifersucht gegeben hatte. Es ging darum, dass er sie voll und ganz akzeptieren musste, ohne etwas an ihr verändern, ohne ihr seinen Willen und seine Vorstellungen aufdrängen zu wollen. Das war es doch, was Marc Maria Hagen immer wieder einforderte: Steht zu euch, bleibt bei euch, liebt zuallererst euch selbst, dann kommt die Liebe der anderen von ganz allein. Es ist der falsche Weg, sich selbst zu verleugnen, um Liebe zu erfahren, denn dann werdet ihr nicht um euer Selbst willen geliebt, sondern für das, was ihr für andere tut.

«Dich liebe ich, und der Podcast ist mir wichtig. Und wenn du mich auch liebst, verstehst und akzeptierst du das.»

Sarah sah Björn direkt in die Augen, ihre Stimme klang fest und nachdrücklich, als sie sagte:

«Und jetzt will ich, dass du verschwindest und darüber nachdenkst.»

9

«Um Himmels willen, das ist viel zu früh, seien Sie doch vernünftig!»

Aber Roya wollte nicht vernünftig sein, sie wollte nur noch weg. Zwar spürte sie bei jeder schnellen Bewegung in ihrem Kopf etwas in die entgegengesetzte Richtung schwappen, worauf ihr Magen mit Unwohlsein reagierte, aber die Schmerzen hielten sich in Grenzen. Sie waren sogar um einiges erträglicher als die Schuldgefühle, die sich seit dem Besuch der Kommissarin gestern wie Gift in Roya ausbreiteten.

Sie würde nicht noch einen Tag hier liegen bleiben und sich dann abermals von dieser Kommissarin wie ein Kleinkind behandeln lassen, das gemaßregelt werden musste.

«Warten Sie doch wenigstens auf die Visite!»

«Darauf warte ich schon seit Stunden», versetzte Roya. Die Visite war für zehn Uhr angekündigt gewesen, jetzt war es bereits nach zwölf, und vom Chefarzt war immer noch nichts zu sehen.

«Wie wollen Sie denn überhaupt nach Hause kommen?», versuchte es Schwester Silke mit Argumenten.

«Mir egal.» Roya stopfte die wenigen Klamotten, die ihre Nachbarin und Freundin Hazel ihr gestern nach dem Besuch der Kommissarin gebracht hatte, in die Umhängetasche. «Mit dem Taxi. Rufen Sie mir bitte ein Taxi.»

«Das werde ich nicht tun! Ich werde dem leitenden Stationsarzt Bescheid geben!»

Schwester Silke baute sich mit vor der Brust verschränkten Armen zwischen ihr und der Tür auf. Sie wirkte wild entschlossen, ihre Patientin vor einer Dummheit zu bewahren. Roya wusste ja, dass die Krankenschwester recht hatte und sie selbst sich wie eine undankbare Zicke benahm, aber sie konnte einfach nicht länger hierbleiben.

«Ich kann Sie fahren», kam es unerwartet von der Tür, als Roya gerade zu einer Erklärung ansetzen wollte.

Wie zwei Teilnehmerinnen beim Wasserballett wandten sich Schwester Silke und sie genau gleichzeitig zur Tür.

Im Rahmen stand ein Mann in Royas Alter, vielleicht ein paar Jahre älter, höchstens Mitte dreißig. Er trug die Kleidung eines Rettungssanitäters, dazu ausgelatschte Sneaker, hatte lockiges blondes Haar und ein freundliches, offenes Gesicht. Seine Haut hatte über den Sommer offensichtlich viel Sonne abbekommen. In seiner weißen Kleidung wirkte er wie ein Beachboy.

«Wer sind denn Sie?», fuhr Schwester Silke ihn an.

«Nathan … ich war bei dem Unfall dabei.»

«Ja und!?»

Nathans sonniges Lächeln verdunkelte sich unter dem strengen Blick der Schwester.

«Ich … ähm, wollte etwas vorbeibringen …»

Roya konnte sehen, wie er mit der rechten Hand ein Medaillon hochhielt.

«Das ist meins!», rief sie überrascht und drückte sich an der Schwester vorbei.

Sie nahm dem Rettungssanitäter das Schmuckstück ab, strich mit dem Daumen darüber, freute sich, dass es bei dem Unfall keinen Schaden genommen hatte, und spürte sofort wieder die Verbundenheit zu ihrer Familie. Es war eine goldene, ovale Fassung, in die ein Onyx eingelassen war. Darin wiederum war in Gold das Symbol der Ewigkeit eingraviert.

Das Amulett in der Hand zu halten, verlieh Roya Zuversicht und Selbstvertrauen, beides brauchte sie dringend.

«Bei der Rettungsaktion hat sich wohl der Verschluss geöffnet ... es lag im Wagen, und ich dachte mir, Sie würden es sicher vermissen.»

«Danke, ehrlich, vielen Dank!»

«Ich bin mit dem Wagen da!», sagte Nathan und deutete mit dem Daumen hinter sich in den Gang, als hätte er den Wagen dort geparkt. «Wie gesagt, ich kann Sie mitnehmen. Gar kein Problem.»

«Na, dann werde ich hier ja wohl nicht mehr gebraucht.»

Schwester Silke schob sich an den beiden vorbei und verschwand, ließ aber eine dicke Wolke aus Ärger zurück.

Einen Moment sahen Roya und Nathan sich fragend an, dann mussten beide gleichzeitig grinsen.

«Jede Wette, sie kommt gleich mit der Kavallerie wieder», sagte Nathan.

«Und du kannst mich wirklich mitnehmen? Ich wohne aber ziemlich weit draußen.»

«Kein Thema. Ich habe Zeit, mein Dienst beginnt erst um Mitternacht.»

«Okay, dann lass uns schnell verschwinden.»

Roya legte das Amulett an, holte ihre Tasche und verließ zusammen mit dem Rettungssanitäter das Zimmer.

«Mir nach», sagte er verschwörerisch. «Ich kenne einen Weg, der nicht am Schwesternzimmer vorbeiführt.»

Roya, die sich hier nicht auskannte, vertraute Nathan und folgte ihm nach rechts den Gang hinunter. Sie kamen an einigen Türen und dem Aufenthaltsbereich vorbei, bevor Nathan nach links abbog und die schwere Metalltür zu einem Treppenhaus öffnete.

«Hinterausgang», sagte er und grinste. «Ich war mal mit einer Schwester eine Station höher verbandelt, und wir haben uns immer heimlich hier getroffen.»

Roya mochte sein Grinsen. Es war auf natürliche Art ansteckend. Doch als sie die Treppenstufen vor sich sah, verging ihr der Humor. Sie zögerte, Nathan zu folgen.

Am ersten Absatz drehte er sich um.

«Was ist?»

«Nichts, ich …»

Mit zwei Schritten war er bei ihr.

«Komm, gib mir deine Tasche und mach langsam. Nutz das Geländer, das wird schon.»

Roya stieg vorsichtig wie eine alte Frau die Stufen hinunter, und er blieb dicht bei ihr, bereit einzugreifen, sollte ihr schwindelig werden. Auf jeder Stufe bis hinunter ins Erdgeschoss ging es in Royas Kopf drunter und drüber, doch es gelang ihr, sich zusammenzureißen. Ohne Nathan hätte sie sich auf jeder Etage erst einmal hingesetzt und ausgeruht, doch diese Blöße wollte sie sich vor ihm nicht geben. Er wirkte so vital und kraftvoll.

«Na, wer sagt's denn», lobte er sie, als sie im Erdgeschoss ankamen. «Hier kann ich einen Rollstuhl holen und dich bis zu meinem Wagen schieben.»

«Untersteh dich!», fuhr Roya ihn entrüstet an.

Sie war froh, als er ihr wenige Minuten später die Tür zu einem älteren VW Caddy aufhielt. Erleichtert sackte sie in den Sitz und suchte zwischen den leeren Energydrink-Dosen Platz für ihre Füße. Die Armaturen des Wagens waren verstaubt, aus allen Ablagen quollen irgendwelche Utensilien, Verpackungen, Dosen oder Riegel.

«Entschuldige die Unordnung», sagte Nathan und stieg

ein. «Ich könnte jetzt behaupten, hier sieht es nicht immer so aus, aber die Wahrheit ist: Hier sieht es immer so aus.»

«Kein Problem. Hauptsache, ich komme hier weg. Vielen Dank für deine Hilfe.»

Nathan hielt ihr die Hand hin.

«Ich finde, wir fangen noch mal an», sagte er. «Das da drinnen entsprach nicht meinen üblichen Umgangsformen. Mein Name ist Nathan Birkner, ich bin siebenunddreißig, von Beruf Rettungssanitäter, und ich war dabei, als die Feuerwehr dich aus deinem Auto schnitt.»

Roya ergriff seine Hand. Sie war warm und weich. Hatte sie sein Gesicht an der Seitenscheibe gesehen, als sie kurz nach dem Unfall einen hellen Moment gehabt hatte? Wahrscheinlich schon.

«Mein Name ist Roya Mayer, ich bin vierunddreißig, Journalistin, und ich war auch dabei, als die Feuerwehr mich herausschnitt, kann mich aber nicht erinnern», revanchierte sie sich, und sie sahen sich vielleicht einen Moment zu lange in die Augen.

«Hat dir nie jemand gesagt, dass es gefährlich ist, während der Fahrt zu telefonieren?», fragte Nathan.

Roya ging davon aus, dass Nathan nichts von dem Hintergrund des Unfalls wusste, sonst hätte er diesen eigentlich lustig gemeinten Satz wahrscheinlich nicht gesagt.

«Du weißt doch, man muss seine eigenen Erfahrungen machen», wich Roya dem Thema aus und nannte ihm ihre Adresse.

Nathan zog scharf die Luft ein.

«Doch zu weit?»

«Nein, kein Problem. Ich hoffe nur, du überlebst meinen

Fahrstil. Die meisten meiner Freunde nehmen sich lieber ein Taxi, als bei mir mitzufahren.»

«Tja, schlimmer als mein Fahrstil kann er kaum sein, oder?»

«Auch wieder wahr», sagte Nathan und startete den Motor.

«Und los geht der wilde Ritt.»

Er schaltete das Radio ein, als sie an der ersten Kreuzungsampel warten mussten.

«Hast du mein Auto gesehen?», fragte Roya.

«Ja klar. Ist nur noch ein Schrotthaufen.»

Bis zu diesem Moment hatte Roya noch Hoffnung gehabt, Suse retten zu können, doch die war nun gestorben.

Nathan bemerkte ihren Stimmungseinbruch.

«Hey, du kannst froh sein, dass du da lebend rausgekommen bist. Ist doch nur Blech.»

«Aber zuverlässiges Blech», erwiderte Roya, die sich nicht die Blöße geben wollte, Nathan zu erklären, dass sie es sehr wohl für möglich hielt, dass Autos so etwas wie eine Seele besaßen. Vielleicht nur eine aus Metall, aber immerhin.

«Hängst du nicht an deinem Auto? Sieht irgendwie so aus, als lebtest du hier drinnen.»

Sie warf einen Blick in den Fond, aus dem die Rücksitzbank ausgebaut worden war, um Platz für eine schmale Campingmatratze zu schaffen.

«Hin und wieder tue ich das, wenn ich auf Festivals unterwegs bin und so. Aber das würde mit jedem anderen Wagen auch funktionieren. Also nein, ich hänge nicht speziell an diesem Auto.»

Sie schwiegen einen Moment, weil Nathan sich auf den Verkehr konzentrieren musste.

«Darf ich dich etwas Persönliches fragen?», sagte er schließlich.

«Kommt drauf an.»

«Das Medaillon ist sehr schön. Hat es eine Bedeutung für dich?»

«Ja, hat es. Alle in unserer Familie tragen das gleiche Medaillon ... es drückt unsere ewige Verbundenheit miteinander aus. Auch über den Tod hinaus. Meine ... meine Mutter und meine kleine Schwester sind bei einem Autounfall gestorben, deshalb ist es besonders wichtig für mich.»

«Das tut mir sehr leid», sagte Nathan.

«Schon gut, ist lange her.»

«Darf ich dir noch eine Frage stellen?»

«Wenn du mit der Antwort leben kannst.»

«Ganz bestimmt ... dein Name, er ist sehr ungewöhnlich. Was hat es damit auf sich?»

«Roya kommt aus dem Persischen und bedeutet ‹schöner Traum›», erklärte sie.

«Schöner Traum», wiederholte er leise. «Wow, gefällt mir.»

«Danke. Meine Eltern haben ihn ausgesucht. Ich fand das immer etwas merkwürdig, weil sie keinen persischen Hintergrund haben.»

«Muss doch gar nicht sein, der Name ist trotzdem schön. Da kann ich leider nicht mithalten. Weißt du, was Nathan bedeutet?»

Roya schüttelte den Kopf.

«Der Name kommt aus dem Hebräischen und bedeutet ‹der Geber› oder ‹der Gebende›.»

«Aber das ist doch ebenfalls wunderschön!»

Nathan strahlte sie an. «Findest du?»

«Klar! Und es passt. Überleg mal, was du auf dich genommen hast, um mir mein Medaillon zurückzugeben. Schwester Silke wird dich auf ewig hassen.»

Irgendwas mischte sich in sein Lächeln, ein Schatten, den Roya nicht wirklich deuten konnte.

Womöglich bildete sie es sich auch nur ein.

Roya wollte etwas sagen, doch ihre Aufmerksamkeit wurde von dem Nachrichtensprecher des Regionalsenders beansprucht. Der berichtete von einer Familientragödie in einem kleinen Ort außerhalb der Stadt. Nach ersten Erkenntnissen der Polizei hatte eine achtundzwanzigjährige Frau zuerst ihren Ehemann und dann sich selbst getötet.

Roya wusste sofort, dass es sich bei dieser Meldung nur um Martina Spiekermann handeln konnte, auch wenn weder Namen noch Ort genannt wurden. Wie viele Suizide konnte es in den letzten zwei Tagen hier schon gegeben haben? Aber warum hatte die Kommissarin ihr nichts vom getöteten Ehemann erzählt?

Weil du Journalistin bist.

«Furchtbar, nicht wahr!», sagte Nathan und deutete mit dem Kinn aufs Radio. «Wenn ich so etwas höre, frage ich mich immer, was alles passieren muss, bevor es zu einer solchen Kurzschlussreaktion kommt. Manche Menschen sollten wohl besser nicht zusammenleben.»

Er wusste offenbar tatsächlich nichts von der Geschichte, die hinter ihrem Unfall steckte, und Roya verspürte in diesem Moment keine Lust, ihn aufzuklären.

«Ja, furchtbar …», murmelte sie, aber ihre Gedanken waren woanders.

Martina sollte ihren Mann getötet haben?

Niemals.

Irgendetwas stimmte hier nicht.

Aber wer war sie, dass sie sich ein Urteil über Martina erlaubte? Sie hatte Journalismus studiert, nicht Medizin oder Psychologie. Aber dass Martina nicht nur sich selbst, sondern auch noch ihren Mann getötet haben sollte, ging nicht in ihren Schädel. Diese zarte, anmutige Frau hätte doch keiner Fliege etwas zuleide tun können.

Roya schwor sich, herauszufinden, was wirklich dahintersteckte.

«Können wir einen Umweg machen?», fragte sie Nathan.

«Klar! Musst du etwas einkaufen? Ich kann das für dich erledigen.»

Roya nannte ihm die Adresse.

«Wow, das dauert mindestens eine Stunde.»

«Wenn es ein Problem ist ...»

«Nein, nein, kein Problem. Mach ich gern.»

Roya kam sich ein bisschen schlecht vor, seine Hilfsbereitschaft und offensichtliche Zuneigung auszunutzen.

Aber nicht schlecht genug, um es nicht zu tun.

Außerdem empfand sie seine Gegenwart als angenehm, und das war ihr mit einem Mann lange nicht mehr passiert.

10

Aufgeregt war Sarah Henschel in ihrem Leben schon häufig gewesen, aber nicht in dieser Dimension.

Es fühlte sich an, als stiegen überall in ihrem Körper Bläschen auf, eine beständige, nicht nachlassende innere Unruhe, dazu die leichten Bauchschmerzen und ein Gedankenkarussell, in das niemand freiwillig steigen würde, schwindelfrei oder nicht.

Heute war es so weit!

Das Vorgespräch mit Marc Maria Hagen für sein nächstes Coaching am Wochenende stand bevor. In einer halben Stunde sollte es losgehen. Sarah hatte ihre Schicht getauscht, sodass sie im Anschluss leider noch zur Arbeit musste. Sie hatte ihren Wagen aus der Werkstatt abgeholt und sich frühzeitig auf den Weg gemacht, um auch ja nicht zu spät zu kommen. Und so lungerte sie am frühen Nachmittag an der Rheinpromenade vor dem Gebäude herum, zu dem sie bestellt worden war. Dabei handelte es sich um ein vierstöckiges historisches Gebäude direkt im schicken Rheinauhafen in Köln. Ob der Podcast hier aufgezeichnet wurde, wusste Sarah nicht. Es war nicht viel bekannt über MMH, eigentlich gar nichts. Im Netz kursierten keine Fotos, auf den Buchcovern gab es auch keine, niemand wusste etwas über seinen Familienstand, und Fragen dazu wich er stets mit der Begründung aus, es ginge nicht um ihn.

So präsent und prominent Marc Maria Hagen dank seines Erfolges auch war, schien er nichts davon zu halten, im Licht der Öffentlichkeit zu stehen. In Sarahs Augen machte ihn das noch sympathischer.

Die Schilder und Klingeln neben der Eingangstür hatte Sarah bereits kontrolliert. Man hatte ihr gesagt, sie solle bei Skarabäus Productions klingeln. Nachdem sie den Begriff gegoogelt hatte, wusste Sarah, dass Skarabäen auch als Glückskäfer bezeichnet wurden, und fand es sehr passend, die Produktionsfirma nach ihnen zu benennen. Schließlich versuchte Marc, die Menschen glücklich zu machen.

Nervös und angespannt lief Sarah die Promenade rauf und runter, hielt sich dabei aber so, dass sie aus dem Gebäude heraus möglichst nicht gesehen werden konnte. Falls Marc schon da war, wäre es ihr peinlich, wenn er sie wie ein aufgeregtes Schulmädchen herumhüpfen sah. Bei diesem Gedanken fiel ihr ein, dass sie Marc nicht einmal erkennen würde, wenn er an ihr vorbeiging.

Aus dem Schatten des Gebäudes heraus beobachtete sie die Menschen – viele waren es nicht. Wegen des kalten und feuchten Wetters waren die meisten zügig unterwegs, jeder schien ein Ziel zu haben, niemand verharrte. Viele der Passanten, vor allem die jüngeren, trugen EarPods. Sarah sah Menschen herumlaufen, die scheinbar mit sich selbst sprachen. Manche wirkten, als würden sie von einer Stimme fremdgesteuert, die nur sie hören konnten. Sie wusste natürlich, dass sie nicht die Einzige war, die sich gegen den allgegenwärtigen Lärm der Welt mit Musik, Podcasts oder Hörbüchern abschottete, dennoch wirkte es befremdlich auf sie, wie viele das mittlerweile taten. Konnte das ein Grund sein, warum die Menschen sich nicht mehr zuhörten?

Sarah trug heute keine Ohrhörer. Sie war viel zu aufgeregt, um Musik zu hören, und Marcs neuen Podcast hatte sie schon dreimal angehört, seit er erschienen war.

Weil sie nicht abgelenkt war und so genau hinsah, fiel Sarah die Gestalt auf der anderen Straßenseite auf.

In ihre Richtung gewandt stand sie still da. Die Kapuze einer schwarzen Regenjacke über dem Kopf beschattete das Gesicht. Die Hände steckten in den Taschen der Jacke, auf dem Rücken trug sie einen Rucksack, von dem Sarah nur die Träger sehen konnte.

Starrte der Typ sie an, oder was?

Sarah erinnerte sich an den Typen aus dem Bus neulich Abend. Der hatte auch so bewegungslos dagestanden und sie angestarrt. Die nach außen hin abgelaufenen Sohlen seiner Sneakers waren Sarah im Gedächtnis geblieben. Sie sah genauer hin. Auf die Entfernung war es schwer zu sagen, aber waren die Sneakers der Person da drüben nicht genauso abgelaufen?

Ihr lief ein Schauer über den Rücken.

Weil es ihr unangenehm war zurückzustarren, wandte sie sich ab, dann begriff sie, wie dumm das eigentlich war, und sie schaute wieder hin.

Der Typ war fort.

Ein Blick auf die Uhr. In zehn Minuten war der Termin. Es konnte nicht schaden, jetzt schon zu klingeln, um auch ja pünktlich in irgendeinem Büro zu sitzen.

Sie drückte auf den Klingelknopf, eine weibliche Stimme fragte über die Gegensprechanlage nach ihrem Namen und bat sie herein. Ein Summton signalisierte die geöffnete Tür, und Sarah stieß sie auf. Der Eingangsbereich war nichts weiter als eine leere Halle vor Aufzügen und Treppenhaus. Sarah nahm eine Kabine in die dritte Etage. Als sie oben ankam, erwartete sie bereits jemand.

Ein Mann, vielleicht Mitte dreißig, durchschnittlich aussehend, aber ziemlich hip gekleidet. Um den Hals trug er an einer Kette einen grün schimmernden Skarabäus. Er verlangte nach Sarahs Personalausweis, und nachdem er ihn kontrolliert hatte, strahlte er Sarah an.

«Herzlich willkommen, Sarah! Wir freuen uns, dass du an unserem Coaching für mehr Glück in deinem Leben teilnehmen willst. Ich darf dich doch duzen, oder?»

«Aber klar.»

«Supi! Ich bin Edgar Thiel, Produktionsleiter und Partner von Marc. Dann folg mir doch bitte, es geht auch sofort los.»

Edgar ging flott voran. Sarah folgte ihm und fragte sich,

wie er das mit dem Partner gemeint hatte. War er nur Marcs Geschäftspartner oder mehr? Edgar führte Sarah in ein Eckbüro mit Fenstern nach Süden und Westen. Zwar perlte der Regen von den Scheiben ab, und der graue Himmel lag wie eine Hülle über dem Fluss und der Messe auf der anderen Seite, der Ausblick war aber trotzdem beeindruckend. In der Mitte stand eine Tischinsel mit Stühlen drumherum. Die Tischplatten waren weiß, die Stühle aber von unterschiedlicher Farbe. Blau, Gelb, Rot, Grün, Weiß, ein kunterbuntes Durcheinander. Sarah gefiel es. Sie liebte es bunt, und es war klar, dass jemand wie Marc Maria Hagen nicht auf Bürotristesse stand.

«Es sind Kaffee, grüner Tee, Wasser und Tonic da», sagte Edgar und zeigte auf die Tischinsel. «Bedien dich gern, ich lasse dich ein paar Minuten allein, und dann geht es auch schon los!»

Damit verschwand er.

Plötzlich war es still in dem Raum. Außer den Tischen und Stühlen gab es hier nichts weiter. Kein Bild, kein Foto, keine Pflanzen. Sarah hatte im Hörgefühlt-Forum erfahren, dass die Seminare, die Marc immer von Freitag bis Sonntag abhielt, in einer alten, renovierten Wassermühle stattfanden, also nicht in diesem Gebäude.

Zum Trinken oder Sitzen war Sarah viel zu aufgeregt. Sie lief unruhig hin und her, schaute aus den Fenstern, kaute am Nagel ihres Daumens. Die Minuten vergingen quälend, und als sie sich schon fragte, ob man sie vergessen habe, öffnete sich plötzlich die Tür.

Ein Mann trat ein, und Sarahs erster Gedanke war:

Wenn das Marc ist, dann könnten Stimme und Aussehen nicht unterschiedlicher sein.

Der Mann war nicht besonders groß, vielleicht eins siebzig, seine Schultern so schmal wie die eines Teenagers, Hals und Arme lang und dünn, die Hände wirkten viel zu groß und baumelten in Kniehöhe. Er hatte mal dunkles Haar gehabt, jetzt war es unregelmäßig von Grau durchsetzt, zudem verursachten Geheimratsecken Kahlfraß bis hoch die Stirn hinauf. Die Haut im Gesicht wirkte wie ein Flickenteppich, so als wäre sie aus Versatzstücken zusammengefügt, zusammengehalten von einem Dreitagebart.

Er trug eine Skinny-Jeans, die am Hintern schlabbrig saß, dazu ein ockerfarbenes Langarmshirt, das eigentlich überall schlabbrig saß.

«Sarah, meine Liebe, herzlich willkommen!»

Da war sie, seine Stimme, und sie machte alles wett. Bei dieser Stimme spielte das Aussehen keine Rolle, denn sie erreichte Stellen in Sarah, zu der ihre Augen keinerlei Verbindung hatten. In diesem Moment wusste sie, dass Marc recht hatte. Es kam nicht auf Bilder, nicht aufs Äußere an, der Mensch war auf viel wichtigere Signale programmiert, nur hatte sich eine Matrix aus Bildern über diese Programmierung gelegt und musste mühsam entfernt werden. So wie Archäologen mit Pinseln Staub von Artefakten fegten, legte Marc die Seelen der Menschen frei.

Marc Maria Hagen war prädestiniert dafür. Er verfügte über etwas, das man nicht kaufen, sich nicht antrainieren, nicht erlernen konnte. Die Stimme natürlich, aber da war noch mehr. Unterbewusste Signale, Schwingungen, die Fähigkeit, Bindungen zu schaffen, die sich auf einer Ebene abspielten, die Sarah nicht begriff.

Marc Maria Hagen war hässlich, aber es spielte keine Rolle.

Sarah war vollkommen fasziniert von ihm. Leider auch paralysiert, sodass sie keinen Ton herausbekam und sich nicht mehr bewegen konnte. Passend wäre es wohl gewesen, die Hand auszustrecken, doch nicht einmal das funktionierte. Marc schien das nicht zu stören, vielleicht kannte er es auch schon von anderen Bewerbern, jedenfalls kam er gut gelaunt auf Sarah zu und war sich nicht zu fein, sie zu umarmen. Dabei hielt er gleichzeitig eine bestimmte Distanz ein, die seine Berührungen angenehm und nicht aufdringlich wirken ließ.

Er roch gut. Nach Shampoo, Aftershave und Parfum. Nichts davon war sein eigener Geruch, und Sarah fragte sich unwillkürlich, warum er den so übertünchte.

«Wie geht es dir heute?», sagte er jetzt.

«Ich ... äh, gut, danke, es geht mir wirklich gut.»

«Das freut mich. Komm, setzen wir uns, trinken wir etwas, lass uns unser Kennenlernen genießen. Ich sauge so ein erstes Treffen immer gern in mich auf. Darin steckt so viel Energie, findest du nicht auch!»

Er zog einen Stuhl vom Tisch zurück, ausgerechnet einen blauen, ihre Lieblingsfarbe, so als wüsste er davon, und Sarah setzte sich, ließ sich beinahe fallen, ihre Beine schienen sie nicht länger tragen zu wollen.

«Ich freue mich so sehr», brachte sie mühsam und ohne Stammeln hervor. «Ich träume schon so lange davon, Sie kennenzulernen.»

«Du, meine Liebe, wir duzen uns hier alle.» Marc beugte sich über den Tisch, öffnete eine Wasserflasche, reichte sie Sarah und öffnete dann eine zweite für sich.

«Dann hörst du also regelmäßig meinen Podcast?», fragte er, setzte sich neben sie und wandte sich ihr zu, sodass keinerlei Barriere zwischen ihnen war. Dabei schlug er die

Beine übereinander, was Sarah bei Männern eigentlich nicht mochte. Aber bei Marc sah es lässig und leicht aus.

«Ich habe keinen verpasst. Ich höre sie sogar mehrfach an.»

Sarah kicherte wie ein kleines Mädchen und kam sich furchtbar blöd dabei vor, konnte es aber nicht verhindern. «Das ist hier gerade ein richtiger Fan-Girl-Moment für mich.»

Marc lächelte ebenfalls. Seine Zähne waren groß und unregelmäßig. Links neben der Nase saß eine kleine Warze.

«Nimm's mir nicht krumm, aber davon halte ich nichts. Ein Fan zu sein bedeutet, jemand anderen mehr wertzuschätzen als dich selbst. Ich bin aber keinen Penny mehr wert als du, vielleicht ist es sogar eher andersherum. Weißt du, Menschen wie du geben mir erst die Kraft und die Motivation, zu tun, was ich tue. Ohne dich, Sarah, wäre ich nichts. Deshalb lass mich dir danken, dass du heute hier bist und dass du so immens viel investieren willst in dein Coaching.»

«Muss ich denn heute schon bezahlen?», fragte Sarah. Hitze stieg ihr in den Kopf, weil ihr Konto gerade nicht gedeckt war.

«Ach wo. So war das nicht gemeint. Ich habe von deiner Zeit, deiner Energie, deiner Power gesprochen. Das alles investierst du, und das ist viel, viel wichtiger als Geld. Das Geld schafft uns nur den Rahmen, all das tun zu können. Bist du denn überhaupt einverstanden mit dem Coaching-Honorar?»

«Ja, ja, auf jeden Fall. Das ist es mir wirklich wert.»

«Schön! Das Vertragliche regelt später der liebe Edgar.»

Marc klatschte in die Hände und beugte sich ein Stück vor.

«Dann lass uns über die wirklich wichtigen Dinge sprechen. Welche Frage beschäftigt dich gerade am allermeisten?»

«Ich …»

Sarah geriet ins Stocken. Auf diese direkte Frage war sie nicht vorbereitet. Sie hatte geglaubt, Informationen über Ort und Ablauf des Coachings zu bekommen, aber Marc fiel mit der Tür ins Haus. Von den Podcasts wusste sie ja, dass er selten ein Blatt vor den Mund nahm, wenn es um zutiefst private Angelegenheiten ging. Bei Marc hatte es stets etwas Selbstverständliches, so tief in die Menschen einzudringen. Er tat es auf eine eher beiläufige Art, ohne dass er selbst beiläufig wurde. Ganz im Gegenteil blieb er immer fokussiert und merkte sich alles.

«Sieh mal, Sarah», begann er und senkte den Blick. «Im Coaching werde ich dir ganz andere Fragen stellen. Fragen, die dich tief bewegen, vielleicht sogar erschüttern werden. Nichts darf verborgen, nichts unausgesprochen bleiben, wenn das Coaching dir und mir weiterhelfen soll. Ich kann doch nicht deine Zeit und dein Geld nehmen, wenn ich nicht sicher sein kann, es zu verdienen. Darum stelle ich dir diese eine Frage und brauche eine Antwort darauf.»

«Ich bin mir nicht sicher, ob ich mein Leben zukünftig mit dem Mann teilen soll, mit dem ich bald zusammenziehe, der mich heiraten und Kinder mit mir haben will.»

Jetzt schoss die Antwort geradezu aus Sarah heraus wie heißes Wasser aus einem Geysir, das viel zu lange durch einen schweren Stein zurückgehalten worden war.

Marc blickte ihr in die Augen. Er hatte keine schönen Augen, aber einen intensiven Blick, dem man sich nur schwer entziehen konnte.

«Ich danke dir für deine Ehrlichkeit», sagte er, und seine

Stimme kroch Sarah durch jede Pore in den Körper und löste eine Gänsehaut aus.

«Jetzt können wir beginnen.»

11

Zwei Fahrzeuge mit den Logos eines bekannten Regionalsenders auf den Türen parkten direkt vor dem grauen Haus. Royas erster Impuls war es, Nathan zu sagen, er solle weiterfahren, solange niemand sie bemerkt hatte. Aber dann sagte sie sich, dass die Kollegen sie sicher nicht kannten. Möglicherweise bestand so die Chance, über sie an Informationen heranzukommen.

Sie bat Nathan, an den Straßenrand zu fahren.

«Wo sind wir hier?», fragte er.

«Ich habe dir ja erzählt, dass ich Journalistin bin. Diese Meldung im Radio vorhin, das tote Pärchen… Die haben dort gewohnt, und ich würde gern schnell etwas in Erfahrung bringen.»

«Du willst arbeiten?»

«Nein, nicht wirklich. Ich kannte die tote Frau … mein Unfall … da war ich auf dem Weg zu ihr.»

Roya hatte entschieden, so ehrlich wie möglich zu Nathan zu sein. Das war nicht einfach, zumal alles, was mit dieser Sache zu tun hatte, auf Geheimnissen und Lügen gründete.

«Echt!» Nathan sah sie erschrocken und gleichzeitig voller Mitgefühl an. «Wie furchtbar. Das tut mir wirklich leid für dich.»

«Danke.» Sie berührte ihn am Unterarm. «Ich brauche nur ein paar Minuten.»

Als sie ausstieg, hatte sie wieder ein schlechtes Gewissen, weil sie Nathan ausnutzte, verdrängte den Gedanken aber und ging auf das Haus der Familie Spiekermann zu.

Auf dem Bürgersteig war eine dreiköpfige Filmcrew gerade damit beschäftigt einzupacken. Die Dreharbeiten waren offensichtlich abgeschlossen. Roya näherte sich ihnen. Zögerlich, die Hände ineinander verkrampft, mit fragendem Blick. Tontechniker und Kameramann waren mit sich selbst beschäftigt und bemerkten sie nicht, sehr wohl aber der Redakteur.

«Hallo», begrüßte er sie. «Mein Name ist Dirk Wieczorek von HierTV. Sind Sie von hier?»

Er war groß und breitschultrig, hatte auffällige O-Beine, aber ein nettes Gesicht. Es war offensichtlich, worauf er hinauswollte. Wahrscheinlich hatte er hier vor dem Haus nicht bekommen, was er wollte, und war ganz wild auf ein Opfer, das er für seinen Beitrag ausquetschen konnte.

Roya nickte. «Also nicht direkt. Ich bin hier aufgewachsen und kannte Martina Spiekermann von früher aus der Schule ... wir sind ... waren ja fast im gleichen Alter. Jetzt besuche ich gerade meine Eltern und habe gehört, was passiert ist ... wie furchtbar.»

«Ja, ganz entsetzlich. Sagen Sie, hätten Sie vielleicht Interesse daran, unseren Zuschauern zu erzählen, was für ein Mensch Martina war? Im Moment denkt jeder, sie sei ein Monster gewesen, aber das war sie doch sicher nicht, oder?»

«Auf keinen Fall. Ich weiß eigentlich nur, dass Martina sich das Leben genommen hat und zuvor ihren Mann getötet haben soll ... aber was ist denn genau passiert?»

Dirk Wieczorek schüttelte den Kopf.

«Leider hält sich die Polizei wie immer bedeckt, aber es dringt natürlich trotzdem etwas durch. Man sagt, Frau Spiekermann habe ihren Mann mit Dutzenden Messerstichen quasi hingerichtet – und das im Kinderzimmer.»

Roya schloss die Augen und schüttelte den Kopf. Ihr Schmerz war echt, sie musste ihn dem Redakteur nicht vorspielen.

«Und dann ist sie wohl in den Wald gegangen und hat sich mit Medikamenten vergiftet.»

Roya riss die Augen auf.

«Was? Mit Medikamenten? Sind Sie sich sicher? Woher wissen Sie das?»

«Also, das ist kein offizielles Statement der Polizei, es ist das, was man sich hier erzählt. Angeblich bekam Frau Spiekermann schon längere Zeit Schlafmittel von ihrem Hausarzt verschrieben. Wir könnten Ihr Statement auch sofort aufzeichnen, mein Kameramann braucht nur drei Minuten. Nicht wahr, Josh?»

Josh, der blau-weißes Fruchtgummi in Form von Haifischen aus einer Tüte nahm und sich in den Mund warf, brummte etwas in seinen Bart, das wie «Blödmann» klang, aber wahrscheinlich hatte sich Roya verhört.

Sie war fassungslos.

Warum hatte die Kommissarin sie im Krankenhaus belogen? Es war eine Sache, ihr nicht zu erzählen, dass Martina angeblich ihren Mann getötet hatte, eine ganz andere aber zu sagen, Martina habe sich erhängt.

Roya ließ das Gespräch noch einmal Revue passieren. Alles bekam sie nicht zusammen, aber wenn sie sich richtig erinnerte, war sie selbst davon ausgegangen, Martina habe sich erhängt. Hatte die Kommissarin das wirklich bestätigt?

Roya wusste es nicht mehr. Ganz sicher wusste sie hingegen, dass die Barreis den Medikamententod verschwiegen hatte.

Schlafmittel?

Nein! Roya wollte und konnte nicht glauben, dass es Martina so schlecht gegangen war. Zumal kein böses Wort über ihren Mann gefallen war, nicht einmal zwischen den Zeilen war so etwas herauszuhören gewesen.

Das stimmte doch alles hinten und vorne nicht. Hier ging etwas ganz anderes vor sich, und das hatte mit ihrer Mission zu tun.

«Und? Wollen wir loslegen?», fragte der Redakteur.

Roya schüttelte den Kopf, wandte sich ab und ging davon.

«Hey, was soll das?», rief Wieczorek ihr nach, und dann zum Kameramann: «Die spinnt doch!»

Roya war verwirrt wie lange nicht mehr, und das lag nicht an ihrer Gehirnerschütterung. Ja, sie würde loslegen, aber anders, als der blöde Redakteur es sich vorstellte.

Nathan Birkner kam ihr mit besorgtem Blick entgegen.

«Und?», fragte er.

«Lass uns einsteigen, ich muss hier weg», bat Roya.

Er hielt ihr die Tür auf, stieg dann selbst ein, startete den Motor und wendete den Wagen unter dem missbilligenden, vielleicht sogar etwas boshaften Blick des Redakteurs.

«Was hast du erfahren?», fragte Björn vorsichtig, nachdem sie ein paar Minuten gefahren waren.

«Es stimmt, was im Radio gesagt wurde», antwortete Roya. «Nur kann ich mir das nicht vorstellen.»

«Dann musst du das der Polizei sagen.»

«Ja, das werde ich auch», log Roya. «Aber ich glaube, ich brauche jetzt erst mal ein paar Stunden Schlaf, um das alles zu verarbeiten.»

«Klar, dann bring ich dich mal lieber nach Hause.»

Die Fahrt sowie die Gespräche mit Nathan empfand Roya als sehr angenehm, und obwohl ihr nicht nach Lachen zumute war, schaffte Nathan es, sie zumindest lächeln zu lassen. So fühlte es sich auch nicht aufdringlich, sondern vertraut an, als er sie nach ihrer Handynummer fragte und ob sie sich über WhatsApp connecten konnten.

«Nur für den Fall, dass du mal wieder einen Fahrer brauchst ... ein Auto hast du ja wohl nicht mehr.»

«Bitte nicht in dieser Wunde bohren», stöhnte Roya auf und tauschte die Nummer mit Nathan.

Und als er ihr dann die Tasche bis direkt an die Tür trug, war sie fast schon ein kleines bisschen verschossen in ihn.

12

Carola Barreis lief ihren Feierabendlauf, hörte dazu Musik von Debussy und fragte sich, wie sie die Entführung rechtfertigen sollte, falls man ihr auf die Schliche kam.

Sie war schon immer gelaufen. Angefangen hatte es in der Schule, als sie feststellte, dass sie dank ihrer langen Beine den anderen Mädchen und auch den meisten Jungen davonlaufen konnte. Selbst Schulsport konnte Spaß machen, wenn man in einer Disziplin die Beste war.

Mit achtzehn war sie ihren ersten Halb-Marathon gelaufen, mit zwanzig die ganze Strecke. Heute war ihre legendäre Pferdelunge nicht mehr wie früher, und sie lief auch keinen Marathon mehr, sondern in der Regel zwischen zehn und fünfzehn Kilometer, aber noch immer half ihr der Sport beim Denken. Sie hatte es auch mit Yoga versucht, doch das war ihr zu langweilig gewesen. Für so etwas hatte sie keine Zeit. Für Menschen auf der Suche nach sich selbst mochte es erfüllend sein, aber Carola suchte nicht nach sich selbst, sie suchte nach anderen. Nach Motivationen und Trieben, nach Mördern, Vergewaltigern und Entführern.

Und jetzt war sie selbst eine.

Sei's drum. Immerhin rettete sie ein Leben damit.

Vielleicht sollte sie sich zu anderen Gedanken zwingen, auch wenn sie längst Feierabend hatte. Carola hielt kurz an, suchte in ihrem Handy bei den Podcasts und startete wahllos eine Folge von Hörgefühlt, diesem pseudospirituellen Podcast, der Martina Spiekermann in den Tod begleitet hatte.

Schon nach wenigen Sätzen war Carola genervt.

Dieser Marc Maria Hagen war echt eine Nummer. Gute Stimme, gute Rhetorik, keine Frage, aber, holy shit, was für eine gequirlte Kacke gab der von sich!

Gerade echauffierte er sich darüber, wie die Menschen mit sich selbst sprachen. Dass ihre innere Stimme nicht mehr ihre eigene sei, sondern von dem Außen gefakt werde. Das Außen schien bei ihm ein Synonym für das Böse oder Schlechte in der Welt zu sein, und er behauptete, wenn jemand so zu den Menschen spräche, wie sie selbst mit sich redeten, mit all diesen Vorwürfen, Zweifeln, Kritiken und negativen Bemerkungen, dann würden sie dieser Person nicht mehr zuhören und den Kontakt zu ihr abbrechen. Sich selbst hörten die Menschen aber zu, diesen Kontakt könnten sie nicht abbrechen. Sie könnten nur ihre innere Stimme ändern. Sie nicht vom Außen, sondern nur noch von sich selbst beeinflussen lassen.

«Stop it! Stop it! Stop it!», rief Marc Maria Hagen gerade. «Beerdige das Außen, lebe und feiere dein Inneres.»

Carola zog die Gehirnstöpsel aus ihren Ohren.

Das wollte sie sich nicht länger anhören.

Carola nahm für sich in Anspruch, so mit sich zu sprechen, wie sie es für richtig hielt. Genau das war doch der Sinn der Sache. Wo sie in Gesprächen mit anderen vorsichtig oder rücksichtsvoll sein musste, konnte sie sich selbst gegenüber ehrlich sein.

Sie fand es traurig, dass Martina Spiekermann von diesem Scharlatan in den Tod begleitet worden war, aber vielleicht hatte sie dessen Gerede ja tröstlich gefunden.

Nach ihrem Lauf duschte Carola, föhnte sich das weiße Haar, zog sich an und hörte dabei das sirrende Geräusch, das sie zum ersten Mal im Hause der Spiekermanns gehört hatte.

Ihr Entführungsopfer verlangte nach Aufmerksamkeit.

Carola ging zu dem Hamsterkäfig, den sie aus dem Haus der Familie Spiekermann gestohlen hatte – inklusive der Packung Hirsestangen.

Es stank aus dem Käfig.

«Na, das ist aber eine Scheiße», sagte Carola und schob dem Hamster eine Hirsestange in den Käfig. Der begann sofort zu fressen.

«Wie kann so ein kleiner Kerl nur so viel kacken? Und wie mache ich dich überhaupt sauber?»

Seit sie das Tier mitgenommen hatte, hatte Carola sich gedanklich noch nicht mit der Pflege beschäftigt, weil sie ja wusste, dass sie ihn ohnehin wieder würde abgeben müssen. Aber warum eigentlich?

Irgendwie gefiel es ihr, das kleine Tier bei sich zu haben und sich mit ihm zu unterhalten. Wenn der Hamster sie anschaute und dabei kaute, wirkte es, als verstünde er alles, was sie sagte, und zwar ohne zu werten. Insofern war er ein besserer Gesprächspartner als die meisten Menschen. Außerdem hatte er eine entfernte Ähnlichkeit mit Paul Müller, und mit dem redete sie auch gern.

Carola entdeckte, dass sie die Schnappverschlüsse am Käfig öffnen und so den Boden vom Gitter trennen konnte. Aber wenn sie das tat, würde der Hamster davonlaufen. Also öffnete sie die Verschlüsse, steckte dann ihre Hand in den Käfig und fing den Hamster ein. Er wehrte sich nicht einmal, so als wäre er es gewohnt. Überrascht stellte Carola fest, wie gut es sich anfühlte, diesen kleinen warmen Körper mit dem schnell pochenden Herzen in der Hand zu halten.

«Na, mein neuer Freund, was sagst du zu alledem? Hat dein Frauchen diesen Podcast so sehr geliebt, dass er das Letzte war, was sie hören wollte?»

Der Hamster nickte.

Mit der freien Hand hob Carola das Gitter vom Unterteil, stellte es auf den Tisch und setzte den Hamster hinein. Dann trug sie das Unterteil in die Küche, um das feuchte Vlies, das den Boden bedeckte, mitsamt dem Hamsterkot in den Mülleimer zu kippen. Dabei rutschte eine schmale Schublade aus dem Boden, die sie bisher nicht bemerkt hatte.

Sie war vielleicht fünf Zentimeter hoch. Darin lag eine Tüte mit der Aufschrift «Nagerteppich». Angeblich sollte dieser Teppich den Spieltrieb anregen, kuschelig, wärmeisolierend und ideal für zu Allergien neigende Tiere sein.

«Ach, wie praktisch!», sagte Carola und nahm die Tüte heraus. «Hier haben wir gleich ein neues Bettchen für dich.»

Aber da war noch etwas anderes.

Unter der Packung Nagerteppiche lag ein DIN-A5-Briefumschlag, nicht zugeklebt.

Carola runzelte die Stirn, nahm ihn heraus und zog den Inhalt hervor.

Was sie las, steigerte ihre Verwirrung nur noch mehr.

Was zum Teufel war in der Familie Spiekermann nur los gewesen?

13

Eine weitere Nachtschicht ging zu Ende.

Sarah Henschel fühlte sich ausgelaugt und matt, das kam gerade nach Nachtschichten häufig vor, weil sie eigentlich kein Nachtmensch war. Früh aufstehen, früh schlafen gehen, damit kam sie am allerbesten zurecht.

Heute hatte sie wieder Ärger mit ihrem Chef gehabt. Wieder hatte er auf die Zeiten gepocht, die ihr pro Patient oder Patientin zur Verfügung standen und die sie ständig überzog. Ihr Chef brachte seine Argumente, die nichts anderes als Gängelungen waren, immer sachlich und ohne persönlich zu werden vor, aber das konnte über eines nicht hinwegtäuschen: seine Farbe.

Anfangs war sich Sarah darüber nicht im Klaren gewesen, doch je länger sie mit ihm zu tun hatte, desto eindeutiger wurde es. Ihr Chef war grau. Von oben bis unten grau, keinerlei Farbsprenkel, nichts Erhellendes, selbst dann nicht, wenn er versuchte, freundlich zu sein. Von solchen Menschen gingen nur Missgunst, Ärger und Argwohn aus, und sie säten Zweifel bei denen, die eigentlich alles richtig machten. Auch Sarah fragte sich bereits, ob sie diesem Job mit seinem veränderten Anforderungsprofil noch gewachsen war.

Aber sobald sie den Podcast hörte, kehrte ihre Selbstsicherheit zurück. Dann wusste sie, dass nicht sie selbst der Fehler im System war, sondern genau solche grauen Buchhaltertypen wie ihr Chef. Weil diese Typen in ihrem eigenen Leben keine Freude fanden, versuchten sie, allen anderen die Freude zu nehmen, ob bewusst oder unbewusst spielte keine Rolle, denn sie richteten Schaden an damit, kamen selbst aber ungeschoren davon.

Als Sarah an diesem Mittwochabend das Pflegeheim verließ, nahm sie sich vor, sich nun aber wirklich nach einer anderen Stelle umzusehen. Es wurde Zeit. So konnte es nicht weitergehen. Und wenn sie diese Baustelle abgearbeitet hatte, würde sie das Thema Björn angehen. Denn die Beziehung konnte auch nicht so weitergehen. Gelb war eine schöne Farbe, sie liebte Gelb, aber die dunklen Schattierungen machten ihr immer mehr Sorgen. Sie würde mit Björn sprechen, in aller Offenheit. Über seinen Hang, ewig und immer bei seinen Eltern wohnen zu wollen, sich bedienen zu lassen, sich stets nur den Aufgaben zu stellen, die sich nicht vermeiden ließen. Über seine Gereiztheit, vor allem aber über seine Eifersucht.

Draußen auf dem Parkplatz schlug ihr feuchtkalte Luft entgegen, die sich nach dem überheizten Mief in den Zimmern der alten Leute aber richtig gut anfühlte. Sarah blieb einen Moment stehen, schloss die Augen, atmete tief ein und fühlte sich wieder lebendig. Die Mattigkeit wich. Es tat gut, einen Plan zu haben, die Dinge anzugehen, statt nur abzuwarten, dass sie sich von selbst irgendwie regelten. Das taten sie zwar, aber nur selten wie gewünscht.

Konnte es sein, dass das bevorstehende Coaching bei Marc Maria Hagen etwas mit ihrer Aufbruchsstimmung zu tun hatte?

Wahrscheinlich.

Sarah freute sich darauf wie ein kleines Kind auf Weihnachten, hatte gleichzeitig aber auch ein wenig Bammel. Sie vermutete, sie würde am kommenden Wochenende mehr über sich lernen als je zuvor, und das würde sie eine Menge Kraft kosten. Egal, es war wichtig.

Auf ihren bequemen Laufschuhen überquerte sie geräuschlos den Parkplatz für die Mitarbeiter, der natürlich abseits lag, hinter den Wirtschaftsgebäuden, damit die Angehörigen der Bewohner, die oft genug viel Geld für einen Platz in diesem Heim zahlten, direkt vor der Tür parken konnten. Auf dem Besucherparkplatz gab es auch mehr Laternen als dort hinten, und wenn einmal eine ausfiel, wurde sie vorn sofort, aber hinten erst nach mehrfacher Aufforderung repariert.

Wann hatte sich die Wertschätzung für diese menschennahe Arbeit eigentlich so sehr ins Negative verschoben?

Durch das Streulicht der drei hinteren Laternen zogen Schwaden feuchter Luft. Es war kein Nebel, aber auch kein richtiger Regen, mehr eine Mischung aus beidem, so als könnte sich das Wetter nicht entscheiden. Typisch November.

Am Wagen angekommen, nestelte Sarah den Schlüsselbund aus ihrer Tasche. Seit Björn ihr auf dem Schützenfest am Schießstand dieses süße, kleine, lilafarbene Monster mit dem breiten Grinsen geschossen hatte, zierte es ihren Schlüsselbund, verhakte sich aber leider immer wieder an den vielen anderen Dingen, die sie in ihrer Tasche transportierte. Diesmal fielen zwei Damenbinden mit heraus und landeten in einer Pfütze. Sarah hatte sich eine Tagesration lose in die Tasche gesteckt. Rasch klaubte sie sie aus der Pfütze und behielt sie in der Hand, um die nassen Dinger im Seitenfach des Autos zu entsorgen.

Als sie aus der Hocke hochkam, bemerkte sie eine Bewegung.

Es war keine konkrete Wahrnehmung, ohne Richtung, Geschwindigkeit oder Ursache, so als wäre ein Geist vorbeigeschwebt, aber ganz sicher war da eine Bewegung gewesen.

Rasch öffnete Sarah die Autotür, schwang sich auf den Fahrersitz, warf die Tasche auf den Beifahrersitz und die Binden in den Fußraum. Binnen Sekundenfrist war die Tür wieder zu und der Wagen verriegelt.

Schwarz, schoss es ihr durch den Kopf.

Eine alles verzehrende Schwärze.

Noch bevor sie sich die Frage stellen konnte, wem sie diese Farbe zuschrieb, jetzt, da sie allein in ihrem Wagen saß, wiederholte sich die geisterhafte Bewegung – und zwar hinter ihr. Mit einem Mal wurde Sarah klar, was sie zuvor im Seitenspiegel ihres Autos gesehen hatte.

Jemand war auf dem Rücksitz.

Und dieser Jemand hatte ein Messer, das er ihr an die Kehle legte.

«Fahr einfach los, dann passiert dir nichts. Ich muss hier weg», sagte die dumpfe Stimme hinter ihr.

Und obwohl Sarah wusste, sie konnte einem solch tiefen Schwarz nicht vertrauen, wollte sie daran glauben, was die Stimme versprach.

Also fuhr sie los.

Hinein in das alles verschlingende, schwarze Loch.

KAPITEL 3

1

Als es ihr besser ging, fuhr Roya zu ihrem Elternhaus. Bevor sie ihre Mission in die Tat umsetzte, brauchte sie Zuspruch und das Gefühl, ein Zuhause zu haben. Es gab nur eine Stimme, auf die sie hörte, egal um was es ging, und das war die ihres Vaters. Jeder Mensch brauchte einen Kompass für Geist und Seele. Und die Nadel dieses Kompasses richtete sich nicht nach den magnetischen Polen aus, sondern an Erfahrung, an der Summe der Entscheidungen, Erlebnisse, Fehler und Schmerzen, die man in seinem Leben sammelte.

In der letzten Nacht hatte sie sich hin und her gewälzt wie bei einem Judokampf. Sie hatte geschwitzt, Unmengen Wasser getrunken, Tabletten gegen die Kopfschmerzen genommen, sich einmal sogar übergeben müssen, sodass sie sich am Morgen wie überfahren gefühlt hatte. Schuld war eine stumpfe Waffe, die nicht sofort tötete, sondern das Leben langsam aus ihr herausquetschte. Wer sich schuldig gemacht hatte, ohne Wiedergutmachung leisten zu können, der wusste, wie sich die Hölle auf Erden anfühlte.

Und so war es wohl nichts als Eigennutz, zuerst den Umweg zur Buche zu fahren, um Martina dort die letzte Ehre zu erweisen. Roya hatte das Gefühl, das Martina Spiekermann schuldig zu sein, denn sie hatte sie hierhergeführt, zu ihrem Lieblingsbaum, ihrem Seelenort, den sie vor allen anderen geheim gehalten hatte. Hier war sie gestorben, und wenn überhaupt noch etwas von dem Menschen Martina Spiekermann in dieser Welt existierte, dann sicher hier.

Polizei und Spurenermittler waren längst abgezogen, aber es schien Angehörige oder Freunde und Bekannte zu geben, die ebenfalls das Bedürfnis hatten, Martina die letzte Ehre erweisen zu müssen. An dem mächtigen Stamm der Buche leuchteten einige rote Grabkerzen. Kleine Blumensträuße lagen am Boden, sogar ein Teddybär war dabei, und jemand hatte einen Bilderrahmen mit einem Porträtfoto von Martina gegen den Stamm gelehnt.

Dabei handelte es sich um eine Schwarz-Weiß-Aufnahme, die düster wirkte, wie eines dieser oft gruseligen Gemälde aus dem Mittelalter, auf denen die Menschen schon zu Lebzeiten tot aussahen. Ein farbiges Bild wäre Roya lieber gewesen, denn das Leben war voller Farbe, warum musste der Tod schwarz-weiß sein?

Bei der Aufnahme hatte Martina sich zwar um ein Lächeln bemüht, aber es wirkte gezwungen und erreichte ihre Augen nicht. Sie hatte ohnehin einen etwas traurigen, stets nachdenklichen Blick, ihre Augen lagen ungewöhnlich tief in den Höhlen und strahlten keine Fröhlichkeit aus. Eher Nachdenklichkeit und ein bisschen Abwesenheit. So als sei Martina der Welt stets ein wenig entrückt gewesen.

Der Blick schien Roya einzufangen. Natürlich steckte keine Botschaft darin, war das Foto doch entstanden, lange bevor Roya Martina Spiekermann kennengelernt hatte. Und dennoch bildete sich Roya genau das ein.

Ich habe Hilfe gebraucht, deine Hilfe, aber du bist nicht gekommen.

Roya musste den Blick abwenden.

Es tut mir leid, es tut mir so schrecklich leid, sagte sie in Gedanken. Eine schwere Last drückte auf ihre Schultern, und sie spürte, wie sich ihr Nacken verspannte. Roya kannte die These vom verkörperlichten Denken, aber es war ihr nicht möglich, sich davon freizumachen. Wie auch. Sie war schuldig. Aus egoistischen Gründen hatte sie den Kontakt zu Martina gesucht, hatte dafür einen Grund vorgeschoben, den es zwar gab, der für sie aber nicht an erster Stelle stand. Blind vor Sorge und Frustration hatte sie sich in ihre Mission verrannt. Das konnte passieren, wenn ein einziges Ziel das Leben bestimmte und wie ein brennendes Fanal den Horizont füllte.

Roya war nahe daran zu verzweifeln. Vielleicht war sie alledem doch nicht gewachsen.

Das hier konnte sie ihren Beruf kosten. Denn sollten die Medien mitbekommen, dass sie in diesen tragischen Tötungs- und Suizidfall verwickelt war, würde sie sich einen anderen Job suchen müssen. Niemand würde sie noch einstellen, nicht einmal für den Lokalteil der Sportrubrik. Und da Roya ihre Branche kannte, wusste sie: Irgendjemand würde es herausfinden.

Roya wandte sich von der Buche ab und lief die zwei Kilometer zurück zu der Stelle, an der sie den langweiligen Mietwagen abgestellt hatte. Er parkte hinter der Holzbrücke in einem Forstweg.

Im Wagen saß sie ein paar Minuten mit starrem Blick da und wartete auf Tränen, die nicht kommen wollten. Dann fuhr sie weiter.

Gegen Abend traf sie bei dem abseits des Dorfes am Hang gelegenen Haus ihrer Eltern ein. Sie stellte den Motor ab, und bevor sie ausstieg, kontrollierte sie ihr Handy. In dieser Hinsicht war der Unfall lehrreich gewesen: Während der Fahrt würde sie es nie wieder in die Hand nehmen.

Eine WhatsApp war eingegangen. Von Nathan. Roya musste lächeln. Wenigstens ein Lichtblick in diesen düsteren Tagen.

«Hey, schöner Traum, geht es dir gut? Was macht der Kopf? Ich kenne einen Wein, der gegen jede Art von Kopfschmerz hilft. Und ja, das ist als Einladung gemeint.»

Seit Nathan sie aus dem Krankenhaus nach Hause gefahren hatte, erkundigte er sich bereits zum zweiten Mal nach ihrem Befinden. Roya gefiel das. Und sie mochte ihn. Vor allem seine Diskretion, denn er hatte den Abstecher zum Haus der Spiekermanns nicht wieder angesprochen.

Warum nicht, sagte sie sich und schrieb zurück, dass sie dieses Wochenende zwar nicht könne, sich aber sehr gern von ihm einer Weintherapie unterziehen lassen würde.

Sie wartete noch einen Augenblick für den Fall, dass er sofort zurückschrieb, und während sie wartete, spürte sie, wie sich ihr Bauch vor Aufregung zusammenzog. Doch Nathan war gerade nicht online, also packte sie das Handy in ihre Handtasche und stieg aus.

Es war still im Haus. Das war früher, als Mama noch lebte, anders gewesen. Sie war eine äußerst lebensfrohe und auch laute Frau gewesen, immer ein Lied, ein Lachen oder auch mal einen Fluch auf den Lippen. Papa war immer schon der stille Part im Leben der Mayers gewesen. Er sprach kein Wort zu viel, und wenn er sprach, dann hatten seine Worte Substanz.

Mamas Tod hatte alles verändert.

Jedes Mal, wenn sie zu ihrem Elternhaus kam, fiel es Roya stärker auf. Sie fand es nicht gut, dass Papa die Büsche und Bäume nicht mehr zurückschnitt, und auch der Rasen vor dem Haus sah nicht mehr so gepflegt aus wie früher. Es war immer klar gewesen, dass das riesige Grundstück irgendwann zu viel Arbeit machen würde.

«Mach es dir gemütlich im Leben, sorg dafür, dass du keine Hindernisse überwinden musst, und du wirst früh sterben, entweder an Körper oder Geist», hatte Papa immer gesagt.

Recht hatte er.

Roya schloss die Haustür auf und rief: «Ich bin's.»

Das tat sie immer, wenn sie nach Hause kam, um die Stille zu überwinden, die oft wie ein Vakuum zwischen den Wänden lag. Stille war nichts für sie, da war Roya wie ihre Mutter.

Bevor sie in den Garten hinausging, den Ort, an dem sie heutzutage die allermeiste Zeit mit Papa verbrachte, egal zu welcher Jahreszeit, lief sie die Stufen in die zweite Etage hinauf und eilte in ihr Zimmer. Sie wohnte zwar nicht mehr hier, doch es stand ihr frei, zu kommen und zu gehen, wann immer sie wollte, und wenn sie eine Nacht oder mehrere hier verbringen wollte, konnte sie das tun. Manchmal war es einfach nur tröstlich, sich im Elternhaus wie die kleine Roya von damals zu fühlen, bevor alles so furchtbar schiefgelaufen war.

Ihr Zimmer hatte nichts mehr mit dem Jugendzimmer von damals zu tun, aus dem heraus sie zum Studium und in die Welt aufgebrochen war. Und das war auch gut so. Die Dinge veränderten sich, warum sollte man also ein kindliches Museum bereithalten, das niemanden glücklich machte.

Roya nahm die Zettel heraus, die sie mitgebracht hatte,

fügte sie zu den anderen und warf dann einen Blick aus dem Fenster. Sie konnte ihren Vater draußen im Beet sehen, wie er auf allen vieren in der dunklen Erde hockte und Kartoffeln ausgrub. Kartoffeln hatte er immer geliebt! Anbau genauso wie Verzehr.

Vielleicht sollte sie einfach hinuntergehen und Kartoffeln ausgraben, dachte Roya. Das und ein Zwiegespräch mit Papa würde sie beruhigen, die Gedanken klären und ordnen.

Das kleine Kartoffelfeld lag auf der zweiten Terrasse von unten. Papa hatte den gesamten, nach Süden hin ausgerichteten Garten in kleine Terrassen angelegt, damit der Regen die Erde nicht wegspülte. Für jede Terrasse gab es ein Thema, in diesem waren es Kartoffeln. Es waren nicht viele Pflanzen, vielleicht zwanzig, aber es ging ja auch nicht um einen Wintervorrat, sondern um sinnvolle Beschäftigung.

Sie musste Papas Frage gar nicht wirklich hören, um zu wissen, welche Erklärung er erwartete.

«Ja, ich hab einen anderen Wagen», sagte sie. «Meiner hat den Geist aufgegeben.»

Gelogen war das schließlich nicht.

Roya hatte sich für die nächsten zwei Wochen einen Mietwagen genommen, einen fast neuen Audi, der zwar toll fuhr, aber überhaupt keinen Charakter hatte. Dieser Wagen war wirklich nur Blech, wie Nathan gesagt hatte.

Manche Bilder brannten sich für immer ins Gedächtnis, dies war so eines. Papa, wie er sich langsam, etwas mühevoll, aber ohne das Gesicht zu verziehen, vom Boden erhob. Wie er mit Schweiß auf der Stirn und Erde an den Händen auf sie zukam. Barfuß, in kurzer Jeans und mit freiem Oberkörper. Ein braun gebrannter, alter Körper, an dem alles herunterhing, den die Schwerkraft so langsam, aber sicher in die Erde zurückholte. Wie er sie mit seinen schmutzigen Händen umarmte, ohne sie zu berühren.

Seine Frage konnte sie hören, ohne dass er sie stellen musste, denn ihre Beziehung zueinander war schon immer besonders gewesen.

Geht's dir nicht gut, meine Tochter?

Schon als kleines Mädchen war Roya mit ihrem Papa ohne Worte zurechtgekommen. Blick, Gesten und Gefühle reichten. Nie hatte sie etwas vor ihm verheimlichen können, ihren Gemütszustand schon gar nicht.

Auf seinem Kartoffelacker löste sich plötzlich alles, was sich in den vergangenen Tagen aufgestaut hatte, und sie begann zu weinen. Nicht nur ein bisschen, sondern hemmungslos.

Nach ein paar Minuten war es vorbei, und Roya fühlte sich erst einmal leer und kraftlos. Sie sank auf die Knie, hinein in den Kartoffelacker, bereit, mit den Händen in der dunklen Erde zu buddeln, so wie sie es schon als kleines Mädchen getan hatte.

«Mit den Händen in der Erde führt man die besten Gespräche.»

Das war auch so ein typischer Papa-Spruch.

Roya eilte in den Schuppen und zog sich eine von Papas viel zu großen Latzhosen über. Dann stieß sie die Forke in den Boden und lockerte ihn. Der Duft der frischen Erde war einfach wunderbar. Während sie arbeitete, berichtete Roya, was ihr zugestoßen war.

Ohne in der Arbeit innezuhalten, ertrug Roya den Vorwurf ihres Vaters, unvernünftig gewesen zu sein, weil sie während der Fahrt telefoniert hatte. Sie verteidigte sich, schließlich sei es um Leben und Tod gegangen, aber dieses Argument stach ihr Papa aus, indem er behauptete, es gehe immer um Leben und Tod, zuallererst aber um ihr eigenes.

Seit jenem Tag, als Roya den Führerschein bestanden hatte, hatte ihr Papa sich um sie gesorgt. Für seine Begriffe konnte sie nicht gut genug fahren, und egal, wie lange sie auch unfallfrei unterwegs war, seine Sorge war geblieben.

Royas Handy vibrierte.

Mit schmutzigen Händen zog sie es hervor.

Nathan hatte eine Nachricht geschrieben.

«Hey, super, das freut mich! Meld dich, wenn du von deinem Wochenende zurück bist. Übrigens, hätte ich fast vergessen: Du hast einen Stalker. Als ich dich zu Hause abgesetzt habe, hat mich auf der Straße so ein Typ gefragt, ob ich dein Freund bin. Hab einfach ja gesagt. War das gelogen?»

Roya lächelte.

Ihr war klar, dass Nathan diese Geschichte erfunden hatte, um diese Fragen stellen zu können.

Sie schrieb zurück.

«Hängt von dem Wein und der Therapie ab. Bis bald!»

Roya mochte diesen Humor. Auch wenn sie im Moment andere Sorgen und Gedanken hatte, würde sie Nathan gern wiedersehen und war froh darüber, dass er mit seiner Nachricht den Anfang gemacht hatte.

Doch vorher hatte sie etwas zu erledigen. Etwas, das keinen Aufschub duldete.

Damit ihr Papa es hören konnte, sprach sie laut über ihren Plan, den sie zusammen mit Martina Spiekermann ausgeheckt hatte. Na ja, eigentlich stammte die Idee von ihr, sie hatte sie Martina nur verkaufen und sie dafür begeistern müssen. Und eigentlich hatte sich ja nichts geändert – außer dass Martina tot war.

2

Björn Kumpfmüller überprüfte sein Handy und war enttäuscht, als er wieder keine Nachricht von Sarah vorfand. Aber jetzt war er zusätzlich noch wütend. Dementsprechend schwungvoll warf er die abgebauten alten Regenrinnen auf die Ladefläche des Transporters, dass es nur so schepperte. Nicht nur Sarahs zickiges Benehmen war schuld an seinem Ärger, auch die Arbeit, die er heute hatte erledigen müssen. Er war Zimmermann und liebte es, mit Holz zu arbeiten, hasste es aber, Regenrinnen zu erneuern. Das gehörte zum Job mit dazu, aber warum musste sein Boss immer wieder ihm diesen lästigen Kram aufbürden? Vielleicht sollte er sich zukünftig weniger geschickt beim Löten der Verbindungsnähte anstellen. Kunden, die sich über nagelneue tropfende Dachrinnen beschwerten, würden seinen Boss vielleicht noch einmal darüber nachdenken lassen, wen er dafür einteilte.

Als alle alten Rinnen auf der Ladefläche lagen, verstaute er noch die beiden Leitern und die Werkzeugkiste, dann schwang er sich hinters Steuer und machte, dass er von der Baustelle fortkam, bevor die nervige Besitzerin auf die Idee kam, mit ihm zusammen seine Arbeit zu kontrollieren. Alte Leute hatten leider diese Angewohnheit – und sie waren meist sehr pingelig.

Während der Fahrt zündete er sich eine Zigarette an, paffte ein paar Züge und kontrollierte dann erneut seine Messenger-App.

Keine Nachricht von Sarah.

Das versetzte Björn einen Stich. Er wusste nicht, wie er damit umgehen sollte. Seit zwei Tagen hatte sie sich nicht mehr bei ihm gemeldet. Zuletzt hatte Sarah ihn davon in Kenntnis gesetzt, sie wolle übers Wochenende mit ihrer besten Freundin Jasmin in ein Wellness-Hotel verschwinden. Sarah hatte nicht gefragt, ob es ihm recht sei oder er am Wochenende vielleicht etwas anderes mit ihr vorhatte, nein, sie hatte ihm lediglich ihre Pläne mitgeteilt. Auf eine echt barsche, fast schon unfreundliche Art und Weise.

Was war nur los?

Nahm sie es ihm immer noch übel, dass er sich so über diesen Podcastfuzzi aufgeregt hatte? Okay, er hätte Sarah nicht auf diese Art angehen dürfen, aber es war ja auch nicht fair, ihn einfach abblitzen zu lassen, um einen blöden Podcast anzuhören.

Marc Maria Hagen, der große Frauenflüsterer. So wurde er im Internet tatsächlich genannt, «Frauenflüsterer». Björn hatte alles recherchiert, was es über diesen miesen Wichser zu lesen gab, hatte sich sogar einen der Podcasts angehört. Es war darin ausschließlich darum gegangen, wie man sich selbst verwirklichte, zu sich selbst fand, sein inneres Selbst stärkte, nur das tat, was gut für einen war. So ein Dünnschiss! Für wen war es schon gut, alte Regenrinnen auszutauschen? Wer sollte denn, bitte schön, all die öden, langweiligen, anstrengenden, schmutzigen Jobs machen, die man für Geld tat und nicht zur Selbstverwirklichung? Es ärgerte Björn, dass Sarah für so etwas empfänglich war, und mittlerweile hatte er den Verdacht, dass dieser Marc Maria Hagen einen Keil zwischen sie trieb. Dabei hatte alles so gut angefangen. Sarah war wirklich eine tolle Frau, handfest und erdverbunden, wie man so schön sagte. Eine, die auch mal einen derben Spaß vertrug und sich nicht zu schade war, mit den Jungs ein Bier zu trinken. Björn liebte sie wirklich, von ganzem Herzen. Er liebte ihre Blicke und Gesten, wie sie sprach, wie sie lachte, es wurde ihm nie langweilig, sie zu betrachten.

Doch jetzt schien ihre Liebe in Gefahr zu sein.

Und das wegen eines Typen mit einer tollen Stimme, der meisterhaft mit Worten umzugehen wusste. Der die Menschen manipulierte, um Geld mit ihnen zu verdienen.

Insgeheim hatte Björn schon darüber nachgedacht, zusammen mit seinen Jungs diesem Hagen einen Besuch abzustatten. Da würde dann nicht viel gesprochen werden, und Hagen müsste danach ein paar Wochen die Fresse halten. Vielleicht wäre es sogar am besten, Menschen wie ihn vollkommen aus dem Verkehr zu ziehen.

Allerdings wusste Björn nicht, wo Hagen lebte.

Obwohl es ihm schon immer schwergefallen war, nach einem Streit oder bösen Worten den Anfang zu machen, fasste sich Björn ein Herz und rief Sarah an. Ein «Na, wie geht's» über die Messenger-App war vermutlich nicht die richtige Strategie, um sie versöhnlich zu stimmen. Außerdem wollte er gern ihre Stimme hören.

Die bekam er auch zu hören, allerdings nur aus der Konserve. Ihr Anrufbeantworter riet ihm, es später noch einmal zu versuchen oder eine Nachricht zu hinterlassen.

«Hey, Babe, ich bin's. Ich hab jetzt gleich Feierabend und dachte, wir könnten uns heute vielleicht sehen. Was meinst du? Ich hab auch eine Überraschung für dich. Ruf doch mal zurück.»

Björn beendete das Gespräch.

Er hatte gar keine Überraschung, das war ihm so rausgerutscht. So ein Mist. Jetzt musste er sich was einfallen lassen.

Als er zehn Minuten später auf dem Betriebshof seiner

Firma ankam, hatte Sarah sich noch nicht zurückgemeldet. Und auch nicht, als er in seinem eigenen Wagen saß und nach Hause fuhr.

In seine Traurigkeit mischte sich wieder Wut.

Björn erkannte seine große Liebe gar nicht wieder, und ihm war klar, dass die Sarah, die er damals in der Bowlingbahn kennen- und lieben gelernt hatte, ihn niemals so behandelt hätte. Marc Maria Hagen hatte irgendeine Art von Hirnwäsche bei ihr betrieben, sie war nicht mehr sie selbst, und Björn, der über einen starken Beschützerinstinkt verfügte, sah es als seine Pflicht an, Sarah zu retten. Er wusste noch nicht wie, aber tatenlos dabei zuzusehen, wie sie auf diesen Typen hereinfiel, konnte und wollte er nicht.

Statt nach Hause fuhr er zu Sarah. Wenn sie sich nicht meldete, musste er ihr eben einen Besuch abstatten. Wie schade, dass sie nicht schon zusammen wohnten, dann wäre es nie so weit gekommen. Er hätte besser auf sie aufpassen und sie davon abhalten können, sich mit so einem Blödsinn zu beschäftigen. Wäre es nach Björn gegangen, hätten sie längst eine gemeinsame Wohnung, nämlich seine. Aber Sarah hatte es langsam angehen lassen wollen.

Und die Sache mit der Katze war auch noch nicht geklärt. Björn hasste Katzen. In seiner Wohnung würde so ein Vieh auf keinen Fall leben.

Nach zwanzig Minuten Fahrt erreichte er die Straße, in der Sarah ihre Wohnung hatte. Er fand rasch einen Parkplatz, stellte seinen BMW ab und stieg aus. Sarahs Wagen stand nicht vor dem Haus, und Björn überlegte, ob sie eventuell Spätschicht hatte. So richtig war er nie durch ihre Dienstpläne durchgestiegen, die wechselten viel zu oft.

Vor dem Haus versuchte er es noch einmal mit einem Anruf, aber Sarah ging nicht ran. Also stiefelte er in die zweite Etage hoch und klingelte an ihrer Tür.

«Sarah, ich bin's, mach bitte auf!»

Keine Reaktion.

In diesem Augenblick fiel ihm auf, dass er keinen Schlüssel für ihre Wohnung besaß. Warum eigentlich nicht? Sie waren doch lange genug zusammen, dass sie ihm einen Schlüssel hätte anvertrauen können. Allerdings hatte er nie danach gefragt und war meistens davon ausgegangen, dass Sarah ihn besuchte. Schon allein wegen der Katze.

War er zu egoistisch gewesen?

Nein, er war einfach nur stolz auf sein Zuhause.

Björn hatte in Eigenarbeit den Kuhstall seines Elternhauses umgebaut, mit Bar, Flipperautomaten, Beamer und Leinwand für Fußballübertragungen. Ein echter Traum. Sarah sah das anders. Sie wollte dort nicht einziehen, angeblich wegen Björns Mutter, die sich ihrer Meinung nach überall einmischte. Seit Björn eine Freundin hatte und feststand, dass er ausziehen würde, räumte seine Mutter nicht mehr bei ihm auf. Das blieb nicht ohne Folgen. Mittlerweile sah seine Wohnung aus wie ein Schlachtfeld.

Björn pochte noch einmal, lauter, als es angemessen gewesen wäre, und rief ihren Namen.

Hinter der Tür schrie die doofe Katze.

Von oben ein Nachbar.

«Was ist denn da los? Soll ich die Polizei rufen?»

Sehen konnte Björn den Mann nicht.

«Halt die Fresse, oder ich polier sie dir», rief er.

«Eine Unverschämtheit!»

Oben flog eine Tür zu, und Björn stellte sich vor, wie der Typ zum Telefon eilte und die Polizei rief.

Er machte besser, dass er hier wegkam.

Ein letzter Blick auf die verschlossene Tür, und sein Magen zog sich schmerzhaft zusammen. Er konnte nicht glauben, dass seine Sarah ihn so behandelte.

3

Roya stopfte in die Reisetasche, was sie für ein Wochenende zu brauchen glaubte. Schon jetzt war sie angespannt. Das kannte sie gar nicht von sich, und sie fragte sich, ob sie der Sache überhaupt gewachsen war. Vor allem so schnell nach dem Unfall. Dessen Folgen machten sich nämlich immer noch bemerkbar, besonders wenn sie angespannt war. Ihr Kopf pochte unangenehm, und es fühlte sich an, als gäbe es darin nicht genug Platz für all die Gedanken, die gedacht werden mussten.

Marc Maria Hagen.

Immer wieder geisterte dieser Name durch ihren Kopf, auch wenn sie gerade an etwas ganz anderes dachte, und Roya spürte, dass sie auf einer tieferen Ebene Angst vor ihm hatte. Nach außen hin markierte sie stets die starke Journalistin, die sich durch nichts abschrecken ließ, ganz gleich, welche Gefahren drohten. In ihrem Inneren sah es aber oft anders aus.

Hatte sie sich mit diesem Plan zu viel aufgebürdet?

Die Klingel riss Roya aus ihren Gedanken. Sie hielt inne und starrte die Wohnungstür an, als könnte die ihr verraten, wer da etwas von ihr wollte. Roya erwartete niemanden. Ihrer Nachbarin und Freundin Hazel hatte sie erzählt, dass sie für Recherchen übers Wochenende wegmusste, sie wusste also Bescheid und würde jetzt nicht vorbeischauen.

War es vielleicht Nathan? Der kannte zwar ihre Adresse, da er sie vor der Haustür abgesetzt und mit hinaufbegleitet hatte, aber er wusste ja, dass sie dieses Wochenende unterwegs sein würde. Außerdem maß sie ihm genug Taktgefühl zu, nicht einfach spontan hier aufzutauchen.

Ihre innere Stimme riet Roya, nicht an die Gegensprechanlage zu gehen, aber die Neugierde gewann.

«Ja?»

«Kommissarin Barreis hier. Haben Sie ein paar Minuten?»

«Shit», stieß Roya aus, ohne dass die Kommissarin es hören konnte. Die hatte ihr gerade noch gefehlt.

«Ich bin auf dem Sprung», sprach Roya ins Mikro.

«Es dauert nicht lange ... und ist überdies notwendig.»

Steckte eine Drohung in diesen Worten? So etwas wie: Ich kann Sie auch aufs Präsidium holen lassen?

«Okay, kommen Sie rauf», sagte Roya leise und drückte auf den Türöffner.

Im Bad warf sie einen schnellen Blick in den Spiegel, fand, dass sie gehetzt wirkte, und das änderte sich auch nicht, indem sie mit ein paar schnellen Griffen ihr Haar in Ordnung brachte.

Schon klopfte die Kommissarin an die angelehnte Wohnungstür. «Hallo?»

Herrgott, wie schnell war die Frau in die dritte Etage gespurtet?

Roya trat ihr entgegen und versuchte, ihre Nervosität in den Griff zu bekommen. Doch kaum geriet sie in den Fokus dieser alles durchdringenden Augen, fühlte sie sich wie eine Schülerin, die beim Abschreiben erwischt wurde.

«Ich habe Sie im Krankenhaus gesucht», sagte die Kommissarin.

«Ein Krankenhaus ist kein Gefängnis, nicht wahr!»

Das klang schnippischer, als Roya gewollt hatte, aber so reagierte sie häufig, wenn sie sich unterlegen fühlte. Eine blöde Angewohnheit war das, leider nur schwer abzustellen.

«Natürlich nicht. Darf ich hereinkommen?»

Die Kommissarin stand immer noch in der geöffneten Tür, und Roya bat sie herein.

«Wie schon gesagt, ich bin auf dem Sprung.»

«Das scheint bei Ihnen häufig der Fall zu sein. Warum der schnelle Aufbruch aus dem Krankenhaus?»

Roya wollte die Kommissarin auf geradem Weg in die Küche führen, doch die blieb vor der geöffneten Tür zum Schlafzimmer stehen. Auf dem Bett stand die gepackte Reisetasche.

«Sie verreisen?»

«Nur übers Wochenende.»

«Darf ich fragen, wohin?»

«Dürfen Sie. Zu meinem Vater, da kann ich mich auskurieren ... viel besser als im Krankenhaus, deshalb bin ich da auch weg.»

Diese Ausrede war Roya spontan eingefallen, sie fand sie aber plausibel.

«Wenn es schlimm wird, ist es bei den Eltern noch immer am sichersten, richtig?»

Roya hatte keine Lust, auf diese Frage einzugehen. Irgendwie steckte schon wieder eine Drohung darin. Wieso glaubte die Kommissarin, dass es schlimm werden würde?

«Was führt Sie zu mir?», fragte Roya und steckte die Finger in die hinteren Taschen der Jeans, weil sie nicht wusste, wohin mit ihren Händen.

Kommissarin Barreis lächelte. Freundlich wirkte das nicht, eher so, als bereite sie einen Angriff vor.

«Na ja, unsere letzte Unterhaltung fand ein plötzliches Ende. Ich würde sie gern weiterführen.»

«Was gibt es denn noch für Fragen? Ich habe doch schon alles erklärt.»

«Wirklich? Den Eindruck habe ich nicht.»

«Was soll das heißen?»

«Fangen wir mit der Frage an, die ich im Krankenhaus nicht mehr stellen konnte, weil es Ihnen plötzlich so schlecht ging. Wohin waren Sie unterwegs, als Frau Spiekermann Ihnen die Nachricht schickte?»

«Zu meinem Vater.»

«Es scheint, sie haben eine innige Beziehung.»

«War das eine Frage?»

Die Kommissarin lächelte nur.

«Dieser Artikel, den Sie über Frau Spiekermann geschrieben haben. Sie sagten, er sei noch nicht erschienen. Kann ich ihn lesen?»

«Warum?»

«Um die Zusammenhänge zu begreifen.»

Roya nahm die Hände aus den Taschen und verschränkte die Arme vor der Brust. Sollte die Kommissarin ruhig merken, dass sie auf Widerstand stieß.

«Ermitteln Sie gegen mich?»

«Nun ... ich würde es weniger drastisch ausdrücken. Aber ein Mensch hat sich das Leben genommen, über den Sie einen Artikel verfasst haben, der tief ins Private, wahrscheinlich sogar ins Intime vordringt. Und das ist ja nicht das erste Mal, richtig?»

Roya spürte, wie ihr das Blut heiß in den Kopf schoss und ihre Wangen sofort zu glühen begannen. Sie wollte etwas sagen, sich verteidigen, aber ihr fehlten die Worte, und sie konnte nichts anderes tun, als die Kommissarin anzustarren. Dabei schluckte sie nervös.

«Richtig?», hakte die Kommissarin nach.

Roya nickte.

«Das hätten Sie mir erzählen können, finden Sie nicht?»

Roya schüttelte den Kopf, versuchte verzweifelt, sich zu fangen. Sie hatte das Gefühl, von der Kommissarin in einen Abgrund gestoßen zu werden.

«Nein, finde ich nicht», sagte sie mit rauer Stimme. «Weil es nichts mit dieser Sache zu tun hat.»

«Sie wissen sicher, dass es strafbar ist, jemanden mit Vorsatz in den Suizid zu treiben.»

«Scheiße! Was soll das! Ich treibe niemanden vorsätzlich in den Suizid, ich mache meine Arbeit, und Martina hatte überhaupt keinen Grund, sich zu töten, zumindest habe ich ihr keinen gegeben, ganz im Gegenteil! Wir waren gerade dabei, eine Beziehung aufzubauen, vielleicht sogar Freundinnen zu werden. Sie hat sich mir geöffnet, und ich habe ihr versprochen, sehr sensibel mit allem umzugehen, was sie mir sagt.»

Roya hatte sich in Rage geredet, auf die Kommissarin schien das aber keinerlei Wirkung zu haben.

«Wie fand Frau Spiekermann den Artikel denn?»

«Sie ... kannte ihn nicht. Es gibt noch keinen fertigen Artikel, ich recherchiere noch, befinde mich sozusagen in der Vorbereitung. Bisher habe ich nur Notizen und Entwürfe.»

«Dann will ich Ihnen mal sagen, wie sich das für mich darstellt, Frau Mayer. Sie schreiben diesen Artikel über Frau Spiekermann, sprechen mit ihr darüber, dringen in ihr Privatleben ein, daraufhin nimmt sie sich das Leben. Angesichts des anderen Vorfalls bleibt mir doch gar nichts anderes übrig, als Fragen zu stellen.»

«Martina hat sich nicht umgebracht! Und ihren Mann schon gleich gar nicht! Warum haben Sie mir davon eigentlich nichts erzählt? Und warum haben Sie mich glauben lassen, Martina hätte sich erhängt, wo sie sich doch angeblich mit Tabletten getötet hat?»

Roya fühlte sich so sehr in die Ecke gedrängt, dass ihr nichts anderes übrig blieb, als anzugreifen.

«Woher wissen Sie davon?», fragte die Kommissarin kühl.

«Spielt das eine Rolle?»

«Ja, weil niemand davon weiß.»

«Da täuschen Sie sich. Das pfeifen die Spatzen schon von den Dächern. Vielleicht sollten Sie Ihre Arbeit ordentlicher machen.»

«Ich will diesen Artikel lesen», sagte die Kommissarin, ohne auf Royas Vorwürfe einzugehen.

«Ist mir scheißegal, was Sie wollen.»

«Dann werde ich mit Rechtsmitteln dafür sorgen, dass ich ihn zu lesen bekomme.»

«Tun Sie, was Sie nicht lassen können.»

Roya starrte die Kommissarin mit flammendem Blick an.

«Richten sich Ihre Recherchen gegen eine bestimmte Person aus dieser pseudospirituellen Welt?»

Roya schüttelte den Kopf.

«So weit bin ich noch nicht», log sie.

«Aber Sie sagten doch, Sie seien in einem bestimmten Forum auf Frau Spiekermann gestoßen. Was für ein Forum war das?»

«Keines, das sich speziell mit einer Person befasst, sondern allgemein mit Erfahrungen im Bereich des Lifecoachings», log Roya weiter, denn wenn sie jetzt nicht aufpasste und einen Namen nannte, konnte sie ihren Plan vergessen.

Irgendwas änderte sich im Blick der Kommissarin. Es war nur eine Winzigkeit, die Roya entgangen wäre, hätte sie die Frau nicht angestarrt. Die Kommissarin zog eine Verbindung, aber wozu?

Die Kommissarin trat einen Schritt auf Roya zu.

«Und Sie sind sich sicher, dass Frau Spiekermann das alles gewollt hat?»

Roya nickte. «Bin ich. Absolut. Genauso sicher bin ich, dass Martina niemals ihren Mann hätte umbringen können ... und auch nicht sich selbst. Vielleicht sollten Sie in diese Richtung ermitteln, anstatt mich zu verdächtigen.»

Die Kommissarin lächelte jetzt nicht mehr. Ihr Blick war sehr ernst und wirkte beinahe bedrohlich. Roya befürchtete, sie könnte Handschellen hervorziehen und sie festnehmen.

«An dem Suizid besteht kein Zweifel, falls Sie das andeuten wollen. Zweifel habe ich nur, was dazu geführt hat, dass Frau Spiekermann diesen Schritt gegangen ist. Hat jemand sie dazu gedrängt? Sie beeinflusst? Ihre labile psychische Verfassung ausgenutzt? Diese Fragen sind zu klären, und ich werde das Gefühl nicht los, dass Sie, Frau Mayer, mir mehr dabei helfen könnten, als Sie es tun.»

«Das ist Unfug!»

«Wenn Sie das sagen. Eine Frage habe ich noch, da Sie Frau Spiekermann ja kannten ... Hat sie Ihnen gegenüber geäußert, keine Kinder zu wollen?»

«Was? Wieso? Martina wollte unbedingt eine Familie.»

«Ganz sicher?»

«Was sollen diese merkwürdigen Fragen?»

«Die gehören zur Ermittlung. Also ja oder nein?»

«Nein. Wie schon gesagt, wollte Martina unbedingt Mutter werden.»

Die Barreis taxierte Roya mit einem stechenden Blick aus ihren kühlen blauen Augen. Es kostete Roya Kraft, dem Blick standzuhalten, und sie hatte das Gefühl, all ihre Lügen lägen wie Fotos ausgebreitet auf ihren Augen. Was wusste die Kommissarin? Hatte sie tief genug gebohrt, um an das vergiftete Grundwasser aus Royas Vergangenheit zu gelangen? Aber dann würde sie damit nicht hinter dem Berg halten, oder?

«Wann sind Sie zurück?», fragte die Barreis schließlich.

«Voraussichtlich Montag.»

«Gut. Dann möchte ich Sie Montag um 13 Uhr auf dem Präsidium sehen. Und das ist keine Einladung, die Sie ausschlagen sollten.

Falls Ihnen bis dahin noch etwas einfällt, rufen Sie mich bitte an», schob die Barreis nach und überreichte Roya eine Visitenkarte.

4

Vorher

Der alte Kohleschacht war zugemauert, ebenso der Durchgang zwischen den beiden Räumen, die Kellertreppe abgebaut, der äußere Zugang verbarrikadiert.

Er hatte eine Mikro-Welt geschaffen, einen Mini-Kosmos, so abgeschottet vom realen Leben, wie es nur ging, und jedes Mal, wenn er durch die Räume schritt, war er sich der Tatsache bewusst, dass unter seinen Füßen ein Mensch nach und nach verschwand. Wie ein Geist. Der Mann da unten war ein Geist. Er würde niemals wieder Tageslicht sehen, und die einzige Chance, sein Leiden zu verkürzen, war die Wahrheit.

Niemand war bereit, sie ihm freiwillig zu verraten, also blieb ihm nichts anderes übrig, als diesen Weg zu gehen. Wie konnten sie nur von ihm erwarten, sein Leben in Ungewissheit zu verbringen? Was waren all diese Gesetze und Vorschriften wert, wenn sie ein Leben beschützten und gleichzeitig ein anderes töteten?

Nach ebendiesen Gesetzen war es nicht richtig, was er tat, aber nach seinen eigenen moralischen Vorstellungen zwingend notwendig. Hätte ihm nur irgendjemand freiwillig die Wahrheit gesagt, wäre all das nicht passiert.

Er stemmte sich mit dem Rücken gegen den uralten Eichenschrank mit den Bauernmalereien an der Front, einen Zufallskauf bei einem Antikhändler in Österreich, und schob ihn zwanzig Zentimeter beiseite. Da sich unter den Füßen ein selbst gebautes Schienensystem befand und der Schrank zudem leer war, ging das nahezu ohne Geräusche vonstatten.

Dahinter befand sich ein schwarzes Loch. Wer das nicht wusste und einen Schritt zu viel machte, würde in den Keller stürzen, da die Treppe ja abgebaut war.

«Bist du wach?», fragte er in die Dunkelheit hinein.

Aus dem Keller stieg kühle Luft heraus, vermischt mit dem ekligen Gestank eines Menschen, der sich nicht waschen konnte, der keine Toilette hatte, der bei lebendigem Leib verweste.

«Bitte ... ich habe Hunger», kam eine leise, brüchige Stimme von irgendwoher. Eine genaue Richtung war nicht auszumachen, und er stellte sich vor, dass der Mann bereits aus dem Jenseits zu ihm sprach.

«Und du wirst Essen bekommen ... wenn wir uns unterhalten haben.»

Er ließ sich in dem offenen Durchbruch zu Boden sinken, lehnte sich mit dem Rücken gegen die Türlaibung und stemmte die Füße an die gegenüberliegende Seite.

«Weißt du mittlerweile, wer ich bin?»

Die Frage nach seinem Namen konnte er sich sparen, der Geist war nicht in der Lage, sie zu beantworten. Nicht einmal seinen Namen hatte er sich gemerkt. Als wäre er ein Niemand, ein Nichts, den Dreck unter seinen Nägeln nicht wert.

«Der Älteste?», fragte der Geist vorsichtig.

«Ja, der Älteste», antwortete er und wunderte sich über die Wehmut in seiner Stimme. Darüber hätte er längst hinweg sein sollen.

«Und warum tust du mir das an? Ich habe dir geholfen, ohne zu zögern.»

Bevor er darauf reagierte, stellte er fest, dass ihm diese Art der Kommunikation gefiel. Mit jemandem zu sprechen, ohne ihn sehen zu können, verlangte ein Höchstmaß an Feingefühl, um die Nuancen der Stimmlage zu deuten. Ohne die Mimik, allein auf das Gehör angewiesen zu sein, war eine vollkommen neue Erfahrung. Beinahe war es so, als spräche er mit einer Stimme in seinem Inneren.

«Hast du sie mir weggenommen?»

«Ich konnte dir nichts wegnehmen, was dir nicht gehört. Ich habe nur meine Pflicht getan, aus Nächstenliebe.»

«Und was war mit mir? Warum hat mir niemand Nächstenliebe angedeihen lassen? Warum musste ich mein halbes Leben in der Hölle verbringen? Kannst du dir eigentlich vorstellen, wie es ist, wenn niemand dich liebt, wenn alle gegen dich sind und du aus reinem Selbstschutz zu einer Person werden musst, die du nicht bist, die du auch nicht sein willst? Kannst du dir das vorstellen?»

Er erschrak ein wenig, weil er sich so in Rage geredet hatte, dass er die letzten Sätze förmlich herausspuckte.

«Okay, lassen wir das ... wir fangen viel früher an. Ich will alles wissen. Und erzähl mir nicht diese Geschichte, die ich schon zu Genüge kenne, ich weiß, sie ist gelogen. Lügen habe ich mehr als genug gehört, von nun an will ich nur noch die Wahrheit hören. Ich schlage dir einen Deal vor. Hörst du mich?»

«Ja ...»

«Du hast zwei Optionen. Lüg mich an, und ich komme zu dir runter und schäle dir die Haut vom Körper – und das meine ich wortwörtlich. Sag mir die Wahrheit, und ich lasse dich verdursten. Das dauert höchstens vier Tage und ist schmerzfrei. Nach zwei Tagen fällst du in ein Delirium und bekommst so gut wie nichts mehr mit.»

«Ich will aber nicht sterben», jammerte der Geist.

«Glaubst du, ich wollte mein halbes Leben lang auf eine Art gequält werden, die jeder Beschreibung spottet? Du hättest das verhindern können. Ein Wort von dir ... aber vielleicht täusche ich mich ja, und jeder Weg hätte mich in die Hölle geführt.»

5

Die Ansgar-Klinik war in einem modernen, zweigeschossigen Flachdachbau untergebracht, der von einem parkähnlich angelegten Grundstück umgeben war. Die hohen, schlanken Zypressen sollten wohl mediterranes Flair verbreiten, wirkten in dem grauen Novemberlicht aber wie schwarze Totengräber.

Carola suchte eine Weile nach einem Parkplatz, fand keinen und stellte ihren Dienstwagen schließlich direkt vor dem Haupteingang auf einem Platz ab, der laut Beschilderung für Prof. Dr. Dr. Rolfing reserviert war. Vielleicht war der Herr gerade in Urlaub oder krank oder mit dem Helikopter eingeflogen, was auch immer, Carola war es egal.

Sie nahm den Aktenordner der Familie Spiekermann und stieg aus.

«Dort können Sie aber nicht parken», sagte die Dame in dem perfekt geschnittenen Hosenanzug, die ihr bereits an der Eingangstür entgegenkam. Sie sprach mit nasaler Stimme, linste über den Rand ihrer goldgerahmten Lesebrille hinweg und gab sich alle erdenkliche Mühe, arrogant zu wirken.

«Dann fahren Sie doch bitte den Wagen auf einen anderen Platz, sobald einer frei wird», entgegnete Carola, hielt der Dame den Schlüssel hin und wies sich gleichzeitig aus. «Kriminalpolizei, ich habe einen Termin bei Herrn Lovatos.»

«Professor Lovatos», korrigierte sie die Empfangsdame. «Und ich werde hier nicht fürs Einparken bezahlt.»

«Für Freundlichkeit offenbar auch nicht», versetzte Carola. «Wo finde ich den Professor?»

«Sie können nicht einfach durch die Klinik laufen.»

Carola mochte die Frau nicht, sie machte ihr schlechte Laune. Diese immer gleichen Diskussionen mit Menschen, die in ihrem kleinen Machtbereich ihre Herrschaft gnadenlos ausübten, nervten sie ungemein.

«Dann bringen Sie mich hin. Sofort!»

Carola wusste, wie ihre Stimme in solchen Momenten klang. Schneidend, unfreundlich, autoritär. Bestens geeignet, ihren Willen durchzusetzen. Wenn sie dazu noch den Blick aus ihren kalten blauen Augen als Waffe einsetzte, gab es kaum je Widerstand.

Auch hier nicht.

Mit deutlich zur Schau getragenem Widerwillen führte die Dame ein Telefonat, bat Carola dann, ihr zu folgen, und ging voran. Nein, sie schritt, wie es eine Regentin nicht besser fertiggebracht hätte. Welche Titel auch immer jemand hier auf seinem Parkplatzreservierungsschild stehen haben mochte, die wahre Chefin des Hauses war diese Empfangsdame.

Professor Lovatos' Büro befand sich im Erdgeschoss.

Er erhob sich, kam zur Tür, und die Regentin verschwand.

Lovatos war dicklich, hatte ein freundliches, rundes Gesicht, die Halbglatze glänzte, die Ohren leuchteten rot. Er bat sie höflich herein, schob ihr den Besucherstuhl zurecht und fragte, ob sie einen Kaffee wolle.

«Wer würde den denn bringen?», fragte Carola.

Für den Bruchteil einer Sekunde verstand der Professor nicht, worauf sie hinauswollte, dann fiel der Groschen, und er grinste.

«Frau Krahlinger ... vom Empfang.»

«Dann unbedingt. Schwarz, bitte.»

Per Telefon bestellte er einen Kaffee für Carola und einen für sich, dabei blinzelte er verschwörerisch. Carola mochte ihn. Leider hatte es sich in den vergangenen Jahren herausgestellt, dass oft gerade die Menschen, die sie im Laufe einer Ermittlung gemocht hatte, Dreck am Stecken hatten. Offenbar gaben sich diese Menschen besondere Mühe, freundlich auf Polizeiermittler zu wirken.

«Am Telefon sagten Sie, es gehe um einen ungeklärten Todesfall einer Patientin unseres Hauses», sagte Lovatos. «Das klingt besorgniserregend.»

Carola nickte.

«Womit beschäftigt sich diese Klinik hauptsächlich?», fragte sie.

«Nun, mit künstlicher Befruchtung, aber auch mit kosmetischen Eingriffen jeder Art.»

«Und Sie sind für beides zuständig?»

«Nein. Mein Fachgebiet ist die künstliche Befruchtung, für die kosmetischen Eingriffe sind die Kollegen mit der entsprechenden Ausbildung zuständig.»

«Ich weiß, Sie sind an die ärztliche Schweigepflicht gebunden, und ich respektiere das», sagte Carola. «Deshalb werde ich meine Fragen so allgemein wie möglich stellen und keine Namen nennen. Ist das okay für Sie?»

Der Professor nickte.

Es klopfte an der Tür, die Regentin brachte den Kaffee. Schweigend, eingehüllt in eine eiskalte Aura. Der Professor bekam einen kleinen italienischen Keks dazu, Carola nicht.

«In wie vielen Fällen sind bei Paaren die Männer unfruchtbar?»

«Nun, pauschal gesagt, also ohne auf Details wie Spermienqualität und Menge einzugehen, leiden circa 50 Prozent der Männer an Fertilitätsstörungen.»

«Die Hälfte!» Die Antwort erstaunte Carola.

«Ja, aber immer noch kommen zuerst die Frauen zu uns. Erst wenn wir dort eine Zeugungsunfähigkeit ausschließen können, lassen sich die Männer untersuchen. Man kann also sagen, die Schuld wird immer zuerst bei den Frauen vermutet.»

«Und wenn die Frau fruchtbar ist, der Mann aber nicht, wie läuft die Behandlung dann ab?»

«Wir beginnen mit der Suche nach den Ursachen. Führen ein Spermiogramm durch. Liegt es an einer Hormonstörung, beginnen wir mit der Hormontherapie. Finden wir keine Ursachen oder schlägt die Therapie nicht an, empfehlen wir eine künstliche Befruchtung mit Spendersamen und ...»

«Was ist eine Insemination?», unterbrach Carola den Professor mit dem Wort aus dem Aktenordner der Familie Spiekermann.

«Nun ... die Insemination gehört zu den am häufigsten angewandten Methoden. Besonders sinnvoll ist sie bei leicht eingeschränkter Samenqualität. Um es kurz zu machen: Man bringt die etwas müden Spermien näher an die Gebärmutter. Um was für eine Art von IUI handelt es sich?»

«Ich verstehe nicht ...»

«Homolog oder donogen? Man spricht von homologer Insemination, wenn die Spermien des Partners in die Gebärmutter der Frau eingebracht werden. Bei einer donogenen IUI die eines Spenders.»

Carola blieb nichts anderes übrig, als in die Akte zu schauen, die sie zu diesem Termin mitgebracht hatte. Der Professor trank derweil von seinem Kaffee und blickte in eine andere Richtung.

«Der Ehemann», fand Carola heraus.

«Dann haben wir es hier mit einer eingeschränkten Menge oder Qualität der Spermien und einer homologen Insemination zu tun. Ist sehr häufig, und oft sind mehrere Versuche notwendig.»

«Geht so etwas ohne die Einwilligung des Mannes?»

Professor Lovato lachte herzlich, sein Bauch wippte auf und ab dabei.

«Wohl kaum. Der Mann muss ja aktiv seinen Teil beitragen. Um es salopp auszudrücken, er muss ins Gläschen masturbieren.»

«Und was, wenn die Frau nicht will?»

Jetzt runzelte der Professor die Stirn.

«Worauf wollen Sie eigentlich hinaus? Ich habe nie erlebt, dass Paare sich dieser Behandlung unterziehen, wenn nicht beide Teile damit einverstanden sind.»

«Bei dieser Patientin, die in Ihrem Hause behandelt wurde, habe ich den Verdacht, sie könne nach der Befruchtung versucht haben, die Schwangerschaft mittels Abtreibungspille abzubrechen.»

Der Blick des Professors verdüsterte sich, seine Stimme wurde dunkler.

«Wie kommen Sie darauf?»

«Ich habe Hinweise gefunden. Beratungsunterlagen über eine Schwangerschaftskonfliktberatung und über ein Medikament namens Mifegyne.»

Es dauerte eine Weile, bis sich der Professor zu der nächsten Frage durchringen konnte.

«Jetzt würde ich gern den Namen der Patientin erfahren.»

«Martina Spiekermann.»

Lovatos schüttelte den Kopf.

«Auf keinen Fall», sagte er bestimmt.

Carola klärte ihn darüber auf, was passiert war und wo sie die Unterlagen gefunden hatte.

«Im Hamsterkäfig? Das ist ... nein, das kann ich mir einfach nicht vorstellen», beharrte Lovatos. «Ich kenne ... kannte sowohl Herrn als auch Frau Spiekermann gut genug, um dergleichen auszuschließen. Der Kinderwunsch war einhellig, sonst hätte Frau Spiekermann ja einfach die Behandlungstermine ausschlagen können.»

«Da Sie das Wort gerade benutzen: Vielleicht hat Herr Spiekermann seine Frau geschlagen, also durch Gewalt dazu gezwungen, sich der Behandlung zu unterziehen.»

«Ich gehe davon aus, Sie kannten die Familie nicht», sagte Lovatos.

«Nur tot», antwortete Carola.

«Einfache, hart arbeitende Menschen waren das, die sich ihren Traum von einer Familie erfüllen wollten.»

«Frau Spiekermann hat ihren Mann vermutlich mit achtzehn Messerstichen getötet.»

Lovatos schluckte trocken.

«Dafür habe ich keine Erklärung.»

«Können Sie mir sagen, wie Frau Spiekermann an die Abtreibungspille gekommen sein könnte. Hier bei Ihnen?»

«Nein, auf keinen Fall! Solche Behandlungen nehmen wir hier nicht vor. Und so einfach ist das auch nicht. Weder kann man dieses Präparat in der Apotheke kaufen noch einfach so per Rezept herausholen. Dafür ist eine Schwangerschaftskonfliktberatung notwendig. Danach müssen drei Tage vergehen, um eine Kurzschlussreaktion zu vermeiden. Wenn die Entscheidung feststeht, sind in der Regel vier Besuche beim Frauenarzt notwendig, und der Abbruch zieht sich über mehrere Tage hin. Wenn Sie mehr darüber wissen wollen, müssen Sie mit Frau Spiekermanns Frauenarzt sprechen. Ich bin mir aber sicher, er wird sie nicht erst hierher überwiesen und ihr später ein Abbruchmedikament besorgt haben. So etwas tut kein ehrenhafter Mediziner.»

Carola musste den Professor nicht nach dem Namen des Frauenarztes fragen, der stand in dem Aktenordner, tat es aber trotzdem. Lovatos überraschte sie, indem er sofort in seinem PC nachsah und ihr Namen und Adresse nannte.

Sie bedankte sich und verließ die Klinik, nicht jedoch ohne der Regentin freundlich zuzuwinken.

Unter dem Scheibenwischer ihres Wagens klebte ein Zettel, der sie darauf hinwies, dass sie widerrechtlich einen Privatparkplatz besetzte.

Carola konnte sich ein Lachen nicht verkneifen.

Aus dem Wagen heraus beobachtete sie, wie Lovatos sie aus dem Fenster seines Büros anstarrte. Das Licht brach sich in der Scheibe, deshalb konnte sie nicht sicher sein, doch es wirkte, als wäre jegliche Freundlichkeit aus seinem runden Gesicht gewichen.

6

Zehn Minuten vor dem Ziel fuhr Roya rechts ran.

Sie fühlte sich ein wenig kraftlos, aufgerieben zwischen den Fronten, und musste sich sammeln, bevor sie sich in die Höhle des Löwen begab – freiwillig.

Diese fiese Kommissarin ermittelte gegen sie, und sie wirkte wie ein Terrier, der, hatte er seine Kiefer erst einmal in seine Beute geschlagen, nie mehr losließ. Wieso hatte sie diese Frage gestellt, ob Martina überhaupt Kinder haben wollte? In welche Richtung führten ihre Ermittlungen?

Roya konnte sich darauf keinen Reim machen.

Wusste die Kommissarin bereits von Marc Maria Hagen?

Aber woher?

«Hör auf!», sagte Roya laut zu sich selbst.

Sie durfte sich nicht verunsichern lassen. Dieser Vorwurf, sie verdiente mit ihren Texten am Leid der Menschen, war so was von blöd. Ungeachtet ihrer Mission tat Roya, was sie tat, weil es ihr wichtig war, die Menschen vor den Gefahren selbst ernannter Lifestyle-Gurus zu warnen.

Martina Spiekermann war eine Zeit lang geradezu süchtig nach Marc Maria Hagen gewesen, aber sie war nicht dumm und hatte zu zweifeln begonnen, als sie zweitausend Euro für ein Coachingwochenende mit Hagen ausgeben sollte. Sie hatte in den einschlägigen Foren im Internet nach Rat gesucht. Nach Erfahrungen, die andere mit solchen Coachings, speziell mit den Coachings von Hagen, gemacht hatten. In diesen Foren hatte Roya Martina dann kennengelernt. Bei einem ersten Treffen hatte sie Martina davon überzeugen können, die Finger davon zu lassen, und gemeinsam hatten sie diesen Plan geschmiedet, den Roya trotz allem durchziehen würde.

Weil es eine Verbindung gab.

Weil es hinten und vorn nicht passte.

Warum sollte Martina sich selbst töten?

Warum sollte sie ihren Mann töten?

Das alles ergab keinen Sinn, und mit jeder weiteren Information, die Roya bekam, wurde es verworrener.

Eines hatte Roya während ihrer Zeit als Journalistin gelernt: Wenn du dich für ein Ziel entschieden hast, dann vergiss die Alternativen. Mach weiter, lass dich nicht beeinflussen, verfolge es beharrlich. Denn niemand kommt wirklich weit, wenn er nicht für die lange Strecke gemacht ist.

Roya stieg aus, trank von dem Wasser, das sie an der letzten Tankstelle gekauft hatte, und sah sich um.

Die Gegend, in die Hagen seine Opfer lockte, war fraglos schön. Bewaldete Hügel, dazwischen immer wieder Wiesen, kleine Orte und wie zufällig verstreute Gehöfte. In den Tälern plätscherten kleine Bäche, einer davon direkt neben der

Straße, an der Roya gehalten hatte. Sie stieg die sanfte Uferböschung hinunter, bückte sich und tauchte eine Hand ins Wasser. Es war kalt. Roya benetzte ihre Stirn und ihre Wangen, tat das so lange, bis die Kälte ihre Haut durchdrang und das Pochen in ihrem Schädel nachließ. Als sie aus der Hocke hochkam, rutschte sie aus und tauchte mit dem rechten Fuß bis zum Knöchel in den Bach.

Auch das war erfrischend – vor allem langfristig, denn sie hatte nur dieses eine Paar Schuhe dabei. Sie kletterte die Böschung hinauf, wrang ans Auto gelehnt die Socke aus und zog sie wieder an.

Dann ging ihr Blick die Straße entlang in die Richtung, in die sie fahren musste.

Nein, sagte sich Roya, ich kehre nicht um. Ich lasse es nicht auf sich beruhen. Ich lasse mich nicht von dieser Kommissarin verunsichern. Ich finde heraus, wer Marc Maria Hagen wirklich ist.

Als sie wieder ins Auto stieg, fühlte Roya sich gewappnet. Der Rest der Strecke war ein Klacks, und nach zehn Minuten sah sie von der Straße aus, wohin das Navi sie geführt hatte.

In dem Tal mit dem kleinen Bach lag eine alte Wassermühle. Das Gebäudeensemble bestand aus einem schlanken dreistöckigen Fachwerkgebäude mit rotem Ziegeldach sowie einem lang gestreckten, niedrigen Haus und einer Scheune. Alle Gebäude bestanden aus Fachwerk und sahen von dem erhöhten Punkt der Straße gepflegt aus. An dem Turm, wie Roya das hohe Gebäude nannte, drehte sich sogar ein kleines Wasserrad.

Idylle pur.

Ein Ort zum Wohlfühlen.

Bestens geeignet, um zu sich selbst zu finden.

So ähnlich hatte Roya es sich vorgestellt, als sie als Martina Spiekermann zu dem Vorgespräch gegangen war. Sie hatte gehofft, schon dabei auf Hagen zu treffen, und war enttäuscht gewesen, mit seiner Assistentin Brittany Kühne vorliebnehmen zu müssen. Sie hatte Hagen entschuldigt, der eigentlich alle Vorgespräche selbst führte, an diesem Tag jedoch verhindert war. Aber die Täuschung hatte funktioniert. Einen Ausweis wollte niemand sehen, die Vorauszahlung für das Coaching reichte als Legitimation vollkommen aus.

Und nun war sie hier, als Martina Spiekermann.

Zweihundert Meter weiter gab es eine geschotterte Zufahrt zu dem einsam gelegenen Gehöft. Kein Schild, nichts wies darauf hin, dass es sich hierbei um ein Schulungszentrum handelte.

Martina war hierher eingeladen worden, nachdem sie das Geld überwiesen hatte, das von Roya stammte. In den zweitausend Euro waren zwei Übernachtungen und Verpflegung inkludiert, was bedeutete, dass Hagen Gästezimmer für seine Kunden bereithielt. Er lockte sie in diese Einsamkeit und sorgte dafür, dass sie den Ort erst wieder verließen, wenn er es für richtig hielt. Erst am Ende des Seminars, wenn er sie genug bequatscht hatte, nicht zwischendurch schon, um eventuell in einem Hotel zu übernachten, wo einem das reale Leben über den Weg laufen könnte.

Dumm war dieser Hagen nicht, das musste Roya anerkennen.

Ihr Handy klingelte, als sie in die geschotterte Zufahrt zur Bernthaler Mühle bog.

Nathan war dran.

«Hey, schöner Traum, ich dachte mir, ich ruf dich an, statt immer nur zu texten. Geht's dir gut?»

«Ja, schon, aber ...»

«Ich weiß, du bist unterwegs, haste ja geschrieben. Ich wollte auch nur sagen, ich freue mich auf unser Date. Lass einfach von dir hören, wenn du Zeit hast.»

«Das mache ich auf jeden Fall, versprochen.»

«Bist du weit weg?»

«Nein, keine hundert Kilometer, und am Sonntag komme ich schon zurück.»

«Arbeit?»

«Ja, muss aber sein, leider.»

«Okay, dann frag ich mal besser nicht weiter nach und lass dich in Ruhe.»

«Nein, ist schon in Ordnung. Ich nehme an einem Seminar eines dieser Lifestyle-Gurus teil, die gerade das Internet und die Podcastwelt mit ihren Botschaften fluten ... völlig selbstlos natürlich.»

«Ich höre Ironie. Klingt nicht so, als würdest du aus Überzeugung daran teilnehmen.»

«Das ist Recherche ... meiner Meinung nach ziehen diese Typen die Menschen über den Tisch.»

«Sehe ich genauso. Aber pass auf dich auf!»

«Werde ich. Mach's gut!»

Roya legte auf.

Sie war erstaunt darüber, wie gut es tat, mit Nathan über ihre Arbeit zu sprechen. Eigentlich war er ja noch ein Fremder für sie, dennoch spürte sie schon jetzt eine Verbundenheit, die neu für sie war.

Sie freute sich auf ein Treffen mit ihm.

Aber jetzt stand erst einmal eine unangenehme Aufgabe an.

Ihr Magen zog sich schmerzhaft zusammen, als sie die

abschüssige Schotterstrecke hinunterrollte, die in einer lang gezogenen Rechtskurve auf das Anwesen zuführte.

7

Der Frauenarzt von Martina Spiekermann, Dr. Jochen Pleiß, beharrte auf seiner ärztlichen Schweigepflicht. Er war unzugänglich, beinahe schon unfreundlich, und warf Carola vor, die Privatsphäre von Toten zu verletzen. Mit krummem Rücken hockte er hinter seinem Nussbaumschreibtisch und gefiel sich in der Rolle des Hüters der Wahrheit.

Pleiß war um die vierzig, attraktiv, groß gewachsen und dünn. Für Carolas Geschmack hatte er zu viel Gel im langen Haar und zu viele Auszeichnungen an den Wänden seiner Praxis hängen. Sie entschied, ihn nicht zu mögen, und wenn sie jemanden nicht mochte, ließ sie es die Person spüren, was regelmäßig in gegenseitiger Antipathie mündete. Das machte ihr die Arbeit nicht leichter. Als sie ihm Wichtigtuerei vorwarf, bat er sie schließlich, seine Praxis zu verlassen.

«Was soll's», sagte sich Carola, stieg in den Wagen, schloss ihr Handy an, spielte Musik von Sachiko Furuhata-Kersting und lauschte ihrer berauschenden Klaviermeisterschaft. Die Lebensjahre hatten es ihr abgewöhnt, sich über solche Typen wie Pleiß aufzuregen. Sie hatte keine Zeit für diesen Scheiß. Die Einstellung dieses Dorfarztes konnte sie nicht ändern, und rein rechtlich war er mit seiner Schweigepflicht auf der sicheren Seite. Carola selbst würde es auch nicht gefallen, wenn ihr Frauenarzt Details zu ihrer Gesundheit ausplauderte – andererseits, wäre sie tot, wäre es ihr auch egal. Das Gesetz aber sah das anders. Nicht einmal Erben oder nahe Angehörige waren berechtigt, den Arzt von der Schweigepflicht zu einer verstorbenen Person zu befreien. Mitunter hatte Carola bei Ermittlungen das Gefühl, einige Ärzte fühlten sich in dieser besonderen Rolle viel zu wohl, die ihnen das Gesetz gewährte. Vielleicht sogar mächtig. Vor allem in Momenten, wenn eine Kommissarin als Bittstellerin auftreten musste. Carola wusste, ihre manchmal barsche Art half ihr dabei nicht wirklich.

Sei's drum. Es gab ja auch noch eine Alternative.

Die Schwester von Martina Spiekermann lebte zwei Dörfer weiter. Carola hatte sich nicht angemeldet und hoffte, die Frau anzutreffen, wenn sie schon einmal in der Gegend war.

Während der Fahrt dachte sie an die Journalistin Roya Mayer. Nicht dumm, die Kleine, aber viel zu fokussiert und verkrampft, viel zu sehr darauf bedacht, für die richtige Sache zu kämpfen. Roya Mayer war jung, sie wusste noch nicht, dass es so etwas wie die eine richtige Sache nicht gab. Jeder Mensch war der Meinung, dass seine Wirklichkeit die einzige war, und so gab es fast acht Milliarden Wirklichkeiten auf diesem engen Planeten.

Die Journalistin würde es schon noch lernen, aber es war nicht Carolas Aufgabe, ihr dabei zu helfen. Die Wände der Wahrheit waren hart und fest, immer wieder dagegenzulaufen, hinterließ Wunden, äußerlich wie innerlich. Es kam vor, dass die inneren Verletzungen Klugheit und Einsicht förderten – aber leider nur selten. Ein Blick auf die moderne Gesellschaft ließ einen ohnehin am Konzept der Lernfähigkeit zweifeln.

Carola wusste, dass die Mayer ihr etwas verschwieg. Woher wusste sie beispielsweise von dem Schlafmittel, das in

Martina Spiekermanns Blut gefunden worden war? Nichts davon war nach außen gedrungen, auch nicht an die Presse. Auf eine Weise, die sie noch nicht genau bestimmen konnte, gefiel ihr die Frau trotzdem, und damit meinte Carola nicht ihr Äußeres. Zugegeben, Roya Mayer sah gut aus, hatte klare, schöne Gesichtszüge und einen ebenmäßigen Teint, dazu volles, dunkles Haar.

Vor dem Haus der Schwester parkte ein Golf. Es war also jemand da. Carola stellte ihren Wagen in der Einfahrt ab und stieg aus. Auf der Rückbank des Golfs entdeckte sie zwei Kindersitze, unter dem Carport parkten zwei knallrote Bobbycars, bei denen Smart Repair nicht mehr helfen würde.

Zwei Jungs, tippte Carola.

Ordentliche Rabauken, die jeden Tag mit Quetschungen, Schürfwunden oder ausgeschlagenen Schneidezähnen heimkamen. So was mochte Carola. Wer ohne Wunden zu sammeln durchs Leben kam, hatte gar nicht gelebt.

Carola musste nicht klingeln. Eine Frau öffnete die Nebeneingangstür, noch bevor Carola sich auf den Weg zur Haustür machen konnte.

«Ja?»

Die Frau klang genervt. Aus ihrem Dutt hatte sich jede bewegungsfähige Strähne gelöst, ein Aufbegehren der Gefesselten, die Schatten unter ihren Augen waren tief und blau.

«Kommissarin Barreis», stellte sich Carola vor. «Haben Sie einen Moment?»

«Wegen Martina?»

Carola nickte.

«Ja, ich ... die Jungs ... können wir draußen ... die schlafen gerade.»

«Klar, kein Problem.»

Enke Siekendiek horchte noch einmal in den Flur hinein, auf diese bestimmte Art, auf die nur Mütter horchen konnten. So als gäbe es ein Äquivalent des absoluten Gehörs in der Mutter-Kind-Beziehung. Eine Mutter konnte vielleicht Geräusche ihrer Kinder hören, schon bevor sie entstanden. Carola hatte davon keine Ahnung. Sie hatte keine Kinder.

Enke zog die Tür leise ins Schloss, dann kam sie mit schnellen, hektischen Schritten auf Carola zu.

«Ich bin immer noch vollkommen von der Rolle», sagte sie und kaute auf ihren Nägeln herum. «Ein Albtraum ist das, ein furchtbarer Albtraum ...»

«Fühlen Sie sich in der Lage, mir Fragen zu Ihrer Schwester zu beantworten?»

Enke nickte kauend.

«Martina ... ich meine, sie hatte schon immer diesen Weltschmerz in sich, war schon immer bedrückt, manchmal depressiv ...»

«Sie hat sich geritzt, nicht wahr?»

«Ja, als sie in die Pubertät kam. Oh Gott, war das ein Geschrei zu Hause ... zum Glück hat diese Phase nicht lang angehalten. Sie hat dann ja Tim kennengelernt, ihre große Liebe ... der war ihr wirklich eine Stütze ... deshalb ...»

Sie ließ den Satz unvollendet und starrte Carola aus Augen an, die überquollen vor Schmerz und Trauer. Carola entschied, keine Fragen zu stellen, solange die Frau von sich aus redete.

«Das hätte Martina niemals getan, niemals! Sie muss irgendwelche Medikamente genommen haben oder so ... anders kann ich es mir nicht erklären.»

Jetzt ging ihr Blick ins Leere, und Carola wusste, sie musste nun doch einhaken.

«Apropos Medikamente. Wussten Sie, dass Ihre Schwester mit ärztlicher Hilfe versuchte, schwanger zu werden?»

Enke Siekendiek lachte trocken auf.

«So ein Quatsch.»

«Aber es gibt Unterlagen, die genau das bestätigen.»

«Davon weiß ich nichts. Aber ich weiß, dass Martina keine Kinder wollte.»

«Ich verstehe nicht ...»

«Es war Tims Wunsch. Er wollte mindestens drei, eins mehr als wir. Zwei Jungs, ein Mädchen, das war seine Traumvorstellung. Tim war alte Schule, müssen Sie wissen. Er verdient das Geld, die Frau macht Kinder und Haushalt ... Martina hat sich wirklich künstlich befruchten lassen?»

«Wir haben Informationen, die das bestätigen, ja.»

Enke schüttelte den Kopf.

«Ich hab Martina nie wirklich verstanden ... und sie mich wohl auch nicht. So richtig dicke waren wir nicht, müssen Sie wissen. Also nicht die Art von Schwestern, die sich alles erzählen.»

«Aber Martina hat Ihnen erzählt, dass sie keine Kinder wollte?»

Enke nickte.

«Sie hatte Angst, schwanger zu werden. Wegen ihrer psychischen Probleme, verstehen Sie. Sie sagte, sie habe geträumt, sie würde den Kindern etwas antun, sie schlecht behandeln, so wie unsere Eltern uns schlecht behandelt haben, keine Ahnung ... wirres Zeug, so war Martina manchmal.»

Carola lauschte nach der Lüge, aber da war keine. Wahrscheinlich war es ganz allein Martinas Geheimnis gewesen, das sie im Boden des Hamsterkäfigs aufbewahrt hatte. Die

Schwester wusste nichts davon, und Carola entschied, dass es ruhig dabei bleiben könne.

Aber woher diese Riesenangst vor Kindern? War sie wirklich schlechten Träumen geschuldet? Depressionen? Erfahrungen im eigenen Elternhaus? Oder lag es an ihrem Mann, dem auch schon mal die Hand ausrutschen konnte? Alte Schule, wie Enke gesagt hatte. Erziehung mit Gewalt. Hatte Martina so etwas befürchtet?

«Wie war Martinas Beziehung zu ihrem Mann?», fragte Carola.

Enke zuckte mit dem Schultern.

«Wenn ich ehrlich sein soll, war sie abhängig von ihm. Er hat gesagt, wo's langgeht, und Martina war froh darüber, keine Entscheidungen treffen zu müssen. Aber für sie war es wohl trotzdem die große Liebe ... was weiß denn ich, wer guckt schon in die Köpfe der Menschen.»

«Gab es häufig Streit?»

«Nicht mehr als üblich. Tim hat sich sehr über Martinas Liebe zu Tieren aufgeregt. Hunde, Katzen, sie hätte am liebsten alles gehabt. Er hat ihr nur einen Hamster zugestanden ... da fällt mir ein: Eckhard ist verschwunden.»

«Wer ist Eckhard?»

«Der Hamster!»

«Ach so.»

«Ja. Nachdem die Polizei im Haus alles auf den Kopf gestellt hat, ist er verschwunden. Mitsamt Käfig. Das waren Ihre Leute! Die werden doch den Hamster nicht gestohlen haben, oder?»

«Kann ich mir nicht vorstellen. Es sei denn, er dient als Beweismittel. Das kann sein, wenn es zum Beispiel Blutspritzer auf dem Käfig oder dem Tier gibt.»

Carola war sich bewusst, welchen Blödsinn sie hier verzapfte, aber irgendwie wollte sie Eckhard nicht wieder hergeben.

«Also, ich will den schon wiederhaben. Martina hat Eckhard geliebt, er sollte hier weiterleben. Die Kinder fanden Eckhard schon immer toll. Sie können sich doch darum kümmern, oder?»

«Ich schaue, was ich tun kann», sagte Carola. Zwar hatte sie wegen der Entführung ein schlechtes Gewissen, aber nicht stark genug, um ernsthaft in Erwägung zu ziehen, den Hamster, der jetzt einen Namen hatte, zurückzugeben. Irgendwie hatte sie Gefallen gefunden an dem kleinen Kerl.

«Sagen Sie, hat Martina Ihnen je von einem Podcast erzählt, den sie gern hörte?»

Die Frage fiel Carola spontan ein und war doppelt gut. Zum einen stellte sie eine scharfe Abzweigung vom Hamster-Thema dar, andererseits interessierte es Carola, was es mit diesem Podcast auf sich hatte, den Martina in den letzten Minuten ihres Lebens gehört hatte.

Enke winkte entnervt ab.

«Ach, hören Sie doch auf mit diesem Podcast. Ich konnte es wirklich nicht mehr hören. Marc Maria Hagen hier, Marc Maria Hagen da. Keine Ahnung, was Martina an diesem weichgespülten Typen fand …»

«Sie hat den Podcast also häufig gehört?»

«Wenn's nur das gewesen wäre. Nein, sie war richtig verschossen in diesen Marc Maria Hagen, denke ich. Immer wieder hat sie seine Thesen wiederholt und mich sogar dazu überreden wollen, an einem Seminarwochenende mit dem Typen teilzunehmen. Sie hatte ein bisschen Angst davor, allein hinzugehen.»

«Seminarwochenende?», hakte Carola ein.

«Ja, das geht ja alles weit über den Podcast hinaus. Ich glaube, mit dem Podcast fängt er sich seine Jünger ein, um sie danach so richtig auszunehmen. Zweitausend Euro will er für ein Seminar von Freitag bis Sonntag. Ist doch nicht zu fassen, oder!»

«Wissen Sie, wo das stattfindet?»

«Nee, keine Ahnung, ich hab das auch gleich abgeblockt. Erstens hab ich kein Geld dafür und an so einem Gehirnwäsche-Kram sowieso kein Interesse. Wenn vor der Waschmaschine ein Berg schmutziger Klamotten der Kinder liegt, kann ich mich nicht damit beschäftigen, dass mein Ego vielleicht gerade lieber mit dem Universum verschmelzen will. So was überlegt man sich besser, bevor man eine Familie gründet. Aber bei Martina trat man damit offene Türen ein. Selbstverwirklichung und so. Als ob man ohne das nicht auch wirklich wäre.»

«Hat Martina an dem Coaching teilgenommen?»

«Weiß ich ehrlich gesagt nicht, aber eigentlich hatte sie auch kein Geld dafür.»

«Kann es sein, dass dieser Podcast dazu geführt hat, dass Martina keine Kinder wollte?»

«Schon möglich, vielleicht hat es das bei ihr verstärkt, aber ganz ehrlich ... wahrscheinlich wäre es auch besser gewesen.»

«Besser gewesen? Warum?»

Enke Siekendiek zuckte mit den Schultern.

«Ist nur so ein Gefühl. Ich denke, manche Paare sollten besser keine Kinder miteinander haben. Martina war nicht stark genug für Kinder, und Tim ... war vielleicht zu stark dafür.»

«Wie ist das wieder gemeint?»

«Ihm konnte schon mal die Hand ausrutschen.»

«Hat er Martina geschlagen?»

«Darüber hat Martina nicht gesprochen. Aber Tim war als Schützenfestschläger bekannt, und wissen Sie, ich bin nicht blöd, solche blauen Flecken, wie Martina sie manchmal hatte, bekommt man nicht von Tischkanten.»

Carola nickte und ließ das so stehen.

«Das habe ich diesem hartnäckigen Reporter übrigens nicht gesagt», sagte Enke.

«Welchem Reporter?»

«So ein großer Kerl. Wieczorek heißt der. Der hat genau die gleichen Fragen gestellt, aber dem habe ich nichts gesagt.»

«Das ist auch besser so!»

Nach ein paar weiteren Minuten Unterhaltung, die keine neuen Erkenntnisse brachten, verabschiedete sie sich von der Schwester und fuhr davon. Bis zum Präsidium war es eine Stunde Fahrt, genug Zeit für musikalisch untermalte Gedanken.

Martina war ein merkwürdiger Mensch gewesen. Wollte keine Kinder, ließ sich aber künstlich befruchten. Und hatte zumindest an einen Plan B gedacht, falls das tatsächlich klappen sollte. Warum ihrem Mann nicht einfach die Wahrheit sagen?

Weil die Wahrheit mörderisch sein konnte. Sie konnte Freundschaften, Beziehungen, Familien töten. Sie konnte zu Kränkungen führen, die wiederum zu Morden oder gar Kriegen führten. Warum sonst war der wahre Weg für die Menschen der schwierigste, warum nahmen sie komplizierte Lügengeflechte auf sich, wenn nicht aus dem unterbewussten Wissen heraus, was Wahrheit anrichten konnte?

Carola kannte das auch von sich selbst. Beruflich hatte sie es sich zur Aufgabe gemacht, die Wahrheit herauszufinden. Privat log sie wie jeder andere Mensch auch, wie das Gespräch mit Enke eben bewiesen hatte. Sie war keinen Deut besser. Eher im Gegenteil. Sie wollte Eckhard für sich, obwohl sie gehört hatte, dass zwei Kinder ihn auch gern haben würden.

Carola blendete den Gedanken aus. Lieber beschäftigte sie sich mit den Fehlbarkeiten der anderen.

Auf dem Revier recherchierte sie eine Kontaktadresse zum Podcast Hörgefühlt, setzte sich ans Telefon und rief bei der Produktionsfirma Skarabäus an. Es meldete sich ein Mann namens Edgar Thiel und stellte sich als Produktionsleiter des Podcasts von Marc Maria Hagen vor. Carola bat um ein Gespräch mit Hagen.

«Das tut mir leid, aber Marc ist in einem sehr intensiven Seminar, in dem er nicht gestört werden darf.»

«Wann darf er wieder gestört werden?»

«Frühestens ab Montag. Worum geht es denn überhaupt?»

«Der Podcast Hörgefühlt ist Bestandteil einer Ermittlung, und ich würde gern wissen, ob Herr Hagen sich zu bestimmten Namen äußern kann.»

«Kann ich vielleicht helfen?»

«Kommunizieren Sie denn mit den Hörerinnen und Hörern des Podcasts?»

«Nein, tut mir leid, das macht nur Marc.»

«Dann muss ich auch mit Herrn Hagen sprechen. Richten Sie ihm bitte aus, dass er sich spätestens Montag mit mir in Verbindung setzen soll. Die Nummer haben Sie ja jetzt.»

Carola legte auf, wählte sofort eine andere Nummer und lud Paul Müller zu einem Rendezvous ein.

Sie musste jetzt einen klaren Kopf bekommen.

8

Als Björn am Freitag auf den alten Bauernhof seiner Eltern fuhr, hatte er immer noch nichts von Sarah gehört. Mehrmals hatte er versucht, sie zu erreichen, hatte angerufen und geschrieben, alles ohne Erfolg. Dabei war ihm aufgefallen, dass er gar keine Kontaktdaten von Freundinnen und Arbeitskolleginnen hatte, die er hätte fragen können, wo Sarah war. Ihre Eltern anzurufen, traute Björn sich nicht, denn dann hätte er zugeben müssen, dass es Streit gegeben hatte zwischen Sarah und ihm.

Seine Hilfs- und Ahnungslosigkeit bedrückte ihn und ließ keinen Raum mehr für Wut. Als er aus seinem Wagen stieg, bereute er sein Verhalten bereits zutiefst und fragte sich, ob Sarah ihn wohl für immer verlassen hatte. Diese Vorstellung raubte ihm seine Kraft, er fühlte sich abgeschlagen wie lange nicht mehr.

Geknickt schlich Björn in der Dunkelheit auf den umgebauten Kuhstall zu, der etwas abseits des eigentlichen Wohnhauses stand. Die Scheune, die früher beide Gebäude miteinander verbunden hatte, war von einer 200 Jahre alten Eiche zerstört worden, die dem gewaltigen Herbststurm vor vier Jahren nicht standgehalten hatte. Durch das Fenster des Wohnzimmers konnte er sehen, dass seine Eltern, beide schon Rentner, wie üblich vor der Glotze saßen. Wenn Björn direkt von der Arbeit nach Hause kam, ging er oft zu ihnen hinüber, um mit ihnen zu essen, aber heute war es spät geworden, außerdem hatte er keine Lust auf ein Gespräch. Seine Mutter würde ihm sofort anmerken, dass etwas nicht in Ordnung war, und natürlich würde sie wieder auf Sarah herumhacken. Die Chemie zwischen den beiden stimmte nicht. Ihre Ansichten waren zu verschieden. Björns Mutter war Hausfrau durch und durch und konnte bei Sarah überhaupt keine Begeisterung mit ihren Koch- und Haushaltstipps wecken. Außerdem regte sich Sarah darüber auf, dass er und sein Vater seine Mutter praktisch als Bedienstete betrachteten. Das fand Björn übertrieben. Seine Mutter machte das schließlich freiwillig und gern.

Björn drückte die Haustür auf. Dafür brauchte er keinen Schlüssel, hier war nie abgeschlossen, warum auch, seine Eltern waren den ganzen Tag auf dem Hof, und in all den Jahren hatte es nie einen Einbruch gegeben.

Drinnen war es kalt. Björn drehte die Heizkörper hoch. Dann zog er seine Arbeitskleidung aus und stellte sich unter die Dusche. Das Wasser wusch zwar Staub und Schweiß ab, änderte aber nichts an seiner Niedergeschlagenheit. Björn mochte Harmonie. Mit Streit konnte er nicht gut umgehen. Andererseits fuhr er auch schnell mal aus der Haut, wenn es nicht so lief, wie er es sich vorstellte, und provozierte damit den Streit selbst.

Als Björn das Wasser abstellte, meinte er, ein Geräusch in seiner Wohnung zu hören.

«Mama?», rief er aus der Dusche heraus, bekam aber keine Antwort. Es kam hin und wieder vor, dass sie ihm Essen rüberbrachte, aber dann machte sie sich immer bemerkbar, stellte Fragen oder schimpfte, weil seine schmutzige Arbeitskleidung auf dem Boden herumlag. Da er keine Antwort erhielt, glaubte Björn, sich getäuscht zu haben. Er schnappte sich ein Handtuch und rubbelte sich das Haar trocken. Kaum nahm er das Handtuch vom Kopf, hörte er erneut ein Geräusch.

Björn verharrte und lauschte. Dies war ein altes Gebäude aus Fachwerk, natürlich machte es ab und an Geräusche, aber an die hatte Björn sich längst gewöhnt. Was er jetzt zu hören glaubte, klang anders. Fremd.

«Sarah?», rief Björn, plötzlich überzeugt davon, dass sie ihm einfach nur einen Streich spielen wollte, um ihn für sein blödes Verhalten zu bestrafen. Das würde ihr sogar ähnlich sehen.

Björn wickelte sich das Handtuch um die Hüften und steckte die Nase aus dem Bad. Wenn Sarah schon solche Spielchen spielte, wollte er gern mitspielen.

«Ist hier jemand?»

Ein leises Schaben von irgendwoher. Sobald draußen etwas Wind ging, kratzten die Äste der Eichen am Dachfirst, ein Geräusch, dass jemand Ängstlicherem als Björn eine Gänsehaut bereiten konnte – bei Sarah war es in ihren ersten Nächten hier so gewesen.

Barfuß schlich Björn über den Flur ins Wohnzimmer. Dort hatte er vorhin nur die kleine Lampe auf der Anrichte angeschaltet. Ihr Licht reichte nicht bis in die hintersten Ecken, da der Raum verschachtelt und von altem Eichenfachwerk unterteilt war.

Schatten und Licht, dazwischen die alten Möbel von Oma und Opa, an denen Sarah kein gutes Haar gelassen hatte, weil sie ihrer Meinung nach nicht mehr zeitgemäß waren. Björn hatte sich darüber nie Gedanken gemacht. Ob alt oder neu, das war doch egal, solange sie ihren Zweck erfüllten.

«Ich gehe jetzt in die Küche, hole das größte Messer, das ich finden kann, und dann schlitze ich dich auf», sagte Björn und machte am Ende ein Geräusch, wie es in Horrorfilmen in solchen Szenen vorkommt. Diese Schlitzerfilme hatte Sarah sich gern mit ihm angesehen, und Björn fand es cool, dass sie dabei keine spitzen Schreie von sich gab oder sich das Kissen vor die Augen presste, sondern immer einen lockeren Spruch draufhatte.

Björn schlich zur Küche, überzeugt davon, dass Sarah hier war und ihm einen Streich spielen wollte. Es würde nämlich alles wieder in Ordnung kommen, wenn sie so etwas tat. Wahrscheinlich steckten seine Eltern mit ihr unter einer Decke und wussten Bescheid.

Na wartet, dachte Björn, ihr könnt was erleben.

Vor dem Messerblock erstarrte Björn.

Nicht ein einziges Messer steckte darin, dabei waren es sonst ein halbes Dutzend.

Ein weiteres Indiz für einen Scherz.

«Okay, ganz wie ihr wollt», flüsterte Björn und zog die Schublade auf, in der er allerlei Gedöns aufbewahrte, und nahm ein Nudelholz heraus, das er nie gebraucht hatte. Wer rollte schon selbst Nudelteig aus? Und Kuchen buk immer seine Mutter für ihn.

Er hielt es hoch über seinen Kopf, schlich damit zur Tür und spähte in den Flur.

Ein Schatten huschte durchs Wohnzimmer, und in diesem Moment glaubte Björn sogar, Sarahs Parfum riechen zu können. Er lächelte, die Leichtigkeit kehrte in sein Leben zurück, er spürte, wie sehr er Sarah liebte. Vor ihr hatte er schon andere Freundinnen gehabt, und die waren auch alle okay gewesen, aber keine hatte ihn so fasziniert wie Sarah. Ein bisschen weniger Dickköpfigkeit und Selbstständigkeit wäre toll, aber man konnte nicht alles haben, und wenn sie erst einmal zusammenwohnten, würde sich Sarah bestimmt ändern. Eines Tages, nach vielleicht ein, zwei Jahren in einer

Mietwohnung, würden sie dann in seinen Kuhstall zurückkehren. Hier gab es noch Ausbaureserven für mindestens zwei Kinderzimmer.

Björn schlich erneut ins Wohnzimmer.

Obwohl alles nur ein Spaß war, war er doch angespannt, und das Herz wummerte dumpf in seiner Brust.

«Bereit, wenn Sie es sind!», rief er in Anlehnung an das Schweigen der Lämmer.

Björn machte zwei schnelle Schritte ins Wohnzimmer, das Nudelholz immer noch hoch erhoben.

Die Bewegung hinter sich bemerkte er zu spät. Er wusste sofort, er hatte einen Fehler gemacht, denn es gab eine weitere Tür, die vom Wohnzimmer ins Schlafzimmer führte. Das Schlafzimmer hatte eine Verbindung ins Bad, das Bad in den Flur, man konnte also im Kreis laufen.

Sie will mich von hinten überraschen, sagte sich Björn.

Dann spürte er den scharfen Schmerz im unteren Rücken und dachte, dass der Spaß nun aber ein bisschen zu weit gehe.

Mit diesem Gedanken und einem «Ey» auf den Lippen stolperte er zwei weitere Schritte voran und stieß gegen einen in Hüfthöhe angebrachten Eichenbalken. Zusammen mit zwei aufrecht stehenden Balken bildete er ein Fachwerkensemble, dessen unterer Teil mit altem Rotklinker ausgemauert war – das alles hatte Björn selbst gemacht.

Mit der freien Hand stützte er sich ab, die andere, die das Nudelholz hielt, fühlte sich plötzlich so schlapp an. Er musste sie sinken lassen. Das Handtuch rutschte von seinen Hüften, und er stand nackt da.

«Was'n los?»

Warm lief es an seinem Bein hinunter. Im Schummerlicht

sah Björn eine dunkle Flüssigkeit an seiner Wade. War das echt Blut?

«Aber ich ...»

Der nächste Stich erwischte ihn im Brustkorb, abermals von hinten. Diesmal tat es richtig weh, und Björn schrie auf. Endlich wurde ihm klar: Das hier war kein Spaß.

Sarah wollte ihn umbringen!

Björn drehte sich um, dabei fiel ihm das Nudelholz aus der Hand.

«Was soll das?», fragte er.

Und schon prasselten die Messerstiche auf ihn ein. Überall drang die Klinge in seinen Körper. Björn rutschte rücklings an dem Rotklinker hinab, unfähig, sich gegen den Angriff zu wehren. Zwar spürte er Schmerzen, aber die waren nicht so beherrschend, wie man es sich bei einem Messerangriff vorstellte.

Es blieb noch genug Raum und Zeit für die Frage, warum sie ihm das antat.

9

«Zu meinen Coachings hier in der Bernthaler Mühle lade ich stets sieben Gäste ein. Nicht etwa, weil wir nicht mehr Gästezimmer zur Verfügung hätten, sondern weil die Zahl Sieben für mich und für uns alle eine besondere Bedeutung hat.

Für die Vollkommenheit und Fülle in Gottes Heilsplan steht die Sieben. Sie ist die Summe aus drei und vier, also aus Vollständigkeit und Ordnung. Und nun glaubt bitte nicht, dies würde ein religiös geprägtes Seminar werden, ganz und gar nicht, aber da wir alle zusammen die Unvollkommenheit, die Unordnung und Unvollständigkeit in uns spüren, will ich die Bedeutung der Zahl Sieben hervorheben und unser gemeinsames Seminar unter ihr gutes Licht stellen.»

«Hier sind aber nur sechs Personen», bemerkte eine der anwesenden Frauen im Stuhlkreis, deren Namen Roya sich nicht gemerkt hatte. Roya hätte laut auflachen mögen, hielt sich aber zurück. Schließlich war sie als Martina hier – leise, zurückhaltend, schreckhaft, in sich gekehrt. Eine Rolle, die ihr sehr schwerfiel.

Marc Maria Hagen lächelte.

«Gut bemerkt. Jemand ist kurzfristig ausgefallen, zu meinem Bedauern, ohne sich abgemeldet oder irgendwie entschuldigt zu haben, aber wir sind auf solche Fälle vorbereitet und haben eine Nachrückerin, die leider erst in zwei bis drei Stunden hier sein kann.»

Roya musste sich auf die Zunge beißen, um die Bedeutung der Zahl Sechs für sich zu behalten. Die Sechs symbolisierte in der Bibel das Düstere, Unheilvolle und Böse. Vielleicht nicht gerade das Licht, das Hagen sich wünschte.

Seit wenigen Minuten saßen die sechs Teilnehmerinnen im Seminarraum der Bernthaler Mühle. Roya war überrascht von den Räumlichkeiten, durch die sie zuvor Hagens Assistentin geführt hatte, die Roya schon bei dem Vorgespräch kennengelernt hatte. Brittany Kühne war eine kleine, hübsche Frau mit langem blondem Haar. Ihre großen Augen wirkten abwesend, die schlecht verheilte Narbe neben ihrem rechten Mundwinkel schränkte ihr Schönheit nicht ein, machte sie nur interessanter. Sie war schlank, bewegte sich wie eine Elfe, schien den Boden kaum zu berühren. Überhaupt war ihre Erscheinung beinahe schon ätherisch, so als könnte sie sich jeden Moment vor den Augen aller auflösen. Mit leiser Stimme hatte sie Räumlichkeiten und Funktionen erklärt. Über drei Etagen verfügte das turmartige Mühlengebäude, an dem sich draußen noch das Wasserrad drehte. Das Erdgeschoss beherbergte die Gemeinschaftsküche, den Speisesaal und den Aufenthaltsraum. Das Stockwerk darüber, in dem sie sich gerade befanden, war von dem Seminarraum dominiert. Wohin man auch sah, überall gab es freigelegtes Fachwerk, die rohen Wände waren weiß getüncht, die Butzenfenster klein, die Decken niedrig, dafür aber geschickt mit Halogenspots bestückt, sodass der Raum selbst im Novemberlicht nicht düster wirkte. Der Boden bestand aus alten, aufgearbeiteten und geölten Holzdielen, die bei jedem Schritt knarrten. Eine alte, breite Treppe führte ins dritte Geschoss, in dem die Gästezimmer untergebracht waren. Zehn kleine Räume, die an Kemenaten erinnerten. Gerade mal ein Doppelstockbett, ein Schrank und ein kleines Waschbecken passten hinein. Der Duschraum befand sich am Ende des Ganges und bot Platz für sechs moderne Duschen mit Massagefunktion.

Auf den ersten Blick war zu erkennen, dass sehr viel Geld in dieses Bauwerk geflossen war, und Roya fragte sich, ob man als Podcaster, Buchautor und pseudospiritueller Seminarleiter wirklich so viel Geld machen konnte. Offenbar ja. Die Menschen sehnten sich danach, dass ihnen jemand zuhörte, ihnen ihre ewig kreisenden Gedanken und anscheinend immer größer werdenden Probleme erklärte, denn sie selbst fanden aus dem Überfluss an Informationen, Desinformationen, Freizeit- und Konsummöglichkeiten, Ängsten, Sorgen – finanzieller wie gesundheitlicher Art – keinen Ausweg mehr. In einer Gesellschaft, die alles hatte, außer innerer Zufriedenheit, gab man gern Geld für diese Art von Seelsorge aus.

Und wenn es einen Meister dieser Seelsorge gab, dann war es Marc Maria Hagen.

Roya war überrascht von dem Mann.

Ehrlich gesagt, war er hässlich. Oder zumindest nicht attraktiv. Das machte er allerdings durch seine Persönlichkeit mehr als wett.

Hagen selbst war erst zur Eröffnung des Seminars erschienen, als die sechs Gäste sich zum Stuhlkreis eingefunden hatten. Die Gruppe bestand nur aus Frauen, was Roya nicht weiter verwunderte, war Hagen doch als Frauenflüsterer bekannt, obwohl er auch eine große männliche Fangemeinde hatte.

Aber er hatte nichts Schleimiges an sich, wie Roya vermutet hatte. Ganz im Gegenteil war er auf erfrischende Weise charmant und verfügte über eine Ausstrahlung, der man sich kaum entziehen konnte – er besaß Charisma. In der Soziologie galt Charisma als eine der drei Formen legitimer Herrschaft. Wie das gemeint war, konnte Roya an Marc Maria Hagen beobachten. Die Frauen hingen an seinen Lippen, saugten jedes seiner Worte ein wie lebensspendenden Atem, und obwohl keine von ihnen den Mann wirklich kannte, seine Geschichte, seinen Charakter, seine Abgründe, legitimierten sie Hagen in seiner Rolle als Herrschenden, ohne es zu wissen. Sie folgten ihm. Marc Maria Hagens Charisma wirkte sogar bei Roya. Einen großen Teil dieser Wirkung verdankte er dabei seiner Stimme. Sie wirkte wie eine Droge. Hatte er einmal angefangen zu sprechen, wollte man, dass er nie wieder aufhörte, und ihn jetzt live statt aus dem Studio zu hören, ließ sie sogar noch beeindruckender wirken.

«Und bis es so weit ist, bis unsere Nachrückerin eintrifft, möchte ich euch gern kennenlernen. Dieser Teil des Stundenplans steht ohnehin zuvorderst, also lasst uns ruhig damit loslegen. Heidi, ich möchte mit dir beginnen.»

Heidi wurde sofort rot. Sie war eine Frau Ende vierzig, wirkte in sich gekehrt, verschlossen, sogar grimmig, wenn sie nicht lächelte. Kleidung und Haarschnitt waren unmodern, und sie saß mit vor der Brust verschränkten Armen da. Wie ein Bollwerk, an dem die Welt abprallen sollte. Roya hatte beobachtet, wie Heidi die Arme immer mal wieder gelöst hatte, aber sie wollten offenbar stets wieder in ihre sichere Position zurück.

Von Marc direkt angesprochen, fiel das Bollwerk sofort.

«Wie geht es dir?»

«Na ja, ich bin aufgeregt, würde ich sagen.»

Marc rutschte auf seinem Stuhl ganz nach vorn und wandte sich ausschließlich Heidi zu.

«Und was macht diese Aufgeregtheit mit dir?»

«Was ... also ... wie meinst du das?»

«Vergleiche dich mit einem Tag in deinem Alltag. Was ist anders? Lass dir Zeit mit deiner Antwort.»

Heidi ließ sich Zeit. Kämpfte dagegen an, mit den Armen ein Schild zu formen, wollte offen sein, wollte sich berühren lassen. Marc entließ sie nicht aus seinem Blick.

«Leben», sagte Heidi plötzlich leise, nachdem ihre Lippen zunächst Schwierigkeiten damit gehabt hatten, Worte zu formen. «Mein Alltag ist ohne Leben, aber jetzt spüre ich, dass ich lebe.»

«Und jetzt, da du dieses Gefühl für dich entdeckt hast, was würdest du sagen, wenn ich verspräche, du könntest es jeden Tag erleben, dich jeden Tag davon inspirieren lassen, dich von seiner Kraft tragen und leiten lassen und ein ganz anderes Verständnis von Leben erfahren. Würdest du das wollen?»

«Ja, unbedingt.»

«Was würdest du dafür investieren?»

«Investieren? In Form von ...»

Marc schüttelte den Kopf und machte eine wegwischende Handbewegung.

«Wir wollen jetzt nicht von Geld sprechen, sondern von dir. Was kannst du investieren? Wirklich zu leben, liebe Heidi, kostet immer etwas. Vor allem kostet es Kraft. Kannst und willst du diese Kraft aufbringen?»

«Ich will ja, aber ich weiß nicht, ob ich kann.»

Marc lächelte, berührte Heidi am Handrücken.

«Aber ich weiß, dass du es kannst. Lass dir von mir zeigen, wie es einfacher wird für dich.»

Heidi lächelte auch. Kein Bollwerk mehr, alles Grimmige war ganz weich geworden. Wenn Marc später doch noch auf Geld zu sprechen kommen würde, vielleicht für die weiterführenden Seminare, ohne die wirkliches Leben für Heidi dann doch nicht möglich wäre, wäre Heidi ganz sicher bereit, jeden Preis zu zahlen. Schließlich investierte sie in sich, da gab es kein Risiko.

Roya war sich nicht sicher, ob Absicht hinter Hagens Verhalten steckte, ob er erkannt hatte, wonach die Menschen in diesen Zeiten am meisten lechzten, oder ob er tatsächlich eine Stufe der Kommunikation erreicht hatte, die den meisten anderen versagt blieb. Menschen, die zuhören konnten, waren per se sympathisch, zumal in einer Welt, die das Zuhören verlernt hatte. Roya selbst war immer wieder frustriert darüber, wie wenig selbst im Freundeskreis noch kommuniziert wurde. Es wurde geredet, sicher, und das oft stundenlang, aber aneinander vorbei, jeder sprach über sich. Während jemand redete, dachten die anderen nur darüber nach, was sie selbst als Nächstes sagen wollten, um auch ja keine der eigenen Heldentaten zu vergessen, und hörten dem Sprechenden schlicht nicht mehr zu, warteten nur noch darauf, dass er eine Pause machte, in die sie dann springen konnten.

Marc Maria Hagen hörte zu, und zwar auf genau die Art, die er in seinem Podcast propagierte – mit allen Sinnen und vollkommen.

Heidi fühlte sich wahrgenommen, vielleicht zum ersten Mal seit langer Zeit, und Roya war sich sicher, sollte sich Hagen ihr selbst zuwenden, würde es ihr genauso ergehen. Sie würde einiges an Stärke aufbieten müssen, um ihre Antipathie gegen ihn aufrechtzuerhalten.

Und dann geschah es auch schon.

Marc Maria Hagen drehte sich auf seinem Stuhl um und sah sie an.

«Machen wir mit dir weiter, Martina. Wie fühlst du dich?»

Es war Roya peinlich, wie ihr das Blut heiß in Wangen und Ohren schoss. Sie hatte keine Antwort parat, weil sie geglaubt hatte, Hagen würde die Stuhlreihenfolge von links nach rechts einhalten, womit sie als Letzte dran gewesen wäre.

Sein Blick verunsicherte sie. Oh Gott, sie würde genauso herumstammeln wie Heidi. Unbewusst hob Roya die Arme, wollte sie vor der Brust verschränken, merkte im letzten Augenblick, was sie da tat, und ließ sie wieder fallen. Was für einen armseligen, verzweifelten Anblick sie dabei bot, war ihr leider nur zu bewusst.

Das Schicksal erlöste sie.

Plötzlich ging die Tür auf, und Hagens Assistentin Brittany erschien. Sie sagte nichts, winkte ihm nur kurz zu, aber die Verbindung, die Hagen zu Roya hergestellt hatte, war trotzdem unterbrochen.

«Tut mir leid, Martina, ich muss kurz raus. Bestimmt hat es mit der Nachrückerin zu tun. Verzeih mir bitte, wir machen sofort weiter.»

Hagen stand auf, ging zur Tür und verschwand mit seiner Assistentin nach draußen.

Im Seminarraum der Bernthaler Mühle herrschte angespanntes Schweigen. Die Frauen wussten nicht, wohin mit ihren Blicken, einzig Heidi schien überglücklich zu sein, ihre Arme blieben offen auf den Lehnen des Stuhls liegen, Augen und Wangen glühten.

Vielleicht eine Minute dauerte dieser atemlose Zustand an, dann kam Hagen in den Raum zurück.

Roya spürte es sofort; etwas hatte sich verändert.

Sein Blick, der sie für einen Moment erfasste, bevor er über die anderen Frauen schwenkte, war Beweis genug.

Wölfisch, das war wohl das passende Wort. Von dieser Sekunde an war Marc Maria Hagen auf der Jagd. War aufmerksam, angespannt und zum Sprung bereit.

Und das konnte nur mit ihr zu tun haben.

10

Das Rendezvous roch nach Toilettensteinen und Chlor. Ein Geruch, dem Carola etwas abgewinnen konnte. Immerhin entfernten Toiletten das, was Menschen hinterließen. Im Allgemeinen hinterließen sie nichts Gutes.

Das rechtsmedizinische Institut hatte zwar nie geschlossen, das Personal der Nachtschicht war aber natürlich reduziert, und so war es nicht verwunderlich, dass Carola den Toilettenraum wieder verwaist vorfand, als sie eintraf.

Vielleicht hatte Paul nach ihrem Anruf seinem Personal aber auch untersagt, die Toiletten zu benutzen – zuzutrauen wäre es ihm. Er hatte einen Hang zu autoritärem Verhalten.

Wie auch immer; Carola freute sich darüber, sich eine Kabine aussuchen zu können, und wählte die vom letzten Mal. Ein bisschen fühlte es sich wie nach Hause kommen an, als sie den mit schwarzem Edding hingekritzelten Spruch las: *Viele Menschen würden eher sterben als denken. Und in der Tat: Sie tun es.* Carola mochte diese Worte von Bertrand Russell, und hier passten sie wunderbar. Es gab noch einen zweiten Spruch, der einen bitteren Nachgeschmack bei ihr hinterließ: *Nur die Toten haben das Ende des Krieges gesehen.*

Tja, die Wahrheit war nun mal selten süß.

Paul traf nur wenige Minuten später ein. Hinter der geschlossenen Kabinentür hörte Carola ihn hereinkommen, die Tür abschließen, die Sohlen seiner Plastikschuhe auf den Fliesen quietschen, die Kabine neben ihr betreten, sich auf die Toilette setzen. Einen Augenblick später wanderte die Schachtel Zigaretten unter der Tür durch.

«Schön, dich nicht zu sehen», sagte Paul.

Carola nahm die Packung vom Boden auf, zündete sich eine Zigarette und schob sie zurück.

«Ich höre dich lieber, war schon immer so», sagte Carola.

«Ich bin nicht sicher, ob ich das als Kompliment auffassen soll», kam die Antwort aus der Kabine nebenan.

«Wie viele von den Frauen, mit denen du zusammen warst, suchen noch den Kontakt zu dir?»

Paul brauchte einen Moment für die Antwort. Nicht weil er es nicht genau wusste, sondern weil die Spitze getroffen hatte. Es gab Momente, in denen Carola bedauerte, wie sie sich benahm, aber sie konnte nicht aus ihrer Haut heraus. Deswegen wurde ihre Umgebung immer weiter und leerer. Sie brauchte keinen Therapeuten, um das zu verstehen. Weite und Leere gefielen ihr genauso wie der Duft der Toilettensteine, deshalb lebte sie ganz gut damit. Andere litten. Ein Grund, warum es keinen Bestand gehabt hatte mit Paul. Er war auf Dauer nicht leidensfähig genug.

«Keine», kam seine Antwort.

«Also ist es Kompliment genug, dass ich dich für ein Date anrufe, nicht wahr!»

«Na ja ... Wir treffen uns auf einer öffentlichen Toilette.»

«Wir treffen uns an einem Ort, an dem man heimlich rauchen kann. In der Schule war das eine Liebeserklärung.»

«Auch wieder wahr! Und warum treffen wir uns hier? Willst du knutschen und fummeln? Hätte ja nicht gedacht, dass du während deiner Schulzeit so eine Wilde warst.»

«Du machst dir kein Bild. Aber heute will ich einen klaren Kopf bekommen.»

«Also brauchst du Sex?»

«Das auch, aber nicht heute und nicht von dir. Deine Fähigkeit, zuzuhören und vernünftig zu antworten, reicht mir einstweilen.»

«Für deine romantische Art habe ich dich schon immer bewundert. Schieß los.»

«Ein junges Paar. Sie haben ein Haus zusammen, planen ihre Zukunft, wollen Kinder. Auf natürlichem Weg klappt es nicht. Die Spermien des Mannes sind nicht athletisch genug. Also lassen die beiden sich durch Insemination helfen. Drei Versuche schlagen fehl, doch sie geben nicht auf, der Termin für den vierten steht. Kurz zuvor bringt die Frau den Mann um und tötet sich dann selbst. Wie sich herausstellt, wollte sie gar keine Kinder, hatte sogar vorgesorgt. Mit einem Rezept für die Pille danach. Was denkst du?»

Paul lachte humorlos.

«Das nenne ich mal einen abgefuckten Betrug. Sie lässt ihn in den Becher masturbieren, sich selbst den Samen einspritzen, weiß dabei aber, sie will gar kein Kind von dem Typen, und steuert aktiv dagegen. Von so etwas habe ich noch nie gehört.»

«Sag mir, was ich noch nicht weiß.»

«Frauen sind kompliziert?»

«Du machst gerade unser Date kaputt.»

«Ich nehme an, du sprichst von Martina Spiekermann und ihrem Mann. Die Art und Weise, wie sie ihren Mann getötet hat, spricht für starke psychische Probleme, der Suizid ebenfalls. In diesen Kontext passt, was du gerade geschildert hast.»

«Aber warum? Sie hätte nein sagen können. Sie hätte sich trennen können, wenn sie keine Kinder will. Sie hätte zu Beginn der Beziehung klarstellen können, dass sie keine Kinder will. Stattdessen heiratet sie den Mann, baut ein Haus mit ihm und hat sicherlich x-mal Sex mit ihm.»

«Vielleicht wollte sie ja Kinder. Anfangs. Hat aber irgendwann erkannt, dass er nicht der Richtige dafür ist.»

Carola zog an der Zigarette und dachte einen Moment nach.

«Weil er ein Schläger war», sagte sie.

«Steht das fest?»

«Es gibt Indizien.»

«Tja, du weißt es genauso gut wie ich. Viele Frauen bleiben bei solchen Schlägern, bekommen Kinder mit ihnen, laufen sehenden Auges in die Katastrophe. Martina Spiekermann hat dieses Szenario zumindest verhindert.»

«Du sagst also, sie war nicht stark genug, sich zu trennen, aber stark genug, ihren Mann auf diese Art zu hintergehen, und stark genug, ihn umzubringen.»

«Warum eigentlich? Sie hatten es bereits dreimal versucht, sagst du. Warum die Panik vor dem vierten Versuch? Wollte ihr Frauenarzt ihr die Pille für danach nicht mehr verschreiben? Oder hat ihr Mann den Betrug herausgefunden?»

«Nicht sehr wahrscheinlich. Ich habe das Rezept im doppelten Boden eines Hamsterkäfigs gefunden. Eckhard hat es beschützt.»

«Eckhard?»

«So heißt der Hamster. Er sieht übrigens aus wie du.»

«Na, wie gut, dass es keine Ratte ist. Und der Frauenarzt?»

«Keine Ahnung, der will nicht mit mir reden.»

«Gib mir mal seinen Namen, dann fühle ich ihm auf den Zahn.»

«Diskret natürlich.»

«Du kennst mich.»

Carola nannte ihm den Namen des Frauenarztes. Sie wusste ja, sie konnte Paul vertrauen, und manchmal wirkte so ein Gespräch unter Kollegen wahre Wunder. Schade, dass sie nicht würde dabei sein können, wenn Paul nachdrücklich wurde. Das konnte er ziemlich gut.

«Ich finde es schön, dir helfen zu können», sagte Paul.

«Warum?»

«Weil es mich einzigartig macht. Die Barreis, das weiß jeder in der Stadt, braucht nie Hilfe.»

«Bilde dir nicht zu viel darauf ein. Vielleicht werde ich auch einfach nur alt.»

«Alle anderen, aber nicht du. Wie geht's dir eigentlich?»

«Falsche Frage.»

«Nein. Richtige Frage, denn mich interessiert die Antwort.»

Carola musste einen Moment nachdenken. Sie war sich nicht sicher, ob es klug war, sich Paul gegenüber zu öffnen.

«Gestern Abend habe ich von meinem Haus in Taormina geträumt ...»

«Ah, gut, dass du es ansprichst. Ich bestehe auf einer Einladung, wenn du da bist.»

«Natürlich, versprochen ist versprochen. Wenn es dazu kommt. In meinem Traum schaffe ich es nicht. Egal, was ich tue, ich komme nicht dort an.»

«Würde ich nicht überbewerten. Du hast schließlich noch ein paar Dienstjahre. Oder denkst du daran, früher aufzuhören?»

«Vier Leichen innerhalb weniger Tage. Sag du mir, Paul, ist es klug weiterzumachen?»

«Du willst einen Ratschlag? Die große Barreis? Ehrlich?»

Er klang amüsiert. Wer Spitzen verteilte, musste auch welche einstecken können.

Carola ging aber nicht darauf ein. Sie wusste, Paul würde auch so antworten. Mitunter brauchte er länger, aber das war okay, solange etwas Vernünftiges dabei herauskam.

Endlich sagte er: «Nein, ist es nicht. Hör auf.»

Damit hatte Carola nicht gerechnet.

«Ich muss dich nur ansehen, um das zu wissen. Du wirst immer dünner, du isst nicht vernünftig, dein Magen spielt nicht mehr mit, und er sagt dir auf diese Art genau, was du tun sollst.»

Plötzlich ging die Feueralarmsirene los, was in dem gekachelten Toilettenraum entsetzlich laut klang. Carola schaute zur Decke und sah, dass sich der Zigarettenqualm unter dem

Rauchmelder gesammelt hatte, der jetzt in schnellem Rhythmus rot aufleuchtete.

«Scheiße», fluchte Paul. «Der Hausmeister muss wohl seinen Job gemacht und die Batterie wieder eingesetzt haben.»

Eilig verließen sie die Kabinen.

Standen sich plötzlich gegenüber.

Lächelten sich an.

Dann klingelte Carolas Handy, und während Paul sich schon auf den Weg machte, um die Feuerwehr aufzuhalten, erfuhr sie von der Zentrale von einem Tötungsdelikt in ihrem Zuständigkeitsbereich.

Ein Mann war erstochen worden.

Es sah nach Raserei aus.

11

«Lasst uns ein Spiel spielen», sagte Marc Maria Hagen und ließ den Blick über seine Seminarteilnehmerinnen gleiten.

«In meinem Begrüßungsschreiben hatte ich euch gebeten, zwei Fünfzigeuroscheine mitzubringen. Das mag euch merkwürdig vorgekommen sein. Hat jeder die Scheine dabei?»

Die anwesenden Frauen nickten, auch Roya. Natürlich hatte sie sich gewundert. Aber letztlich war es für sie nur ein weiteres Indiz für Hagens Unredlichkeit gewesen.

«Gut. Nehmt sie heraus und legt sie zu euren Füßen», bat Hagen.

Wie die anderen fünf Frauen auch folgte Roya seinem Wunsch. Nachdem sie sich vorgebeugt und die Scheine auf den geölten Holzdielen abgelegt hatte, richtete sie sich wieder auf und blickte direkt in Hagens Augen. Das Wölfische war verschwunden, dennoch lag immer noch etwas in seinem Blick, das anders war als zuvor. War sie enttarnt worden? Roya wüsste nicht, wie das passiert sein sollte, zudem war sie sich ganz sicher, dass Hagen sie nicht kannte. Die Kommunikation wegen des Artikels, den sie über diese pseudospirituellen Influencer schreiben sollte, war über ihre Redaktion gelaufen, der Name der Journalistin war nicht genannt worden. Klar, seit Hagen davon wusste, dass es eine Artikelserie über ihn und seinesgleichen geben würde, war er natürlich gewarnt. Dass er Mitarbeit und Stellungnahme abgelehnt hatte, machte ihn für die Redaktion besonders interessant, auch das musste ihm klar sein.

Nachdem er von seiner Assistentin unterbrochen worden war, hatte Hagen ein paar Minuten gebraucht, um wieder voll bei der Sache zu sein. Die Vorstellungsrunde war weitergegangen, Roya hatte Martina gespielt, doch zu dieser vollkommenen Fokussierung, die Hagen noch bei Heidi gezeigt hatte, hatte er nicht zurückgefunden. Roya hatte sogar den Eindruck gehabt, er nehme sie nicht besonders ernst.

«Nun liegen sechshundert Euro im Stuhlkreis», sagte Hagen. «Viel Geld. Unser Spiel geht folgendermaßen und hat folgende Regeln: Ich werde ein Musikstück starten. Sobald die Musik läuft, steht ihr auf, nehmt einen eurer eigenen Scheine und legt ihn vor dem Stuhl einer anderen ab. Dann geht ihr weiter, nehmt einen anderen Schein, legt ihn vor einem anderen Stuhl ab. Das tut ihr so lange, bis die Musik verstummt, ungefähr drei Minuten lang. Das Geld vor eurem eigenen Stuhl dürft ihr anschließend behalten. Ihr dürft aber währenddessen keinen Geldschein vor eurem eigenen Stuhl ablegen, und ihr dürft nicht sprechen.

Haben das alle verstanden?»

Die Frauen nickten. Roya warf einen Blick in die Runde. Wenn sie es richtig deutete, herrschte allenthalben Verwirrung.

«Dann los!»

Hagen erhob sich, ging zu einem großen Bluetooth-Lautsprecher und startete die Musik.

Money, Money, Money von Abba.

Beinahe hätte Roya laut aufgelacht, aber das passte nicht zu Martina, also begann sie zu spielen. Nahm einen ihrer Scheine, legte ihn ab, stellte fest, dass sie ihn vor den Stuhl von Marie legte, die sie besonders sympathisch fand, holte sich den nächsten, legte ihn ab, machte weiter, stellte fest, dass vor ihrem eigenen Stuhl kein Schein lag, vor dem Stuhl von Heidi aber drei, nahm dort einen weg, zögerte, ihn vor ihrem Stuhl abzulegen, sah, dass Heidi aber genau das tat, holte sich einen anderen Schein, legte ihn vor ihrem Stuhl ab, denn die Hemmschwelle, gegen eine Regel zu verstoßen, sank, weil die anderen es ebenfalls taten. Plötzlich schien jede nur noch dafür zu sorgen, dass sie nicht leer ausging. Als sich das Musikstück dem Ende zuneigte, wurden die Bewegungen der Frauen hektischer. Wer keinen Schein vor seinem Stuhl hatte, sorgte für Ausgleich und kümmerte sich nicht mehr um die Regel. Vor Royas Stuhl lag ein Schein, aber sie packte noch zwei dazu. Warum nicht einen kleinen Gewinn machen? Elvira, eine Fünfzigjährige mit vornehmer Attitüde, nahm alle Scheine zugleich weg und legte sie bei sich selbst ab, und plötzlich war die Musik aus.

Stille.

Atemlosigkeit.

Jede Frau blieb stehen, wo sie gerade war.

Blicke zuckten umher. Wo lag wie viel Geld?

Roya konnte es nicht fassen, dass sie ihre Hundert Euro verloren hatte. Sie würde Einspruch einlegen!

«Und jetzt setzt euch bitte auf einen beliebigen Stuhl», befahl Hagen.

Kurze Verwirrung. Niemand bewegte sich.

«Na los, schnell, irgendein Stuhl! Nur nicht euren», rief Hagen.

Hektik brach aus. Jede versuchte, den Stuhl mit dem meisten Geld zu kapern, es gab ein kurzes Gerangel, den einen oder anderen erzürnten Ausruf, dann saßen alle.

Roya freute sich. Sie saß nun auf Elviras Stuhl, vor dem zweihundert Euro lagen. Heidi saß dafür auf ihrem Stuhl und ging leer aus. Das Grimmige in ihr war wieder da, die Arme schlossen sich vor der Brust.

«Okay!», rief Hagen laut in den Raum hinein, ehe jemand etwas sagen konnte. Er hatte die Jagd nach dem Geld vom Lautsprecher aus beobachtet, jetzt kam er zurück und setzte sich ebenfalls auf einen Stuhl. Er beugte sich vor, stützte die Ellenbogen auf die Oberschenkel, verschränkte die langen, dünnen Finger ineinander, ließ seinen Blick gleiten.

Roya spürte die Anspannung im Seminarraum. Es schien, als wären sie alle plötzlich Feinde.

«Eines vorweg: Ich habe noch kein Seminar erlebt, in dem es anders gelaufen wäre.

Haben sich alle an die Regeln gehalten?

Nein! Warum nicht?

Elvira, warum nicht?»

Elvira war mittlerweile die Zornesröte ins Gesicht gestiegen, vielleicht war es aber auch Scham, oder eine Mischung von beidem.

«Ich wollte ja, aber da habe ich gesehen, wie die da ...»

Elvira zeigte auf Roya.

«Wie die alles vor ihrem eigenen Stuhl abgelegt hat. Da musste ich doch etwas tun!»

Roya widerstand dem Impuls, sich zu verteidigen.

«Du hättest aus dem Stuhlkreis heraustreten können», sagte Hagen. «Ihr alle hättet aus dem Stuhlkreis heraustreten können. Es gab Regeln, sie wurden gebrochen, doch statt dagegen zu protestieren und sich dem Spiel zu verweigern, habt ihr weitergemacht und euch dafür entschieden, die Regeln ebenfalls zu brechen. Für den eigenen Vorteil. Für Geld.»

Hagen ließ die Worte wirken, und da jede Frau im Raum gleichermaßen schuldig war, traute sich keine zu sprechen. Auch Roya spürte die Scham heiß in ihrem Gesicht.

«Und jetzt schaut auf die Gesellschaft, in der wir leben. Sie sollte nach gewissen Regeln funktionieren, und damit meine ich nicht nur von Politikern gemachte Gesetze, sondern allgemeingültige Regeln, die jeder gesunde Menschenverstand akzeptiert, ohne dass sie niedergeschrieben werden müssen. Freiheit, Wahrheit, Würde. Für alle anderen und für mich.

Und? Wie sieht es in Wirklichkeit aus?

In Wirklichkeit ist es wie in unserem Spiel, nur unendlich viel größer und komplizierter. Wir alle erkennen es, aber anstatt das Spiel zu verlassen, spielen wir mit, wie unredlich es auch sein mag. Denn wir wollen überleben. Darauf sind wir gepolt, das ist unsere Natur.

Warum brauchte es dieses Spiel?

Weil ihr euch für den Rest eures Lebens daran erinnern werdet. Und jedes Mal, wenn es irgendwo wieder so läuft, werdet ihr innehalten, nachdenken und eine Entscheidung treffen. Heraustreten und das Spiel verlassen? Oder weiter mitmachen? Weiter betrügen. Falsch spielen. Es ist allein eure Entscheidung.

Wie fühlt ihr euch?»

Die Frage war an niemand Bestimmtes gerichtet, und so dauerte es einen Moment, bevor Marie sich durchrang, den Anfang zu machen.

«Richtig schlecht», sagte sie. «Ich fühle mich richtig schlecht.»

Die anderen stimmten mit ein. Mies. Furchtbar. Schuldig. Niemand fühlte sich gut. Auch Roya nicht.

«Das ist der Preis», sagte Hagen. «Wir fühlen uns ständig schlecht. Wir merken es nicht einmal mehr, weil es der Normalzustand geworden ist, und niemand ahnt, welche Auswirkungen dieses ständige Sich-schlecht-Fühlen auf unsere geistige und körperliche Gesundheit hat. Dieses Spiel war notwendig, damit ihr damit aufhört. Ihr gebt mir viel Geld, weil ihr euch ein glücklicheres, sinnvolleres, erfüllteres Leben wünscht, und die erste und wichtigste Lektion ist:

STOP IT! TRETET AUS DEM SPIEL HERAUS.»

Die letzten Worte schrie Hagen in den Raum hinein, dann stand er auf, hob die Arme und streckte die Hände zu den Seiten aus.

«Kommt, bildet einen Kreis und schwört euch hier und jetzt, dass ihr aus dem Spiel seid.»

Und alle taten es, auch Roya.

Sie tat es, weil sie Martina war, und Martina hätte es getan. Aber das war nicht die ganze Wahrheit. Irgendwie fühlte es sich in diesem Moment richtig an.

Roya stand gleich links neben Hagen und musste seine Hand nehmen. Sie war warm und verschwitzt, viel zu weich für die eines Mannes.

Und dann strich sein Daumen über ihren Handrücken.

Dass es ihr kalt den Rücken hinablief, lag aber nicht nur daran. Es lag an Hagens Blick.

12

Carola nannte es «Dicke-Hose-Kommando». Es war bereits auf dem Bauernhof eingetroffen und hatte sich in die Arbeit gestürzt. Mehrere Einsatzfahrzeuge der Polizei, Blaulicht in der Dunkelheit, überall uniformierte Beamte, Flatterband, das nicht flatterte, sondern schlaff durchhing, dazu die neutralen Fahrzeuge der Spurentechniker sowie ein Rettungswagen für alle Fälle.

Carola parkte abseits auf einer Wiese und stiefelte die letzten hundert Meter bis zum Tatort durchs Gras. Hinter einem stromführenden Zaun grasten ein paar Kühe in genügsamer Gelassenheit, eine davon interessierte sich für Carola, aber nur kurz; dann war ihr das letzte grüne Gras dieses Jahres doch wieder wichtiger.

Auch der Polizist, der zu dem Dicke-Hose-Kommando passte wie der sprichwörtliche Arsch auf Eimer, interessierte sich für Carola. Er bewachte die Zufahrt, und die Art, wie er sein Kaugummi kaute, erinnerte Carola an die Kuh. Gelassen mahlte er vor sich hin. Der Polizist hatte die Daumen in seinen Gürtel gehakt und ließ seine Wampe heraushängen.

Carola musste sich legitimieren. Sie mochte den Mann nicht, überreichte ihm ihre Autoschlüssel und ordnete an, er solle ihr einen besseren Parkplatz vor dem Haus suchen. Sie fand, er gab hier ein schlechtes Bild ab, weil er wie ein machohafter US-Cop wirkte, aber das sagte sie ihm nicht.

Nachdem sie ihren Spaß gehabt hatte, trat sie auf die offen stehende Haustür des Nebengebäudes zu. Zu viele ihrer Leute hier, um innezuhalten, durchzuatmen, sich auf den Tod vorzubereiten, also musste sich alles Zögern und Zaudern innerlich abspielen, während sie entschlossen durch die Tür schritt.

Blutgeruch, schwer wie Gewitterluft.

Es ging nicht anders, sie musste doch kurz die Augen schließen.

«Kommissarin Barreis, hier entlang.» Eine Spurentechnikerin sprach sie an, die Carola schon von früheren Einsätzen kannte. Sie reichte ihr Einmal-Überschuhe, die Carola über ihre Stiefel streifte. Dann folgte sie. Der Schutzanzug der Frau knisterte beim Gehen.

«Spuren?», fragte Carola knapp.

«Wir sind noch dabei. Eingebrochen wurde nicht. Das Haus war nicht abgeschlossen, jeder hätte sich Zutritt verschaffen können.»

Aber nicht jeder findet hierher, sagte Carola zu sich selbst und dachte an die lange Anfahrt. Dies war ein kleines Dorf, ein Kaff, wie man so treffend sagte, es gab sogar eine Kneipe, die *Dorfstube* hieß und offenbar noch nicht für alle Zeiten die Türen geschlossen hatte. Zumindest brannte die Leuchtreklame über der Tür, und es parkten einigen Autos davor.

Jeder kannte hier jeden, Fremde wurden bemerkt, immer und ohne Ausnahme. Allein das sprach für eine Beziehungstat.

«Wurde etwas gestohlen?»

«So weit sind wir noch nicht, aber das Haus wurde nicht durchwühlt, und die Geldbörse des Opfers ist auch noch da.»

Beziehungstaten waren oft einfach aufzuklären. Meist dauerte es so lange, wie ein Tatort im Fernsehen dauerte. Aber Carola ahnte, hier würde es anders sein.

Sie betraten das Wohnzimmer. Ein ausgesprochen schönes Wohnzimmer. Freiliegendes Eichenfachwerk, weiße Wände, Dielenboden. Nicht so ein grauer Sarg wie das Heim der Spiekermanns.

Der Anblick traf Carola wie die Schallwelle einer Detonation, und sie wusste sofort, die Ursache dafür lag woanders, nicht in diesem ausgelöschten Leben.

Der Mann lag rücklings da. Ein großer, grober Kerl, mit kräftigen Oberarmen und breitem Brustkorb. Kein Fitnesstraining hatte diese Muskeln geformt, sondern eher harte Arbeit. Er war nackt. In der Nähe lag ein Handtuch auf dem Boden, das bereits eine Registrierungsnummer bekommen hatte.

Der Körper wies zahlreiche Einstichwunden auf, auch im Genitalbereich.

«Wir können davon ausgehen, dass das Opfer geduscht hat und dann hier überrascht wurde», erklärte die Technikerin. «Was es mit dem Nudelholz auf sich hat, wissen wir noch nicht.» Sie zeigte auf das Nudelholz am Boden. Es war ebenfalls nummeriert.

«Vielleicht hat er den Angreifer bemerkt und sich bewaffnet», dachte Carola laut nach. «Handtuch um die Hüfte, Schlagwaffe in der Hand.»

«Mit einem Nudelholz? Wer macht denn so was? In der Küche, wo es vermutlich herstammt, gibt es in einer Schublade auch Messer», wandte die Technikerin ein.

Carola warf ihr einen anerkennenden Blick zu. Sie mochte die Frau.

«Wie viele Stiche?»

«Vierzehn. Zwei in den Kopf, zwei in den Hals, vier in die Genitalien. Die weiteren verteilen sich über Brust, Bauch und Rücken.»

Carola erstarrte nicht mehr sehr häufig, jetzt aber schon. Bis zu diesem Moment hatte sie noch auf einen Zufall gehofft, doch den konnte sie jetzt abschreiben. Sofort zog sie ihr Handy hervor und rief Paul Müller an. Es dauerte einen Moment, aber dann ging er ran.

«Frau Barreis, meine Hände stecken gerade tief in den Eingeweiden einer Toten, meine Mitarbeiterin hält mir das Handy ans Ohr, das Gespräch müsste also kurz gefasst werden», war seine Begrüßung.

Carola verdrängte das Bild. Wahrscheinlich stimmte es sowieso nicht. Paul machte gern Scherze dieser Art.

«Okay, Paul, pass auf», begann sie. Ihre Stimme klang alarmiert, das hörte auch Paul, und am anderen Ende ertönte ein schmatzendes Geräusch, wie wenn man einen Gummistiefel aus dem Schlick zog. Carola mochte sich nicht vorstellen, was Paul wirklich gerade tat.

«Ich habe hier ein weiteres männliches Opfer mit einer hohen Anzahl Einstiche und der annähernd gleichen Anordnung. Sobald das Opfer bei dir eintrifft, untersuch es bitte. Das kann kein Zufall sein.»

Die Technikerin, die alles mithörte, machte große Augen.

Paul Müller bestätigte, und Carola legte auf.

«Kurz genug gefasst?», fragte sie.

«Wie bitte?», fragte die Technikerin.

Carola schüttelte nur den Kopf und wandte sich von der nackten Leiche ab.

«Gibt es eine Ehefrau? Kinder?»

«Nein, aber die Eltern. Drüben, in dem großen Haus. Der Dorfpfarrer ist bei ihnen.»

«Gott behüte», sagte Carola und machte sich auf den Weg hinüber. Alles Relevante vom Tatort würde später im Bericht stehen und war für Carola im Moment nicht von höchster Priorität. Sie war wie elektrisiert, denn das mit der Anzahl und Verteilung der Stiche war auf keinen Fall Zufall. Hier war etwas im Gange, das sie noch nicht verstand. Sie musste mehr über das Opfer erfahren, und da kamen ihr die Eltern gerade recht.

Auf dem Weg dorthin kam ihr ein junger Rettungsassistent mit einer Einsatztasche entgegen. Gut aussehend, blond gelocktes Haar, sonnengebräunte Haut, athletischer Gang. Carola stoppte ihn.

«Haben Sie die Eltern behandelt?»

Er nickte. «Die Mutter brauchte ein Beruhigungsmittel.»

«Und der Vater?»

«Der ist von Natur aus ruhig.»

«Aha. Sind sie ansprechbar?»

«Wenn der Pfaffe sie mit seinem Gerede nicht betäubt, ja, kein Problem. Falls doch, ich bin vor Ort.» Er deutete auf den Rettungswagen, der den prominentesten Platz mitten auf dem Hof beanspruchte.

Carola mochte den Jungen.

In diesem Moment sah sie ihren eigenen Dienstwagen vorfahren. Der Macho-Bulle hatte offenbar Schwierigkeiten, einen Parkplatz zu finden. Carola freute sich über sein grimmiges Gesicht.

Sie bedankte sich bei dem Rettungsassistenten und betrat das große Bauernhaus. Hier war nichts neu. Alle Gegenstände, die gesamte Einrichtung schien aus einem anderen Jahrhundert zu stammen. Zudem roch es muffig und war dunkel. Carola musste nicht lange suchen, sie folgte dem lauten Schniefen und dem leisen Murmeln. Vor der Tür, hinter der das Gespräch stattfand, verharrte sie kurz.

«...sind unbegreiflich für uns Menschen», sagte eine weiche, einfühlsame Stimme. «Aber auch wenn wir es nicht verstehen können und der Schmerz gerade unvorstellbar ist, so glaube ich dennoch ...»

Carola platzte in die Küche, bevor der Dorfpfarrer noch mehr vom üblichen Unsinn verzapfen konnte.

«Kommissarin Barreis», stellte sie sich vor.

Die Eltern des Opfers sahen aus, wie man sich Bewohner eines Bauernhauses klischeehaft vorstellte. Die Frau trug eine Kittelschürze, der Mann blaue Arbeitskleidung. Genau wie das Haus wirkten auch die beiden aus der Zeit gefallen. Carola mochte sie sofort. Sie scherten sich nicht darum, was gerade modern war oder andere von ihnen dachten. Die Frau schniefte in ein Taschentuch, der Mann blickte Carola stoisch an.

«Kann das nicht einen Moment warten?», fragte der Pfarrer, erhob sich und baute sich vor Carola auf. Er war fettleibig und hatte eine Glatze, seine Nase war rot und pockennarbig. «Wir wollten gerade ein Gebet für Björn sprechen.»

«Warten Sie doch bitte draußen», befahl Carola. Auf Diskussionen hatte sie keine Lust.

«Ich weiß nicht ...»

«Sofort!», fuhr sie den Gotteshüter an, der erschrocken zurückzuckte, um dann gehorsam das Weite zu suchen.

Dafür wirst du in der Hölle schmoren, dachte Carola, aber im Grunde spielte es keine Rolle mehr, sie hatte schon genug andere Verfehlungen begangen. Das Himmelreich würde ihr sowieso verschlossen bleiben.

«Darf ich Ihnen einige Fragen stellen?», wandte sie sich deutlich einfühlsamer an die Eltern.

Die Frau schniefte und guckte verschreckt, der Mann nickte und deutete auf den nun leeren Platz am Tisch. Die beiden selbst saßen nebeneinander auf einem grünen Sofa.

Carola fragte und erfuhr, dass Björn, der Sohn, von Beruf Zimmermann war und später als sonst von der Arbeit nach Hause gekommen sei. Das übliche Gespräch habe es nicht gegeben, da bei den Eltern bereits der Fernseher lief – Tagesschau und danach eine Wiederholung von *Notruf Hafenkante* – und Björn sich sofort in den «Kuhstall» zurückgezogen habe. Weiter erfuhr sie, dass die Mutter später trotzdem noch rübergegangen sei und Björn gefunden habe. Zuvor hätten sie niemanden bemerkt, der hier nicht hergehörte. Sie bestätigten, dass der Kuhstall eigentlich nie abgeschlossen sei. Zwischendrin fragte die Mutter plötzlich, ob sie nicht Sarah informieren solle.

«Wer ist Sarah?»

«Björns Freundin», antwortete sie. «Die beiden wollten bald zusammenziehen. Sie muss das doch wissen.»

«Natürlich muss sie das, aber das würde ich gern übernehmen. Können Sie mir die Kontaktdaten geben?»

Große, fragende Augen, beim Mann wie bei der Frau.

«Telefonnummer und Adresse», präzisierte Carola und bekam beides auf einem Notizzettel präsentiert, den die Frau von der Pinnwand neben dem Kühlschrank nahm.

Carola bedankte sich, drückte ihr Beileid aus und verließ eiligst das Haus. Draußen wartete der Pfarrer rauchend unter einem gewaltigen Kastanienbaum. Als er sie sah, kam er sofort auf sie zugeeilt.

«Hören Sie bitte», begann er und hob die Hand, wie er es

wahrscheinlich sonntäglich bei der Predigt vor halb leeren Sitzreihen tat. «Ich muss doch schon sehr ...»

«Sie können drinnen weitersalben», fertigte Carola ihn ab und suchte sich mit langen, schnellen Schritten ein ruhiges Plätzchen.

Im Schatten einer Scheune fand sie es, zückte ihr Handy und wählte die Nummer von Sarah Henschel.

KAPITEL 4

1

Nachdem sie ausreichend häufig geklopft und geklingelt hatte, ließ Carola die Tür zu Sarah Henschels Wohnung vom Hausmeister des Gebäudes öffnen. Der ältere Herr in seinen Siebzigern kam in einem sauberen blauen Overall und schwarzen Sicherheitsschuhen, als wollte er eine Wand einreißen. Kurzatmig schnaufte er die Treppe hinauf und ließ den schweren Schlüsselbund erst einmal fallen – das laute Scheppern hallte im Treppenhaus wider.

«Was ist denn passiert?», fragte er. «Die Sarah ist so eine Nette, ihr wird doch nichts passiert sein!» Besorgnis und Zuneigung in seiner Stimme klangen echt. Carola mochte den Mann.

«Wann haben Sie Sarah zuletzt gesehen?», fragte sie.

«Na ja, ich weiß nicht ... vor ein paar Tagen ... wie man sich halt so sieht, im Treppenhaus, da merkt man sich Tag und Uhrzeit nicht.»

«Gab es irgendwelche Auffälligkeiten?»

Der Hausmeister schüttelte den Kopf, hielt dann aber inne. «Doch, gestern, am frühen Abend. Da war jemand hier und hat nach Sarah gerufen. Ziemlich laut wohl, sagt der Nachbar von oben ... und rumgepöbelt hat er auch.»

«Rumgepöbelt?»

«Ja, hat dem Hans von oben Schläge angedroht, als der sich wegen des Lärms beschwert hat. Deswegen hat Hans mich angerufen, aber da war junge Mann schon wieder weggefahren.»

«Kannten Sie ihn?»

«Ich hab ihn ja nicht gesehen. Hans auch nicht. Vielleicht war es ja Sarahs Freund.»

«Kennen Sie Sarahs Freund?»

Carola wusste aus Erfahrung, dass Einschätzungen von Menschen aus den Randbereichen der Geschehnisse oft hilfreicher waren als solche der unmittelbar Beteiligten.

«Nur vom Sehen. Mochte ihn nicht. Ein Hitzkopf mit dicken Oberarmen. Mit denen hatte ich schon in der Schule so meine Probleme.»

Carola gingen viele kleine Einzelbilder durch den Kopf. Ob sie sich zu einem Gesamtbild zusammenfügen würden oder nicht, würde sich noch herausstellen, aber die grobe Skizze zeigte auch hier, wie im Fall von Martina Spiekermann, ein Paar, bei dem der Mann zu Gewalt neigte. Auch hier war der Mann tot, auch hier in offensichtlicher Raserei erstochen, und auch hier konnte die Frau die Täterin zu sein.

Carola dachte an die Nacht im Wald zurück, in der sie Martina gefunden hatte. An das Aufblitzen von Licht im Rückspiegel, das Knacken im Wald, das überwältigende Gefühl, dort nicht allein zu sein. Wer lauerte in der Dunkelheit? Wer führte das Messer?

Eine Frau? Hatte sie die Stichhand gewechselt, weil sie nicht genug Kraft in den Armen hatte?

Die Tür stand offen, und der Hausmeister trat schnell einen Schritt zurück, so als müsste er sich in Sicherheit bringen. Carola wies einen der Polizeibeamten an, seine Aussage aufzunehmen, den anderen bat sie, an der Tür zu warten.

Zunächst wollte sie sich allein einen Überblick verschaffen. Allein waren ihre Sinne schärfer, fokussierter, weniger abgelenkt. Allein, das war der perfekte Zustand für Carola.

Der scharfe Geruch schoss ihr schon auf der Türschwelle in die Nase. Er biss sich in den Schleimhäuten fest und legte sich auf die Geschmacksknospen im Mund.

Katzenurin.

Die Verursacherin sprang ihr entgegen, zog sich bei ihrem Anblick in der geöffneten Tür aber wieder zurück. Sie hatte wohl jemand anderen erwartet. Carola folgte der Katze in die Küche, die wie ein Schlachtfeld wirkte. Keine Frage, das Tier war hier längere Zeit auf der Suche nach Futter gewesen. Gegenstände waren aus den Regalen zu Boden geworfen, Scherben von Tellern lagen zwischen Äpfeln, Frühstücksflocken, Knoblauch und Mehl. Außerdem hatte die Katze die Spüle und einige andere Flächen als Toilette missbraucht. Direkt in der Küche nahm der Geruch Carola fast den Atem, sie musste die Hand vor Mund und Nase halten, um nicht zu flüchten. Aus einem schmalen Spalt zwischen Hängeschrank und Zimmerdecke starrten sie misstrauische Katzenaugen an.

«Schon wieder ein Haustier», sagte Carola zu sich selbst.

Auf dem gekachelten Boden vor dem Fenster stand ein Katzenklo mit Haube, der Boden davor war mit weißen Krümeln übersät. Kurz dachte Carola daran, in dem Klo nach Informationen zu suchen, aber darin gab es keinen doppelten Boden wie bei dem Hamsterkäfig von Eckhard. Das wäre auch wirklich zu viel des Guten gewesen.

Aber auch so war es schon zu viel.

Was auch immer hier vor sich ging, hatte mit Martina nur einen Anfang genommen. Es war noch längst nicht zu Ende.

Carola ließ die Katze in der Küche und begutachtete zunächst die anderen Zimmer. Nirgends fand sie Spuren eines Kampfes, außer denen der Katze gegen den Hunger. Das Bett war gemacht, sah man mal von der Liegekuhle der Katze in der Mitte ab, die bereits mit Haaren bedeckt war. Ein Handy lag nirgends herum, die Suche nach dem Telefon von Sarah Henschel war bereits in die Wege geleitet. Auch nach dem Wagen der Frau wurde gesucht.

In ihrer Wohnung war sie jedenfalls länger nicht gewesen. Und wie das Handy von Björn Kumpfmüller bewies, hatte sie tagelang keinen Kontakt zu ihrem Freund gehabt. Da er in seinem Haus an einer Pinnwand eine Liste mit PIN-Nummern für Handy, Konto- und Kreditkarte sowie seinem PC aufbewahrte – zur Tarnung unter der Bestellkarte eines Pizza-Lieferdienstes –, war es einfach gewesen, sein Handy zu hacken. Er hatte versucht, Sarah zu erreichen, hatte Textnachrichten geschickt und angerufen, war aber ignoriert worden. Es war beinahe herzerweichend, wie der junge Mann versucht hatte, die Gunst seiner Angebeteten zurückzugewinnen, nachdem es vorher offenbar Streit gegeben hatte. Streit darüber, dass sie ihm nicht die nötige Aufmerksamkeit schenkte, weil sie lieber einen bestimmten Podcast hörte.

Schon wieder dieser Podcast!

Im Schlafzimmer öffnete Carola die Spiegeltüren des Kleiderschranks. Keine Lücken, ganz im Gegenteil war der Schrank dicht gefüllt.

In der obersten Schublade des Nachttisches fand sie eine angebrochene Packung Kondome. In der Schublade darunter ein Buch.

Carola nahm es heraus. Es war ein zwar nicht besonders dickes, dafür aber gebundenes Werk, das schwer in der Hand lag und etwas hermachte.

«Hörgefühlt» von Marc Maria Hagen.

Ein orangefarbener Aufkleber verriet, dass es sich bei Hagen um einen *Spiegel*-Bestsellerautor handelte. Auch der Preis auf der Rückseite machte etwas her: knapp dreißig Euro.

«Holla, die Waldfee», sagte Carola. «Mit Mindfucking lässt sich ja wirklich eine Menge Geld verdienen.»

Sie schlug das Buch auf.

Zwischen der ersten Seite und dem Buchdeckel lag eine Autogrammkarte. Sie zeigte aber nicht wie üblich das Gesicht des Promis, sondern das Logo und den Schriftzug des Podcasts Hörgefühlt. Auf der Rückseite der Autogrammkarte stand über einem Sinnspruch handschriftlich «Für Sarah».

Der Sinnspruch lautete:

Liebe ist das Wesen der Weisen.

Auf der ersten leeren Seite des Buches gab es gleich noch einen von der Sorte.

«Höre und fühle dich, und alles wird gut.»

In einer anderen Situation hätte Carola vielleicht darüber gelacht und mindestens eine abfällige Bemerkung über diesen esoterischen Quatsch abgelassen, aber nicht jetzt. Jetzt verursachte ihr diese weitere Verbindung zum Fall Martina Spiekermann eine Gänsehaut – und die hatte sie schon lange nicht mehr gehabt.

«Verdammte Kiste, was passiert hier bloß?», fragte sie leise.

Hinter ihr klopfte es am Türrahmen, und Carola fuhr erschrocken herum.

Einer der Polizisten war ihr gefolgt. Er hielt sein Handy in die Höhe. Die Tränensäcke unter seinen Augen hätten nicht besser zu der traurigen Nachricht passen können, die er überbrachte.

«Sie haben den Wagen der Frau gefunden ...»

Die Fahrt zum Fundort dauerte eine halbe Stunde.

Sarah Henschels Wagen stand an einem kleinen Fluss. Dort gab es eine alte Staustufe, grauer, mit Moosen und Flechten bewachsener Beton, hinter der das Wasser in ein Becken fiel, das im Sommer zum Baden genutzt wurde. Das Becken war nicht tief, vielleicht anderthalb Meter, und weil der Fluss hier gestaut war, gab es keine nennenswerte Strömung. Rechts und links neben der Staumauer zogen sich kleine gestufte Becken aus Beton entlang, sogenannte Fischtreppen, über die die Fische an der für sie unüberwindbaren Staumauer vorbeigeführt wurden.

Es war ein Mitarbeiter der Fischereiaufsicht gewesen, der den Wagen bei seiner routinemäßigen Kontrolle dieser Fischtreppe gefunden hatte. Sein Pick-up parkte abseits, der Mann stand in olivgrüner Wathose gekleidet daneben und beobachtete rauchend die Ankunft der Gesetzeshüter.

Dies war eine einsame Stelle, ringsherum nur Äcker und Wälder, erreichbar nur über bessere Wirtschaftswege. Carola selbst war nie zum Baden hier gewesen, wusste aber, wie stark frequentiert der Platz im Sommer war. Tagsüber von Familien, nachts von Liebespärchen. Immer wieder gab es Beschwerden wegen des Mülls, einmal sogar eine Anzeige wegen Vergewaltigung, daher kannte Carola den Ort vom Hörensagen.

«Warum hier?», fragte sich Carola. «Welche Verbindung gibt es zu diesem Ort?»

Sarah Henschels Wagen stand mit der Windschutzscheibe zur Staustufe, so wie man ihn wohl abstellen würde, wenn man für ein Stelldichein oder zum Nachdenken hierherkam. Die aufgebrochenen farblosen Äcker ringsherum wirkten trost- und leblos, der graue Himmel schien am Horizont mit der Unterseite darauf zu lasten.

Der Motor des Wagens war jetzt aus.

Auf dem Kennzeichen fanden sich die Buchstaben SH für Sarah Henschel sowie die Zahl 94, ihr Geburtsjahr. Die beiden sich Küsse zuwerfenden Emojis auf der Heckscheibe wirkten in dieser Situation völlig deplatziert.

Carola wollte nicht zu dem Wagen hinübergehen, musste aber, und das auch wieder ohne Zögern und Zaudern, denn sie stand unter Beobachtung gestandener Mannsbilder. Noch eine Leiche aufs Konto, noch mehr Strafzinsen, und niemand interessierte sich dafür, ob sie das wollte oder nicht. Geschweige denn, ob sie es konnte.

Also ging sie hin, mit geschärftem Blick und wachem Verstand.

Vom Ende des Auspuffrohrs führte ein handelsüblicher grauer Plastikschlauch zum Beifahrerfenster, wo er durch die ein Stück weit heruntergelassene Scheibe eingeklemmt war. Die verbliebene schmale Öffnung war in dicken Lagen mit silbernem Panzerband verklebt, die leere Kartonrolle, auf der sich das Band befunden hatte, lag neben dem Wagen.

Dieses Band hatte der Täter auch benutzt, um die Hände der jungen Frau ans Lenkrad zu fesseln. Außerdem ihren Hals an die Metallstangen der Kopfstütze und ihre Füße irgendwo unter dem Sitz.

Sie hatte sich keinen Zentimeter bewegen können.

Hatte nur noch ihren Tod einatmen können.

Bei all der Grausamkeit, die dieses Szenario bereithielt, bemerkte Carola eine Kleinigkeit sofort.

Die weißen Dinger in den Ohren der jungen Frau.

Ear-Pods.

Carola zog mit einem Finger am Türgriff.

Verschlossen, genau wie der Mann von der Fischereiaufsicht es gesagt hatte. Er hatte noch am Telefon zugegeben, alle Türgriffe angefasst zu haben in der Hoffnung, die Frau retten zu können. Dann erst habe er realisiert, dass sie tot sei und er in Teufels Küche kam, wenn er den Tatort versaute. Heutzutage glänzte jeder mit Halbwissen aus der True-Crime-Welt.

«Ich muss da rein», sagte Carola zu den Polizisten, die sie von der Wohnung hierher begleitet hatten. Sonst war noch niemand vor Ort. Die Nachricht über den aufgefundenen Wagen war zuerst an sie weitergeleitet worden.

«Sofort!», setzte Carola nach, als sich niemand rührte.

Einer der Beamten wollte das Klebeband vom Fenster entfernen, doch Carola hielt ihn davon ab. Sie glaubte es zwar nicht, aber immerhin bestand die Möglichkeit, darauf Fingerabdrücke zu finden. Kein Täter war perfekt, an irgendeiner Stelle unterliefen ihnen allen Fehler.

Also nahm der Beamte einen Feldstein auf und schlug damit das Fenster der linken hinteren Tür ein, öffnete sie und von dort aus die Fahrertür.

Sarah Henschel war schon lange genug tot, dass es im Inneren des Wagens nicht einmal mehr nach Abgasen roch. Ihr Kopf war auf die Seite gesackt, die Augen waren geschlossen, und ohne die Fesselung hätte man glauben können, sie sei eingeschlafen.

Am Innenspiegel baumelte ein christliches Kreuz sowie

einer dieser kleinen Traumfänger, die man in Esoterikläden kaufen konnte. In der Mittelkonsole sammelten sich Parktickets, obenauf lag eine noch halb gefüllte Packung Haribo-Konfekt.

Vorsichtig nahm Carola einen der Pods aus dem Ohr der toten Frau und hielt ihn an ihr eigenes, doch da war nichts zu hören.

Auf dem Beifahrersitz lag ein Handy.

Ohne es anzufassen, versuchte Carola dem Gerät seine Geheimnisse zu entlocken, doch es verlangte dafür PIN oder Gesichtserkennung.

Dann eben später, dachte Carola.

Sie wusste auch so, was die junge Frau in den letzten Minuten ihres Lebens gehört hatte: den Podcast von Marc Maria Hagen, so wie es auch Martina Spiekermann getan hatte. Im Gegensatz zu Martina war hier aber klar, dass es sich nicht um einen Suizid handelte. Niemand konnte sich auf diese Art mit Panzerband selbst fesseln. Sarah Henschel war ermordet worden, und ihr Freund Björn Kumpfmüller auch. Damit lag auch nahe, dass Martina sich nicht selbst getötet hatte. Zwei Doppelmorde in kürzester Zeit, und beide hingen irgendwie mit diesem vermaledeiten Podcast zusammen.

Auch hier waren die Hände der jungen Frau blutbesudelt.

Carola hätte darauf wetten können, dass es sich um das Blut ihres Freundes handelte. War das nicht total unnötig, wenn man nicht einmal versuchte, einen weiteren Suizid vorzutäuschen?

«Diesmal ist es eine Nachricht», murmelte Carola.

2

Es war Nacht geworden auf der Bernthaler Mühle.

Roya lag in ihrem Einzelzimmer auf dem oberen Bett und lauschte in die Dunkelheit. Sie war bis auf die Schuhe komplett angezogen und wartete darauf, dass es Mitternacht wurde. Wenn alle schliefen, so hatte sie es geplant, würde sie eine kleine Tour durch das Gebäude machen.

Sie hatte Angst davor, ihr Zimmer zu verlassen.

Beim gemeinsamen Abendessen um acht Uhr war auch der Ersatzteilnehmer dabei gewesen, ein durchtrainierter Dreißigjähriger namens Daniel, der als YouTuber seinen Lebensunterhalt damit verdiente, Trainingsprogramme, Sportbekleidung und Nahrungsergänzung zu bewerben, und kreuzunglücklich darüber war, dass seine weiblichen Fans immer nur seinen Sixpack sehen wollten. Daniel suchte Sinn in seinem Leben. Da er die Vorstellungsrunde verpasst hatte, durfte er sich während des Abendessens vorstellen. Andere Gespräche fanden kaum statt, zu tief saß noch die Ernüchterung über den Betrug, den jede von ihnen bei dem Geldspiel begangen hatte. Es kam Roya so vor, als belauerten sich alle gegenseitig, um sich nicht mit der eigenen Unzulänglichkeit beschäftigen zu müssen.

Und dann, kurz bevor alle erschöpft vom Tag auf ihre Zimmer gegangen waren, war etwas passiert, das Roya zu denken gab und warum sie sich davor fürchtete, ihre Kemenate zu verlassen.

Hagens elfenhafte Assistentin Brittany war an die Gruppe herangetreten und hatte in die Runde gefragt, ob jemand in der Moorstraße wohne. Es habe bei der Übermittlung durch die Produktionsfirma eine Verwechslung bei den Adressen gegeben, die sie korrigieren wolle. Doch niemand meldete sich. Roya lebte in der Moorstraße, konnte das aber nicht sagen, weil sie als Martina Spiekermann teilnahm, die ja in der Dorfstraße wohnte. Die Assistentin hatte sich etwas notiert und war verschwunden, ohne einen Blick mit Marc Maria Hagen gewechselt zu haben. Marc hatte sich während des gesamten Abendessens nicht an Roya gewandt.

Was war da los?

Warum die Frage nach der Straße?

Logisch betrachtet konnte das nur bedeuten, dass Roya enttarnt war und die Assistentin ihre Adresse ermittelt hatte. Gab es einen Grund, warum die Polizei sich mit Hagen in Verbindung gesetzt haben könnte? Sie selbst hatte gegenüber dieser spröden Kommissarin seinen Namen nicht erwähnt, den Entwurf ihres Artikels hatte bisher niemand gesehen, es gab keine Niederschrift, die Kommissarin Barreis sich hätte anschauen können. Wie also sollte sie auf Hagen und dieses Coaching-Wochenende gekommen sein? Soweit Roya wusste, gab es auch bei Martina zu Hause keinerlei Hinweise darauf. Martina hatte selbst immer wieder betont, dass ihr Mann nichts davon wissen dürfe, und sie hatten eine neue Mailadresse eingerichtet, sodass sämtliche Post an Roya ging.

Möglicherweise hatte Hagen auf anderem Wege von Martinas Tod erfahren? Auszuschließen war das nicht, immerhin berichtete die Presse darüber. Aber warum ließ er es dann zu, dass Roya hier herumschnüffelte? Warum enttarnte er sie nicht vor den anderen Frauen, machte sie so richtig schön fertig und verwies sie des Hofes?

Vielleicht, um den Frieden zu wahren. Damit bei den anderen Frauen keinerlei Zweifel an seiner Integrität aufkam. Wenn dem so war, dann würde Roya das Seminar bis zum Ende mitmachen können, aber sie würde nichts erfahren, was sie gegen Hagen verwenden könnte. Ein Grund mehr, sich hier ein wenig umzuschauen. Schließlich hatte ihnen niemand verboten, ihre Zimmer zu verlassen. Wäre ja auch noch schöner!

Und somit kämpfte die Angst in ihr gegen Neugierde und das Verlangen, endlich Antworten auf Fragen zu bekommen, die sie sich seit Jahren stellte. Ohne Risiko würde das nicht gelingen, aber Roya war gewillt, alles in die Waagschale zu werfen. Sie hatte nicht so viel in ihre Mission investiert, um jetzt zu kneifen.

Sie warf einen Blick auf ihr Handy.

Noch zwei Minuten bis Mitternacht.

Im Gebäude herrschte Totenstille. Hin und wieder knackte es im Gebälk, weil die Heizung sich über Nacht abkühlte und die Temperatur fiel. Da Roya das Fenster gekippt hatte, konnte sie draußen den Wind in den hohen Bäumen rauschen hören. Irgendwo in weiter Entfernung rief ein Käuzchen, das Wasser plätscherte am Mühlrad. Das war es aber auch schon. Keine Gespräche, keine von Menschen gemachten Geräusche, eine geradezu friedfertige Stille. Aber was, wenn dieser Eindruck täuschte? Wenn sich in genau diesem Umfeld das Böse versteckte?

Hagen selbst schlief und lebte in dem flachen Haupthaus, seine Assistentin auch, das hatte er beim Abendessen erwähnt.

Mitternacht.

Mit einem Ruck schwang Roya die Beine aus dem Bett.

Es war wichtig, sich diesen Ruck zu geben, um die Angst zu überwinden. Wenn sie sich von Ängsten fesseln ließ, würde sie ihre Mission nie zu Ende bringen.

Sie dachte an Martina, als sie sich die Sportschuhe zuband.

An ihre Zukunftspläne, von denen sie Roya erzählt hatte.

Und dann sollte sie ihren Mann und anschließend sich selbst getötet haben? Das passte nicht. Sie war es Martina schuldig, die Wahrheit herauszufinden. Martina und sich selbst, um endlich Ruhe zu finden. Falls die Wahrheit denn hier zu finden war. Die Wand in ihrem Elternhaus, in die sie so viel Lebenszeit investiert hatte, in deren Bildern und Informationen so viel Schmerz, Trauer und Frustration steckte, war ein Anfang, sicher war es jedoch nicht.

Roya schlich zur Tür, legte ein Ohr ans Blatt und lauschte.

Nichts.

Sie drückte die Klinke hinunter und zog die Tür nach innen. Jetzt konnte sie nur hoffen, dass keine der Damen aus der Teilnehmerrunde oder Daniel an einer schwachen Blase litt. Aber selbst wenn, könnte Roya immer noch behaupten, sich auf der Suche nach der Toilette verlaufen zu haben.

Auf dem Gang brannte in Kniehöhe eine Notbeleuchtung. Geisterhaft grünes Licht, das an den weißen Wänden hochzukriechen schien. Über den langen braunen Sisalteppich, der die Eichendielen bedeckte, war Roya froh, denn er schluckte ihre Geräusche.

Hinter einer der Türen in der Mitte des Ganges schnarchte jemand laut. Roya wusste nicht, wer in welchem Raum schlief, stellte sich aber vor, dass es die stämmige Heidi war, die dort sägte.

Die Treppe hinunter in den Seminarraum war eine Katastrophe. Alt wie sie war, knarrte jede Stufe, da nutzte es auch nichts, vorsichtig nur die Randbereiche zu nutzen. Als Roya den Seminarraum erreichte, verharrte sie erst einmal, um zu hören, ob sie jemanden geweckt hatte. Sie zitterte, und das hatte nichts mit der Temperatur zu tun. Die Wärme des Kaminofens hing noch in dem großen Raum, klang aber langsam ab. Auch hier gab es diese grüne Notbeleuchtung, irgendwo im hinteren Bereich des Raumes, sodass Roya die Quelle nicht ausmachen konnte. Das Licht waberte wie Nebel über den Dielenbrettern.

Der Stuhlkreis stand noch da, wie sie ihn verlassen hatten. Der Kreis der Schande.

Jede Frau hatte ihr eigenes Geld zurückbekommen. Das Spiel hatte nur dazu gedient, ihnen die Augen zu öffnen, und Roya musste gestehen, dass Hagen sein Ziel auch bei ihr erreicht hatte, trotz aller Ablehnung, die sie für sein Tun empfand. Bisher hatte Hagen noch nichts getan oder gesagt, was sie in ihrem Artikel gegen ihn verwenden konnte, aber das würde sicher noch kommen. Spätestens am Sonntag, wenn er ihnen kurz vor Abreise die Folgeseminare offerierte. Zu Preisen, die jenseits von Gut und Böse lagen.

Da es still blieb im Mühlengebäude, setzte Roya ihre Spionage fort. Vorhin hatte sie beobachtet, dass es im hinteren Bereich einige Schränke und einen Schreibtisch gab – sie waren ihr erstes Ziel.

Die Türen der alten Bauernschränke waren nicht verschlossen, und die Notbeleuchtung reichte aus, um zu erkennen, was sich darin befand. Wolldecken, Kissen, dicke Socken, Handtücher. Alles dutzendfach. Nichts, woraus sich ein Skandal stricken ließ.

Im Schreibtisch fand sie jede Menge Filzstifte, Kugelschreiber, Karteikärtchen, Druckerpapier und anderes Büromaterial, wie man es in einem Schreibtisch vermuten würde.

Das war's.

Weitere Türen gab es im Seminarraum nicht.

Aber unten, im Erdgeschoss, wo sich Küche und Gemeinschaftsraum befanden, hatte Roya Türen gesehen, die bisher nicht geöffnet worden waren.

Sie machte sich auf den Weg. Die zweite Treppe war neu und machte überhaupt keine Geräusche. Diese Geräuschlosigkeit war beinahe noch beängstigender als das Knarren der alten Stufen.

In der Küche surrte der Kühlschrank. Über der Spüle brannte ein kleines Arbeitslicht, in dem die letzte Fliege des Jahres ihrem Tod entgegentaumelte. Es roch nach Abendessen. Nach Knoblauch und Thymian und Nudeln. Eine fast schon einlullend normale Szenerie, und Roya stellte sich die Frage, was sie hier überhaupt zu finden hoffte. Eine Notiz an der Pinnwand, auf der stand, dass Hagen Martina Spiekermann absichtlich zu dieser Gräueltat und in den Tod getrieben hatte? Oder ein wie auch immer gearteter Hinweis, der bewies, dass die Wand in ihrem Kinderzimmer recht hatte?

Plötzlich sah Roya keinen Sinn mehr in ihrer Rumschnüffelei und gestand sich sogar ein, dass alles, was Hagen heute gesagt hatte, mehr Sinn und Verstand hatte als ihre eigenen Absichten. Wenn der Mann es sich zur Aufgabe gemacht hatte, fremden Menschen das Leben zu erklären und vielleicht sogar zu erleichtern, wie konnte sie sich dann erdreisten, ihm das Handwerk zu legen? Und wenn er den Menschen noch so viel Geld abknöpfte, noch so sehr ihre Social-Media-Reichweite ausnutzte oder Partnerschaften zerstörte, die vorher Bestand gehabt hatten, war es doch ganz allein die Privatangelegenheit der Menschen, seine Hilfe zu suchen.

Andererseits: Menschen wie Martina ließen sich leicht ausnutzen und manipulieren, und darin war Hagen ganz eindeutig ein Meister. Es gab zu viele wie ihn heutzutage, und sie alle nutzten den trüben Social-Media-Teich, um nach Opfern zu fischen. Irgendjemand biss immer an. Hagen half nicht, er richtete Schaden an, vielleicht nicht sofort, aber langfristig, und solchen Leuten gehörte das Handwerk gelegt.

Darüber hinaus war er vielleicht ein Mörder.

Roya war hin und her gerissen. Das kannte sie nicht von sich. Sonst war sie immer so entschlossen und zielgerichtet. Wahrscheinlich hatte es mit der Angst zu tun, die sie in diesem Moment empfand. Irgendwas an Marc Maria Hagen war nicht nur einschüchternd, sondern zutiefst beängstigend. Auf keinen Fall war er der durchweg positive Typ, der er zu sein vorgab.

In ihm lauerten Abgründe, das bewiesen seine Blicke.

Also weiter!

Hinter der ersten Tür befand sich ein Warenlager voller Lebensmittel. Hier würde mindestens zwei Jahre lang niemand verhungern.

Die zweite Tür war abgeschlossen.

Sie nicht öffnen zu können, war, als würde ein Schalter in Roya umgelegt. Sie musste unbedingt wissen, was sich dahinter befand. Bei dem Schloss handelte es sich um ein stinknormales Innentürschloss, aber Roya hatte keine Ahnung, wie es sich knacken ließ. Entweder fand sie den Schlüssel, oder die Tür würde geschlossen bleiben.

Fieberhaft machte sich Roya auf die Suche. Zog Küchenschubladen auf, schaute hinter Klappen und Türen, in Tassen und Schalen, fingerte auf den Schränken herum, wo nur Staub lag, fand aber keinen Schlüssel.

Als ihr Blick dabei eher zufällig aus dem kleinen Butzenfenster über der Spüle fiel, sah sie, wie ein schwacher Lichtstrahl aus der Erde zu dringen schien, irgendwo drüben bei dem flachen Haupthaus des Gebäudeensembles.

Kurz darauf erklang ein Schrei.

Abgehackt, schwach, aber doch vernehmbar.

Roya glaubte, eine Tür zuschlagen zu hören. Der Schrei verstummte, das Licht erlosch, die Nacht war dunkel und friedlich wie zuvor.

Ich bin im falschen Gebäude, schoss es Roya durch den Kopf.

3

Roya lief zum Ausgang des Mühlengebäudes. Ihr Herz klopfte vogelwild, als sie in die kalte Dunkelheit hinaustrat. Behutsam zog sie die Tür hinter sich zu, schlich zu der Gebäudeecke, die dem Haupthaus am nächsten lag, und von dort hinüber zu einem offenen Verschlag, unter dem Brennholz lagerte. Sie quetschte sich in eine Lücke zwischen Holzscheiten und einem Hackklotz, in dem ein kleines Handbeil steckte. Spinnweben legten sich auf ihr Gesicht, als sie zwischen zwei Wandbrettern hindurch zu der Stelle starrte, an der sie das Licht gesehen hatte.

Jetzt war es dort absolut dunkel.

Auch Schreie waren nicht mehr zu hören. Das einzige Geräusch war das Rauschen des Baches, der über das Mühlrad plätscherte.

Habe ich mich getäuscht?, fragte sich Roya. Sind meine Sinne so gereizt, dass ich mir auch den Schrei eingebildet habe? Vielleicht will ich einfach zu sehr hier finden, was ich suche.

Sie war schon bereit, das zu glauben und sich in das anscheinend sichere Mühlengebäude und ihre kleine Kemenate unter dem Dach zurückzuziehen, als sie ein Glühwürmchen bemerkte. Ein einzelnes, besonders helles, knapp zwei Meter über dem Boden schwebendes Glühwürmchen. Dann war es plötzlich verschwunden, bevor es einen Moment später erneut hell aufleuchtete.

Nein, das konnte kein Glühwürmchen sein. Nicht zu dieser Jahreszeit. Soweit sie wusste, leuchteten die flugunfähigen weiblichen Würmchen um den Johannistag Ende Juni bis Anfang August, nicht jetzt im November und schon gar nicht so hell. In Roya keimte ein Verdacht, und der wurde einen Lidschlag später bestätigt, als sich etwas aus der Dunkelheit löste und zwei Schritte auf das Mühlengebäude zumachte.

Marc Maria Hagen.

Er schnippte die aufgerauchte Zigarette durch die Luft, wo sie einen glühenden Bogen beschrieb, bevor sie zu Boden fiel und er mit dem Absatz darauf trat. Dann starrte er in ihre Richtung. Zuerst glaubte Roya, er habe sie entdeckt, bis ihr klar wurde, dass Hagen nicht sie, sondern das Mühlengebäude anstarrte, so als wollte er abchecken, ob jemand durch den Schrei geweckt worden sei.

Vollkommen ruhig, wie eine Statue, stand er da, und was Roya richtig Angst machte, war der Umstand, dass er zwar Schuhe und Hosen trug, sein Oberkörper aber nackt war.

Ein schmaler, untrainierter Oberkörper war das, mit einem großflächigen Tattoo auf Brust und Bauch, dessen Einzelheiten Roya nicht sofort erkennen konnte. Hagens Schultern waren schmal wie die einer Frau, die dünnen Arme ohne nennenswerte Muskulatur. Allerdings konnte sie Bewegung in dieser Muskulatur erkennen, denn Hagen ballte die Hände zu Fäusten, öffnete sie wieder, ballte sie erneut.

Er stand unter Spannung.

Auf keinen Fall durfte er sie in dem Holzschober entdecken, also atmete Roya so flach wie möglich, bewegte sich nicht und hoffte, in ihrer Bluejeans und dem schwarzen Wollpulli mit der Dunkelheit zu verschmelzen. Sie ertrug es sogar bewegungslos, als eine Maus über ihre Füße flitzte.

Vielleicht zwei Minuten lang stand Hagen einfach nur da, ballte die Fäuste, wartete ab. Das Tattoo schien sich aus der Dunkelheit zu schälen, als wollte es gesehen werden. War das ein Blatt? Ein großes Efeublatt? Wobei die mittlere Spitze auf Hagens Kehlkopf zeigte und die rechte und linke Spitze jeweils die Brust bedeckten und an den Brustwarzen endeten. Der Tätowierer hatte auch die einzelnen filigranen Verästelungen des Blattes nachgezeichnet, und es schienen Schriftzüge darin verwoben zu sein, doch die konnte Roya nicht entziffern. Mystisch wirkte das, wie das Zugehörigkeitssymbol zu einer Sekte oder einem bizarren heidnischen Kult.

Schließlich schien Hagen beruhigt zu sein, wandte sich ab und verschwand in der Dunkelheit, aus der er zuvor gekommen war. Einen Moment später sah Roya ihn aber auf den kleinen Bach zugehen, der Tal und Grundstück zerschnitt. Dort stellte er sich breitbeinig auf, und obwohl Roya es nicht sehen und wegen des plätschernden Mühlrades nicht hören konnte, erkannte sie anhand seiner Haltung, dass er in den Bach pinkelte.

Das war ihre Chance.

Rasch trat Roya aus dem Holzschober. Aus einem Impuls heraus zog sie das Beil aus dem Klotz und nahm es mit. Mit der Waffe in der Hand fühlte sie sich sofort besser, auch wenn sie wusste, dass sie damit auf niemanden würde einschlagen können.

Während Hagen noch pinkelte und ihr dabei den Rücken zuwandte, huschte sie zu der Stelle, an der sie das Licht zu sehen geglaubt und an der Hagen rauchend in der Dunkelheit gestanden hatte.

Zunächst war dort nichts Besonderes zu erkennen, bis sie herausfand, dass es in Bodenhöhe schmale Lichtbänder gab. Moderne Kellerfenster, nicht mehr als zwanzig Zentimeter hoch und unter den darüber verlaufenden Fachwerkbalken kaum zu erkennen.

Im Keller brannte Licht, aber es drang jetzt nicht mehr hinaus, da das Lichtband von innen mit Stoff verhängt war. Vielleicht war der Stoff vorhin abgefallen, als jemand das Fenster schließen wollte? Das würde den kurzen Lichtimpuls erklären.

Aber was ging da unten vor sich?

Royas Neugierde war zu groß, um jetzt einfach kehrtzumachen. Hagen war nicht der, der er zu sein vorgab, das hatte seine Körpersprache eben verraten. Die Hände, die sich beinahe schon manisch immer wieder zu Fäusten geballt hatten, als bereiteten sie sich darauf vor, jemandem wehzutun.

Wenige Meter weiter gab es eine Nebentür, die ins Haus führte. Sie war angelehnt.

Roya dachte nicht lange nach, huschte hinein, sah sich kurz um, fand sich in einem viereckigen Flur wieder, von dem eine dunkle Nische abging, in der an einer Garderobe Jacken hingen und Gummistiefel in einer Ecke standen. Da sie nicht viel Zeit hatte, schlüpfte sie in diese Nische und verbarg sich hinter den Jacken. Während sie wartete, dass Hagen zurückkam, roch sie Gras und Holz und Qualm im Stoff.

Dann klappte plötzlich leise die Tür zu, ein Schlüssel wurde herumgedreht, und obwohl sie Hagen nicht sehen konnte, spürte sie seine Anwesenheit. Es war, als vibrierte die Luft.

Für einen Augenblick geriet er in ihr Sichtfeld, als er an der Nische vorbeiging, dieses dünne Männchen, das dennoch so viel Energie, ja geradezu Wucht ausstrahlte. Sie versuchte, ihm hinterherzuschauen, doch es war finster im Haus, und Hagen machte kein Licht, bewegte sich mit traumwandlerischer Sicherheit durch die Dunkelheit.

Eine Tür wurde geöffnet. Sie knarrte ein wenig.

«Wo waren wir stehengeblieben, du blöde Schlampe?», fragte Hagen, bevor er die Tür hinter sich zuzog.

Roya bildete sich ein, kurz vorher noch den Ansatz eines erstickten Aufschreis wahrgenommen zu haben.

Mit dem Beil in der Hand kam sie aus der Nische, drang tiefer ins Haus vor und nahm die Richtung, die auch Hagen genommen hatte. Weit war er nicht gegangen, bis Roya die Tür und seinen alarmierenden Satz gehört hatte, und es gab hier nur zwei Möglichkeiten.

Zuerst lauschte Roya an der rechten Tür, und als sie keine Geräusche wahrnahm, öffnete sie sie. Es war nicht komplett dunkel in dem Raum. Das wenige Licht stammte von Standby-Lämpchen elektrischer Geräte, hauptsächlich Computer und Bildschirme. Roya sah ein Stativ mit professionellem Mikro daran und wusste, sie war ins Herz von Hagens Podcast vorgedrungen – hier also wurde Hörgefühlt aufgenommen.

Der Raum wirkte unspektakulärer, als man ihn sich vorstellte, aber viel war auch nicht nötig, um einen Podcast zu produzieren. Ein PC, ein Mikro, ein Mischgerät, das reichte. Roya war schon zu Gast in einem Podcast gewesen, der in dem schallgeschützten Kleiderschrank einer Wohnung in Brooklyn aufgenommen worden war.

An den Wänden, an denen Stoff eine Art Schallschutz bildete, hingen einige Bilderrahmen, darin Vergrößerungen irgendwelcher Berichte über Online-Preise, die der Podcast gewonnen hatte.

Roya wunderte sich darüber, dass Hagen diese Selbstbeweihräucherung nötig hatte. Nach außen hin wirkte sein Charakter und Ego gefestigt und frei von Eitelkeiten – aber wer trug schon die Wahrheit für alle sichtbar mit sich herum?

Da der Schrei nicht aus diesem Raum gekommen sein konnte, wandte Roya sich ab und der gegenüberliegenden Tür zu. Schon als sie die Klinke berührte, wusste sie, hier war sie richtig. Sie war feucht. Womöglich feucht von einer Hand, die gerade noch beim Pinkeln geholfen hatte. Voller Ekel wischte Roya ihre Hand am Oberschenkel ihrer Jeans ab.

Hinter der Tür führte eine beleuchtete Treppe in den Keller hinab. Alles wirkte neu und sauber, eher wie der Zugang zu einer Arztpraxis denn zu einem Keller eines alten Hauses.

Unten lief Musik. Nicht sehr laut, aber die Treppenstufen übertrugen das leichte Wummern der Bässe. Außerdem hörte Roya Stimmen. Zuerst die von Marc Maria Hagen. Ohne den Wortlaut verstehen zu können, klang es, als schimpfe er mit jemandem.

Dazwischen immer wieder leises Wimmern und abgehackte Schreie.

Roya war sich sicher, dort unten im Keller wurde jemand misshandelt. Ihr Herz schien zerspringen zu wollen vor Anspannung, die Angst wurde übergroß, dennoch stieg sie die Stufen hinab, den Stiel des kleinen Beils fest umklammert. Unten war der Boden gefliest, die Wände weiß gekalkt, das Licht kam aus Flutern unter der Decke. Am Ende des Ganges gab es eine weitere Tür, die einen Spaltbreit offen stand. Roya schlich hinüber und spähte durch den Spalt.

Was sie sah, war nicht die Realität, sondern eine Spiegelung davon, denn sie blickte direkt in einen deckenhohen Spiegel, der das Bild aus einem Raum zeigte, den sie aus ihrer Position nicht einsehen konnte.

Darin war eine Frau bäuchlings nackt auf einen Holzbock gefesselt, wie man ihn aus der Schule vom Sportunterricht kannte. Dieser Bock war mit einem Kuhfell überzogen. Das Gesicht der Frau konnte Roya nicht sehen. Hinter ihr stand Marc Maria Hagen mit freiem Oberkörper, die rechte Hand hoch erhoben, darin hielt er eine Gerte oder Peitsche, so genau war es für Roya nicht zu erkennen. Sein unattraktives Gesicht war hässlich verzerrt, eine diabolische Fratze, in der die Geheimratsecken wie Teufelshörner wirkten. In diesem Moment offenbarte Hagen seinen wirklichen Charakter, und Roya wusste, sie war am Ziel ihrer Suche angekommen.

Das große Efeu-Tattoo schien lebendig zu werden, als Hagen auf die Frau einschlug. Die Peitsche oder Gerte klatschte auf den nackten Rücken, die Frau krümmte sich vor Schmerz und schrie in den Knebel, der in ihrem Mund steckte.

Roya zog ihr Handy aus der Gesäßtasche, richtete es auf den Spiegel und schoss mehrere Fotos.

Dabei dachte sie nicht an das Blitzlicht vorn bei den Kameralinsen. Es leuchtete auf und wurde durch den Spiegel in den Folterraum übertragen.

Sofort schoss Hagens Blick in ihre Richtung.

4

Die kurze Treppe hinauf, nach rechts, zur Tür, doch die ließ sich nicht öffnen. Hagen hatte sie abgeschlossen, als er ins Haus zurückgekehrt war, doch zum Glück steckte der Schlüssel von innen. Roya hörte ihn kommen, während sie aufschloss. Sie riss die Tür auf, stürmte in die Nacht hinaus, kopflos, planlos, wollte nur weg, weg von diesem Wolf im Schafspelz, der im Keller neben seinem Tagungshaus Frauen quälte. Sie hatte ein Foto, das Hagens Karriere beenden und ihn in den Knast bringen würde. Dieses Bild musste zur Polizei, am besten sogar veröffentlicht werden, damit die Menschen sahen, auf wen sie da hereingefallen waren.

Roya rannte.

Ihre Füße flogen übers Gras, dann über Schotter, Richtung Parkplatz, wo ihr Wagen stand, bevor ihr einfiel, dass der Schlüssel oben in der Kemenate lag.

Nicht umdrehen, rief Roya sich gegen die wachsende Panik zu. Wer sich umdreht, verliert!

Aber sie musste sich auch nicht umdrehen, sie konnte Hagen hören. Seine Schritte, seinen Atem – er würde alles tun, um sie nicht entkommen zu lassen. Roya trug noch immer das Handbeil mit sich, und jetzt war sie sich nicht mehr so sicher, ob sie es nicht doch gegen einen Menschen einsetzen konnte.

Vor dem geschotterten Parkplatz schlug sie einen Haken

Richtung Bach, wo es dunkel und dicht bewachsen war. Wenn sie überhaupt eine Chance hatte, Hagen zu entkommen, dann dort unten. Auf der abschüssigen Wiese war das Gras feucht, Roya rutschte aus, fiel, überschlug sich, kam wieder auf die Beine, warf nun aber doch einen Blick zurück und sah Hagen näher kommen.

Er fuchtelte wie ein Berserker mit den Armen und stürmte die Wiese hinunter, kaum mehr als zehn Meter von ihr entfernt.

Roya gab alles, rannte so schnell wie nie zuvor in ihrem Leben, erreichte die dicht bewachsene Uferböschung und tauchte darin ein. Doch sie durfte sich nicht in Sicherheit wiegen, denn Hagen war hier zu Hause, während sie sich überhaupt nicht auskannte. In welcher Richtung lag der nächste Ort? Flussauf- oder -abwärts? Wo konnte sie auf Hilfe hoffen?

Egal, weiter, nur weiter!

Ihr Schwung trieb sie bis ins Bachbett. Kalt umspülte das Wasser ihre Beine bis knapp unter die Knie. Der Wasserdruck nahm ihr die Entscheidung ab, sie lief mit dem Strom, außerdem wollte sie nicht wieder hinauf zur Mühle, wo ihre Flucht unweigerlich vor dem Wasserrad enden würde.

Verschick das Bild, sofort, schoss es Roya durch den Kopf. Wenn sie es nicht schaffte zu entkommen, wenn Hagen ihr etwas antat, würde er wegen des Bildes dennoch überführt werden.

Aber an wen?

Die beste Adresse wäre wohl Kommissarin Barreis, aber deren Nummer hatte sie nicht gespeichert. Zwar hatte sie eine Visitenkarte bekommen, doch die steckte in der Gesäßtasche ihrer Jeans, die oben in der Kemenate lag.

Da es schnell gehen musste, öffnete Roya WhatsApp. Der letzte Kontakt dort war zu Nathan gewesen. Nathan wusste nichts von dem, was sie hier tat, aber …

Hinter ihr platschte es laut.

Hagen war ebenfalls im Bach angekommen.

In Panik verschickte Roya das Bild an Nathan. Sie hatte gerade noch Zeit genug, um zu sehen, dass der Empfang hier unten im Bachbett so schlecht war, dass das Bild nicht sofort hinausging.

Mit dem Handy in der Hand lief Roya weiter und trat in der Dunkelheit in eine tiefe Stelle, versank mit dem rechten Bein bis übers Knie, strauchelte und schaffte es gerade noch, nicht komplett unterzutauchen. Plötzlich war Hagen da, packte nach ihr, erwischte ihr Haar, bekam es aber nicht richtig zu fassen.

Roya riss das Handbeil hoch und fuhr herum.

«Hau ab!», schrie sie lautstark.

Hagens Gesicht war eine Grimasse aus Zorn und Anstrengung, seine Augen quollen fast aus den Höhlen.

«Gib mir das Handy», stieß er aus und startete einen Versuch, sie zu packen.

Roya schlug zu. Das Beil sirrte durch die Luft, und die flache hintere Seite erwischte Hagen am ausgestreckten rechten Ellenbogen. Er schrie auf, taumelte zurück, und Roya, die sich nicht auf einen Kampf einlassen wollte, in dem sie eventuell die scharfe Seite der Axt einsetzen musste, lief davon. Hinüber zur jenseitigen Uferböschung, wo sie sich an einigen überhängenden Zweigen aus dem Wasser ziehen wollte.

Doch sie war nicht schnell genug.

Hagen holte sie ein, packte sie abermals in ihrem langen Haar und riss sie zurück in den Bach. Die Äste boten keinen

Halt, Roya taumelte und fiel rücklings ins Wasser. Sofort war Hagen über ihr und drückte sie mit seinem Gewicht tief hinunter. Roya spürte die Steine am Grund in ihrem Rücken. Verzweifelt schlug sie mit den Armen um sich, trat mit den Beinen aus, wurde Hagen aber nicht los.

Durch das klare, aber aufgewühlte Wasser hindurch sah sie über sich das große schwarze Tattoo auf seiner Brust. Es schien zu atmen, dieses merkwürdige Efeublatt. Es war wie eine flimmernde Fata Morgana, eine Vision der Vergangenheit, die sich in die Gegenwart gerettet hatte.

Und das Letzte, was Roya hörte, waren ihre eigenen Schreie unter Wasser.

5

Vorher

Er versuchte sich vorzustellen, wie es für den Geist im Keller sein musste, ihm zuzuhören. Wie er da unten in der von der Außenwelt abgeschotteten Dunkelheit hockte, reduziert allein auf sein Gehör, weil die Augen nutzlos geworden waren.

In seiner Vorstellung empfand der Geist ihn als Stimme Gottes – oder wahlweise des Teufels –, die von überallher zu ihm drang, die Luft füllte, die er atmete, und ihm mit jedem Wort die verdorbene Seele aus dem Leib riss. Denn er musste heraus, dieser schwärende schwarze Klumpen, der sein Leben lang Schuld gefressen hatte wie ein gieriger Tumor.

Eine Stimme, die in die Seele drang, tiefer hinein als die eigenen Gedanken. Das war eine zugleich tröstliche und kraftvolle Vorstellung, die in ihm die Zuversicht wachsen ließ, genau dafür zu existieren. Was gab es Machtvolleres als das Wort, welches Medium übertrug es besser als die Stimme?

Jedes seiner Worte sollte den Geist im Keller zurückwerfen in eine Vergangenheit, die ihre Lügen bis in die Gegenwart getrieben hatte, bis zum heutigen Tag. Nun war die Zeit der Lügen vorbei, jetzt kam die Wahrheit ans Licht, und er würde den Geist nicht sterben lassen, bevor er nicht alles erfahren hatte.

«Heute erzähle ich dir meinen Teil der Wahrheit», sprach er in die Dunkelheit. «Und der geht folgendermaßen ...»

Er lehnte sich mit dem Rücken gegen den Türrahmen zum Keller, in dem er saß, legte auch den Hinterkopf an das Holz, schloss die Augen und holte die Bilder hervor, die er sorgsam abgespeichert hatte. Keines war verblasst, die Farben strahlten kräftig, selbst die darin gespeicherten Gefühle, Geräusche und Gerüche hatten nichts von ihrer Intensität verloren.

«Alkohol», sagte er mit veränderter Stimme. Es war die Stimme seines jüngeren Ich. «Damals roch es eigentlich dauernd nach Alkohol im Haus. Bis heute bringe ich keinen Tropfen hinunter, so sehr hat mich dieser Geruch geprägt, und wenn mich ein Betrunkener anspricht, wünsche ich mir, ihn umbringen zu dürfen. Du kannst das nicht wissen, aber ich hab das sogar getan, getötet. Einmal nur. Ich dachte, ich könnte die alten bösen Geister damit loswerden, aber das war ein Trugschluss. Alte böse Geister kannst du niemals abschütteln.

Unser alter Herr trank Whisky, Mutter Gin ... manchmal auch Wodka, immer dann, wenn sie es überhaupt nicht mehr aushalten konnte. Damals gab es dieses Modewort ‹toxische Beziehung› noch nicht, aber genau das war es zwischen den beiden. So, wie ich hier heute sitze, möchte ich ihnen zurufen, tut es nicht, bleibt besser allein, denn ihr werdet euch und vielen anderen unsägliches Leid zufügen. Aber sie würden ja doch nicht auf mich hören. Irgendwann einmal waren sie verliebt und glaubten, füreinander bestimmt zu sein ... was für eine Fehleinschätzung ...

Das mit den Schlägen begann, da war ich acht, glaube ich ... irgendwas zwischen acht und neun. Unser alter Herr übernahm ja sonntags immer die Küche und sorgte für das Sonntagsessen. Drei bis vier Stunden verließ er den Raum nicht, bereitete vor und kochte für die Familie, und er konnte wirklich gut kochen. Mit der ersten Kartoffel, die er schälte, trank er den ersten Whisky. Bis die Familie dann mittags am Tisch saß, war er betrunken. Ich saß damals oft bei ihm in der Küche, während er kochte, und versuchte, Aufmerksamkeit von ihm zu bekommen. Er hatte dann diese komische Angewohnheit, Luft durch den Mundwinkel einzusaugen, ein merkwürdiges Geräusch, das kann ich dir sagen. Schon damals ekelte ich mich davor, und das ist bis heute so geblieben. Mir läuft es kalt den Rücken herunter, wenn ich nur davon erzähle.

Ich glaube, ich bekam immer den ersten Schlag ab.

Von hinten, wuchtig, mit der flachen Hand gegen den Hinterkopf, völlig überraschend, sodass mir das Essen aus dem Mund fiel und er mich dafür gleich noch einmal schlug. Der Grund für den ersten Schlag? Ich weiß es nicht. Unser alter Herr war betrunken, Mutter keifte herum, er hat wohl einfach nur ein Ventil gesucht. Wahrscheinlich ging ich ihm auf die Nerven, weil ich in der Küche herumsaß.

Nachdem das Eis einmal gebrochen war, passierte es immer häufiger. Er schlug uns alle, am härtesten und meisten aber mich und unsere Mutter. Einmal packte er mich am Kragen meines Pullovers, so voller Wut, dass der Pullover zerriss, und dann scheuerte er mir eine, dass mir die Ohren klingelten, aber ich heulte nur wegen des Pullovers, denn es war mein Lieblings-Kleidungsstück. Das Logo der Stones war darauf gedruckt ...»

Er musste innehalten, weil er spürte, was es mit ihm machte, so tief an seine Erinnerungen zu rühren. Es war, als pustete man vorsichtig in die fast erloschene Glut eines Feuers, um die Flammen wieder in Gang zu bringen. Bei jedem Pusten glomm das angekohlte Holz auf, weil in seinem Inneren noch alles da war, die Hitze, der Sauerstoff, der Wille zu vernichten.

Nein, er durfte nicht mehr pusten, nicht mehr tiefer in sich selbst gehen. Besser war es, von jenem Tag zu berichten, an dem sich alles veränderte.

«Wie gesagt, Alkohol ... dieser Geruch nach Alkohol, an sich schon widerlich, aber an jenem Tag vermischte er sich mit einem anderen Geruch, den ich nicht kannte. Schwer, drückend, süß, metallisch ...

Samstag, der schlimmste Wochentag, weil die Familie dann eng aufeinanderhockte, zum Glück hatte ich beinahe jedes Wochenende ein Fußballspiel. Ich war ein ganz passabler Torwart damals, weißt du. Also, ich kam von einem Fußballspiel zurück und spürte schon draußen auf dem Hof, dass etwas nicht stimmte. Diese Stille ... keine lautstarke Streiterei zwischen dem alten Herrn und unserer Mutter, das war nicht normal. Ich weiß noch, wie ich den Schlüssel ins Schloss der Haustür steckte, zögerte und dachte, wenn ich mich jetzt umdrehe, und für alle Zeiten verschwinde, dann kann ich mein Leben retten. Ich tat es nicht. Wegen meiner Geschwister. Als Ältester trug ich Verantwortung für sie ... trage sie immer noch, fürchte ich.

Also betrat ich das Haus. Trat hinein in diese Geruchsglocke, und es war, als finge mich das Schleppnetz eines Fischkutters ein, als risse es mich von den Füßen, schleifte mich über den Grund des Ozeans ... nur dass der Ozean unser Haus war und dessen Grund die ockerfarbenen Fliesen des Flures. In der Küche war niemand, aber unter der Tür zum Schlafzimmer der Eltern quoll Blut auf den Flur heraus. Es hatte sich bereits verdickt, lag da wie ein Teppich, bewegte sich nicht. Doch es strömte diesen schweren, satten Geruch aus. Ich schwöre dir, ich stand eine Viertelstunde reglos vor dieser Lache. Nicht weil ich es gewollt hätte, nein, ich konnte mich einfach nicht bewegen.

Dann stieß ich die Tür auf.

Mutter lag auf dem Bett.

Zerteilt.

Arme, Beine, Kopf, Torso ... alles lag wild durcheinander auf der weißen Bettwäsche, der Kopf Richtung Tür, sodass sie mich aus ihren toten Augen anstarrte. In ihrem Mund steckte eine weiße Tennissocke des alten Herrn. Ob er ihr den Mund gestopft hatte, bevor oder nachdem er sie zerteilt hatte, weiß ich bis heute nicht.

Ich wollte dann hinauf ins Obergeschoss, wo wir Geschwister unsere Zimmer hatten. Ich befürchtete das Schlimmste, nahm zwei Stufen auf einmal ... die Treppe machte einen Bogen, und dahinter sah ich ihn. Den alten Herrn. Er saß oben auf dem Treppenabsatz, das historische Samuraischwert auf den Knien. Es stammte aus seiner Sammlung im Keller im abgeschlossenen Raum, zu dem nur er einen Schlüssel besaß. Blut tropfte von der Klinge auf die oberste Treppenstufe. Ganz langsam und zäh ... ich weiß noch, ich bildete mir ein, darin das Blut meiner Geschwister erkennen zu können, weil es so schön hell und jung wirkte, nicht so alt und abgestanden wie das meiner Mutter.

Der alte Herr war von oben bis unten blutbesudelt.

Er starrte mich an, aber ich glaube, er sah mich nicht. Als wäre es ein Mantra, wiederholte er immer wieder die gleichen Worte.

«...ich hab sie kleingemacht ...»

6

«Du bist ein Geschenk an dich selbst und an die Welt. Einzigartigkeit findest du nur in dir, und sie verleiht dir die Kraft, alles zu schaffen. Sie spricht zu dir, deine Einzigartigkeit, jeden Tag, jede Sekunde, dein ganzes Leben lang schon. Du hörst sie nicht? Dann richte deinen Blick, deine Aufmerksamkeit, deine Gefühle, dein Gehör nach innen. Verabschiede dich von der Außenwelt, sie blendet, verführt, vernichtet.

Ich selbst hatte lange Zeit das Gefühl, wertlos zu sein, nicht dazuzugehören. Das war eine so schwere Zeit, dass mir der Gedanke, mein wertloses Leben selbst zu beenden, täglich kam. Aus Gedanken werden Taten, im Guten wie im Schlechten, aber ich habe einen Weg gefunden, meine Gedanken zu ändern, habe Techniken und Tools entdeckt, die es einfacher machen, habe sie für mich weiterentwickelt, und nun stehe ich hier, vor dir, und spreche zu dir, weil ich will, dass du diese Techniken auch erlernst. Jeder Mensch auf der Welt sollte sie kennen, sie sind so viel mehr wert als Mathematik, Politik oder Geschichte. Denn alles gründet sich auf dich selbst, und wenn dieses Fundament nicht stabil ist, bricht irgendwann alles darauf zusammen. Die Schule lehrt es uns nicht, unsere

Eltern lehren es uns nicht, also müssen wir uns selbst darum kümmern. Das sehe ich als meinen Auftrag, dafür habe ich den Podcast Hörgefühlt ins Leben gerufen. Die Stimme ist das beste Medium dafür, denn Bilder würden nur ablenken. Aus diesem Grund verzichte ich auch auf ein Bild von mir selbst. Nicht ich zähle, sondern die Botschaft. Du sollst nicht sehen, sondern hören und fühlen ...»

«Okay, eine nette Stimme hat er ja», sagte Carola Barreis. Aber nach nur einer Minute des Podcasts Hörgefühlt von Marc Maria Hagen ging ihr der Typ schon auf die Nerven.

Carola hatte sich diesmal die allererste Folge des Podcasts vorgenommen. Damals war Hagen noch nicht bekannt gewesen und hatte die Vorzüge seiner Tätigkeit wie ein amerikanischer Laienprediger an den Mann und die Frau bringen müssen. Dieses Gerede vom Individuum als einzig relevanter Größe kotzte Carola an. Damit wurde nur der Egoismus ausgebaut, der die Gesellschaft ohnehin schon wie ein Virus unterwandert hatte. Carola selbst war die größte Egoistin, sie wusste die Vorteile des Alleinseins zu schätzen, kannte aber auch die Nachteile. So war das eben mit gelebter Erfahrung. Die Gesellschaft funktionierte aber nicht, wenn sie nur oder zum größten Teil aus Egoisten bestand. Wer das nicht glaubte, musste nur einen Schritt zurücktreten und das große Ganze betrachten. Das Gesamtbild der Welt, wie sie war.

Und obwohl Carola Hagen nicht mochte und sein krudes Geschwafel ablehnte, musste sie es dennoch anhören. Denn er, beziehungsweise sein Podcast, war das Bindeglied zwischen den Fällen Martina und Tim Spiekermann sowie Sarah Henschel und Björn Kumpfmüller. Es wäre fahrlässig gewesen, dies außer Acht zu lassen.

Während sie dem Gelaber gelauscht hatte, hatte Carola im Netz nach Informationen über Marc Maria Hagen gesucht – und war überrascht worden, denn es gab so gut wie keine. Natürlich wurde hier und dort über den Podcast, die Bücher und die Coachings gesprochen, aber obwohl Hagen so etwas wie einen Promistatus auf diesem Gebiet hatte, existierten kaum Bilder, nur einige Schnappschüsse mit dem Handy, von hinten aufgenommen, so als hätte er extra darauf geachtet, nicht fotografiert zu werden. Internet und soziale Netzwerke funktionierten nur mit Bildern, Hagen jedoch hatte es irgendwie geschafft, sein Gesicht rauszuhalten. Insofern war er der Ansage aus seinem ersten Podcast, nicht er, sondern die Botschaft zähle, tatsächlich treu geblieben. Doch was geschah, wenn jemand in einem auf Bildern basierten Medium keine Bilder produzierte? Er machte sich interessant. Willst du gelten, mach dich selten, war einer der Sprüche gewesen, den Carolas Mutter gern benutzt hatte. Hagen war ein Mysterium, niemand schien Konkretes über ihn zu wissen. Immer wieder las Carola, was für ein einfühlsamer, sympathischer, integrer Mensch er sei. Das waren Meinungen und Einschätzungen, aber keine Fakten. Natürlich gab es auch Negatives, doch das hielt sich in Grenzen. Geldgierig, viel zu teuer, fadenscheinig, substanzlos. Auch von sektenartigen Strukturen wurde hier und da gesprochen. Aber ein Shitstorm? Fehlanzeige. Artikel großer überregionaler Zeitungen? Fehlanzeige.

Welchen Grund konnte Hagen haben, sich trotz seines Erfolges aus der medialen Öffentlichkeit herauszuhalten?

War er einfach nur klug? Oder hatte er etwas zu verbergen?

Aus Erfahrung wusste Carola, dass jeder etwas zu verbergen hatte. Sie musste mit Marc Maria Hagen sprechen, und das hatte keine Zeit, bis er mit seinem Erweckungsseminar fertig war.

Und es gab noch jemand anderen, mit dem sie dringend sprechen musste: Roya Mayer.

Das zweite Bindeglied. Auf den ersten Blick zwar nur zum Fall Spiekermann, aber da auch Sarah Henschel den Podcast gehört und das Buch dieses Gurus gelesen hatte, ergab sich für sie eine Frage.

War es Hagen, gegen den Roya Mayer einen Feldzug führte? War er es, von dem ihr Artikel handelte? Hatte sie mit ihrer Arbeit diese Mordwelle losgetreten?

Es klopfte an der Tür zu Carolas Büro.

Paul Müller trat ein.

Er sah gut aus mit seiner gebräunten Haut und dem schneeweißen Haar. Ein bisschen zugelegt hatte er in der letzten Zeit, aber irgendwie stand ihm sogar das. Paul lächelte.

«Müde siehst du aus», sagte er zur Begrüßung.

«Bemäße man unser Gehalt am Grad unserer Erschöpfung, wärst du Geringverdiener», versetzte Carola trocken.

«Vielleicht habe ich einfach die bessere Konstitution!»

«Vielleicht liegt es einfach daran, dass die Toten schweigen.»

«Ach, so schweigsam sind die gar nicht», sagte Paul und ließ sich in den Stuhl vor dem Schreibtisch fallen. «Man muss nur richtig hinhören.»

«Fang du nicht auch noch damit an!», sagte Carola.

«Was meinst du?»

Sie klärte ihn über den Podcast auf. Paul zuckte mit den Schultern. «Was erwartest du? Die Menschen haben schon immer Orientierung gebraucht. Ob Kirche, Tyrannen oder

Politik, es geht immer um Orientierung und Führung. Mir sind solche Typen wie dieser Hagen tausendmal lieber als Trump oder der IS.»

«Schaden richtet er aber auch an», entgegnete Carola.

«Vielleicht, aber keine Kriege. Apropos Schaden ... du hattest recht. Die Anzahl der Stiche ist zwar unterschiedlich – Kumpfmüller weist vier weniger auf – aber die Verteilung am Körper ist ähnlich. Außerdem Stichführung, Stichtiefe ... alles ähnlich. Nach meiner professionellen Meinung war bei beiden ein und derselbe Täter am Werk.»

«Und das Blut an den Händen der Frau?»

«Stammt von Kumpfmüller.»

«Wer ist zuerst gestorben?»

«Kumpfmüller», antwortete Paul. «Wenn auch nur um wenige Stunden.»

Darüber musste Carola nachdenken.

Denn mittlerweile hatte sie herausgefunden, dass das letzte Lebenszeichen von Sarah Henschel von Mittwochabend stammte. Da hatte sie ihren Dienst im Pflegeheim beendet, in dem sie arbeitete. Vermutlich war sie von dort aus mit ihrem Wagen nach Hause gefahren, gesehen hatte aber niemand, wie sie in ihren Wagen gestiegen war. Zu Hause angekommen war sie nicht, oder wahrscheinlich nicht. Auch dort hatte sie niemand gesehen. Dem Zustand der Katze nach zu urteilen, war diese mindestens zwei Tage allein gewesen.

Folglich musste der Täter Sarah Henschel irgendwo gefangen gehalten haben, mitsamt ihrem Wagen. Warum? Weil es ihm wichtig gewesen war, zuerst ihren Freund Björn Kumpfmüller zu töten, und weil der Täter seiner nicht rechtzeitig hatte habhaft werden können?

Wo hatte er sie gefangen gehalten?

Warum war es ihm wichtig, dass Sarah Henschel das Blut ihres Freundes an den Händen hatte?

Was für eine krude Logik steckte dahinter?

Carola sah einen Film vor ihrem inneren Auge, der ihr zeigte, wie der Täter eine kleine Tupperschüssel an eine der stark blutenden Wunden am Körper von Björn Kumpfmüller hielt, um es aufzufangen ...

«...was sagst du dazu? Caro? Hallo! Erde an Caro!»

«Was?» Vollkommen in diesen furchtbaren Film vertieft, hatte Carola gar nicht mitbekommen, was Paul gesagt hatte.

«Ich habe dich gefragt, ob wir mal wieder zusammen essen gehen wollen?»

«Was ist mit deiner Schülerin?», entgegnete Carola.

Paul seufzte. «Anastasia ist dreißig Jahre alt.»

«Genau. Und ich bin neunundfünfzig. Und du fünfundsechzig.»

«Also kein Essen.»

«Ich esse gern allein. Du weißt doch, ich leide an Misophonie.»

Und das stimmte auch. Carola hasste es, wenn Menschen schmatzten, laut kauten oder irgendwelche sonstigen Geräusche von sich gaben. Paul hatte leider die Angewohnheit, mit der Zunge Speisereste zwischen seinen Dritten hervorzupulen. Paul hatte viele tolle Eigenschaften, aber diese Marotte nervte.

«Isst du eigentlich überhaupt noch etwas? Du wirst immer dürrer», fragte er, und es klang ehrliche Sorge darin mit.

«Ich bereite mich vor», entgegnete Carola.

«Worauf? Marathon?»

«Grab. Will den Sargträgern nicht zur Last fallen.»

«Du bist furchtbar. Dann gehe ich halt mit meiner Schülerin essen.»

«Mach das. Und danke, dass du hergekommen bist.»

«Für dich jederzeit, weißt du doch.»

Als Paul verschwunden war und nur noch sein angenehmes Parfum von seinem Besuch zeugte, begann Carola erneut zu recherchieren, kam aber nicht weit, da ihr Telefon klingelte. Die Abteilung für digitale Forensik war dran. Carola erfuhr, dass Sarah Henschel zum Zeitpunkt ihres Todes eine Folge des Podcasts Hörgefühlt angehört hatte. Zudem hatte die Durchsuchung ihres Laptops ergeben, dass sie zu einem Wochenendcoaching eingeladen war, das gerade stattfand. So stand es in ihrem digitalen Kalender. Auf dem Laptop ihres Freundes Björn Kumpfmüller hatte jemand, wahrscheinlich Björn selbst, ausführlich zu Marc Maria Hagen recherchiert und sogar versucht, seinen Wohnort herauszufinden.

Carola fragte nach der Adresse, an der das Coaching stattfand, doch damit konnte die Abteilung nicht dienen, da sie noch keinen Zugriff auf den passwortgeschützten Mailaccount hatten, auf dem Sarah wahrscheinlich die Kommunikation mit Hagen abgelegt hatte. Vermutlich würden sie dort auch die Adresse finden.

Carola machte ein bisschen Druck und legte auf.

Sie hatte keine Lust mehr zu recherchieren.

Die Antworten, die sie brauchte, würde ihr Roya Mayer geben können. Also rief sie sie an, mehrmals hintereinander, doch die Journalistin nahm nicht ab. Carola erinnerte sich, dass sie gesagt hatte, sich übers Wochenende bei ihrem Vater auskurieren zu wollen. Entweder gab es dort kein Netz, oder sie ignorierte Carolas Anrufe absichtlich.

Oder aber sie verbrachte ihr Wochenende ganz woanders.

Carola hatte da so eine Vermutung.

Eine halbe Stunde später wusste sie mehr und war doch nicht schlauer. Ganz im Gegenteil sogar verwirrter.

Denn bei ihrem Vater war die Journalistin definitiv nicht.

Roya Mayers Eltern lebten nicht mehr.

Die Mutter war vor zwölf Jahren nach einem Autounfall verstorben, der Vater Robert Mayer galt seit acht Jahren als verschwunden. Der Fall war damals von der Polizei bearbeitet worden, deshalb gab es eine Akte. Die hatte Carola jetzt vor sich auf dem Bildschirm und las die dürftigen Informationen.

Der Mann hatte nach dem Unfalltod seiner Frau und seiner Tochter allein in seinem Haus gelebt und war eines Tages einfach nicht mehr da gewesen. Vermisst gemeldet hatte ihn die zweite Tochter, Roya Mayer. Angeblich litt er nach dem Autounfall von Frau und Tochter an Depressionen, ein Suizid schien deshalb nicht ausgeschlossen, was aber nicht erklärte, warum nie eine Leiche gefunden worden war und es keinen Abschiedsbrief an die Tochter gab. Hinweise auf eine Straftat gab es nicht.

«Das wird ja immer merkwürdiger», sagte Carola zu sich selbst.

Die Mayer hatte im Krankenhaus doch behauptet, an jenem Abend des Unfalls von ihrem Vater gekommen zu sein. Könnte es sein, dass sie damit gemeint hatte, dass sie sein Grab besucht hatte?

Allerdings ließen die Zeitangaben keine Beerdigung und damit kein Grab zu. Laut Verschollenheitsgesetz musste eine Frist von zehn Jahren ab dem Ende des Jahres vergehen, in dem das letzte Lebenszeichen verging, bevor eine Person für tot erklärt werden konnte. Es gab Ausnahmen für diese Regel, aber die trafen nicht auf diesen Fall zu.

Carola bekam einen weiteren Anruf und damit endlich die Information, auf die sie gewartet hatte.

«Auf in den Kampf», sagte sie zu sich selbst und verließ ihr Büro.

Auf dem Parkplatz des Präsidiums kam ihr ein hoch gewachsener Mann mit auffälligen O-Beinen entgegen. Er trug einen dunklen Trenchcoat und sah schon von Weitem wie ein Reporter aus.

«Wieczorek, HierTV», stellte er sich dann auch vor. «Frau Barreis, Sie ermitteln im Fall des angeblichen erweiterten Suizids bei der Familie Spiekermann. Was sagen Sie dazu, dass jetzt ein weiteres junges Paar gewaltsam ums Leben kam?»

«Nichts. Warten Sie die Pressekonferenz ab», erwiderte Carola und ging schnurstracks an dem Mann vorbei.

«Ist hier ein Serientäter am Werk?», rief er ihr nach.

Carola drehte sich um und ging zu ihm zurück.

«Senden Sie diesen Quatsch, und ich krieg Sie bei den Eiern», fuhr sie ihn an. «Und lassen Sie die Angehörigen in Ruhe, sonst ist der Schwanz auch dran.»

Sie mochte den Reporter nicht, und es fühlte sich gut an, ihn einzuschüchtern.

7

«Ist da jemand?»

Geflüsterte, von Angst getragene Worte, die in der absoluten Finsternis verschwanden wie Schneeflocken auf der

Meeresoberfläche. Im Grunde war es viel weniger ein Verschwinden als eine Transformation, so als wäre die Dunkelheit in der Lage, weitere Dunkelheit aus allem zu erzeugen, was in ihr geschah.

Roya Mayer fürchtete sich wie nie zuvor. Die erste Freude darüber, überhaupt noch zu leben, war schnell von dieser Angst gefressen worden. Als sie vor kurzer Zeit erwacht war, hatte sie wie eine Ertrinkende nach Luft geschnappt, und die Erinnerung daran, wie der völlig durchgedrehte Marc Maria Hagen sie unter Wasser drückte, ließ sie erneut um Luft ringen. Sie hatte das Wasser in ihrem Mund, ihrem Hals, der Lunge gespürt, hatte ihre restliche Atemluft in Blasen aufsteigen und verschwinden sehen.

«Hallo?»

Wider besseres Wissen wartete Roya auf eine Antwort.

Aus irgendeinem Grund hatte Hagen sie überleben lassen. Vielleicht hatte er auch geglaubt, sie sei bereits tot. Er hatte Dreck am Stecken und versuchte, ihn abzuschütteln, indem er sie verschwinden ließ. Sie trug noch die Kleidung, die sie bei ihrer Flucht vor Hagen getragen hatte – feucht klebte sie an ihrem Körper und strömte den mineralischen Geruch des Bachwassers aus.

Roya ahnte, wo sie sich befand.

Irgendwo in den Kellerräumen unter der Bernthaler Mühle. Vielleicht dort, wo Hagen die Frau misshandelt hatte?

Roya musste an das Foto denken, das sie mit dem Handy gemacht und an Nathan verschickt hatte. Dieses Foto konnte ihre Rettung sein. Irgendwas würde Nathan deswegen sicher unternehmen, wenn er es mit ihrem Verschwinden in Zusammenhang brachte.

Aber wann würde Nathan bemerken, dass sie verschwunden war? Heute. Morgen. In ein paar Tagen? Möglicherweise viel zu spät, um ihr zu helfen. Sie musste selbst aktiv werden, durfte sich nicht auf Hilfe von außen verlassen.

Roya streckte die Hand in die Dunkelheit aus, zunächst zögerlich, weil sie sich davor fürchtete, irgendetwas zu berühren. Doch da war nichts, also wurde sie mutiger. Sie kämpfte sich vom nackten Betonboden hoch, und als sie aufrecht stand, ließ leichter Schwindel sie taumeln, doch sie hielt sich auf den Beinen und streckte schließlich den rechten Arm nach oben aus – auch dort war nichts zu fühlen.

Ihr Hals schmerzte, als sie schluckte. Wahrscheinlich eine Folge des Ertrinkens. Aber war sie wirklich in diesem Bach ertrunken? Hatte Hagen sie wiederbelebt? Hatte er sie rechtzeitig aus dem Wasser gezogen und dann bewusstlos geschlagen? Aber müsste sie dann nicht eine schmerzende Stelle irgendwo am Kopf haben?

Und was bedeutete es überhaupt, dass er so weit gegangen war? Wusste er, wer sie war und wonach sie suchte? Stimmte ihre Vermutung, was Hagen betraf? Oder hatte seine Reaktion nur mit der Misshandlung der Frau in seinem Keller zu tun?

All diese Fragen schossen ihr durch den Kopf, während Roya sich mit winzigen Schritten vorwärtsbewegte. Hinein in die Schwärze, von der sie so sehr ein Teil war, dass sie nicht einmal ihre Nasenspitze, geschweige denn ihre Finger sehen konnte.

Eine derart allumfassende Dunkelheit hatte Roya noch nie erlebt.

Oder war sie tatsächlich gestorben und beschritt gerade den Weg ins Reich der Toten? Diese absolute Finsternis ließ den Gedanken zu, zugleich sprach ihre am Körper klebende, feuchte Kleidung dagegen. Auf diese Art würde sie als Tote doch wohl nicht mehr wahrnehmen können? Aber was wusste sie schon vom Tod – außer dass er sie seit jeher ständig begleitete.

Noch einen Schritt, und noch einen. Die Füße immer nur so weit auseinander setzen, dass sich Fersen und Zehen berührten. In den Schuhen stand sogar noch ein wenig Wasser.

Etwas knirschte unter ihren Sohlen.

Roya bückte sich und betastete den Boden.

Sand? Sie hob die Finger an die Nase. Sie rochen nach Erde und Kohle. Ein Geruch, den sie vom Holzkohlegrill ihres Vaters kannte. Diese Sommertage, wenn er draußen im Garten für die Familie Steaks und Würstchen zubereitet hatte, hatte Roya geliebt.

Sie ging weiter. Ließ sich von der Hoffnung antreiben, einen Ausweg zu finden. Auf keinen Fall würde sie auf dem Boden hocken und abwarten, was passierte. Nach fünf weiteren Schritten stießen ihre Fingerkuppen gegen etwas Hartes. Im ersten Moment zuckte sie erschrocken zurück, weil sie nicht damit gerechnet hatte. Beim erneuten Vortasten stellte Roya fest, dass es sich um eine Wand handelte.

Damit war die Todesfrage geklärt. Wände gab es im Jenseits wohl kaum.

Diese hier fühlte sich nach Mauerwerk an. Alte, raue Steine, dazwischen Fugen, die unter ihren Fingern zerbröselten. Roya war dankbar für diese Mauer, denn nun hatte die Finsternis Struktur, etwas, an dem sie sich orientieren konnte. Schließlich waren Menschen auf Orientierung angewiesen.

Sie tastete sich nach rechts an der Wand entlang. Falls das nichts bringen sollte, würde sie es zur anderen Seite hin versuchen. Roya zählte ihre Schritte, um die Ausmaße des Raumes zu begreifen, in dem sie sich befand.

Das Scharren ihrer Schuhsohlen auf dem Betonboden, ihr Atem und ihr wummerndes Herz waren die einzigen Geräusche, die sie wahrnahm. Von außen drang nichts in dieses Gefängnis.

Bald fand sich Roya in einer Ecke wieder. Also ging sie den Weg zurück, sechs Schritte bis zu der Stelle an der Wand, an der sie gestartet war, und von dort aus in die andere Richtung.

Bis sie plötzlich ins Leere griff.

Keine Wand mehr.

Roya erstarrte.

Spürte sie hier einen kühlen Luftzug, oder täuschte sie sich?

Ihre Fingerkuppen erkundeten die Dunkelheit, und das Gefühl, ihre Hand zu verlieren, wenn sie sich noch weiter vorwagte, legte sich wie ein Nagelbrett zwischen ihre Schulterblätter. Sie kämpfte eine heftige Angstattacke herunter und schob sich langsam vor, hinein in den Durchgang, um den es sich handeln musste.

Etwas Weiches legte sich auf ihr Gesicht, und Roya schrie auf. Spinnweben, es waren nur Spinnweben. Alt und dick und feucht. Sie versuchte, sie fortzuwischen, was nicht richtig gelang, also ließ sie es und ging weiter, eine Hand nach vorn ausgestreckt, die andere zur linken Seite. Sie hätte sich gern wieder von einer Wand führen lassen, doch da war keine. Erneut begann das unsäglich angstvolle Tasten in der Finsternis, und mit jedem Schritt wurde Roya langsamer und vorsichtiger.

Plötzlich stieß sie mit den Oberschenkeln an einen Gegenstand. Er war leicht, verschob sich, und es klang nach Holz, als er ein Stück über den Boden rutschte.

Roya tastete und erkannte einen Stuhl mit Armlehnen. Vorn an den Armlehnen fühlte sie etwas Weiches, das von dem Stuhl herunterhing. Sicher war sich Roya nicht, glaubte aber, es handele sich um ein Seil. Automatisch musste sie an die auf einen Holzbock gefesselte Frau denken, auf die Marc Maria Hagen mit einer Gerte eingeschlagen hatte.

Wenn es hier einen Stuhl gab, dann vielleicht auch noch andere Möbel oder Gegenstände, über die sie stürzen oder die sie für ihre Flucht nutzen könnte.

Jetzt tastete sie sich nicht nur mit den Fingern, sondern auch mit den Fußspitzen vorwärts. Nicht weit entfernt von dem Stuhl stieß sie mit dem rechten Fuß gegen etwas direkt auf dem Boden. Das Geräusch war merkwürdig. Es klang wie eine Mischung aus Holz und Keramik.

Roya bückte sich und tastete danach.

Sie spürte zuerst Stoff und dann einen länglichen Gegenstand. Er fühlte sich glatt und gleichzeitig porös an. In der Mitte war er gleichmäßig dünn, zu den Enden verdickte er sich und war vielleicht so lang wie ihr Unterarm.

Roya hatte den Gedanken noch nicht zu Ende gedacht, da wusste sie, was sie in den Händen hielt.

Einen Knochen.

Unmöglich für sie zu sagen, ob es sich um einen menschlichen oder tierischen Knochen handelte, aber da Hagen sie hier eingesperrt hatte, lag der Verdacht nahe, dass sie nicht sein erstes Opfer war. Roya hatte ihn eine Frau misshandeln sehen. Was, wenn er ein Serientäter war, der seine Opfer in diesem Verlies entsorgte, wenn er mit ihnen fertig war?

Roya ging auf die Knie und tastete vorsichtig weiter.

Was sie entdeckte, ließ das Blut in ihren Adern stocken.

Zu ihren Füßen lag ein komplettes menschliches Skelett, teilweise noch in Kleidung gehüllt, aber das Fleisch, die Organe, die Haut waren längst verschwunden. Sie ertastete ein Bein, die Hüfte, die Wirbelsäule, fand schließlich den Kopf, fühlte die Zähne und Kiefer und ...

Roya erstarrte.

Nahm den Gegenstand zwischen Finger und Daumen und strich über die glatte Oberfläche.

Tränen schossen ihr in die Augen, und sie spürte, wie plötzlich alle Kraft aus ihrem Körper verschwand.

«Nein», stammelte Roya. «Bitte nicht ...»

8

Die Bernthaler Mühle lag nicht in ihrem Zuständigkeitsbereich, dennoch hatte Carola darauf verzichtet, die Kollegen vor Ort zu informieren. Es erschien ihr zu umständlich, den Fall zu erklären, außerdem wäre sie dann mehr oder weniger außen vor gewesen, und sie brannte darauf, diesen Lifestyle-Guru kennenzulernen.

Möglicherweise hatte die Produktionsfirma Skarabäus Hagen bereits davon unterrichtet, dass die Polizei mit ihm sprechen wollte, aber Carola hoffte, dass ihr Besuch eine Überraschung sein würde. Die Adresse hatten ihre Kollegen ermittelt.

Als sie am Nachmittag die geschotterte Zufahrt zur Mühle hinunterfuhr, rang sich die Novembersonne zu einer Stippvisite durch. Sechs Autos parkten auf einem Parkstreifen an einer Wiese. Das Seminar schien also noch nicht beendet zu sein. Carola wusste zwar nicht, was für einen Wagen Roya Mayer fuhr, ging aber davon aus, dass einer davon der Journalistin gehörte. Die Mayer hatte gelogen, als sie behauptete, das Wochenende bei ihrem Vater zu verbringen. Ebenjenes Wochenende, an dem Hagen sein Coaching abhielt, zu dem Sarah Henschel eingeladen gewesen war – und vielleicht auch Martina Spiekermann. Carola hielt die Journalistin für verbissen und mutig genug, sich in deren Namen hier einzuschleichen. Vielleicht täuschte sie sich aber auch.

Carola stellte ihren Dienstwagen ebenfalls in die Reihe, stieg aus und sah sich um.

Es war still in dem idyllischen Flusstal. Das dominanteste Geräusch war das Plätschern des Wassers am Wasserrad des Mühlengebäudes. Das Anwesen war riesig, rund um die Gebäude war der Garten gepflegt, weiter draußen hatte man lediglich Pfade in die Wiesen gemäht.

Jemand kam aus dem flacheren Gebäude auf Carola zu.

Eine kleine, elfenhafte Frau mit wehendem Haar und Kladde unter dem Arm. Ihr Gesichtsausdruck war unverbindlich freundlich.

«Kann ich Ihnen helfen?», fragte sie.

«Finden wir es heraus. Ich möchte Herrn Hagen sprechen.»

«Tut mir leid, Herr Hagen befindet sich in einem sehr intensiven Seminar und darf nicht gestört werden. Wir können aber gern einen Termin ...»

Seufzend holte Carola ihre Dienstmarke hervor.

«Kriminalpolizei, mein Name ist Barreis. Ich bin mir sicher, Herr Hagen hat für die Störung Verständnis.»

Die Elfe starrte die Dienstmarke an, als handele es sich um ein religiöses Relikt voller spiritueller Botschaften. Sorge schlich sich in ihre Mimik.

«Darf ich fragen, worum es geht?»

«Aber sicher dürfen Sie. Wo finde ich Herrn Hagen?»

«Wie schon gesagt ...»

«Dann suche ich halt», unterbrach Carola die Elfe, ließ sie einfach stehen und ging an ihr vorbei auf die Gebäude zu. Die kleine, zarte Frau hatte Probleme, Schritt zu halten.

«Das dürfen Sie nicht.»

«Und ob ich das darf, Schätzchen.»

«Haben Sie einen ... wie sagt man, Durchsuchungsbefehl?»

«Haben Sie etwas zu verbergen?»

«Wie bitte?»

«Ist bei diesem Seminar eine Frau Spiekermann? Martina Spiekermann?», fragte Carola. Sie hatte sich entschieden, den Namen der Journalistin vorerst nicht zu erwähnen, da sie nicht sicher sein konnte, ob ihre Vermutung stimmte.

«Ich darf Ihnen keine Auskünfte ...»

Abrupt blieb Carola stehen, sodass die Elfe in sie hineinlief und erschrocken zurückprallte. Carola war einen Kopf größer als die Frau, und als sie sich vor ihr aufbaute, fiel ihr Schatten in das zarte Gesicht.

«Passen Sie mal auf, Schätzchen. Es geht hier um zwei Mordfälle, und wenn Sie nicht auf der Stelle von bockig zu kooperativ wechseln, verbringen Sie die nächste Nacht in Polizeigewahrsam. Verstanden?»

Die Elfe schluckte trocken. Sie nickte.

«Wer sind Sie?», fragte Carola.

«Brittany Kühne. Die Assistentin von Marc.»

«Wo ist Ihr Chef?»

«Auf der Wiese hinter der Mühle. Aber bitte, dort findet gerade eine Lichtöffnung statt, und ...»

Carola ließ die Elfe abermals nicht ausreden und ging mit langen Schritten auf das Mühlengebäude zu. Sie brannte darauf, in diese Lichtöffnung hineinzuplatzen.

Links führte ein Weg am Mühlengebäude und dem Wasserrad vorbei. Ein romantisches Plätzchen, das Hagen sich hier ausgesucht hatte, das musste Carola ihm lassen. Sicher bestens dazu geeignet, Menschen gefügig zu machen.

Auf der Wiese hinter dem Gebäude, die gemäht war, lagen sechs Menschen auf Decken im Gras. Im ersten Moment verstand Carola nicht, weshalb ihre Köpfe derart von grellem Licht umgeben waren, bis sie erkannte, dass die Köpfe auf runden Spiegeln ruhten. Diese Spiegel reflektierten das Sonnenlicht.

Carolas Resthöflichkeit verbot es ihr, laut aufzulachen.

Zwischen den erleuchteten Frauen stand ein Mann in weiter, weißer Kleidung, der irgendwas sagte, was Carola aber nicht verstehen konnte. Ohne Frage bemerkte er sie, denn Carola stand genau in seinem Blickfeld, aber er war Profi genug, sich davon nicht irritieren zu lassen. Carola blieb in einiger Distanz zu dem Lichtspektakel und fixierte den Mann, den sie für Marc Maria Hagen hielt.

Hinter ihr raschelte die Elfe mit Papieren.

«Wofür soll das denn gut sein?», fragte Carola, ohne sich umzudrehen.

«Nun, wir nutzen hier spirituelle Tools, die uns dabei helfen, innere Blockaden aufzulösen, das System von Körper, Geist und Seele ins Gleichgewicht zu bringen und auf diesem Wege unser wahres Selbst zu entdecken. Die Lichtöffnung ist an Tagen wie diesem ganz wunderbar geeignet, vor allem an einem Ort wie diesem.»

«Auf einer Wiese?»

«Die Bernthaler Mühle liegt auf einem kristallinen Kraftplatz, deshalb hat Marc sie ausgewählt.»

Kristalliner Kraftplatz? *Schluck's runter*, sagte sich Carola im Stillen. «Wo ist Frau Spiekermann?»

«Frau Spiekermann hat uns leider vorzeitig verlassen.»

Da war er, der Beweis, dass Roya Mayer sich unter dem Namen der getöteten Martina Spiekermann hier eingeschlichen hatte. Carola drehte sich um. Die Elfe wich vorsichtshalber einen Schritt zurück.

«Wie bitte?»

«Wir halten hier niemanden auf, unsere Teilnehmer können ...»

«Wann ist Frau Spiekermann gegangen?»

«Na ja, also ... in der Nacht. Wir wissen es nicht ganz genau, jedenfalls war sie heute in der Früh nicht mehr da. Ihr Zimmer ist leer, ihr Wagen fort ... es war vielleicht alles ein bisschen viel für sie. Das kommt vor. Marcs Seminare berühren unsere innere Existenz und erschüttern mitunter die Grundfesten ...»

«Die werde ich jetzt auch erschüttern», sagte Carola, trat in den Lichtöffnungskreis, hielt ihren Dienstausweis hoch und rief:

«Kriminalpolizei. Herr Hagen, ich muss Sie sprechen.»

Das Licht erlosch, und zwar wortwörtlich.

Eine dunkle Wolke schob sich vor die Sonne, die Spiegel verwandelten sich in schwarze Flächen, von denen Köpfe hochzuckten, als hätten sie sich daran verbrannt.

Für den Bruchteil einer Sekunde verwandelte sich auch Hagens Gesicht. Carola, die gerade hinschaute, bemerkte es genau. Unter Stress, Druck oder Ärger verwandelten sich die Menschen und zeigten, was in ihnen steckte. Ihre wahre Natur, festgezurrt in einem moralischen Korsett. Aber wehe, die Fesseln lösten sich.

Hagen bat seine Jüngerinnen, in der Mühle eine Pause zu machen, und kam dann auf Carola zu. Er ging bewusst langsam, ließ sich Zeit, stellte Coolness zur Schau.

Walking like a boss, dachte Carola.

«Das ist so nicht in Ordnung», sagte Hagen statt einer Begrüßung. «In fünf Minuten wäre ich fertig gewesen.»

Sein Blick war fest auf Carola gerichtet.

«Na, das konnte ich ja nicht wissen. Dann hätte ich natürlich fünf weitere Minuten meiner Zeit verschwendet. Zusätzlich zu denen, die ich schon am Telefon verbracht habe, um einen Termin bei Ihnen zu bekommen, weitere auf der Fahrt hier raus. Aber das wäre natürlich okay, ich ermittele ja nur in einem Mordfall, während Sie hier Sonnenlicht spiegeln und sich das auch noch bezahlen lassen. Wer hätte das gedacht! Ist bestimmt noch einträglicher als Solarenergie.»

So viele Worte am Stück war Hagen ihr eigentlich gar nicht wert, aber was rauswollte, musste raus.

«Mordfall?», konterte Hagen und zog die Augenbrauen zusammen.

Carola stellte fest, dass er wenig attraktiv war. Das hatte nichts mit Geschmack und Vorlieben zu tun, sein Gesicht ließ jede Symmetrie vermissen, das Haar war lächerlich schütter, der Körper für einen Mann ungewöhnlich spiddelig. Kein Wunder, dass er es vorzog, sein Äußeres vor den Medien zu verbergen, und lieber auf seine Stimme setzte – die war zugegebenermaßen auf positive Art auffällig.

«Und was habe ich damit zu tun?»

«Der Name Martina Spiekermann sagt Ihnen etwas?»

«Na klar. Sie ist Teilnehmerin meines Coachings ... oder besser, war es. Sie hat es leider vorgezogen, uns vorzeitig zu verlassen ...»

«Das hat mir Ihre Mitarbeiterin schon erzählt. Nur handelte es sich bei dieser Frau nicht um Martina Spiekermann.»

«Nicht? Um wen dann?»

Hagen war nicht gut darin, Überraschung vorzuspielen, und spätestens ab diesem Moment glaubte Carola ihm kein Wort mehr.

«Martina Spiekermann ist tot. Ebenso ihr Mann. Ich gehe von einem Mordfall aus.»

«Frau Spiekermann ist tot? Aber wer war dann hier?»

«Eine Journalistin, die in diese Sache involviert ist und sich als Frau Spiekermann ausgegeben hat.»

«Und wie heißt diese Journalistin?»

«Das tut im Moment nichts zur Sache. Wussten Sie, dass ein Artikel über Sie geschrieben werden soll?»

Hagen schüttelte nachdenklich den Kopf.

«Es gab vor einiger Zeit die redaktionelle Anfrage eines Online-Magazins wegen einer Artikelserie. Eine Journalistin wollte mich interviewen, das habe ich abgelehnt. Handelte es sich dabei um diese Frau?»

«Ihre Mitarbeiterin sagte, sie sei in einer Nacht-und-Nebel-Aktion verschwunden. Hat Sie das nicht verwundert?»

«Doch, sicher, aber es kommt vor, dass Coaching-Teilnehmer oder Teilnehmerinnen dem Druck nicht gewachsen sind, und manche reisen lieber still und heimlich ab, statt sich auf ein Gespräch einzulassen. Diesen Eindruck hatte ich von Frau Spiekermann ... oder wie auch immer sie heißt ... nicht. Nach Ihrer Erklärung wird mir aber einiges klarer.»

«Sagt Ihnen der Name Sarah Henschel etwas?»

Hagens Gesichtszüge verhärteten sich.

«Sicher. Frau Henschel war ebenfalls als Teilnehmerin angemeldet, ist aber nicht erschienen. Sie hat sich nicht abgemeldet oder sonst wie Kontakt gesucht ... wir haben ihren Platz neu vergeben. Jetzt sagen Sie bitte nicht ...»

Hagen brach seinen Satz ab und zeigte Besorgnis. Ob sie echt und tief war, wusste Carola nicht.

«Frau Henschel wurde vorgestern getötet. Ihr Lebenspartner wurde ebenfalls getötet. Das war auch bei Martina Spiekermann so. Und die beiden weiblichen Opfer haben Ihren Podcast gehört.»

«Das ist ja entsetzlich», sagte Hagen. «Aber wissen Sie, viele Frauen hören meinen Podcast.»

«Nein, Sie verstehen nicht. Die beiden haben Ihren Podcast angehört, während sie starben. Wer auch immer dafür verantwortlich ist, hat dafür gesorgt.»

«Das ... das kann ich nicht glauben.»

«Spielt keine Rolle. Herr Hagen, wo waren Sie am vergangenen Mittwoch und Donnerstag?»

«Da war ich unterwegs. Zuerst in Köln, wo meine Produktionsfirma ihre Büros hat, dann bin ich hierhergekommen, um das Seminar vorzubereiten.»

«Allein?»

«Nein, mit meiner Assistentin. Und wir haben eine Nacht in einem Hotel verbracht, wenn Sie es ganz genau wissen wollen. Werde ich verdächtigt?»

«Darf ich mich hier umsehen?», fragte Carola.

«Wenn Sie meine Frage beantworten.»

«Sie sind doch ein kluges Köpfchen und können sich die Frage selbst beantworten.»

«Dann möchte ich Sie bitten, unverzüglich mein Grundstück zu verlassen.»

«Überlegen Sie sich das gut.»

«Das Überlegen überlasse ich in dem Fall meinem Anwalt, der sich mit Ihnen in Verbindung setzen wird. Bitte gehen Sie jetzt. Sofort.»

Hagen blieb unverbindlich höflich, aber Carola erkannte, dass sie hier nicht weiterkam. Sie würde sich einen Durchsuchungsbeschluss besorgen müssen, und ob sie den bekam, war fraglich.

«Dann machen Sie mal weiter Geld aus Sonnenlicht», sagte Carola. «Solange die Sonne für Sie noch scheint.»

Sie wandte sich ab und ging zurück zu ihrem Wagen. Ärger breitete sich in ihrem Bauch aus, weil sie sich von diesem Pseudo-Guru wegschicken lassen musste. Klar, sie hatte sich an Recht und Gesetz zu halten. Die Unverletzlichkeit der Wohnung war klar geregelt, und auch wenn Carola das Gesetz weitestgehend respektierte, hätte sie gerade jetzt gern dagegen verstoßen. Gefahr im Verzug ließ sich hier aber nicht anwenden. Die Menschen genossen hier eine Lichtöffnung, indem sie ihre Köpfe auf Spiegel betteten – mehr Gefahr als eine Überhitzung des Hirns schien ihnen nicht zu drohen.

Ob es Carola passte oder nicht, sie musste wieder abziehen.

Zum Glück gab es noch einen anderen Ort, der sie interessierte.

9

Zuerst war da das Rumpeln.

Ein Geräusch wie ein Erdbeben, das sich durch die Fundamente und den Boden übertrug. Roya, die mit dem Rücken an die kalte Wand gelehnt dasaß, die Knie dicht an den Körper gezogen, in den Händen das Medaillon, schrak aus ihrer Lethargie.

Dem Geräusch folgte eine Veränderung der Lichtverhältnisse. Es war nicht so, dass es hell wurde, aber es schlich sich etwas hinein in die Dunkelheit, vielleicht ein Tropfen Licht, vergleichbar mit dem Tropfen Öl, der tausend Liter Wasser verschmutzte.

Roya war viel zu geschwächt, körperlich wie emotional, um in irgendeiner Weise zu reagieren. Sie blieb, wo sie war, und wartete ab, was passieren würde. In den vergangenen Stunden, die sie in der Nähe des Skeletts verbracht hatte, war einerseits eine tiefe Ruhe über sie gekommen, andererseits aber auch eine ungesunde Gleichgültigkeit, die jeden Gedanken an Flucht pulverisiert hatte. Sie fühlte sich am Ende ihrer Reise angekommen. Es gab keinen Grund mehr zu kämpfen.

Das Rumpeln verklang, ein leises Rascheln folgte.

Etwas scharrte auf dem Beton.

Noch bevor das erste Wort erklang, wusste Roya, sie war nicht mehr allein.

«Wie gefällt es dir da unten», sagte der als Frauenflüsterer bekannt gewordene Marc Maria Hagen mit leichtem Spott in der Stimme, die in dieser Umgebung sogar noch voller und tiefer klang. Roya wusste noch immer nicht, wie groß dieses lichtlose Verlies war, aber Hagens Stimme schien es mühelos zu füllen.

Wartete er auf eine Antwort?

Roya schwieg. Sie wollte nicht sprechen, nicht mit ihm.

«Tut mir leid, dass es auf diese Art sein muss, dass es überhaupt sein muss. Glaub mir, ich hätte es dir gern erspart, aber ich will dich daran erinnern, dass du in mein Leben eingedrungen bist, nicht ich in deines.»

Jedes an ihn gerichtete Wort erschien Roya eines zu viel, verschwendete Energie, die sie doch so dringend brauchte, um wieder auf die Beine zu kommen. Aber konnte sie wirklich hinnehmen, was er da sagte? Durfte sie ihn in seinem Glauben belassen?

«Ein netter kleiner Trick, dich als Martina auszugeben. Und weißt du, was dein Fehler war? Dein Glaube, du seist schlauer als alle anderen. Ich verrate dir etwas: Bist du nicht. Wenn du nicht hier herumgeschnüffelt hättest, hätte ich dich einfach wieder fahren lassen, aber so ... tja, dumm gelaufen.»

Roya fragte sich, ob Hagen wusste, wer sie war. Noch hatte er das mit keinem Wort durchblicken lassen. Vielleicht war es besser, sich nicht zu erkennen zu geben.

«Was ist mit der Frau passiert?», fragte sie.

«Das sollte deine geringste Sorge sein, findest du nicht. Du wirst da unten sterben. Ich lasse dich einfach verdursten. Wie du vielleicht schon bemerkt hast, bist du nicht die Erste.»

«Du bist nichts weiter als ein dreckiger feiger Mörder», sagte Roya mit kratziger Stimme.

«War klar, dass du es so siehst. Aber du kennst meine Geschichte und die Hintergründe nicht, die dazu geführt haben.»

Wie alle Mörder versuchte er, seine Taten vor sich selbst

und der Welt zu rechtfertigen. Roya wollte aber nichts hören von seinen kruden Argumenten, wollte seine Stimme nicht in ihrem Kopf haben, wo sie womöglich ewig nachhallen würde.

Je länger er sprach, desto deutlicher meinte Roya, die Richtung ausmachen zu können, aus der seine Stimme kam. Vielleicht musste sie sich nur bewegen, um ihn sehen zu können, aber das würde er in dieser Stille hören. Roya entschied, ihn zum Weiterreden zu animieren, aber nur aus diesem einen Grund, nicht weil es sie interessierte, was er sagte.

«Du bist ein dreckiger, feiger Mörder, nichts weiter», wiederholte Roya in der Hoffnung, Hagen provozieren zu können. Auf gar keinen Fall würde sie versuchen, Verständnis zu suggerieren.

«Was weißt du denn schon.»

«Mehr, als du denkst.»

Roya war aufgestanden, während er gesprochen hatte. Leider war seine Antwort zu kurz gewesen, um sich auch noch durch den Raum zu bewegen. Da sie ja weiterhin nichts sehen konnte, musste sie das vorsichtig tun und durfte nicht auf das Skelett treten.

«Lass uns einen Deal machen», sagte Hagen. «Du sagst mir, wer du bist, und ich lasse dich schnell sterben. Ich meine, ich weiß, dass du die Reporterin bist, die hinter dem Artikel steckt, der über mich geschrieben wird, aber ich wüsste gern mehr über dich. Deinen Namen, deine Geschichte, was dich antreibt, wer du bist. Was meinst du?»

«Fick dich, Hagen.»

«Wie du ja gesehen hast, muss ich das nicht allein tun. Komm schon, stell dich nicht so sperrig an. Wir unterhalten uns nett, du und ich, wer weiß, vielleicht können wir voneinander lernen. Und so schlimm ist es nicht zu verdursten.

Das geht schnell und schmerzlos, du fällst ins Delirium, vergisst alles, und das Letzte, was du hörst, ist meine Stimme. Darum würden sich viele andere reißen.»

Roya begriff, dass Hagen tatsächlich nicht wusste, wer sie war. Sie verstand zwar nicht, wie das sein konnte, aber das spielte jetzt keine Rolle. Sie würde es dabei belassen.

Sie musste hier rauskommen, nur das zählte jetzt.

Diesmal hatte Hagen lange genug gesprochen, sodass sich Roya durch den Raum bewegen konnte. Sie schlich seitwärts an dem Skelett vorbei, machte an dem Stuhl halt und nahm mit, was sie vielleicht gebrauchen konnte. Von dort ausgehend orientierte sie sich an der Stimme, und tatsächlich schien sie sich ihr zu nähern.

Doch sie musste innehalten, als Hagen aufhörte zu sprechen.

Die plötzliche Stille dröhnte in ihrem Kopf.

«Was sagst du?», fragte er.

Trotz der Anspannung hatte Roya genau mitbekommen, was Hagen gesagt hatte. Sie wollte nicht seine Bühne sein, wollte ihm nicht die Möglichkeit bieten, sich auch hier zu profilieren, so wie er es in seinem Podcast tat.

«Du kommst damit nicht davon», sagte Roya. «Ich hatte das Foto längst verschickt, und derjenige, der es hat, wird die Polizei informieren und sie hierherführen.»

Hagen lachte trocken auf, ein Zeichen für Roya, sich wieder auf den Weg zu machen.

«Finde dich mit der Tatsache ab, dass du hier unten sterben wirst. Aber es muss für dich kein einsamer Tod sein, weißt du. Wenn du willst, werde ich bis zur letzten Minute mit dir sprechen.»

Roya hatte eine Wand ertastet und sich daran vorbeigeschoben, und plötzlich konnte sie Hagen sehen – oder besser, erahnen. Er schien in der Luft zu schweben, aber Roya reimte sich zusammen, wie dieser Eindruck entstand. Oben, in vielleicht zwei bis drei Metern Höhe, zeichnete sich ein etwas helleres, graues Viereck ab, und in diesem Viereck saß eine Gestalt. Hagen. Er lehnte mit dem Rücken an der Wand, ein Bein war an seinen Körper gezogen, die Hände darum gelegt. Das andere Bein hing bewegungslos herunter. Da oben war der Ausgang aus diesem Verlies, aber es gab keine Treppe. Hagen musste sie abgebaut haben.

«Leg deine Wut und deine Selbstgerechtigkeit doch bitte für einen Moment ab und denk über meinen Vorschlag nach», fuhr Hagen fort. «Es wäre auch für mich wichtig, das Richtige zu tun, weißt du. Wenn du schon sterben musst, sollte es einen Sinn ergeben, für uns beide …»

Während er geredet hatte, hatte Roya sich geräuschlos herangeschlichen und das Stück Seil, das sie von dem Stuhl losgebunden hatte, zu einer Schlinge gelegt. Mit seinen letzten Worten, die Roya in ihrer Anspannung kaum noch verstand, warf sie die Schlinge um seinen herunterbaumelnden Fuß und hängte sich mit ihrem ganzen Körpergewicht daran. Das war nicht viel, reichte aber doch aus, um Hagen in den Keller zu ziehen.

Mit einem Schrei fiel er herunter und schlug hart auf. Der Schrei endete abrupt. Hatte er sich das Genick gebrochen? Roya wollte das nicht überprüfen, sie wollte nur raus aus dem Verlies, eine zweite Chance würde sie nicht bekommen, wenn Hagen nur kurz außer Gefecht gesetzt war. Also eilte sie zu dem Stuhl zurück, stieß dabei die Knochen des Skeletts auseinander, schnappte sich, was sie brauchte, stellte den Stuhl an die Wand unterhalb des helleren Vierecks, in dem

Hagen gesessen hatte, und stieg drauf. Es reichte gerade so, um die obere Kante mit den Fingerspitzen zu erreichen.

Roya warf ihre provisorische Waffe hoch, ging in die Hocke, stieß sich von dem Stuhl ab, der unter ihr zerbrach, klammerte sich mit beiden Händen an die Kante über ihr, mobilisierte alle Kraft, die in ihren Armen steckte, schabte mit den Füßen an der rauen Wand entlang, fand ein bisschen Halt, sodass sie mit der Kraft aus ihren Beinen nachhelfen konnte, und schaffte es so, ihren Oberkörper über die Kante zu hieven.

Dann robbte sie weiter, bis sie ganz aus dem Keller heraus war.

Sie fand sich in einem Raum wieder, der voller alter Möbel stand. Anrichten, Schränke, Tische und Stühle, alles stammte aus einem vergangenen Jahrhundert. Vor dem Fenster hingen schwere braune Vorhänge, nur ein Hauch von Licht drang seitlich daran vorbei in den Raum.

Rücklings, die Waffe in der Hand, schob Roya sich von dem Durchgang weg, der in den Keller führte. Herz und Atem rasten. Sie lauschte nach Hagen, konnte aber nichts hören. Hatte sie ihn wirklich getötet? Roya glaubte das nicht, deshalb musste sie dafür sorgen, dass er dort unten blieb.

Als sie die Schienen im Holzfußboden sah, die bis unter den alten Bauernschrank führten, der rechts vom Durchbruch stand, wusste Roya Bescheid. Der wuchtige Schrank diente als Geheimtür in den Keller. Sie stand auf und versuchte, ihn vor den Durchbruch zu ziehen, doch dafür war er zu schwer. Also klemmte Roya sich zwischen Schrank und Wand, drückte sich mit den Beinen ab, und tatsächlich bewegte sich das Ungetüm. Knarzend und rumpelnd glitt er in den Holzschienen vor den Durchbruch, wo er schließlich einrastete. Anschließend versuchte Roya, den Schrank in die entgegengesetzte Richtung zu schieben, doch das wollte ihr nicht gelingen; er saß fest. Welcher Mechanismus dafür sorgte, war Roya egal, solange Hagen im Keller eingesperrt blieb.

Die Tür, die aus dem Lagerraum für Möbel führte, war geschlossen, aber nicht abgeschlossen. Leise drückte Roya sie auf. Sie konnte nicht wissen, ob Hagen wirklich allein handelte, also musste sie vorsichtig sein.

Roya kam in einen gekachelten Flur. Von außen steckte ein Schlüssel in der Tür, also schloss sie den Lagerraum ab und steckte den Schlüssel ein. Doppelt hielt bekanntlich besser. Eine weitere Tür am Ende des Flurs führte in eine Küche, und Roya begriff, dass sie sich im Haupthaus der Bernthaler Mühle befinden musste.

Ein Blick durchs Fenster bestätigte das.

Sie sah das Mühlengebäude und das Wasserrad, dahinter einen schwach schimmernden Mond, an dem dunkle Wolken vorbeizogen. Waren die anderen Seminarteilnehmerinnen noch da? Zwar war ihre Kleidung noch feucht, aber Roya wusste nicht, wie lange sie bewusstlos in dem Keller gewesen war. War jetzt Samstag oder schon Sonntag?

Egal. Sie musste hier raus, allein das zählte.

In der Küche gab es eine weitere Tür, die in eine lange, schmale Diele führte. Als Roya sie betrat, hörte sie ein Geräusch über sich. Im Obergeschoss bewegte sich jemand, ganz leicht und leise, aber die alten Dielenbretter verrieten es trotzdem.

«Marc?», rief eine Frauenstimme vorsichtig.

Roya glaubte, dass es die Stimme der Assistentin war.

Steckte sie mit Hagen unter einer Decke? Wusste sie von dem Skelett im Keller und der misshandelten Frau auf dem Turnbock? Wenn sie hier mit Hagen zusammenlebte, musste sie davon wissen!

Roya entschied, sich nicht zu erkennen zu geben. Stocksteif blieb sie in der Dunkelheit neben der Tür zur Küche stehen, ihre provisorische Waffe fest umklammert.

Die Schritte im Obergeschoss näherten sich der Treppe, die sich auf der linken Seite in der Mitte der Diele befand. Daran musste Roya vorbei, wenn sie die Haustür auf der gegenüberliegenden Seite erreichen wollte.

Jetzt oder nie!

War die Assistentin erst einmal auf der Treppe, würde sie Roya sehen können. Also lief sie so geräuschlos wie möglich hinüber, musste aber feststellen, dass die Haustür abgeschlossen war, der Schlüssel aber nicht im Schloss steckte.

«Wer ist da?», kam es von der Treppe.

Roya drehte sich um. Nackte Beine kamen die Stufen hinunter, dann wurde ein weißes Nachthemd sichtbar und schließlich das Gesicht der elfenhaften Assistentin. Im Mondlicht konnte sie Roya sehen, ihre Blicke trafen sich. Brittany wirkte überrascht.

«Was soll das?», fragte sie. «Wo ist Marc?»

Roya tat einen Schritt auf sie zu.

«Wir müssen hier weg, schnell! Wo ist der Schlüssel für die Tür?»

Brittany blieb mitten auf der Treppe stehen. Zart und verletzlich wirkte sie in dem weißen Kleidchen, ihr langes Haar fiel ihr schlafzerzaust auf die Schultern. Auf Roya machte sie den Eindruck, als wüsste sie von nichts.

«Wo ist Marc?», wiederholte sie ihre Frage.

«Im Keller, ich habe ihn eingesperrt, aber wir müssen hier raus ... die Polizei, ich muss die Polizei rufen. Haben Sie ein Handy?»

Roya sprach schnell und mit einem Flehen in der Stimme,

und endlich kam Bewegung in die Frau. Mit flinken Schritten eilte sie die Stufen hinunter und auf Roya zu. Im fahlen Mondlicht wirkte sie wie der Geist aus einem Gruselfilm. Roya glaubte, sie wolle ihr helfen, doch die Frau stoppte nicht, sondern sprang sie an. Roya, die darauf nicht vorbereitet war, ging zu Boden. Sie spürte die Knie der Frau auf ihrem Brustkorb und eine Hand in ihrem Haar. Daran riss die Frau ihren Kopf hoch und schlug ihn auf den Fliesenboden. Nicht besonders heftig, aber es reichte aus, um Roya Sterne sehen zu lassen. Sie ahnte, noch zwei solcher Schläge, und sie würde das Bewusstsein verlieren.

Roya wehrte sich und schaffte es, die nicht besonders schwere Frau von sich abzuwerfen. Aber diese ließ ihr Haar nicht los, und der Schmerz in ihrer Kopfhaut, als sie ein Büschel ausriss, ließ Roya laut aufschreien.

Von Wut und Schmerz getrieben, schlug Roya der Frau mit dem Knochen, den sie von unten mitgenommen hatte, voller Wucht auf den Schädel. Der Griff in ihrem Haar ließ nach, und Roya konnte sich befreien. Brittany kippte zur Seite, ihr Nachthemd rutschte dabei hoch.

Sie war nackt darunter, und Roya sah rote Striemen auf Gesäß und Rücken.

10

Es war längst dunkel, als Carola das allein stehende kleine Haus am Hang erreichte. Es wirkte wie aus der Zeit gefallen. Seit Jahren hatte niemand mehr die Bäume und Büsche beschnitten, alles war zugewuchert, sodass von dem Haus selbst nicht allzu viel zu sehen war.

Das Haus lag leicht erhöht außerhalb der Ortschaft Frankenfeld und hatte eine eigene Zufahrt, an deren Ende Carola hielt und ausstieg. Von dort aus blickte man auf die roten Dächer des Dorfes, die drei-, vielleicht vierhundert Meter entfernt waren.

Es hatte viel geregnet in den vergangenen Tagen, dennoch waren relativ frische Reifenspuren auf dem sandigen letzten Stück der Zufahrt zu erkennen.

Jemand war vor nicht allzu langer Zeit hier gewesen.

Roya Mayer, nahm Carola an.

Denn im Grundbuchamt war dieses Haus auf den Namen Robert Mayer eingetragen, den verschwundenen Vater der Journalistin. Da er noch nicht für tot erklärt worden war, war er offiziell Besitzer des Hauses. Und als Carola sich den Streckenverlauf angeschaut hatte, war ihr aufgefallen, dass Roya Mayer sich an dem Abend ihres Unfalls wahrscheinlich auf der Rückfahrt von diesem Haus zu ihrer Wohnung in der Stadt befunden hatte.

Seit sie die Bernthaler Mühle verlassen hatte, hatte Carola mehrfach versucht, die Journalistin zu erreichen. Vergeblich. Bevor sie jetzt ihren Wagen verließ, ordnete sie eine Fahndung an, zu der auch die Ortung des Handys gehörte. Wenn Carola Marc Maria Hagen glauben konnte, war die Journalistin in einer Nacht-und-Nebel-Aktion verschwunden. Warum? Es gab nur einen Grund, warum sie sich überhaupt unter der Identität von Martina Spiekermann dort eingeschlichen hatte: Sie wollte etwas über Hagen herausfinden. Hatte sie es herausgefunden, und ihr Versteckspiel dort war nicht länger nötig gewesen? Oder hatte Hagen sie durchschaut, und es hatte sich alles ganz anders abgespielt, als Hagen es schilderte?

Beides kam infrage, deshalb war die Fahndung nach Roya Mayer dringend notwendig.

Carola stieg aus und näherte sich der Pforte im Zaun. Die Zuwegung zur Haustür verlief über Treppen. Die Pflastersteine waren von grünem Belag überzogen und rutschig, gerade jetzt in der nassen Jahreszeit. Aber zumindest waren hier die Büsche so weit zurückgeschnitten worden, dass man durchkam. Der Rest des Gartens war Wildwuchs.

Auf dem Klingelschild stand der Name Mayer. Carola drückte auf den Knopf, doch es blieb still. Auch auf ihr Klopfen reagierte niemand. Carola betrachtete die Tür und dachte nach: Holz, relativ alt, das Schloss auch nicht von bester Qualität. Sollte klappen.

Sie kehrte zum Wagen zurück und holte ihren Freund Halligan. Mit ihm konnte Carola auch ohne männliche Unterstützung einen auf dicke Hose machen.

Das Halligan-Tool war eine Stahlstange mit einer Klinge und einem Dorn an dem einen Ende und einem Kuhfuß oder Blechschere am anderen. Carola war zwanzig Jahre lang bei der freiwilligen Feuerwehr gewesen und wusste genau, wie man das Ding einsetzte, um eine Tür zu öffnen. Seit dieser Zeit hatte sie das Teil immer im Kofferraum, auch wenn sie nur selten dazu kam, es einzusetzen. Man machte schon eine Menge kaputt damit, meist musste danach die Tür ersetzt werden. Der Schlüsseldienst ging eindeutig vorsichtiger vor, weshalb sie das Brechwerkzeug nur benutzte, wenn es einen guten Grund dafür gab.

Bevor sie loslegte, horchte sie noch einmal.

Drangen da nicht eindeutig Hilferufe aus dem Haus?

Im Gesamtkontext des Falles Grund genug, Gefahr in Verzug zu vermuten.

Sie setzte das Tool an, und zack, war die Tür aufgebrochen.

Muffige Luft schlug Carola in dem kleinen Flur entgegen. Sie fand einen Lichtschalter, betätigte ihn, aber es blieb dunkel. Offenbar hatte jemand den Strom abgestellt. Also zog sie ihr Handy hervor und nutzte die Taschenlampenfunktion.

An der Garderobe hing Männerkleidung: Jacken, Westen, Kappen. In dem Schuhregal darunter standen Männerschuhe. Ohne den allgegenwärtigen Staub hätte man meinen können, dass hier noch jemand lebte.

Das traf auch auf die anderen Räume zu, bis auf die Küche. Dort standen abgespülte Tassen und Teller auf der Spüle, und in der Filtermaschine steckte ein Filter mit gemahlenem Kaffeepulver darin, durch das Wasser gelaufen war, allerdings war das Pulver bereits wieder getrocknet.

Das Untergeschoss mit Küche, Wohnzimmer mit Essecke, Bad und Wirtschaftsraum war schnell durchsucht. Eine knarrende, mit blauem Teppich belegte Treppe führte ins Obergeschoss. Dort gab es ein weiteres Bad und ein Schlafzimmer gegenüber, bei dem es sich wohl um das Elternschlafzimmer handelte. Eine Betthälfte des Doppelbettes war bezogen, auf der anderen lagen Kleidungsstücke, so als hätte sich jemand erst gestern hier umgezogen.

Am Ende des Ganges gab es ein weiteres Zimmer.

Wahrscheinlich das Kinderzimmer der Journalistin.

Und es barg eine Überraschung.

Der Raum war klein, vielleicht zehn Quadratmeter, das Fenster ging auf den Garten hinter dem Haus hinaus. Die Vorhänge waren zugezogen. Es stand ein Schreibtisch darin, ein Stuhl davor, ein PC darauf. Daneben ein weißes Ikea-

Regal. An der Wand gegenüber eine deutliche Antwort auf einige von Carolas Fragen.

In beinahe jedem Thriller oder Krimi kam so eine Wand vor, mitunter war es auch eine Glasscheibe, auf die mit bunten Markern geschrieben wurde. Carola hatte dergleichen nie gebraucht, weil es ein Zettel eben auch tat, wenn man kein Fernsehpublikum mit einbeziehen musste. Roya Mayer schien aber eine Freundin dieser Technik zu sein. An der Wand klebten Bilder, Fotos, Zeitungsartikel, Ausdrucke, Notizen, Namenskärtchen. Ein einziger Wirrwarr, denn entgegen der Darstellung in Filmen, wo alles immer sehr strukturiert und mit roten Fäden verbunden war, hatte die Mayer die Wand offenbar wahllos beklebt. Immerhin gab es aber einen Mittelpunkt. Das Porträtfoto eines Mannes, der vom Alter her Robert Mayer sein konnte.

Viel interessanter war aber der Bereich links davon.

Dort waren drei Karteikärtchen nebeneinander mit Klebeband an der Wand befestigt. Auf jedem Kärtchen war mit rotem Edding ein Name notiert.

Marc. Maria. Hagen.

Darunter Fotos, die aus größerer Entfernung von einem ländlichen Anwesen gemacht worden waren. Die Überschrift lautete «Bernthaler Mühle». Eine Adresse gab es auch.

In dieser Wand, das wurde Carola sofort klar, steckte monatelange, wenn nicht sogar jahrelange akribische Ermittlungsarbeit. Und es steckte eine wahnhafte Fixierung darin, die mit dem Verschwinden von Robert Mayer, dem Vater der Journalistin, ihren Anfang genommen hatte.

Was auch immer es mit dem Podcast und den in diesem Zusammenhang getöteten Menschen auf sich hatte, ging viel tiefer und reichte viel weiter in die Vergangenheit zurück, als es auf den ersten Blick den Anschein hatte. Um all das zu lesen, zu verstehen und in einen Zusammenhang zu bringen, hätte Carola sich mindestens eine Stunde still vor die Wand setzen müssen, doch sie ahnte, dass sie diese Zeit nicht zur Verfügung hatte.

Deshalb schoss sie mit ihrem Handy ein Foto davon.

11

Vorher

Es gab kein Entkommen von diesem grauenhaften Ort. Der Älteste hatte ihn bei lebendigem Leib eingemauert, die Treppe entfernt, die Tür verbarrikadiert, und all die Schreie, die seine Kehle wund gerieben hatten, waren verklungen, ohne dass ihn jemand gehört hatte.

In dieser lichtlosen Finsternis hatte er nur noch den Tod vor Augen. Und obwohl er kein Sterbenswort mehr mit dem Ältesten sprechen wollte, würde er es tun müssen, um sich selbst ungeheure Qualen zu ersparen und den Menschen, den er liebte, zu schützen. Er hatte keinen Zweifel daran, dass er sonst zu ihm herunterkommen und ihm die Haut vom Körper schälen würde, so wie er es angekündigt hatte. Zu verdursten wäre dagegen ein angenehmer Tod.

Also würde er sprechen, sobald der Älteste ihn dazu aufforderte. Und hier, allein hier, lag seine Chance, nicht vollkommen wehrlos und gedemütigt in den Tod zu gehen. Hier lag seine Chance, dem Ältesten nicht das zu geben, was er sich erhoffte: Wahrheit. Stattdessen musste er einen Weg finden, ihm etwas mit auf den Weg zu geben, das ihn für den

Rest seines Lebens begleitete und im besten Falle langsam, Stück für Stück, tötete. Sein Ego tötete. Vielleicht war das sogar noch schlimmer, als hier unten zu verdursten.

Aber er musste aufpassen! Der Mann war verrückt, da bestand kein Zweifel, aber dumm war er sicher nicht. Eine allzu plumpe Lüge würde er sofort bemerken. Er musste also überzeugend sein, und das würde nur mit den richtigen Worten gelingen. Mit Lügen, die wie die Wahrheit klangen. Dabei war er nie ein guter Lügner gewesen. Ein Grund dafür, dass er bisher geschwiegen hatte.

In der Dunkelheit an den Stuhl gefesselt wartete er auf den Ältesten. Die letzte Mahlzeit, für die ihm die rechte Hand losgemacht worden war, lag lange zurück. So lange, dass sein Magen damit begonnen hatte, sich selbst zu verzehren. Anders ließen sich die Schmerzen, das Grimmen und Kneifen, das Ziehen und Reißen darin nicht erklären. Schwindelattacken plagten ihn, immer wieder fiel er in Zustände, die einem Delirium glichen, und selbst wenn er nicht gefesselt gewesen wäre, hätte er nicht einmal mehr die Kraft gehabt, einen wie auch immer gearteten Fluchtversuch zu unternehmen.

Tränen waren auch keine mehr da.

Nur noch Gedanken.

Liebevolle Gedanken an eine wunderschöne Zeit in seinem Leben, und die konnte ihm niemand nehmen. Mit diesen Gedanken wollte er aufrecht seinen Tod annehmen. Das war der Plan. Wahrscheinlich würde er am Ende aber doch jammern und flehen und betteln. Weil doch niemand mit einem Leben abschließen konnte, das nicht abgeschlossen war.

Ein lautes Klacken hallte durch den Keller, und obwohl er es schon kannte, erschrak er erneut.

Dem Klacken folgte ein Rumpeln, etwas Licht sickerte in die Dunkelheit, gerade so viel, dass er den Eingang dort oben unter der Decke erahnen konnte.

«Lebst du noch?»

Da war sie wieder, die Stimme des Ältesten, warm, fürsorglich, freundlich. Das Äquivalent zu Eisaugen in einem Engelsgesicht. Er fiel nicht mehr darauf herein, befürchtete aber, dass es vielen anderen anders ging.

Wenn er ihn doch nur töten könnte.

Wie viel Leid bliebe der Welt erspart.

«Ja», krächzte er. Seine eigene Stimme war Welten von der entfernt, die er einmal gehabt hatte.

«Schön ... das ist schön. Und bist du bereit, deinen Teil zur Wahrheit beizutragen?»

«Habe ich eine Wahl?»

«Natürlich. Ich habe dir doch gesagt, was passiert, wenn du nicht mit mir redest.»

«Du bist Abschaum.»

Der Älteste lachte trocken auf. «Na siehst du. Geht doch mit der Wahrheit ... mal sehen, ob es auch so gut klappt, wenn sie dich betrifft. Fangen wir an, was meinst du?»

Er schaffte es doch tatsächlich, wie ein Motivationstrainer zu klingen, der jemanden anspornen wollte.

«Mir sind Gerüchte zu Ohren gekommen, schon vor einigen Jahren. Erst wollte und konnte ich es nicht glauben, aber dann wurde mir klar, dass man mich womöglich belogen und betrogen hat. Also habe ich angefangen zu suchen, aber das hat sich als schwieriger herausgestellt, als ich angenommen hatte. Die meisten schwiegen, und denen, die etwas erzählten, konnte ich nicht mehr glauben. Ich musste ja davon ausgehen, dass sie bei ihren Lügen blieben. Ich habe das alles nicht gewollt, weißt du, ich bin dazu getrieben worden. Weil ich ganz einfach die Wahrheit erfahren muss. Und ich weiß, du kannst sie mir sagen. Aber ich will dich warnen. Heute bin ich ein anderer als noch vor ein paar Jahren. Ich habe die Menschen erforscht, sie beobachtet, ihnen zugehört. Ich kann die Lüge von der Wahrheit unterscheiden. Unterschätz mich also nicht.»

Der letzte Satz war natürlich eine Warnung, aber das war kein Problem, denn er wollte ja reden – nur anders, als sein Gesprächspartner es sich vorstellte.

«Weißt du, warum die Menschen nicht mit dir reden wollen?», fragte er den Ältesten und begann damit sein riskantes Spiel. «Weil du schon damals ein unerträglicher Mensch warst. Du warst verlogen, gefährlich, renitent, gewaltbereit, niemand glaubte oder vertraute dir. Und alle bedauerten, dass es gerade du sein musstest, der überlebte. Ich habe niemanden getroffen, der etwas anderes gesagt hat. Alle, wirklich alle wünschten sich, dass er dich getötet hätte statt deiner Geschwister.»

Schweigen.

Minutenlang.

«Ich kann immer noch die Leiter herunterlassen, zu dir kommen und dir unfassbare Schmerzen zufügen», sagte der Älteste.

«Ja, kannst du. Und damit bestätigen, dass ich die Wahrheit sage.»

Wieder eine Pause. Dann:

«Wo sind meine Geschwister?»

«Sie sind tot.»

«Wo sind dann ihre Gräber?»

«Woher soll ich das wissen.»

«Ich habe damals große Verantwortung für sie getragen, weißt du, und die spüre ich heute immer noch. Du musst keine Angst haben, dass ich ihnen etwas antue. Warum sollte ich? Ich will nur wissen, ob es ihnen gut geht. Verstehst du?»

«Sie sind tot.»

«Erzähl mir, was du damals gesehen hast.»

«Es ist dreißig Jahre her, aber einen solchen Tag vergisst man nicht. Als du bei uns geklingelt hast, wusste ich sofort, dass etwas Furchtbares passiert sein musste. Die Streitereien zwischen deinen Eltern waren ja nicht unbemerkt geblieben. Alle in der Nachbarschaft wussten darüber Bescheid. Dein Vater war genau wie du, unbeherrscht, gewalttätig, einfach ein unangenehmer Mensch, der sich nach außen hin aber anders geben konnte.

Meine Frau hatte auf dich aufgepasst, und ich bin rüber zu euch. Die Haustür stand offen, ich konnte also rein. Als ich deine Mutter fand, habe ich sofort die Polizei gerufen, dann bin ich ins Zimmer deines Bruders, aber ich konnte nichts mehr für ihn tun ... ich bin dann raus, weil ich es mit der Angst zu tun bekam. Wie ich später erfuhr, fand man deinen Vater bei seiner Schwertsammlung im Keller, er hatte sich selbst getötet ...»

«Und meine kleine Schwester?»

«Sie lebte noch, starb aber wenig später im Krankenhaus ... sie hatte zu viel Blut verloren.»

Schweigen.

Minutenlang.

«Ist das die Wahrheit?»

«Ja.»

«Warum gibt es keine Gräber?»

«Das kann ich dir nicht sagen. Dafür waren die Behörden zuständig.»

«Ich habe gehört, meine Geschwister hätten überlebt und seien adoptiert worden. Man habe sie an andere Familien gegeben ... nur mich nicht. Mich hat man in verschiedene Heime gesteckt.»

«Wer hätte dich auch schon genommen?»

«Man hat mich missbraucht in diesen Heimen.»

«Wahrscheinlich hattest du es verdient.»

«Wie gesagt, ich habe die Leiter hier liegen. Ich kann herunterkommen und die Wahrheit aus dir herausquälen. Unter Schmerzen sagt jeder die Wahrheit, weißt du.»

«Dann tu, was du tun musst.»

«Warum bist du von dort weggezogen?»

«Wir haben dort nur zur Miete gewohnt und uns irgendwann ein eigenes Haus gekauft.»

«Und warum wolltest du dein eigenes Haus verkaufen?»

«Woher weißt du das?»

«Ich weiß eine Menge, also versuch erst gar nicht, mich zu belügen.»

«Weil meine Frau und meine Tochter bei einem Unfall gestorben sind. Man kann danach nicht in einem Haus bleiben, das voller Erinnerungen steckt.»

Dieser Teil entsprach der Wahrheit, und damit folgte er seinem Plan, Lüge und Wahrheit so zu vermischen, dass der Älteste ihm einfach glauben musste.

«Ich wusste, dass du lügen würdest», sagte der jedoch. «Deshalb musste ich dich auch hierherholen.»

«Ich habe nicht gelogen.»

«Deine Tochter ist also tot?»

«Sie liegt bei meiner Frau. Geh hin und überprüf es.»

«Wie alt war sie, als sie starb?»

«Zweiundzwanzig.»

«Und sie war dein leibliches Kind?»

«Natürlich.»

Schweigen.

Wieder minutenlang.

«Ich glaube dir nicht.»

«Es ist aber die Wahrheit.»

Dann hörte er das Klappern der Aluleiter, ein Geräusch, das er bereits kannte.

«Wir werden sehen», sagte der Älteste und stieg in den Keller hinab.

12

Kuppeln, Gang rein, Gaspedal durchtreten.

Die nächste Ampel schaltete auf Gelb.

Es war spät, die Straßen waren so gut wie leer, und Carola fragte sich, ob sie es wagen konnte. Weil die Rotphase aber schon zu lange andauerte, tat sie es dann doch nicht. Ihre Finger tippten auf dem Lenkrad herum, während sie auf Grün wartete, sie spürte die Nervosität in ihrem Inneren wie früher als Kind Brausepulver auf der Zunge.

Grün. Endlich.

Sie zwang aus dem Dienst-Golf heraus, was nicht in ihm steckte, und der Motor heulte gequält auf. Eigentlich hatte Carola mit dem alten Wagen in ein paar Jahren in Rente gehen wollen, doch wenn sie so weitermachte, würde er es vielleicht nicht überleben – und sie auch nicht.

Der Eilantrag für einen Durchsuchungsbeschluss für die

Bernthaler Mühle war durch. Ausschlaggebend war gewesen, was Carola über den Mann, der sich Marc Maria Hagen nannte, herausgefunden hatte. Zudem ergaben die Handydaten von Roya Mayer, dass sich ihr Handy im Umkreis der Mühle aus dem Netz abgemeldet und nirgendwo sonst wieder eingewählt hatte. Dies war sozusagen die letzte Spur der verschwundenen Journalistin, sodass der Staatsanwalt nicht gezögert hatte, den Beschluss auszustellen.

Es gab zwar keinen handfesten Grund dafür, aber Carola hatte das Gefühl, zu spät zu kommen. Hätte sie sich am Vormittag bloß nicht von Hagen wegschicken lassen! Aber da hatte sie die Wand im Elternhaus der Journalistin noch nicht gekannt.

Auf all das konnte Carola sich noch nicht wirklich einen Reim machen. Eines war ihr aber klar geworden: Die Journalistin hatte mit dem Podcaster eine Rechnung offen. Im Moment sah es allerdings so aus, als habe die Mayer sie bezahlt. Wie diese persönliche Fehde mit den Morden an Martina und Tim Spiekermann sowie an Sarah und Björn Henschel zusammenhing, kapierte Carola auch noch nicht. Sie hatte eine Menge Fragen an Marc Maria Hagen, und diesmal würde sie sich nicht wegschicken lassen.

Als sie aus der Stadt heraus war, gab Carola Vollgas. Es war dunkel, die Straßen feucht von dem Nieselregen, der vor kurzem eingesetzt hatte, herabgefallene Blätter klebten auf dem Asphalt, aber Carola ging das Risiko ein. In zehn, vielleicht fünfzehn Minuten folgte ein Spezialkommando, das bei der Durchsuchung des großen Anwesens helfen sollte, aber selbst darauf hatte sie nicht warten wollen.

Vierzig Minuten nach ihrem überstürzten Aufbruch erreichte Carola die Straße zur Mühle. Jetzt musste sie aufpassen, dass sie die geschotterte Abfahrt nicht verpasste, so finster, wie es hier draußen war.

Plötzlich schoss von rechts etwas über die Fahrbahn.

Im ersten Schreckmoment hielt Carola es für ein Reh, aber es war ein Mensch!

Carola trat hart auf die Bremse, konnte einen Zusammenprall gerade noch verhindern und behielt den Wagen unter Kontrolle. Sobald er stand, löste sie den Gurt, sprang heraus und zog ihre Dienstwaffe, die sie lange nicht mehr in der Hand gehalten hatte – zumindest nicht im Einsatz.

Zwanzig Meter hinter dem Wagen hockte jemand auf der Straße. Die Rücklichter tauchten die Gestalt in rotes Licht, unmöglich zu erkennen, um wen es sich handelte. Mit der Waffe im Anschlag näherte sich Carola bis auf wenige Schritte heran.

«Polizei!», rief sie. «Sind Sie verletzt?»

Die Person hielt etwas in der Hand. Keine Schusswaffe, aber vielleicht so etwas wie einen Totschläger. Carola verharrte vorsichtiger, bis die Gestalt ihr das Gesicht zuwandte.

Es war Roya Mayer. Blut lief ihr von der Schläfe übers Gesicht.

Schnell steckte Carola die Waffe weg, lief zu der Frau hinüber und ging neben ihr auf die Knie. Verwirrt starrte die Journalistin sie aus ihren großen dunklen Augen an.

Carola erkannte einen kleinen Schnitt hoch oben an der Schläfe, der nicht weiter schlimm war. Der Regen verdünnte das Blut und ließ die austretende Menge größer aussehen, als sie war.

«Roya, ich bin's, Kommissarin Barreis», sagte Carola und legte die Hände auf die Schultern der jungen Frau. «Geht es Ihnen gut?»

Roya Mayer nickte und leckte sich gleichzeitig das Blut von den Lippen.

«Im Keller ... er ist im Keller», sagte sie.

«Wer? Hagen?»

Sie nickte. «Hinter dem bunten Bauernschrank ... Die andere hängt an der Heizung ... sie wollte mich töten, aber ich hatte den Knochen ...»

Sie hob die Hand, und jetzt erkannte Carola, um was für einen Gegenstand es sich handelte. Es war kein Totschläger, sondern ein Knochen. Wenn sie sich nicht täuschte, ein menschlicher Oberschenkelknochen. Wieso lief die Journalistin mit einem menschlichen Knochen durch die Nacht?

«Können Sie es mir zeigen?», fragte Carola.

Wieder ein Nicken.

Also half sie der Frau auf die Beine und stützte sie auf dem Weg zum Wagen. Die Journalistin wog kaum etwas, ihr Körper fühlte sich heiß an, Blut tropfte vom Kinn auf den Asphalt. Sie presste den Knochen an ihre Brust, als wäre er ein besonders wertvoller Gegenstand.

Carola schob sie auf den Beifahrersitz, sprang in den Wagen, fuhr weiter und preschte in den geschotterten Zufahrtsweg zur Bernthaler Mühle. Schlingernd kam sie an dem Parkstreifen zum Stehen, auf dem immer noch die Wagen der Seminarteilnehmerinnen parkten. Blieb nur zu hoffen übrig, dass sie nach der Lichtöffnung tief schliefen.

Bevor Carola ausstieg, rief sie den Leiter des Spezialkommandos an, setzte ihn ins Bild und erfuhr, dass er noch zehn Minuten brauchte.

Sie steckte das Handy weg und sah Roya an.

«Wie geht es Ihnen? Können Sie mich zu Hagen führen?»

Die Journalistin nickte.

«Er ... wollte mich töten ... sie auch ... aber ich hatte den Knochen ...»

«Gut, das ist gut, aber das besprechen wir alles später. Kommen Sie, zeigen Sie es mir.»

Carola schnappte sich eine Taschenlampe aus dem Handschuhfach, half der Journalistin aus dem Wagen und blieb dicht bei ihr. Die Waffe hielt sie am langen Arm zu Boden gerichtet. Roya Mayer ging auf das niedrigere Haupthaus zu, die Eingangstür stand offen. Regentropfen perlten wie ein Vorhang von einem schmalen Vordach herunter.

Roya wollte vorangehen, doch Carola hielt sie zurück.

«Bleiben Sie hinter mir.»

Sie schaltete die Taschenlampe ein und betrat das Haus. Ließ den Lichtkegel hin und her wandern, bis er Hagens Assistentin erfasste, die mit den Handgelenken an einen Heizkörper gefesselt auf dem Boden lag. Auch sie blutete aus einer Wunde am Kopf, außerdem aus einer Platzwunde an der Lippe. Der ganze Raum sah so aus, als hätte hier ein Kampf auf Leben und Tod stattgefunden.

Die Elfe starrte sie an. Als sie den Knochen in der Hand der Journalistin erblickte, zuckte sie zurück.

«Polizei», sagte Carola. «Keine Angst. Ihnen wird gleich geholfen.»

Und zu Roya: «Wo ist Hagen?»

Roya Mayer führte sie durch die Küche und einen schmalen Gang zu einem Raum, in dem alte Möbel lagerten. Dort deutete sie auf einen bunt bemalten, antiken Bauernschrank.

«Dahinter geht es in den Keller», sagte sie.

«Und wie?»

«Ich weiß nicht ... irgendein Mechanismus unter dem Schrank ... er lässt sich zur Seite schieben.»

Da Carola den Schrank nicht bewegen konnte und auch keinen Mechanismus fand, öffnete sie schließlich die Flügeltüren und suchte drinnen. An der rechten Seite fand sie die Schlaufe eines Drahtseils, das von unten heraufkam. Carola zog daran und konnte hören und spüren, wie sich ein Verschluss am Boden des Schranks öffnete.

Jetzt ließ er sich beiseiteschieben. Dahinter kam ein finsteres Loch zum Vorschein. Carola trat darauf zu und leuchtete hinein. Was sie sah, verschlug ihr die Sprache. Ein zerbrochener Stuhl. Ein Seil. Ein bis auf einen Oberschenkel komplettes Skelett. Und mittendrin Marc Maria Hagen, der gerade wieder zu sich kam.

«Das ist mein Vater», sagte hinter ihr Roya Mayer.

13

Zwei Stunden später leuchteten helle Strahler auf Stativen den Keller aus.

Carola Barreis stand mittendrin und nahm in sich auf, was sie sah. Oben waren die Spurentechniker noch mit dem Haus beschäftigt und würden sich den Keller vornehmen, sobald Carola genug gesehen hatte.

Der alte Stuhl lag zerbrochen neben der Stelle, an der jetzt eine Alu-Leiter stand, davor das vielleicht achtzig Zentimeter lange Seil aus Kunststoff, mit dem Roya Mayer laut Aussage Marc Maria Hagen in den Keller gezogen hatte. In der ungefähren Mitte des Raumes lag das menschliche Skelett, zum Teil eingehüllt in die Kleidung, die das Opfer zum Zeitpunkt seines Todes getragen hatte.

Das ist mein Vater, hatte die Journalistin gesagt, und damit nicht Marc Maria Hagen gemeint. Sie war felsenfest davon überzeugt, dass es sich bei dem Skelett um ihren Vater handelte, und begründete es mit einem Schmuckstück, das sie bei der Leiche gefunden hatte.

Was für eine irre Geschichte spielte sich hier ab?

Carola begriff immer noch nicht alle Zusammenhänge, aber zumindest war ihr jetzt klar, warum die Journalistin hinter dem Podcaster her gewesen war. Sie hatte ihn verdächtigt, ihren Vater entführt und getötet zu haben, und wie es aussah, lag sie damit richtig.

Hagen selbst war dazu noch nicht vernommen worden. Er hatte sich bei dem Sturz in den Keller verletzt und musste erst einmal ärztlich behandelt werden.

Dieser Keller!

Zwei Räume mit hoher, gemauerter Gewölbedecke, verbunden durch einen offenen Durchgang, aber abgeschottet vom Rest des Hauses und auch vom Rest des Kellers. Im zweiten Raum war deutlich zu erkennen, dass ein Durchgang zugemauert worden war, und auch eine ehemalige Öffnung hoch oben in der Wand war nachträglich zugemauert worden. Von außen erkannte man das an dem unterschiedlichen Stein, innen dadurch, dass die Stelle nicht verputzt worden war. Wahrscheinlich, so vermutete Carola, war dieser geheime Keller einzig und allein dafür geschaffen worden, den Mann, der hier drinnen gestorben war, gefangen zu halten.

Aber warum?

Und was hatte das mit den Opfern zu tun, die in ihren letzten Minuten den Podcast von Marc Maria Hagen gehört hatten?

Die Liste der Fragen wurde immer länger.

Carola ging durch die beiden Räume. Im zweiten gab es

eine metallene Klappe in der Wand. Dahinter verbarg sich ein alter Schornstein. Die Klappe stand bereits offen, und Carola leuchtete mit ihrem Handy hinein. Der Durchmesser des Schornsteins war immens. Darin roch es nach Ruß und Fett, und in der schwarzen Schicht auf den Steinen entdeckte sie Kratzspuren, die von einer menschlichen Hand stammen mussten. Bei diesem Anblick lief es ihr kalt den Rücken hinab.

Was für ein Drama hatte sich hier unten abgespielt?

Carola ging zurück in den ersten Raum und betrachtete die Öffnung oben in der Wand, die von dem bunten Bauernschrank verdeckt worden war. Marc Maria Hagen hatte sich einen Mechanismus ausgedacht, um den Schrank immer wieder leicht und schnell zur Seite schieben zu können, was bedeutete, dass er ihn entweder für noch mehr Opfer geplant hatte, die er in den Keller sperren wollte, oder aber er hatte Kontakt zu dem Mann gesucht, der hier gestorben war. Wenn er ihn einfach nur hätte verschwinden lassen wollen, hätte Hagen diese Öffnung auch noch zumauern können. Stattdessen hatte er die Holztreppe, deren Reste noch in der Wand steckten, abgebrochen, die Tür entfernt und den Schrank davor gebaut. Dieser Aufwand musste einen Grund haben.

Roya stellte sich vor, wie der bedauernswerte Mann hier unten an den Stuhl gefesselt gewesen war, während Hagen dort oben stand. Was hatte er getan? Auf sein Opfer eingeredet? Hatte er hier seine Stimme für seinen Podcast geschult?

Hagen war vielleicht ein Blender und Betrüger, aber war er auch ein geistesgestörter Mörder? Den Eindruck machte er eigentlich nicht auf Carola. Aber was wusste sie schon. Wer Sonnenlicht in Spiegeln brach und damit Geld verdiente, war wahrscheinlich zu allem fähig.

Eine Gestalt trat in den Durchbruch. Da sie von hinten angestrahlt wurde, konnte Carola sie nur als schwarzen Umriss erkennen und dachte für den Bruchteil einer Sekunde, Hagen wäre zurückgekehrt, um jetzt sie in seinem geheimen Keller einzukerkern.

«Frau Barreis?», sagte oben der Kollege.

«Ja?»

«Wir haben jetzt alle Daten der Seminarteilnehmerinnen aufgenommen, ihre Aussagen haben wir auch, können wir die Damen gehen lassen?»

«Ja, lassen Sie sie gehen. Wo ist Roya Mayer?»

«Die wartet im Rettungswagen auf Sie.»

«Okay, danke, ich bin gleich da.»

Der Kollege verschwand, und Carola drehte sich noch einmal um die eigene Achse.

Wieder lief es ihr kalt den Rücken hinab. Sie hatte nur noch das Bedürfnis, diesen geheimen Keller zu verlassen. Das zumindest konnte sie, aber die Erinnerung daran würde sie niemals wieder verlassen. Noch eine Leiche. Die Fünfte in wenigen Tagen. Ihr Schicksal rieb sich schon die Hände ob der Zinsen, die fällig wurden.

Carola kletterte die Leiter hoch, klopfte sich den Staub aus den Kleidern und verließ das Haus. Der Rettungswagen stand zwischen dem Haupthaus und dem Mühlengebäude. Licht fiel durch seine Fenster auf den geschotterten Platz. Carola klopfte an die Seitentür, eine Rettungssanitäterin öffnete ihr.

Roya Mayer saß auf der Trage. Ihr langes dunkles Haar fiel ihr ins Gesicht. Das Blut war abgewaschen, trotzdem sah sie mehr tot als lebendig aus.

«Wie fühlen Sie sich?», fragte Carola.

«Es geht», antwortete die Journalistin.

«Ich weiß, es ist wahrscheinlich der falsche Zeitpunkt,

aber würden Sie mich in Ihr Elternhaus begleiten? Ich habe viele Fragen.»

Roya Mayer nickte.

«Es ist genau der richtige Zeitpunkt», sagte sie und rappelte sich mühsam von der Pritsche hoch.

KAPITEL 5

1

Die Wand, die die letzten acht Jahre ihres Lebens bestimmt hatte, verschwamm vor ihren Augen, die sich langsam mit Tränen füllten.

Roya Mayer wurde überwältigt von ihren Gefühlen, ihre Hände zitterten, in ihrem Körper tobte ein Sturm, der sich nur langsam legen wollte. All die Zeit und Energie, die sie in diese Wand investiert hatte, war nicht vergebens gewesen. Sie hatte ihr Ziel erreicht.

Der Mörder ihres Vaters war gefunden.

Marc Maria Hagen war festgenommen und würde aus dem Krankenhaus direkt in Untersuchungshaft kommen.

«Wie geht es dir?», fragte Kommissarin Carola Barreis, die neben Roya auf dem Bett in ihrem ehemaligen Kinderzimmer saß.

Viel Zeit war nicht vergangen, seit die Kommissarin sie auf der Straße in der Nähe der Bernthaler Mühle beinahe überfahren hätte. Fünf oder sechs Stunden, so genau wusste Roya es nicht, denn sie hatte diese Zeit wie in einem Kokon verbracht, war verarztet, versorgt und vernommen worden und hatte sich nur schwer von dem Knochen trennen können, der natürlich ein Beweisstück war. Ebenso wie das Medaillon.

Beides würde sie irgendwann wiederbekommen. Vielleicht würde sie sogar ihr Leben wiederbekommen, jetzt, da alle Fragen geklärt waren. Zumindest für sie, nicht aber für Carola, der sie einige Jahre an Ermittlungsarbeit voraushatte. Jahre, die sich in dieser Wand manifestierten.

Roya hatte sich bereit erklärt, die Wand zu erklären, nicht ahnend, wie sehr der Anblick sie von den Füßen reißen würde.

«Ich würde gern sagen, ich spüre Genugtuung ... aber das stimmt nicht. Ich bin aufgewühlt und gleichzeitig leer, so als hätte man mir den Stecker rausgezogen ... ein bisschen Restenergie ist noch im Akku, aber nicht mehr viel ...»

«Wenn du eine Pause brauchst, sag es mir», sagte Carola.

Sie duzten sich seit dem Vorfall auf der Straße, und die Kommissarin klang längst nicht mehr so schroff wie zuvor. Ihr asketisches Gesicht drückte Mitgefühl und Sorge aus.

«Es geht schon. Ich muss nur erst begreifen, was gerade passiert. Fast neun Jahre habe ich gesucht, habe gehofft, meinen Vater lebend zu finden, und ebenso lange lag er wahrscheinlich in Hagens Keller ...»

«Die Untersuchungen dauern noch an, wir wissen noch nicht, ob es sich wirklich um deinen Vater handelt», wandte die Kommissarin ein.

Roya schüttelte den Kopf. «Dafür brauche ich keine Untersuchung. Um den Hals des Skeletts hing dieses Medaillon. Mehr Beweis ist für mich nicht nötig.»

Roya holte das Familienmedaillon der Mayers aus ihrem Ausschnitt hervor. Es war ihr eigenes, das sie nie abgelegt hatte, nur bei dem Autounfall war es ihr vorübergehend abhandengekommen. Das ihrer Mutter lag in der Schatulle im Schlafzimmer, daneben würde sie das ihres Vaters legen, sobald die Polizei es freigeben würde. Anhand dieses Medaillons hatte sie in dem finsteren Keller unter der Bernthaler Mühle erkannt, dass es sich bei dem Skelett um ihren Vater handelte.

«Wie sonst soll das Medaillon dorthin gelangt sein?», fragte Roya.

Carola Barreis presste die ohnehin schmalen Lippen zusammen und nickte.

«Ich zweifle nicht wirklich daran», sagte sie. «Aber zeig mir bitte, wie du auf Hagen gekommen bist?»

Roya atmete tief ein, erhob sich von dem Bett in ihrem Kinderzimmer und trat vor die Wand, die in den vergangenen Jahren der Ermittlungsarbeit immer weiter angewachsen war. Es hatte Zeiten gegeben, in denen sie die Zusammenhänge selbst nicht mehr begriffen und die Hoffnung, ihren Vater je zu finden, aufgegeben hatte. Dann war sie wochenlang nicht in ihrem Elternhaus gewesen, hatte versucht, jeden Gedanken daran zu vermeiden, und sich eingeredet, sie müsse nur warten, bis sie ihren Vater für tot erklären lassen konnte, um das Haus verkaufen und endlich ein normales Leben führen zu können.

Doch es hatte sie immer wieder dorthin zurückgezogen. In den letzten Jahren war es schlimmer geworden, sie hatte begonnen, Gespräche mit ihrem Vater zu führen, und sich eingebildet, ihn hören, sehen und riechen zu können. Das war so weit gegangen, dass Roya zwei Mahlzeiten gekocht und zwei Gedecke auf den Tisch gestellt hatte, wenn sie in ihrem Elternhaus gegessen hatte. Noch während sie das getan hatte, war ihr klar gewesen, dass es krank war, nicht normal.

Roya tippte mit dem Finger auf das Bild eines älteren Herrn mit ergrautem Haar und freundlichem Gesicht, der einen Anzug mit blauer Krawatte trug. Neben dem Bild hing die Visitenkarte eines Immobilienmaklers namens Alfons Batke.

«Er war mein Durchbruch. Alle anderen Spuren, denen ich bis dahin gefolgt war, verliefen im Sande. Ich fand die Visitenkarte vor etwas mehr als einem Jahr bei den Unterlagen meines Vaters. Zuvor war ich diese Unterlagen mehrfach durchgegangen, hatte die Karte aber wohl übersehen, weil sie aus irgendeinem Grund zwischen den Rabattmarken des Friseursalons lag, die mein Vater sammelte, damit er irgendwann einen Haarschnitt umsonst bekam. Ich wusste zwar, dass mein Vater sich nach dem Tod meiner Mutter mit dem Gedanken trug, das viel zu große Haus zu verkaufen, aber als Spur habe ich das nie betrachtet. Wir haben darüber geredet, als ich wegen meines Studiums meinen Umzug plante. Papa sagte, bei all den Erinnerungen an die Frauen, die er liebte, die aber nicht mehr bei ihm waren, würde er sich in dem Haus nur sehr einsam und verlassen vorkommen ...»

Roya hielt inne. Ähnlich wie heute hatte sie dieses Gespräch damals in ihrem Kinderzimmer geführt. So wie jetzt die Kommissarin hatte Papa auf der Bettkante gesessen und sehr traurig und verloren gewirkt. Sie hatte ihn in den Arm genommen und gesagt, sie verstehe es, ihn aber gebeten, noch ein bisschen damit zu warten.

«Worauf?», hatte er gefragt. «Du musst die Welt erobern. Du kommst nicht hierher zurück.»

«Jeder Eroberer braucht aber ein Basecamp», hatte Roya geantwortet und Papa auf die kratzige Wange geküsst. «Ich wäre einfach nur froh, wenn das hier noch eine Weile mein Basecamp bleiben könnte.»

So waren sie auseinandergegangen. 2012 war Roya mit

dreiundzwanzig zum Studieren nach Aachen gezogen und kaum noch in ihr Elternhaus zurückgekehrt. Papa hatte den Verkauf nie wieder von sich aus angesprochen. 2013 war er dann verschwunden.

«Ich habe diesen Immobilienmakler, diesen Alfons Batke, kontaktiert. Er war schon eine Weile nicht mehr im Geschäft und nahm es mit dem Datenschutz nicht so genau. An meinen Vater konnte er sich recht gut erinnern, die beiden hatten sich wohl gut verstanden. Herr Batke konnte mir drei Namen nennen, die sich zwischen 2012 und 2013 für unser Haus interessiert und es besichtigt hatten. Es hat mich viel Zeit gekostet, diese drei Menschen ausfindig zu machen, sie zu beobachten, Kontakte herzustellen, aber ich fand keinen Grund, warum sie etwas mit dem Verschwinden meines Vaters zu tun haben sollten.

Dann aber erinnerte sich Alfons Batke an noch jemand anderen. An einen Mann, der sich Marc Hagen nannte. Er war telefonisch an meinen Vater herangetreten, weil er angeblich gehört hatte, das Haus sei zu verkaufen. Dieser Marc Hagen behauptete, selbst Makler zu sein, das Haus aber für sich und seine Familie kaufen und dabei die Courtage der Konkurrenz umgehen zu wollen. Laut Batke fand mein Vater das merkwürdig und erzählte ihm davon. Batke sagte, so etwas komme immer mal wieder vor, weil die Leute die Courtage aushebeln wollten. Damals musste die ja noch vom Käufer bezahlt werden. Batke riet meinem Vater von diesen unfairen Methoden ab, informierte wie üblich seine Kollegen darüber, um sie zu warnen, und erfuhr, dass ein Marc Hagen vor einigen Wochen ein Objekt mit der Bezeichnung Bernthaler Mühle gekauft hatte.

Batke selbst fand den Vorgang nicht weiter ungewöhnlich.

Die Immobilienszene sei ein Haifischbecken, sagte er. Ich selbst fand es aber merkwürdig genug, um mich damit zu beschäftigen. Damals wäre ich jedem Brotkrumen gefolgt, egal wie klein und unscheinbar.

Schließlich fand ich heraus, dass Marc Hagen mittlerweile Marc Maria Hagen war, ein bekannter und erfolgreicher Podcaster für Mental Coaching, der sogenannte Frauenflüsterer. Da ich zu dem Zeitpunkt ohnehin nach einem neuen Thema für eine Online-Artikel-Serie suchte, verband ich Berufliches mit Privatem und begann, über Hagen zu recherchieren. Von Anfang an hatte ich das Gefühl, auf der richtigen Spur zu sein. Hagen war irgendwie nicht fassbar. Es gab keine Bilder von ihm, nur wenige Informationen, und das, obwohl er doch so erfolgreich war. Im Gewerberegister fand ich einen Eintrag, der bewies, dass er tatsächlich einige Jahre als Immobilienmakler gearbeitet hatte, aber wohl nicht mehr zu der Zeit, als mein Vater verschwand.»

Roya tippte auf den Ausdruck des Gewerberegisters. Darauf stand der Firmenname *Hagen & Borrmann, Immobilien.*

«Ich habe natürlich versucht, diesen Geschäftspartner mit dem Namen Borrmann ausfindig zu machen, aber das ist mir nicht geglückt. Dazu konnte auch Alfons Batke nichts sagen. Bei ihm oder einem seiner alten Kollegen und Kolleginnen war kein Borrmann bekannt.

Ich fragte mich, warum Hagen sich für unser Haus interessierte, wo er doch schon die Bernthaler Mühle gekauft hatte. Und seine Aussage, er benötige das Haus für sich und seine Familie, stimmte nicht. Ich habe herausgefunden, dass er nie eine Familie hatte, also keine Frau und Kinder. All das machte mich misstrauisch, und ich begann, weitere Fragen zu stellen. Diente der Kontakt nur dazu, meinen Vater kennenzulernen, ihn auszuspähen? Aber warum? Was verband die beiden? Hatten sie eine gemeinsame Geschichte? Ich fand keine Antworten, ahnte aber, dass es welche geben musste. Also arbeitete ich darauf hin, mich bei Hagen ins Seminar einzuschleichen ...»

«Und dafür hast du Martina Spiekermann kontaktiert?»

Roya nickte und biss sich auf die Unterlippe, weil sie etwas spüren wollte. Schmerz gegen Schmerz, ein dummes Konzept, das aber funktionierte. Sie schaffte es, die Tränen zu unterdrücken.

«Das war ein Fehler», gab sie zu. «Ich hätte das nicht tun dürfen. Dadurch wurde Hagen erst auf sie aufmerksam, fürchte ich. Wahrscheinlich ist es meine Schuld, dass sie und ihr Mann sterben mussten.»

Carola Barreis schüttelte den Kopf.

«Das glaube ich nicht. Ich weiß noch nicht, wie die Entführung und Ermordung deines Vaters mit den Morden an den Spiekermanns und an Sarah Henschel und ihrem Freund zusammenhängt. Die Opfer haben den Podcast gehört, ihn vielleicht sogar geliebt, waren Fans von Marc Maria Hagen, aber sie mussten nicht wegen der Sache mit deinem Vater sterben, da bin ich mir ziemlich sicher.»

«Aber warum dann?»

Carola erhob sich jetzt ebenfalls von dem Bett und trat zu Roya an die Wand.

«Ich weiß es nicht. Aber ich habe so ein Gefühl, dass die Antwort auf diese Frage ebenfalls an deiner Wand zu finden ist.»

Roya ließ ihren Blick von einer Notiz zur anderen, von einem Foto zum nächsten gleiten, versuchte, sich zu erinnern, was das eine mit dem anderen verband, welchen Informationen sie damals gefolgt war, doch in ihrem Kopf war immer noch viel zu viel durcheinander, als dass sie sich wirklich hätte konzentrieren können.

«Aber wo?», fragte sie schließlich.

Carola zuckte mit den Schultern.

«Sobald Hagen fit ist, verhöre ich ihn. Danach wissen wir sicher mehr.»

2

Es gab Menschen, die noch im kleinsten Raum verloren wirkten, und wenige andere, die selbst den größten Saal mühelos zu füllen vermochten. Marc Maria Hagen gehörte zur zweiten Kategorie.

Nicht, dass es hier nötig gewesen wäre.

Der Verhörraum des Präsidiums war klein, nüchtern, beinahe schon hässlich mit all den schwarzen Schrammen an den weißen Wänden und den abgestoßenen Möbeln. Rein äußerlich hatten der Raum und der Podcaster an diesem Tag also einige Gemeinsamkeiten. Der Sturz in den Keller hatte im ohnehin schon nicht schönen Gesicht des Podcasters Spuren hinterlassen. Schrammen, Schürfwunden und blaue Flecken. Ansonsten war er aber unverletzt geblieben und konnte folglich problemlos verhört werden.

Carola Barreis spürte sie sofort, als sie mit dem Ordner unter dem Arm den Raum betrat: diese besondere Aura, die Hagen verströmte. Die Luft schien zu vibrieren, dabei tat er nichts weiter, als vollkommen entspannt dazusitzen und Carola mit interessierter Miene zu mustern. Einschüchtern lassen würde sie sich von dem Mann nicht, so viel stand fest, aber völlig frei machen konnte sie sich von seinem Charisma auch nicht.

Vielleicht lag es an ihrer Müdigkeit. Sie hatte kaum geschlafen in der letzten Nacht, nur zwei Stunden am frühen Morgen, und selbst die waren unruhig gewesen. Roya Mayer und das Schicksal ihres Vaters hatten sie beschäftigt. Derweil hatte Eckhard seine Runden im Laufrad gedreht, aber nichts beitragen können, als sie ihn nach der Lösung dieses ungewöhnlichen Falles gefragt hatte. Gerädert und frustriert hatte sie sich auf den Weg ins Präsidium gemacht, um früh am Morgen als Allerorstes Marc Maria Hagen zu verhören. Der Podcaster hatte die Nacht in Untersuchungshaft verbracht. Manch einen brachte das zur Räson, Hagen aber offenbar nicht.

Vor dem Verhör hatte Carola sich zehn Minuten Zeit genommen, um zwei Namen zu recherchieren. Dabei war sie auf eine Information gestoßen, mit der sie nicht gerechnet hatte.

Sie warf den Ordner auf den Tisch, ging zum Fenster, lehnte sich gegen die Fensterbank, verschränkte die Arme vor der Brust und fixierte Hagen.

Der hielt ihrem Blick stand. Mühelos. Dabei schien sein Körper ein Hort der Ruhe zu sein. Kein Finger tippte, kein Fuß wackelte, kein Lid zuckte. Entweder war er wirklich so cool, oder er hatte viel Zeit auf die Perfektion seines Verhaltens verwandt.

«Sie haben eine Leiche im Keller», begann Carola.

Hagen musste lächeln.

«Ihr Humor gefällt mir», erwiderte er.

«Ich habe gar keinen Humor. Um wen handelt es sich bei der Leiche?»

Hagen zuckte mit den Schultern.

«Das weiß ich nicht.»

«Sie wissen es nicht?»

«Nein. Woher auch? Ich vermute, ich habe sie zusammen mit der Bernthaler Mühle erworben.»

Carola hatte mit einigem gerechnet, damit aber nicht. Leugnete Hagen tatsächlich, etwas mit dem Skelett in seinem Keller zu tun zu haben? Unverfrorener ging es ja wohl nicht! Hatte er die Nacht in Haft damit verbracht, sich eine Verteidigungsstrategie zurechtzulegen? Tja, das war sein gutes Recht, und Carola war gespannt darauf, wie er seine Behauptung zu untermauern gedachte.

«Sie waren zuvor nie in diesem Keller?», fragte sie.

«Ich wusste nicht einmal von seiner Existenz.»

«Dann haben Sie den Mechanismus mit dem Bauernschrank nicht gebaut?»

«Ich wünschte, ich wäre handwerklich dazu in der Lage. Bin ich aber nicht. Meine Qualitäten liegen eher im psychosozialen Bereich.»

«Oder in der Umwandlung von Sonnenlicht in Geld.»

Hagen rang sich ein müdes Lächeln ab.

«Vielleicht haben Sie recht mit Ihrem Humor.»

«Provozieren Sie mich, und wir finden es gemeinsam heraus.»

Sein Lächeln hielt noch für eine Sekunde, dann verschwand es und machte Aufmerksamkeit Platz. Er signalisierte Carola Kooperation und log gleichzeitig, dass sich die Balken bogen. Der Typ war echt eine Marke.

«Wir haben die Aussage, dass Sie die Journalistin in diesen Keller gesperrt und dort sogar mit ihr gesprochen haben. Das ist schwer möglich, wenn Sie nichts von der Existenz des Kellers wussten.»

«Nun, ich an ihrer Stelle würde wohl genauso argumentieren. Schließlich ist sie bei mir eingebrochen.»

«Und wir haben eine Handyaufnahme davon, wie Sie eine Frau misshandeln.»

«Tatsächlich? Die würde ich gern sehen.»

Carola hatte geblufft. Die Aufnahme gab es nicht. Das Handy der Journalistin war verschwunden, sie gab an, es im Fluss verloren zu haben, als Hagen versucht hatte, sie zu ertränken. Die Spurentechniker hatten es nicht gefunden, wahrscheinlich war es abgetrieben worden, und selbst wenn sie es gefunden hätten, wären die Daten durch das Wasser zerstört worden. Zwar hatte die Journalistin versucht, das Foto von dem Missbrauch zu verschicken, glaubte jedoch, das sei an dem schlechten Netz da draußen gescheitert. Den Empfänger, einen Rettungssanitäter, hatten sie noch nicht erreicht, um ihn danach zu fragen.

«Sie streiten also ab, im Keller der Bernthaler Mühle eine Frau missbraucht zu haben oder etwas von der Existenz der Leiche gewusst zu haben? Warum haben Sie dann die Journalistin angegriffen? Oder streiten Sie das auch ab?»

Hagen drückte den Rücken durch und richtete sich auf.

«Wollen Sie überhaupt hören, was sich wirklich zugetragen hat, oder reichen Ihnen die Behauptungen einer offensichtlich verwirrten, verzweifelten, vielleicht sogar manischen Journalistin, die unbedingt eine Story braucht?»

Carola ließ einen Moment verstreichen und sah Hagen dabei in die Augen. In diese kleinen, blassgrauen Augen, die man vergaß, sobald man sich abwendete, weil es nichts Besonderes an ihnen gab. Allerweltsaugen, die nicht einmal Intelligenz ausstrahlten. Was das anging, durfte Carola den Mann aber nicht unterschätzen. Immerhin hatte er die

Chuzpe, sich in einer ausweglosen Situation einen Ausweg herbeizureden.

«Dann reden Sie», forderte sie Hagen auf.

Auch er ließ sich einen Moment Zeit, bevor er tat, was Carola wollte.

«Die Frau hat unter einer falschen Identität an meinem Seminar teilgenommen, wie Sie ja selbst wissen. Sie tat das, weil ich zuvor eine Zusammenarbeit an einem Artikel verweigerte, der meine und die Arbeit vieler anderer Coaches in den Schmutz gezogen hätte. Auf der Suche nach diesem Schmutz, den es bei mir nicht gibt, der für diese Art von Journalismus aber notwendig ist, hat diese Person sich für das Lügen und Betrügen entschieden. Und als sie am ersten Seminartag begriff, dass es nichts zu holen gibt, ist sie nachts in mein Privathaus eingebrochen. Sie hat meine Partnerin und mich bei Intimitäten überrascht und fotografiert. Ich habe das bemerkt, aber einen Einbrecher vermutet, nicht eine Seminarteilnehmerin. Ich bin der flüchtenden Person gefolgt und habe sie erst im Bachbett erkannt. Beim Gerangel fiel das Handy ins Wasser. Ich habe sie daraufhin meines Grundstückes verwiesen. Sie ist dann ja auch weggefahren. Aber sie muss später, als alle schliefen, wiedergekommen und erneut ins Haus eingebrochen sein. Ich weiß nicht, wie sie das gemacht hat, aber ich hörte Geräusche und überraschte sie dabei, wie sie den Bauernschrank beiseiteschob und den Zugang zu diesem geheimen Kellerraum öffnete, von dem ich nichts wusste. Es kam erneut zu einem Gerangel, bei dem sie mich in den Keller stieß. Ich kann froh sein, dass ich noch lebe.

So hat es sich wirklich zugetragen.»

Das musste Carola erst einmal verdauen.

Hagen hatte seine Verteidigung vorgetragen wie ein Schüler, der einen Text auswendig gelernt hatte. Ohne Emotionen, ohne Zögern und Zaudern, ohne schmückendes Beiwerk. Aufgeleiert hatte Carolas Deutschlehrerin so etwas früher in der Schule genannt. Hagen drehte den Spieß um, machte die Journalistin zur Hauptverdächtigen und sich selbst zum Opfer. Carola glaubte ihm nicht, musste aber zugeben, dass es sich so zugetragen haben konnte. Zumindest was Hagens Sexpartnerin betraf, ließ es sich überprüfen. Würde sie die Sache bestätigen? Wenn ja, was für eine Frau war sie, wenn sie sich von Hagen auf einen mit Kuhfell überzogenen Holzbock fesseln und mit der Gerte schlagen ließ? So hatte Roya die Situation in dem Keller beschrieben, die sie fotografiert hatte, und der Holzbock stand ja wirklich da unten. Zudem lagen noch einige Dinge herum, die auf ausgefallene Sexpraktiken schließen ließen. Ketten, Handschellen, Lederriemen, Knebel, Dildos.

Würde die Frau alles bestätigen, was Hagen sagte? War sie ihm hörig? Hatten die beiden sich abgesprochen, weil sie ahnten, dass die Polizei auf der Bernthaler Mühle auftauchen würde?

Eine Sache passte aber nicht.

«Woher sollte die Journalistin von dem geheimen Kellerraum wissen?»

«Ich muss Ihnen sicher nicht sagen, wie Sie Ihre Arbeit machen sollen, aber diese Frage stellen Sie der falschen Person.»

«Wer ist die Frau, die Sie mit der Gerte geschlagen haben?»

«Brittany Kühne, meine Assistentin. Wir praktizieren schon lange Sex, den nicht alle Menschen nachvollziehen können.»

Die Assistentin also! Carola hatte es sich fast gedacht.

«Gehören Misshandlungen zu diesen Praktiken dazu?»

«Wir begreifen es als Stimulation.»

«Hat die Journalistin Sie beide fotografiert, als Sie auf Frau Kühne eingeschlagen haben?»

«Wie schon gesagt, es handelte sich dabei um Stimulation. Und ja, dabei hat uns die Person widerrechtlich mit ihrem Handy fotografiert, nachdem sie in mein Privathaus eingebrochen ist. Wie heißt diese Frau eigentlich? Warum machen Sie daraus ein Geheimnis?»

«Wie lange bewohnen Sie die Mühle bereits?», wich Carola aus.

«Seit gut zehn Jahren.»

«Und da ist Ihnen dieser Kellerraum nie aufgefallen?»

«Sie haben sich doch sicher selbst ein Bild verschafft. Der Keller ist unübersichtlich, es gibt einen Zugang von außen in den Heizungsraum und von innen in den Bereich, der renoviert wurde. Dieser abgeschottete Raum dazwischen war mir nicht bekannt, und ich habe mich auch nicht wirklich intensiv mit dem Keller beschäftigt. Ich hatte Wichtigeres zu tun.»

«Ihnen ist schon klar, wie unglaubwürdig das klingt, oder?»

«Ist die Wahrheit davon abhängig, wie sie klingt?»

«Die Wahrheit ist von gar nichts abhängig. Die Lüge aber vom Lügner.»

«Schön gesagt. Wollen Sie damit sagen, dass ich lüge?»

«Wie ist Ihr Name?»

Carola konnte dieses Ass im Ärmel nicht länger zurückhalten.

«Meiner? Das wissen Sie doch.»

«Ich will es aber von Ihnen hören.»

Hagen lächelte auf eine Art, die wohl Mitleid für Carola suggerieren sollte. Ach je, sagte dieses Lächeln, arme alte Kommissarin, da hast du etwas herausgefunden und glaubst, es würde dir helfen, mich zu überführen. Träum weiter!

«Hagen Borrmann», antwortete er wahrheitsgemäß.

Genau darauf war Carola bei ihrer Recherche vorhin gestoßen, als sie nach der Immobilienfirma Hagen & Borrmann gesucht hatte, auf die Roya Mayer aufmerksam geworden war. Es gab keinen Marc Maria Hagen, zumindest nicht offiziell.

«Also ist Marc Maria Hagen ein Künstlername?», sagte Carola.

«Womit ich gegen kein Gesetz verstoße.»

«Aber warum der Künstlername?»

«Vergleichen Sie die beiden Namen und sagen Sie es mir.»

«Sagt Ihnen der Name Robert Mayer etwas?»

Hagen Borrmann schüttelte den Kopf. «Sollte er?»

«Das Skelett in Ihrem Keller hieß so. Und er war der Vater der Journalistin. Ihr Name ist Roya Mayer.»

Hagen hatte sich im Griff, aber nicht so sehr, als dass Carola die kleine Veränderung nicht bemerken würde. Was sie ihm soeben offenbart hatte, verunsicherte ihn.

«Das erklärt einiges», antwortete Borrmann schließlich. «Die arme Frau.»

«Robert Mayer verschwand 2013 spurlos. Jetzt tauchen seine Überreste in dem Keller des Hauses auf, das Sie vor gut zehn Jahren erworben haben. Und sie wären sicher unentdeckt geblieben, wenn Roya Mayer nicht neun Jahre lang alles dafür getan hätte, ihren Vater zu finden. Bei den Ermittlungen der Journalistin sind Sie ins Fadenkreuz geraten. Wissen Sie, warum?»

«Wie sollte ich?»

«Bevor ich dazu komme, noch einmal die Frage, ob Sie Robert Mayer kennen?

«Wie gesagt, nicht dass ich wüsste.»

«Sie behaupten also, Robert Mayer nie kennengelernt zu haben?»

«Ich muss nichts behaupten. Es ist einfach so.»

Carola faltete den Ausdruck auseinander, den sie von der Wand in Royas Zimmer genommen hatte.

«Dann kennen Sie die Immobilienagentur Hagen & Borrmann sicher auch nicht?»

Borrmann beugte sich vor und las den Registerauszug. Seine Mimik veränderte sich dabei nicht, aber als er sich zurücklehnte, antwortete er nicht gleich. Er schien nachdenken zu müssen, um seine Strategie anzupassen. Wahrscheinlich würde er immer nur das zugeben, was er nicht abstreiten konnte.

«Das war meine Firma», antwortete er schließlich. «Vor meiner Zeit als Podcaster und Coaching-Experte.»

«Hagen & Borrmann. Sie haben schon immer gern mit Ihren Namen gespielt, was?»

«Spricht ja nichts dagegen.»

«Und wie kommt nun Maria dazu? Soll das intellektuell klingen?»

«Es soll weiblich klingen. Wenn Sie den Zusammenhang zu meinem Publikum nicht begreifen, kann ich Ihnen auch nicht helfen.»

«Aber ich kann Ihnen helfen, beziehungsweise ihrem Gedächtnis auf die Sprünge. In Ihrem vorherigen Leben als Immobilienmakler haben Sie Robert Mayer getroffen.»

«Habe ich? Wer sagt das?»

«Das haben Ermittlungen ergeben. Sie traten an Herrn Mayer heran, weil Sie angeblich sein Haus kaufen wollten.»

«Diese Ermittlungen, von denen Sie sprechen ... kann ich davon ausgehen, dass die Journalistin sie betrieben hat, die bei mir eingebrochen ist?»

«Haben Sie Herrn Mayer wegen eines Hauskaufs angesprochen oder nicht?»

«Wann soll das gewesen sein?»

«2013. Kurz darauf verschwand Herr Mayer spurlos.»

«Das ist neun Jahre her, wie soll ich mich daran erinnern. Ich habe damals viele Leute angesprochen, ob ihr Haus zum Verkauf stehe, meistens telefonisch. Das macht man so als Makler, wenn man sich einen Vorteil vor der Konkurrenz verschaffen will.»

«Robert Mayer verschwand, nachdem Sie die Mühle gekauft hatten. Sie können Keller und Leiche also nicht unwissentlich mit gekauft haben.»

«Für mich war das damals vor allem ein Objekt zum Investieren. Ich habe die Mühle nach dem Kauf nicht sofort renoviert, sondern sie aus Planungs- und Kostengründen beinahe ein Jahr leer stehen lassen. Da hätte sich jeder herumtreiben können.»

Borrmann sah Carola herausfordernd und selbstsicher an, und sie erkannte, dass sie ihm in diesem Punkt nicht beikommen konnte. Er würde immer eine Rechtfertigung finden.

«Gut», sagte sie und schlug eine andere Seite im Ordner auf.

«Kommen wir zum nächsten Punkt. Den hatte ich schon bei meinem Besuch bei Ihnen angesprochen. Zwei junge Frauen sowie deren Partner wurden getötet. Die Frauen mussten bei ihrem Todeskampf, der mutmaßlich lange angedauert hat, Ihren Podcast anhören, Herr Borrmann. Die Frauen waren wohl das, was man Fans nennt. Ich spreche hier von Martina Spiekermann und Sarah Henschel. Kennen Sie diese Namen?»

«Diese Frage haben Sie mir schon einmal gestellt, und meine Antwort darauf hat sich nicht geändert.»

«Für den Zeitraum, in dem Frau Spiekermann starb, haben Sie kein belastbares Alibi.»

«Womit Sie unterstellen, meine Lebensgefährtin löge. Das verbitte ich mir. Ich war mit ihr zusammen.»

«Und in der Nacht von Mittwoch auf Donnerstag?»

«Da waren Brittany und ich auf dem Rückweg zur Mühle und haben in einem Hotel übernachtet. Wie wollten das Coaching vorbereiten. Da gibt es immer viel zu tun. Die Zimmer müssen hergerichtet werden, Vorräte eingekauft und verstaut, solche Dinge.»

«Gibt es jemanden, der das bezeugen kann?»

«Der Getränkelieferant, der Getränke an die Mühle geliefert hat. Ich habe die Lieferung quittiert. Am Donnerstag.»

Das war endlich einmal etwas, das sich verifizieren ließe, allerdings lag diese Lieferung in einem Zeitraum, der nicht relevant war. Hagen hätte Sarah Henschel trotzdem entführt und irgendwo versteckt haben können, vielleicht sogar auf der Mühle. Aber er hätte am Freitagabend keine Zeit gehabt, Björn Kumpfmüller zu töten, denn da war er nachweislich in seinem Seminar gewesen. Das alles passte nicht zusammen. Carola traute dem Mann nicht. Trotzdem musste sie natürlich in Betracht ziehen, dass er mit den Morden nichts zu tun hatte.

«Haben Sie Feinde?», fragte Carola. «Gibt es jemanden, der sich an Ihnen rächen will?»

Hagen Borrmann dachte einen Moment nach.

«Ich bewege mich in einem Medium, das Feindschaft geradezu hervorruft. Sicher gibt es Menschen, die mich nicht mögen, mir den Erfolg nicht gönnen, meine Thesen nicht teilen, die mich vielleicht sogar für das hassen, was ich tue. Aber bringt man deswegen Menschen um, die meinen Podcast hören? Das kann und will ich mir einfach nicht vorstellen.»

Carola hätte ihm nun einen kurzen Abriss darüber geben können, aus welch banalen Gründen sich Menschen töteten, aber das wusste Hagen sicher. So naiv, wie er sich gerade gab, war er nicht.

Ihr wurde bewusst, dass sie nicht genug in der Hand hatte, um Hagen Borrmann in Untersuchungshaft zu behalten. Vor allem, weil er den Mord an Björn Kumpfmüller nicht begangen haben konnte. Sie würde noch die Vernehmung der Assistentin und des Getränkelieferanten abwarten, aber wenn beide Borrmanns Aussage bestätigten, würde sie ihn gehen lassen müssen. Das gefiel Carola nicht, denn sie mochte ihn nicht, aber wenn alle Menschen, die sie nicht mochte, hinter Gitter wanderten, wären die Gefängnisse überfüllt.

Ihr blieb einzig und allein, ihn zu überwachen.

Allerdings würde er damit rechnen und – falls er der Täter war – die Füße stillhalten.

3

Das heiße Wasser der Dusche prasselte auf ihren Kopf. Hagens Stimme hallte darin wider, ganz gleich, wie sehr Roya sich auch dagegen wehrte.

In seinem Keller hatte sie noch einmal einen ganz anderen, eindringlicheren Klang bekommen, was möglicherweise mit der Angst zu tun hatte, die sie da unten empfunden hatte. Roya fragte sich, ob es ihrem Vater ebenso ergangen war. Hatte Hagen genauso auf ihn eingeredet wie auf sie? Wollte Hagen ihn mit Drohungen zu irgendwas zwingen, und war seine Stimme das Letzte, was ihr Vater gehört hatte?

Diese Vorstellung drehte Roya den Magen um.

Sie mochte gar nicht darüber nachdenken.

Roya stellte die Dusche ab und trat aus der Kabine. Sie hatte so lange geduscht, dass die Luft tropfnass schien. Nachdem sie sich abgetrocknet hatte, wischte sie mit dem Handtuch über den beschlagenen Spiegel, und was sie zu sehen bekam, glich mehr einem Geisterwesen als ihr selbst. Tief und müde lagen ihre Augen in den Höhlen, die Wangen schienen eingefallen zu sein. Die Nacht im Keller der Bernthaler Mühle hatte ihr alles abverlangt.

Zusätzlich schien sie sich durch das kalte Wasser des Baches und den langen Aufenthalt in ihrer feuchten Kleidung eine Blasenentzündung eingefangen zu haben. Sie musste dauernd auf die Toilette, und es brannte beim Wasserlassen.

Nachdem sie sich schmerzhaft erleichtert hatte, schlang Roya das Handtuch um ihren Körper und ging barfuß in die Küche hinüber, wo sie die Kanne aus der Maschine nahm und sich einen Kaffee einschenkte. An die Anrichte gelehnt, den Blick aus dem Fenster gerichtet, versuchte sie, Klarheit in ihre Gedanken zu bringen.

Meistens half es, sich Fragen zu stellen. Also stellte sie sich die wichtigste.

Was verband Hagen und ihren Vater?

Über den Kontakt hinaus, den Hagen als Immobilienmakler hergestellt hatte, musste es noch eine andere Verbindung geben. Hagen hatte ihn sicher nicht aus einer Laune heraus entführt und ermordet. Aber sosehr Roya ihr Gedächtnis auch durchforstete, sie konnte sich nicht erinnern, dass ihr Vater Hagen je erwähnt hätte oder er früher, in ihrer Kindheit, Kontakt zu ihren Eltern gehabt hätte.

Ohne Antworten gab es keine Klarheit der Gedanken, und so sehnte Roya den Anruf von Carola Barreis herbei. In diesem Moment verhörte die Kommissarin wahrscheinlich gerade Marc Maria Hagen, und sie hatte versprochen, Roya anzurufen, sobald es etwas Neues gab.

Roya fiel ein, dass sie ihr Ersatzhandy noch nicht aktiviert hatte. Das Handy, das Roya normalerweise benutzte, war ja im Bach bei der Bernthaler Mühle verloren gegangen. Zum Glück hatte Roya sich schon vor Jahren angewöhnt, immer ein Ersatzhandy parat zu haben, das sie mit einer MultiSIM-Karte unter derselben Nummer betrieb wie ihr erstes. Die Nummer kannte die Kommissarin, nur konnte sie sie nicht erreichen, wenn es ausgeschaltet in der Schublade lag.

Sie holte es aus der Küchenschublade und schaltete es ein. Das Smartphone fuhr hoch, zeigte aber keinen Anruf in Abwesenheit an. Verdammt! Wie lange dauerte so ein Verhör? Roya hoffte, dass Hagen von Carola so richtig in die Mangel genommen wurde. Die Frau war tough, gegen die kam Hagen bestimmt nicht an.

Roya loggte sich bei WhatsApp ein. Auch dort keine Nachrichten.

Überrascht stellte sie fest, dass das Foto, das sie von Hagen und der Frau im Keller der Bernthaler Mühle gemacht hatte, doch an Nathan verschickt worden war. Zwar konnte sie das Foto auf dem Ersatzhandy nicht sehen, da es dort nicht abgespeichert war, den Hinweis, dass es zugestellt worden war, aber schon. In der Cloud war es auch nicht, da Roya ihr Handy so eingestellt hatte, dass Fotos nicht automatisch gespeichert wurden. Der Einzige, der es also hatte, war Nathan, denn soweit Roya wusste, wurden Fotos, die über WhatsApp verschickt wurden, auf dem Handy des Empfängers gespeichert, wenn der nichts anderes eingestellt hatte.

Aber warum hatte Nathan überhaupt nicht auf das Foto reagiert? Immerhin handelte es sich um ein sehr ungewöhnliches Foto, und selbst wenn er es für einen Scherz oder für Spam gehalten hatte, hätte er doch sicher nachgefragt, was das solle oder ob es tatsächlich von Roya kam.

Dass Nathan aber überhaupt nicht reagiert hatte, fand Roya merkwürdig.

Sie schrieb ihm eine WhatsApp und fragte, ob es ihm gut gehe.

Keine Antwort.

Also rief sie ihn an, aber er nahm nicht ab.

Roya dachte nach. Als sie im Keller zu Hagen gesagt hatte, dass sie das Foto der Misshandlung längst verschickt habe, schien ihn das überhaupt nicht zu interessieren, so als stellte es keine Gefahr dar. Dabei zeigte es doch, wie er eine Frau misshandelte.

Hagen konnte doch gar nicht wissen, wohin sie das Foto verschickt hatte, demnach drohte Nathan auch keine Gefahr. Oder?

Oder war ihr Handy gar nicht verschwunden?

Hatte Hagen es gerettet? Hatte es das kurze Bad im Bach überlebt, und er hatte gesehen, wohin das Foto gegangen war? Aber selbst wenn, hätte er auf diesem Wege nicht viel über Nathan herausfinden können, dessen Adresse sowieso nicht.

Aber auch das war nicht sicher. Vielleicht hatte er sie beobachtet, seitdem er von dem geplanten Online-Artikel wusste.

Hagen war ein Mörder, das stand fest. Er hatte Royas Vater getötet und sicher auch Martina Spiekermann, ihren Mann sowie Sarah Henschel und deren Freund. Carola hatte Roya erzählt, dass es sich im zweiten Fall nicht um einen erweiterten Suizid gehandelt hatte. In Martinas Fall wohl auch nicht.

Plötzlich machte sich Roya Sorgen um Nathan.

Bis auf seine Handynummer wusste sie nichts von ihm. Nur dass er bei der Rettungswache arbeitete, die für ihren Unfall zuständig gewesen war.

Roya googelte rasch und fand heraus, um welche Wache es sich handelte. Sie entschied sich dagegen, einfach dort anzurufen und nach Nathan zu fragen. Wahrscheinlich würde sie am Telefon ohnehin keine Auskunft bekommen.

Also föhnte sie ihr Haar, zog sich an und verließ die Wohnung. Einen Wagen hatte sie nicht. Bisher wusste sie auch nicht, wo ihr Mietwagen war. Hagen musste ihn irgendwo versteckt haben, als er versucht hatte, ihre Spuren zu verwischen.

Innerhalb von fünf Minuten war aber ein Uber da. Der Fahrer, ein junger Typ namens Arber, fuhr sie zu der Rettungswache, bei der Nathan arbeitete. Eine Stunde nachdem sie versucht hatte, ihn zu erreichen, traf sie dort ein.

Die Wache war ein flaches gelbes Gebäude mit vier automatischen Garagentoren, hinter denen die Einsatzfahrzeuge verborgen waren. Eines der Garagentore stand offen, der Rettungswagen war herausgefahren, ein Kabel verband ihn mit der Steckdose. Aus einem Fach an der Seite ragte ein Hintern in weißer Hose heraus, der Rest des Körpers verschwand darin.

Roya machte sich bemerkbar, und eine junge Frau mit zu einem Pferdeschwanz gebundenem blondem Haar schob sich aus dem Gerätefach, richtete sich auf und pustete eine Haarsträhne aus ihrem Gesicht.

«Ich suche nach Nathan Birkner. Er arbeitet doch hier, oder?»

«Klar. Aber nicht heute. Ich hab den Dienstplan nicht im Kopf, aber ich glaube, er hat zwei Freischichten.»

«Wissen Sie, wo er wohnt?»

«Nee, weiß ich nicht. Am besten gehen Sie mal ins Büro, da sitzt die Tanja, die hat den Überblick.»

«Mach ich, danke.»

Roya ließ sich den Weg zum Büro zeigen und ging dorthin. Durch die Glastür sah sie eine ältere Frau mit Kurzhaarschnitt, die telefonierte. Sie lief dabei hinter einem Tresen hin und her, der den Raum in zwei Hälften unterteilte.

Roya klopfte und trat ein. Die Frau gab ihr ein Zeichen, einen Moment zu warten. Als sie zu Ende telefoniert hatte, wandte sie sich Roya zu.

«Ach, das ist ja schön, Sie fit und gesund auf den Beinen zu sehen. Ich war bei dem Einsatz dabei, nach Ihrem Unfall. Sie sind bestimmt wegen des Schmuckstücks hier, nicht wahr! Ich wollte es längst an die Polizei weiterreichen, aber hier war immer so viel los, Sie wissen ja, wie das ist. Moment, ich hole es.»

Die Frau sprach in Hochgeschwindigkeit, und bevor Roya begriffen hatte, was sie gesagt hatte, war sie auch schon in einem Nebenraum verschwunden, aus dem sie kurz darauf mit einem Schuhkarton in der Hand wieder hervorkam.

«Das ist ja merkwürdig ... es sollte hier drin sein. Hier bewahren wir immer alles auf, was bei Einsätzen liegen bleibt.»

Tanja wühlte in dem Karton herum.

«Ich habe mein Amulett schon wiederbekommen», sagte Roya schnell. «Nathan hat es mir ins Krankenhaus gebracht.»

Tanja hielt inne und sah Roya an.

«Nathan? Warum denn das? Ich kann mich nicht erinnern, dass es ihm jemand aufgetragen hat.»

«Vielleicht hat er es ja gar nicht in den Karton gelegt, sondern vom Unfallort mitgenommen», sagte Roya.

«Schwer möglich. Nathan war bei dem Einsatz gar nicht dabei.»

4

Was Hagen Borrmann an Selbstbewusstsein zu viel hatte, fehlte Brittany Kühne. Sie stand in einem krassen Kontrast zu Hagen. Hätte sie sich noch ein wenig kleiner gemacht, wäre sie wahrscheinlich verschwunden. Wie ein verängstigter Hund hockte sie auf dem Stuhl, die dünnen Ärmchen um den Körper geschlungen, die Knie zusammengepresst.

Carola Barreis beobachtete sie auf dem Monitor im Nachbarzimmer. Hin und wieder schaute Brittany auf, dann flog ihr Blick gehetzt hin und her, und ihre Lider flatterten. Hagen Borrmann mochte es als Partnerschaft bezeichnen, aber diese Frau war auf ungesunde Art abhängig von ihm, wurde wahrscheinlich gnadenlos unterdrückt und klein gehalten, und ob die Art von Sex, die Borrmann bevorzugte, einvernehmlich war, bezweifelte Carola ganz entschieden. Sie wusste aber auch, wie schwer es oft war, Frauen von der

Toxizität einer Beziehung zu überzeugen. Und das war auch gar nicht ihre Aufgabe, auch wenn sie es gern getan hätte. Ihre Aufgabe war es, Borrmann zu überführen. Dass er log, wusste sie. Dass er der Täter war, ahnte sie. Jetzt brauchte sie nur noch Beweise.

Mit einem Seufzer löste sich Carola vom Bildschirm und ging hinüber ins Vernehmungszimmer.

Brittany Kühne zuckte zusammen, als sie eintrat. Ihre Finger krallten sich ins Fleisch der Oberarme.

«Geht es Ihnen gut?», fragte Carola, um das Eis ein wenig zu brechen.

«Wo ist Marc? Was haben Sie mit ihm gemacht?»

«Er ist hier im Präsidium und wird vernommen. Und es geht ihm gut, aber um ihn geht es im Moment nicht, sondern um Sie, Frau Kühne.»

Carola setzte sich ihr gegenüber und legte ihre Hände auf den Tisch. Ein Zeichen von Friedfertigkeit und Nähe, aber Brittany ging nicht darauf ein. Ganz im Gegenteil zog sie sich zurück, presste sich so stark gegen die Rückenlehne des Stuhls, wie es nur ging.

Sie zitterte.

«Ist Ihnen kalt?»

Sie nickte.

Carola ging zur Tür, forderte eine Decke an und setzte sich wieder.

«Kommt sofort», sagte sie. «Möchten Sie etwas trinken? Einen Kaffee vielleicht?»

Sie schüttelte den Kopf, ohne Carola anzusehen.

Die Wolldecke kam, und Carola legte sie der Frau um die Schultern. Berührte sie dabei, um ein bisschen Nähe herzustellen, dann setzte sie sich wieder.

«Ich muss Ihnen einige Fragen stellen», begann sie schließlich. «Sind Sie freiwillig mit Marc zusammen?»

Brittanys Kopf zuckte hoch. «Natürlich!»

«Ist Ihr Sex einvernehmlich? Lassen Sie sich freiwillig von ihm schlagen?»

Sie senkte den Kopf und nickte. Ohren und Wangen wurden rot.

«Okay. Das ist ganz allein Ihre Sache, auch wenn ich es nicht gut finde. Wussten Sie von dem versteckten Kellerraum und der Leiche darin?»

Sie schüttelte den Kopf.

«Frau Kühne, Sie müssen laut antworten, da unsere Unterhaltung mitgeschnitten wird.»

«Nein, ich wusste davon nichts.» Ihre Stimme war kaum mehr als ein Flüstern.

«Seit wann leben Sie zusammen mit Marc Maria Hagen auf der Mühle?»

«Eigentlich ... lebe ich nicht wirklich dort, und er auch nicht. Wir ... wir sind immer nur für die Coachings da, also meistens an den Wochenenden. Sonst sind wir in Köln.»

«Sie haben eine gemeinsame Wohnung in Köln?»

Brittany Kühne nickte wieder.

«Sagen Sie mir bitte die Adresse?»

Das tat sie, und Carola schrieb mit. Also hatte Borrmann sie auch in diesem Punkt angelogen, denn er hatte gesagt, er sei mit seiner Assistentin in einem Hotel gewesen.

«Wie lange sind Sie schon in einer Beziehung mit Herrn Hagen?»

«Ich ... vier Jahre, sieben Monate und drei Tage.»

Carola ahnte, dass Brittany auch die Stunden und Minuten hätte nennen können.

«Was war zuerst da? Die Beziehung oder die berufliche Verbindung?»

«Ich habe mich bei ihm als Assistentin beworben, aber vom ersten Tag an war ... wir haben das sofort bemerkt, beide.»

«Okay. Warum haben Sie die Frau angegriffen, die sich als Martina Spiekermann ausgegeben hat?»

Es dauerte einen Moment, bis Brittany antwortete.

«Sie ist bei uns eingebrochen, hat uns fotografiert, und wir haben Sie aufgefordert zu gehen. Das tat sie auch. Aber dann kehrte sie zurück und brach erneut ein. Lärm weckte mich, und ich stellte fest, dass Marc nicht neben mir lag. Also ging ich hinunter. Und da sah ich die Journalistin in unserem Haus. Sie sagte, sie habe Marc umgebracht und würde auch mich umbringen. Es blieb mir nichts anderes übrig, als mich zu verteidigen.»

Aufgeleiert, schoss es Carola durch den Kopf. Genau wie bei Borrmann. Kein Zweifel, dass er ihr diesen Text in den Mund gelegt hatte.

«Bei der Leiche im Keller handelt es sich um den Vater dieser Frau. Sie ist Journalistin und hat mehr als acht Jahre nach ihrem Vater gesucht», sagte Carola und beobachtete Brittany.

Das Erstaunen und Entsetzen auf ihrem Gesicht schienen echt zu sein.

«Das ... oh Gott, das ist ja furchtbar. Und sie ... sie hält Marc für den Mörder?»

«Was meinen Sie?»

Brittany schüttelte den Kopf. «Nein, auf keinen Fall. Marc kann keinem Menschen etwas zuleide tun, dazu ist er gar nicht fähig.»

Sagt die Frau, die sich von ihm auf einen Bock binden und verprügeln lässt, dachte Carola, sagte es aber nicht laut.

Sie befragte Brittany zu den Tatzeiten in den Fällen Spiekermann, Henschel und Kumpfmüller und bekam bestätigt, was Borrmann ausgesagt hatte.

«Warum haben Sie in einem Hotel übernachtet, wenn Sie doch eine Wohnung in Köln haben?», fragte Carola.

«Weil Marc es so wollte.»

Weil Marc ein Alibi brauchte, dachte Carola. Denn eine Hotelreservierung ließ sich belegen, auch wenn das nicht heißen musste, dass er die ganze Nacht in dem Hotelzimmer verbracht hatte.

«Ich hatte Ihnen ja auf der Mühle schon gesagt, dass ich in einem Mordfall ermittle», sagte Carola. «Aber diese Ermittlung hat nichts mit der Leiche im Keller der Mühle zu tun. Es geht um zwei Frauen, die regelmäßige Hörerinnen des Podcasts Hörgefühlt waren. Als sie starben, hörten sie den Podcast. Dabei handelte es sich um Martina Spiekermann, die Frau also, unter deren Namen sich die Journalistin einen Platz im Seminar erschlichen hat, sowie Sarah Henschel, die Frau, die ihre Teilnahme nicht antreten konnte. Was sagen Sie dazu?»

Brittany starrte Carola aus großen Augen an. Jetzt flatterten ihre Lider nicht.

«Ermordet?», sagte sie. «Während sie den Podcast hörten?»

«Richtig. Und auch ihre Partner wurden getötet, und zwar äußerst brutal. Jemand läuft da draußen rum und tötet Menschen, die den Podcast hören. Warum?»

«Ich ... ich weiß es nicht ... Marc setzt sich doch so sehr für Frieden und Liebe ein ... wie kann jemand ...»

Jetzt brach die Frau in Tränen aus.

«Haben Sie eine Idee?», hakte Carola nach. «Gibt es Feinde? Neider? Haben Sie Drohanrufe oder -briefe bekommen?»

Brittany schüttelte den Kopf.

«Nein, nichts dergleichen. Über die sozialen Netzwerke kommen natürlich immer mal wieder Beleidigungen, aber doch keine Morddrohungen oder so etwas ... oh Gott, das ist alles so furchtbar ...»

Ein erneuter Tränenausbruch.

Wenn die Frau das lediglich vorspielte, dann war sie die beste Schauspielerin, die Carola je gesehen hatte.

«Muss Marc ins Gefängnis?», fragte Brittany schließlich, und Carola nahm den Anflug von Panik in ihrer Stimme wahr. Wahrscheinlich konnte die Frau sich ein Leben ohne Borrmann nicht vorstellen.

«Zumindest bleibt er erst einmal in Untersuchungshaft», sagte Carola, obwohl sie sich da gar nicht so sicher war.

«Sie dürfen gehen, müssen sich aber für weitere Fragen zur Verfügung halten.»

«Ich ... kann ich nicht hier bei Marc bleiben?»

Carola hätte die Frau gern gepackt und durchgeschüttelt, damit sie endlich aufwachte.

«Nein, das geht nicht. Zur Mühle dürfen Sie nicht, die ist beschlagnahmt, bis dort die Ermittlungen abgeschlossen sind. Am besten kehren Sie in Ihre Kölner Wohnung zurück.»

«Und was passiert jetzt?»

Carola zuckte mit den Schultern.

«Wir ermitteln weiter ...»

5

Nathan war also nicht nur nicht zu Royas Unfall geschickt worden, er war in jener Nacht nicht einmal im Dienst gewesen. Tanja, die stellvertretende Leiterin der Rettungsstation, konnte sich nicht erklären, warum er das Medaillon zu Roya ins Krankenhaus gebracht hatte oder woher er überhaupt davon wusste.

Zuerst hatte Tanja sich geweigert, für Roya Nathans Wohnadresse herauszusuchen, aber Roya hatte ihr glaubhaft versichern können, dass sie Nathan total sympathisch fand und sich einfach noch einmal bei ihm bedanken wollte. Und das stimmte ja auch. Nur war das nicht der Grund, warum sie jetzt unterwegs zu ihm war.

Er hatte gesagt, er sei dabei gewesen, als man sie aus dem Wagen geschnitten hatte. Roya hatte keine Erinnerung daran, wer in jener Nacht dort gewesen war. Sie konnte sich nur dunkel an jemanden erinnern, der an die Scheibe geklopft und gesagt hatte, dass man sie rausholen würde.

War Nathan das gar nicht gewesen?

Oder war er zufällig vor Ort gewesen?

Aber warum dann diese Lügerei?

Roya war enttäuscht von Nathan. Er hatte so einen sympathischen, ehrlichen Eindruck auf sie gemacht, war so überaus besorgt und hilfsbereit gewesen, dass sie sich trotz der angespannten Situation ein wenig in ihn verliebt hatte. Und jetzt das. Aber das sollte nicht im Vordergrund stehen, denn sie suchte ja aus einem anderen Grund nach Nathan. Er war der Einzige, der das Foto aus dem Keller der Bernthaler Mühle besaß, und vielleicht war er dadurch ins Fadenkreuz von Marc Maria Hagen gerückt. Wer wusste schon, wozu dieser Mann fähig war.

Für die Fahrt zu Nathans Adresse benutzte Roya wieder ein Uber. Nachdem sie dort ausgestiegen war, versuchte sie erneut, Kommissarin Barreis zu erreichen. Diesmal mit Erfolg.

«Hagen streitet alles ab», sagte Carola. «Behauptet, du seist bei ihm eingebrochen, und er und seine Assistentin hätten sich nur gewehrt. Den Keller will er nicht gekannt und von der Leiche darin nichts gewusst haben. Er meint, sie zusammen mit der Mühle gekauft zu haben.»

Roya konnte nicht glauben, was sie hörte.

«Aber das kann doch nicht sein! Er lügt! Schon bevor mein Vater verschwand, hatte er nach Aussage von Alfons Batke die Mühle gekauft. Er kann sie also gar nicht mit der Leiche darin gekauft haben.»

«Er behauptet, die Mühle nach dem Kauf nicht sofort renoviert, sondern aus Planungs- und Kostengründen ein Jahr damit gewartet zu haben.»

«Und was ist mit der Frau, die er missbraucht hat? Streitet er das auch ab? Ich stehe gerade bei Nathan vor der Tür, um mir das Foto zu holen, es wurde nämlich doch an ihn verschickt. Damit kriegen wir ihn dran.»

«Das kannst du dir sparen. Hagen streitet es gar nicht ab. Er sagt, dabei handele es sich um Brittany, seine Assistentin, und du hast ja auch gesehen, dass sie Striemen am Körper hatte von den Schlägen. Hagen sagt, es seien Sexspiele gewesen, und Brittany hat das bestätigt.»

«Das ... das ist doch nicht zu fassen! Er redet sich raus? Du glaubst ihm doch nicht, oder?»

«Ich glaube ihm kein Wort, kann im Moment aber auch

nicht das Gegenteil beweisen. Deine Aussage steht gegen seine. Hinzu kommt, dass du dich unter falscher Identität in sein Seminar eingeschlichen hast und tatsächlich in sein Wohnhaus eingebrochen bist. Das sieht natürlich nicht gut aus.»

«Du lässt ihn gehen?»

«Ich kann ihn noch eine Weile festhalten, bis ich alle seine Aussagen überprüft habe, aber wenn sein Alibi wasserdicht ist, kann ich nichts machen. Dann werde ich ihn gehen lassen müssen. Die Spurensicherung ist noch dran, vielleicht finden sie am Skelett oder im Keller ja eindeutige Hinweise darauf, dass Hagen lügt, aber im Moment ...»

Carola verstummte.

Wie erstarrt stand Roya da, das Handy ans Ohr gepresst, und konnte nicht glauben, was gerade passierte. Der Mörder ihres Vaters würde aus dem Polizeipräsidium herausspazieren, weil er log wie gedruckt und man ihm vielleicht mehr glauben würde als einer Journalistin!

«Das ... das darf nicht sein», stammelte sie.

«Hör zu, ich weiß, wie du dich fühlen musst, aber gib jetzt bitte die Hoffnung nicht auf. Hagen lügt, ich weiß es, du weißt es, aber um den Staatsanwalt zu überzeugen, brauchen wir Fakten, Beweise, keine Meinungen. Ich bleibe weiter dran, das verspreche ich dir. Besorg dir ruhig das Foto, schaden kann es nicht, vielleicht ist ja irgendwas darauf zu sehen, was uns weiterhilft. Wo bist du gerade?»

Roya nannte ihr die Adresse.

«Okay, melde dich bitte, wenn du das Foto hast. Wir sollten uns treffen, sobald ich Zeit habe, aber jetzt muss ich mich erst mal mit Hagen beschäftigen. Übrigens heißt er gar nicht so.»

«Wie? Verstehe ich nicht?»

«Marc Maria Hagen ist ein Künstlername. Er heißt Hagen Borrmann.»

«Borrmann? So wie der Firmenname der Immobilienagentur, die er mal hatte?», fragte Roya.

«Richtig. Und er sagt, er kann sich nicht erinnern, deinen Vater damals getroffen zu haben.»

«Aber alles, was ich zusammengetragen habe, spricht doch gegen ihn!», rief Roya ins Telefon. «Kannst du das dem Staatsanwalt nicht zeigen?»

«Das kann und werde ich, aber ... Roya, du bist keine Ermittlerin. Und du hast dich strafbar gemacht.»

«Scheiße! Das kann doch nicht wahr sein!»

Roya beendete das Telefonat. Sie war aufgebracht, richtiggehend wütend, konnte nicht fassen, dass es so aussah, als würde Hagen mit seiner Lügennummer durchkommen. Noch dringender als zuvor musste sie dieses verdammte Foto haben. Selbst wenn Hagen damit durchkäme, würde mit diesem Foto seine Karriere als Frauenflüsterer beendet sein – und unzähligen Frauen würde es erspart bleiben, auf ihn hereinzufallen.

Mit Wut im Bauch stapfte Roya auf das Gebäude zu. Nathan lebte in einem Komplex, der früher einmal gewerblichen Zwecken gedient haben musste. Ein alter Ziegelbau, drei Stockwerke hoch, verschiedene Anbauten erstreckten sich von der Straße weg in den hinteren Bereich. An der vorderen Tür fand sie seinen Namen nicht auf dem Klingelschild, deshalb ging Roya unter einem gemauerten Torbogen hindurch in den Hofbereich. Darin standen allerlei Pflanzen in großen Terrakottatöpfen: Palmen, Oleander und Hibiskus. Dazwischen Gartenmöbel aus Eisen und Holz. Roya suchte die Türen ab und fand ganz hinten links ein Klingelschild mit dem Namen Birkner darauf.

Sie klingelte.

6

Carola musste ihr Haupt nicht auf einen Spiegel betten, um Licht ins Dunkel um Marc Maria Hagen zu bringen. Dafür reichten Recherchen in den Datenbanken der Polizei, der Meldeämter und des Jugend- und Sozialamtes.

Nachdem sie Borrmann und seine Partnerin Brittany Kühne verhört und sich deren Aussagen von dem Getränkelieferanten und dem Hotel hatte bestätigen lassen, kam Carola endlich dazu, Borrmanns Vorleben zu durchleuchten.

Wenn man sich anschickte, Karriere als Frauenflüsterer und spiritueller Live-Coach zu machen, klang der Name Hagen Borrmann vielleicht eine Spur zu direkt, zu hart und nicht verheißungsvoll genug. Allerdings passte der Name mehr als gut zu der Karriere, die Borrmann vor seiner Metamorphose zum Podcast-Guru hingelegt hatte.

Geboren war Hagen Borrmann 1982 in Münster, er war jetzt also vierzig Jahre alt. Geschwister hatte er keine. Die Eltern waren Friedhelm und Susanne Wolters, die Mutter eine geborene Borrmann. Da gab es also bereits einen ersten Bruch, der dazu geführt hatte, dass Borrmann den Mädchennamen seiner Mutter angenommen hatte. So etwas war nicht ungewöhnlich und mit plausibler Begründung, wie zum Beispiel dem Tod des Vaters, auch nicht weiter schwierig. Mit fünfzehn Jahren tauchte Borrmann erstmals in den Akten auf. Damals kam er in ein Jugendheim für schwer erziehbare

Jugendliche, so viel konnte Carola anhand der Aktenlage herausfinden, aber nicht, was davor war. In diesem Jugendheim waren sie wohl nicht gut mit Borrmann zurechtgekommen. Es gab Anzeigen wegen Ladendiebstahls, Körperverletzung, Beleidigung, Widerstand gegen die Polizei – der klassische Werdegang eines Jugendlichen, der aus der Bahn geworfen worden war. Der Jugendarrest war ihm erspart geblieben, doch als er gerade neunzehn geworden war, musste er wegen Handels mit Drogen für zwei Jahre ins Gefängnis. Die Strafe saß er zur Gänze ab, danach verlor sich seine Spur in den Akten. Keine weiteren Einträge, also war er wohl sauber geblieben.

Was er von seinen frühen Zwanzigern bis jetzt getrieben hatte, konnte Carola nicht herausfinden, auch nicht online, außer dass er 2010 die Immobilienagentur Hagen & Borrmann gegründet hatte. Online war Borrmann vor zwei Jahren als Marc Maria Hagen mit dem Podcast Hörgefühlt aufgetaucht, mit dem er schnell sehr erfolgreich wurde. 2013 hatte er laut Grundbuchamt die Bernthaler Mühle gekauft. Er war nicht verheiratet und hatte keine Kinder.

Der erste Namenswechsel ließ Carola keine Ruhe, und sie begann, nach dem Namen des Vaters zu forschen, Friedhelm Wolters.

Die Überraschung hätte nicht größer sein können.

Es gab eine alte Ermittlungsakte.

1992, also vor dreißig Jahren, hatte Friedhelm Wolters seine Frau und danach sich selbst mit einem Samuraischwert getötet. Damals war Hagen zehn Jahre alt gewesen. Ob er dabei gewesen war, als der Mord geschah, ging aus den Ermittlungsunterlagen nicht hervor.

Carola wechselte aus den Datenbeständen der Polizei

ins öffentliche Internet und gab dort abermals den Namen Friedhelm Wolters ein. Wie sie vermutet hatte, hatte der ungewöhnliche Fall damals ein Medienecho ausgelöst. Es gab einige Artikel dazu, und alle sprachen davon, dass der Familienvater fast seine ganze Familie ausgelöscht hatte. Also nicht nur die Mutter, sondern auch zwei Kinder im Alter von sieben und vier Jahren. Nur ein Zehnjähriger, der zum Zeitpunkt der Tat beim Fußballspielen war, überlebte die Tragödie. Er entdeckte das Blutbad und informierte die Nachbarn. Ein Nachbar wurde als Zeuge aufgeführt. Sein Name war Robert Mayer.

Carola lehnte sich zurück und blies die Backen auf.

«Das wird ja immer verrückter», sagte sie zu sich selbst.

Sie ging noch einmal die offiziellen Ermittlungsakten durch, doch dort fanden sich keine Angaben zu anderen Opfern außer der Mutter. Wolters hatte sie regelrecht in Einzelteile zerlegt.

Was war mit den Kindern passiert?

Warum wurden sie nicht erwähnt?

Der einzige logische Grund war, dass es zu ihrem Schutz geschehen war. Aber hatte es nicht überall geheißen, zwei Kinder seien getötet worden, nur der Zehnjährige habe überlebt? Stimmten die Zeitungsmeldungen vielleicht nicht? Beruhten sie auf Gerüchten und Hörensagen und waren von offiziellen Stellen nicht dementiert worden?

Wenn beide Eltern tot waren, wo war der traumatisierte zehnjährige Hagen hingekommen? Es klaffte eine Lücke zwischen 1992, dem Jahr der Tat, und 1997, als er als Fünfzehnjähriger erstmals aktenkundig geworden war. Wahrscheinlich war er in eine psychiatrische Einrichtung für traumatisierte Kinder gekommen, das würde in den Ermittlungsakten nicht auftauchen.

Und was war mit den anderen beiden Kindern geschehen, falls sie nicht getötet worden waren? Aus den Zeitungsmeldungen ging ja hervor, dass sie damals vier und sieben Jahre alt gewesen waren. Falls sie noch lebten, wären sie heute vierunddreißig und siebenunddreißig Jahre alt.

Carola war froh, dass sie Hagen Borrmann noch nicht hatte gehen lassen.

Sie musste sich dringend noch einmal mit ihm unterhalten.

7

Auf das Klingeln folgte der Summton des Türöffners.

Zwar wurde sie nicht hereingebeten, aber Roya drückte die Tür trotzdem auf. Vielleicht hatte Nathan sie von einem der Fenster gesehen, die zum Innenhof hinausgingen, und ahnte schon, was ihm bevorstand.

Roya war gespannt auf seine Erklärung.

Zunächst gelangte sie in einen halbdunklen, nackten Flur, lediglich Landschaftsbilder hübschten die abgestoßenen Wände ein wenig auf. Gegenüber gab es eine weitere Tür, die wohl in Nathans Wohnung führte. Da er sich nicht zeigte, klopfte Roya gegen das Holz und stellte fest, dass die Tür nur angelehnt war.

Sie drückte sie auf.

«Nathan? Ich bin es, Roya Mayer.»

«Komm rein!», kam es gedämpft von irgendwo aus der Wohnung.

Roya zögerte. Sie fand sein Verhalten merkwürdig, war aber viel zu aufgebracht, um jetzt einen Rückzieher zu machen. Wenn Nathan sich als Arschloch entpuppte, dann war es eben so, aber vielleicht konnte er durch das Foto auf seinem Handy immerhin dazu beitragen, Hagen zu überführen.

Sie betrat die Wohnung und ließ die Tür offen stehen.

Trotz der Helligkeit draußen war es darin dunkel, so als wären überall die Vorhänge zugezogen. Es lag ein Geruch in der Luft, den Roya kannte: Hier war gekifft worden. Der kurze Flur wirkte unaufgeräumt. Schuhe lagen kreuz und quer durcheinander, vor allem billige Sneaker, Jacken hingen nicht an den Haken, sondern lagen darunter. Das alles passte zu dem Zustand seines Wagens, den Roya als ebenso unordentlich in Erinnerung hatte, und sie fragte sich, wie man mit Mitte dreißig noch so leben konnte.

Hier manifestierte sich das unzuverlässige Wesen eines noch nicht erwachsen gewordenen Mannes. Vielleicht hatte er gelogen, weil es seine Art war zu lügen. Vielleicht hatte er auf das Foto nicht reagiert, weil er schlicht und einfach zu bekifft gewesen war – oder es hatte ihn einfach nicht interessiert.

«Bin gleich da!», kam es von hinter einer geschlossenen Tür auf der rechten Seite des Flurs. Ein Plastikschild klebte darauf, das einen Tiger zeigte, der ein Bein hob und gegen einen Baum pinkelte.

«Okay», sagte Roya und ging daran vorbei bis in einen großen Raum, der zugleich Küche, Esszimmer und Wohnzimmer war. Die Grenzen verschwammen in der allgemeinen Unordnung. In einem aufgeklappten Karton auf dem Tisch lagen die Reste einer Pizza.

An der Wand zwischen den beiden Fenstern, vor die tatsächlich Vorhänge gezogen waren, die einen großen Teil des Lichts aussperrten, hingen Filmplakate in billigen Plastikrahmen. Den Motiven nach zu urteilen, handelte es sich um Horrorfilme. Roya kannte keinen davon. Ihr reichte der Horror des Lebens, sie musste ihn nicht noch durch bewegte Bilder in ihren Kopf lassen.

Plötzlich spürte sie hinter sich eine Bewegung und fuhr erschrocken herum.

Nathan stand keinen Meter entfernt. Er hatte sich vollkommen lautlos angeschlichen. Er trug eine Jeans, sein Oberkörper war nackt und voller Tattoos auf Brust und Bauch. Irgendwelche lateinischen Sprüche und Zeichen. Er grinste sein jugendliches Grinsen, sein Haar wirkte schlafzerzaust.

«Was für eine schöne Überraschung», sagte er.

Roya musste den Schreck verdauen, bevor sie antworten konnte.

«Warum hast du gelogen», fuhr sie ihn weniger heftig an, als sie es vorgehabt hatte.

«Was meinst du?»

Er kam einen Schritt auf sie zu, Roya wich einen Schritt zurück. Sein Lächeln wirkte verschmitzt und irgendwie überheblich zugleich, und Roya fragte sich, ob es ein Fehler gewesen war hierherzukommen. Plötzlich empfand sie die Situation als bedrohlich.

«Du warst bei meinem Unfall gar nicht dabei.»

Ihre Stimme klang nicht so fest, wie sie es gern gehabt hätte.

Nathan kam weiter auf sie zu und hob die Hände. Roya wollte zurückweichen, stieß aber mit dem Hintern gegen einen großen, schweren Sessel.

«Bleib, wo du bist», sagte sie.

Nathan griff zu. Aber an ihr vorbei, und er zog ein T-Shirt von der Lehne des Sessels.

«Darf ich mir etwas anziehen?», fragte er und hielt es hoch.

Roya schluckte trocken und schob sich seitlich von ihm weg, während er sich das weiße Shirt überstreifte. Danach fuhr er sich mit den Fingern durch sein lockiges Haar, das dadurch noch unordentlicher wirkte.

«Tut mir leid», sagte er. «Ich weiß, das war blöd.»

«Du gibst es also zu?»

Nathan zuckte mit den Schultern.

«Wäre ja doof, es nicht zuzugeben, wenn du es ohnehin schon weißt. Möchtest du vielleicht einen Kaffee?»

Nathan deutete auf die Küchenzeile.

«Lenk nicht ab!», fuhr Roya ihn an. Die Situation wirkte nicht mehr so bedrohlich wie vor ein paar Sekunden, und sie fand zu ihrer Selbstsicherheit zurück. «Was soll die Lügerei?»

«Also ich brauche jedenfalls einen Kaffee, bin gerade erst aufgewacht», sagte Nathan und ging in die Küche. «Wie hast du es herausgefunden?»

Er redete und bewegte sich, als wäre es für ihn das Normalste der Welt, beim Lügen ertappt worden zu sein. Vielleicht gehörte das bei solchen Kindsköpfen ja dazu. Er nahm eine Packung Filtertüten, die noch geschlossen war, und öffnete sie mit einem großen Küchenmesser.

«Ich war auf der Rettungswache.»

«Ach so ...»

Nathan ließ die Packung Filterpapier sinken und drehte sich zu Roya um. Das Messer hielt er nach wie vor in der Hand.

«Hör zu, es tut mir leid. Ich hätte das nicht tun sollen. Es war blöd und kindisch. Meine Buddies auf der Wache haben mich dazu getrieben, aber das soll keine Ausrede sein, ich hätte schließlich Nein sagen können.»

«Dich dazu getrieben? Zu was getrieben?»

«Na ja, es war eine Wette. Ron, einer meiner Kollegen, hat Fotos von dir gemacht, und wir standen alle beisammen und fanden dich ... gut aussehend. Eins kam zum anderen, ich hab damit angegeben, dass ich dich rumkriege, wenn ich behaupte, dir nach dem Unfall geholfen zu haben und so ... na ja, und dann war da noch dein Medaillon ...»

Nathan hielt inne und ließ ein verunglücktes Lächeln sehen.

«Er hat Fotos von mir gemacht, als ich verletzt dalag?»

Roya konnte nicht fassen, was sie zu hören bekam, und Nathan zuckte nur mit den Schultern.

«Würde ich nie machen», sagte er.

«Nein, du baggerst mich lieber mit einer dreisten Lüge an.»

«Vielleicht habe ich mich auch mit einer dreisten Lüge in dich verliebt.»

Jetzt lächelte er nicht mehr, sondern schaute sie mit ernstem Blick an, und Roya blieb der Kraftausdruck, den sie ihm an den Kopf werfen wollte, im Hals stecken.

«Hör zu», sagte Nathan und kam erneut auf sie zu, das Messer nach wie vor in der Hand. «Ich kann mich nur tausendmal entschuldigen und dich bitten, mich nicht bei meinem Arbeitgeber anzuschwärzen ... und vielleicht doch einen Kaffee mit mir zu trinken. Sozusagen als Neuanfang.»

Roya schüttelte den Kopf.

«Nicht jetzt», sagte sie und schob die Liebeserklärung beiseite, die Nathan ihr gemacht hatte. «Was ist mit dem Foto, das ich dir geschickt habe?»

«Welches Foto?»

«Auf WhatsApp. Ich habe dir in der Nacht von Freitag auf Samstag ein Foto geschickt. Es ist sehr wichtig für mich. Hast du es noch?»

«Ach so, du meinst dieses Pornobildchen! Das kam echt von dir? Ich bin davon ausgegangen, dass es irgendein Spam-Scheiß ist, den ich besser nicht anklicken sollte. Hab's gleich gelöscht.»

«Shit!» Roya schloss die Augen. Sollte Hagen wirklich so ein unverschämtes Glück haben? Sie wusste, dass nach einer Änderung bei Google 2020 alle Fotos, die man über WhatsApp empfing, nicht mehr automatisch auf dem Handy gespeichert wurden. Löschte man ein Foto in WhatsApp, war es auch wirklich weg.

«Ist dir dieses Bild wirklich so wichtig?», fragte Nathan. «Warum?»

Roya schüttelte den Kopf. «Das würde jetzt zu weit führen ...»

«Aber das warst nicht du auf dem Turnbock, oder?»

«Nein!»

«Ah, okay, ich dachte schon, du hättest irgendwelche krassen Neigungen. Verzeihst du mir, wenn ich eine gute Nachricht für dich habe?»

«Was für eine gute Nachricht?»

«Sag erst.»

«Ja, okay.»

«Mein Handy ist so eingestellt, dass bei WhatsApp gelöschte Bilder trotzdem noch in der Galerie sind. Man kann ja nie wissen.»

Da war es wieder, dieses jungenhafte Grinsen, und diesmal mochte sie Nathan dafür.

«Warte, ich schau nach ... wo ist nur wieder das blöde Handy. Bestimmt im Bett. Bin gleich wieder da.»

Er legte das Messer weg und verschwand.

«Darf ich auf die Toilette?», fragte Roya.

«Klar ... ist aber nicht besonders sauber da drinnen», rief er.

Darauf konnte Roya keine Rücksicht nehmen, sie musste dringend. Die Blasenentzündung machte sich wieder bemerkbar.

Zumindest war das Toilettenbecken sauber genug, dass sie sich draufsetzen mochte – der Rest des Bades war wirklich eine Katastrophe. Es brannte beim Wasserlassen und dauerte länger als gewöhnlich. Sie würde wohl zum Arzt gehen müssen.

Danach wusch sie sich die Hände in einem Waschbecken, aus dem sie aus der angetrockneten Zahnpasta eine ganze Tube hätte recyceln können, und trocknete sich die Hände an einem klammen Handtuch.

«Hast du es?», rief sie, kaum dass sie das Bad verlassen hatte.

Keine Antwort.

Ihr fiel auf, dass die Wohnungstür, die vorher offen gestanden hatte, nun geschlossen war. Wahrscheinlich hatte Nathan das auf dem Weg ins Schlafzimmer gemacht.

«Nathan?»

Wieder keine Antwort, also folgte sie ihm dorthin, wo er auf dem dunklen Flur verschwunden war. Auf der Türschwelle zum Schlafzimmer blieb sie stehen. Das große Doppelbett war zerwühlt, die Terrassentür stand offen, der Vorhang wehte in den Raum.

«Nathan?», fragte Roya vorsichtig.

Plötzlich spürte sie ihn hinter sich, aber noch bevor sie herumfahren konnte, wurde ihr ein kalter, klammer Lappen auf Mund und Nase gepresst, und bevor sie das Bewusstsein verlor, fragte sich Roya, warum er ihr das eklige Handtuch aus dem Bad aufs Gesicht drückte.

8

Mit einem Kaffeebecher in der Hand stand Paul Müller auf dem Gang des Präsidiums und schäkerte mit der neuen jungen Kommissarin, die seinem Charme augenscheinlich bereits verfallen war. Sie lächelte, strich ihr Haar zurück und legte ihre Hand an den Kehlkopf.

Carola mochte sie nicht. Sie trat auf die beiden zu.

«Paul, ich brauche dich.»

«Das höre ich gern.»

Er wandte sich ihr zu, aber die junge Kommissarin schien nicht zu verstehen, dass sie jetzt störte. Sie blieb einfach stehen.

«Haben Sie nichts zu tun», fuhr Carola sie an.

«Im Moment nicht.»

«Dann holen Sie uns bitte Kaffee. Wir sind im Verhörraum 3.»

Carola packte Paul beim Ellenbogen und zog ihn fort.

«Stutenbissigkeit steht dir gut», sagte er, während Carola ihn den Gang hinunterzerrte. «Macht mich richtig an.»

«Ich brauche dich wirklich», sagte Carola, die keine Lust hatte, darauf einzugehen. Im Moment gab es Wichtigeres. «Dich und deine Schauspielkünste. Warte mal kurz.»

Sie kamen an einem offen stehenden Büro vorbei, in dem

sich niemand befand. Carola ging hinein, nahm eine Akte vom Schreibtisch, kehrte auf den Gang zurück und drückte sie Paul in die Hand.

«Ab sofort bist du der Chef der Spurensicherung.»

Paul warf einen Blick in die Akte.

«Hier geht es aber um die Anforderung von Büromaterial. Wie es aussieht, sind die Büroklammern um 0,03 Cent zu teuer», wandte er ein.

«Scheißegal. Hör zu ...»

Carola klärte ihn darüber auf, was los war und was sie von ihm erwartete. Als sie damit fertig war, standen sie vor Verhörraum 3, in dem Marc Maria Hagen alias Hagen Borrmann auf sie wartete.

Allerdings stand außer ihnen noch ein Mann davor, den Carola von anderen Fällen bereits kannte. Marcus Orlopp war einer der bissigsten Strafverteidiger Kölns und immer auf einen Streit mit der Polizei aus. Carola war schon das ein oder andere Mal mit ihm aneinandergeraten, und sein Gesichtsausdruck ließ erahnen, dass er auf Krawall aus war.

«Herr Hagen verlässt auf der Stelle mit mir zusammen das Revier», sagte Orlopp statt einer Begrüßung.

«Was Sie betrifft, bin ich dafür. Herr Borrmann bleibt aber noch», konterte Carola.

«Wer ist Herr Borrmann?»

«Wen vertreten Sie denn?»

Carola konnte sehen, dass sie den mit allen Rheinwassern gewaschenen Anwalt verunsichert hatte.

«Marc Maria Hagen», sagte der.

«Dass es den nicht wirklich gibt, wissen Sie aber, oder?»

«Was faseln Sie da. Ich fordere, meinen Mandaten aufgrund mangelnder ...»

«Marc Maria Hagen ist ein Künstlername», unterbrach Carola den Mann. «Der Name, unter dem Ihr Mandant gemeldet ist, lautet Hagen Borrmann, aber eigentlich ist auch das nicht sein richtiger Name.»

Jetzt wusste Orlopp überhaupt nicht mehr, was Sache war.

«Nicht?», stieß er verdutzt aus.

«Nein», sagte Carola und schüttelte den Kopf. «Holen Sie sich doch einen Kaffee und machen Sie es sich gemütlich, während ich mich noch einmal mit Herrn Borrmann beziehungsweise Herrn Wolters unterhalte.»

«Borrmann ... Wolters ... wollen Sie mich verarschen?»

Ein Ruck ging durch den hoch aufgeschossenen Körper des Anwalts. Offenbar hatte er sich wieder gefangen.

«Ohne mich spricht hier niemand mehr mit meinem Mandanten.»

«Und wer ist noch mal Ihr Mandant?»

«Das sagte ich schon. Marc Maria Hagen.»

«Na, dann ist ja alles gut, ich will ja mit Herrn Borrmann beziehungsweise Herrn Wolters sprechen», sagte Carola und quetschte sich an dem Anwalt vorbei. «Paul, kommst du?»

Paul schob den konsternierten Anwalt beiseite und folgte Carola in das Verhörzimmer. Bevor er die Tür schließen konnte, stellte der Anwalt seinen Fuß dazwischen.

«Ich werde mich an offizieller Stelle ...»

«Dieser dunkle Fleck da an Ihrer Stirn, das könnte Hautkrebs sein», sagte Paul. «Würde ich mal untersuchen lassen.»

Dann schob er den Fuß des Mannes beiseite, nahm den Schlüssel, der außen im Schloss steckte, zog die Tür zu und schloss sie ab.

Paul griente breit, als er sich zu Carola umdrehte, und sie nickte anerkennend. Dann wandten sie sich Borrmann zu, und Paul neben ihr verwandelte sich. Er ließ die Schultern fallen, machte sich ein bisschen kleiner, setzte eine grimmig verstockte Miene auf und klammerte sich an den Aktenordner wie Moses an die Steintafeln.

Carola warf ihren Ordner mit einem Knall auf den Tisch vor Hagen Borrmann. Der zuckte aber nicht einmal zusammen und ließ ein joviales Lächeln sehen.

«Ich will meinen Anwalt sprechen», sagte er.

«Sobald wir hier fertig sind, Herr Borrmann», sagte Carola und verschränkte die Arme. «Dies ist mein Kollege Paul Müller, Leiter der Spurensicherung. Er hat Ihr Haus und den versteckten Kellerraum untersucht und einiges zu unserer Unterhaltung beizutragen. Paul, willst du kurz schildern, was ihr gefunden habt?»

Paul schlug fachmännisch den Ordner mit den Unterlagen zur Beschaffung von Büromaterial auf, räusperte sich und begann.

«Da wäre zunächst einmal der Stuhl. Er besteht aus Holz, und dieses Material konserviert Fingerabdrücke besonders lang. Fingerabdrücke bestehen aus Hautfett, diese aus Säure, die Säure frisst sich ins Material, und wir haben die Möglichkeit, noch Jahre später durchaus brauchbare Prints nehmen zu können.»

Paul erzählte haarsträubenden Unsinn. Das Gegenteil war der Fall. Fingerabdrücke hielten sich besonders lange auf glatten Oberflächen, da diese den Schweiß im Gegensatz zu ungehobeltem Holz oder stark strukturiertem Leder nicht aufsaugten. Paul setzte darauf, dass Hagen Borrmann sich mit der Materie nicht auskannte. Warum sollte sich ein Podcaster für Live-Coaching mit Kriminalermittlungen beschäftigen?

«Noch wertvoller ist allerdings die Häufung der Spuren an dem Schrank, der den Kellerzugang verriegelt. Die Entriegelung des Schließmechanismus, der aus Metall besteht und deshalb kaum verwertbare Prints zulässt, wurde gründlich abgewischt, bevor Frau Barreis darauf ihre Spuren hinterließ. Aber nicht die Schranktüren und auch nicht der Rahmen der ehemaligen Kellertür. Dort konnten wie ebenfalls zahlreiche Prints extrahieren. Zehn von siebzehn Fingerabdrücken können wir Herrn Borrmann zuordnen. Oder Herrn Wolters, ganz nach Belieben.»

Carola war erstaunt, wie perfekt Paul lügen konnte. Keine Unsicherheit in der Stimme, Mimik und Worte stimmten überein, nur als er am Ende den Ordner zuschlug und Borrmann mit scharfem Blick ansah, übertrieb er etwas.

Aber es zeigte Wirkung.

Hagen Borrmann wirkte nicht mehr ganz so selbstsicher wie noch vor Beginn des Gesprächs.

«Und wir haben noch mehr gegen Sie in der Hand, Herr Borrmann. Sie haben also zumindest von dem Keller und der Leiche darin gewusst. Das können wir beweisen. Und hier kommt mein Vorschlag: Man wird es vor Gericht positiv für Sie auslegen, wenn Sie uns jetzt dabei helfen, die Mordfälle an den Hörerinnen Ihres Podcasts aufzuklären, an Martina Spiekermann, Sarah Henschel und deren Partnern. Legen Sie hier und jetzt ein Geständnis ab, und es wird Auswirkungen auf das Strafmaß haben.»

Hagen Borrmann schüttelte den Kopf.

«Ich habe nichts damit zu tun. Ich will jetzt meinen Anwalt sprechen. Sofort! Sie haben nicht das Recht, ihn auszusperren.»

«Ihr Anwalt kann Sie nicht mehr retten. Aber wenn Sie es

nicht waren, der die Fans Ihres Podcasts getötet hat, dann können Sie vielleicht Menschen vor dem Täter oder der Täterin retten. Es besteht die Gefahr weiterer Morde.»

Borrmann schüttelte den Kopf, er wirkte zunehmend verzweifelt. Von außen klopfte jemand gegen die Tür des Verhörraums und rief nach Carola. Sie erkannte die Stimme ihres Chefs. Wenn sie nicht sofort etwas aus Borrmann herausbekam, war die Chance vertan.

«Denken Sie nach!», fuhr sie Borrmann an. «Will sich mit diesen Taten jemand an Ihnen rächen oder Ihnen Schaden zufügen?»

Borrmann starrte vor sich hin. Carola wollte schon auf den Tisch schlagen, um ihn aufzuschrecken, als er doch noch reagierte.

«Und wer sollte das sein?»

«Das frage ich Sie. Es scheint so, als verfolge der Täter oder die Täterin ein ganz bestimmtes Ziel. Er oder sie taucht die Hände der Frauen in das Blut der männlichen Opfer. Die männlichen Opfer aber stehen in dem Verdacht, gegenüber ihren Frauen gewalttätig gewesen zu sein, und zumindest in einem Fall hat das weibliche Opfer heimlich versucht zu verhindern, ein Kind von ihrem Partner zu bekommen. Fällt Ihnen dazu irgendwas ein?»

Hagen hob langsam den Kopf und sah Carola an. Es stand vollkommen außer Frage, dass ihm erst in diesem Moment klar wurde, worum es in den Mordfällen ging. Er öffnete die Lippen, doch die Worte blieben zunächst noch in seinem Hals stecken.

Carola erkannte, dass der richtige Zeitpunkt gekommen war, dem Mann den Todesstoß zu versetzen. Sie hoffte inständig, dass es funktionierte.

«Hat es mit Ihrer Familie zu tun? Mit Ihrem Vater Friedhelm Wolters und dem, was er Ihnen damals angetan hat? Ich weiß, dass Sie eigentlich auch nicht Borrmann heißen, sondern Wolters. Warum haben Sie Ihren wirklichen Namen verschwiegen?»

In dieser Sekunde verdunkelte sich das Gesicht des Podcasters, und Carola hatte den Eindruck, die Dunkelheit sickerte in seine nichtssagenden Augen wie Blut in ein Glas Wasser.

«Ich heiße Hagen Borrmann», sagte er mit stockender Stimme.

«Weil Sie Ihren Namen haben ändern lassen.»

«Ich heiße Hagen Borrmann.»

«Und ich kann das sogar verstehen. Wenn mein Vater meine Familie ausgelöscht hätte, würde ich seinen Namen auch nicht tragen wollen. Nichtsdestotrotz ist Friedhelm Wolters Ihr Vater.»

«Ich habe keinen Vater, und mein Name ist Hagen Borrmann.»

«Das können Sie so oft wiederholen, wie Sie wollen, an Ihrer Familiengeschichte ändert es nichts. Ich will Ihnen einen Deal vorschlagen und würde angesichts der erdrückenden Beweislage dringend raten, darauf einzugehen. Ich glaube Ihnen, dass Sie mit den Morden nichts zu tun haben, aber ich weiß, Sie haben Robert Mayer in ihrem Keller eingesperrt und sterben lassen. Helfen Sie uns, herauszufinden, warum Ihr Podcast in diese furchtbare Mordserie verwickelt ist, und ich werde dafür sorgen, dass es sich strafmildernd auswirkt.»

Verzweifelt schüttelte Borrmann den Kopf. Nichts war mehr übrig vom selbstbewussten, charismatischen Podcaster Marc Maria Hagen. Carola konfrontierte ihn mit einer Vergangenheit, die er für sich ab- und in seinem Keller eingeschlossen hatte. Aber Verdrängung war eine Lüge, sie funktionierte nicht, niemand konnte je wirklich vergessen, was einen Teil der eigenen Persönlichkeit ausmachte. Wer immer wieder nur verdrängte, erschuf in sich ein hochverdichtetes Geschwür, das irgendwann explodieren musste. Meist durch einen Impuls von außen.

«Warum haben Sie Robert Mayer getötet?», fasste Carola noch einmal nach, weil sie ahnte, dass die Wahrheit und die Erklärung für die Morde in dieser Frage verborgen lagen.

«Sie sind tot», platzte es schließlich aus Borrmann heraus. «Alle haben immer gesagt, sie sind tot. Auch Robert Mayer hat das gesagt, und ich bin sicher, er hat nicht gelogen. Ich habe alles dafür getan, damit er nicht lügen kann. Ich wollte sie finden ... das war ich ihnen doch schuldig, weil ich sie nicht beschützen konnte ... ich wollte sie doch nur finden ... aber niemand wollte mir die Wahrheit sagen ... deshalb musste ich sie aus dem Mann herauszwingen ...»

Plötzlich sprang Borrmann auf.

Carola und Paul wichen vor ihm zurück, und Carola erinnerte sich voller Schrecken, dass Paul die Tür von innen abgeschlossen hatte, um den Anwalt auszusperren. Doch Hagen Borrmann ging nicht auf sie los.

Er riss das Hemd auf, das er trug. Die Knöpfe sprangen ab und fielen klackernd zu Boden.

Auf seinem nackten Oberkörper war ein großes dunkelgrünes Tattoo zu sehen. Ein Efeublatt. Zwei der drei Spitzen des Blattes zeigten auf die Brustwarzen, die mittlere auf seinen Kehlkopf.

«Seit wir drei getrennt wurden, suche ich nach ihnen», schrie Borrmann und hämmerte sich mit der Faust gegen die Brust. «Nach meinem Bruder und meiner Schwester, ich trage sie in meinem Namen, ich trage sie in und auf meiner Brust, sie sind meine Heilige Dreifaltigkeit ...»

Carola betrachtete das große Tattoo mit den Namen darin und verstand endlich.

Borrmann hatte also tatsächlich Roya Mayers Vater verschleppt, in seinen Keller gesperrt, eingemauert und sterben lassen. Das war grausam und unmenschlich, und Carola würde ganz sicher kein gutes Wort bei irgendeinem Richter einlegen, damit Borrmann eine geringere Strafe erhielt. Mit dieser Lüge ihm gegenüber würde sie leben können – so wie mit allen anderen auch. Aber sie verstand, was Borrmann dazu getrieben hatte und dass er wahrscheinlich nicht anders hatte handeln können.

Carola hob beschwichtigend die Hände. Hagen war aufgebracht und außer Atem, sein Blick flog gehetzt hin und her.

«Beruhigen Sie sich», sagte Carola. «Ich verstehe Sie.»

«Gar nichts verstehen Sie! Ich kam vom Fußballspielen nach Hause, und meine Mutter ... ich habe sie gefunden, dann bin ich zu den Mayers hinübergelaufen ... ich bin weggelaufen, statt nachzusehen, aber ich war zehn ... ich war doch erst zehn.»

Hier verließ Borrmann die Kraft. Er sackte auf den Stuhl zurück und brach in Tränen aus.

«Ich war doch erst zehn Jahre alt ...», schluchzte er.

«Niemand macht Ihnen deshalb einen Vorwurf», sagte Carola. «Was passierte dann?»

«Frau Mayer ... sie hat auf mich aufgepasst ... er ist hinüber in unser Haus ... um nachzuschauen ... er wusste, was mit meinen Geschwistern passiert ist. Er kannte die Wahrheit.»

Und wenn er gerade deshalb gelogen hat, fragte sich Carola, diesmal aber still in ihrem Inneren.

Das war sehr unwahrscheinlich. Unter Folter, und nichts anderes war es, was Borrmann ihm angetan hatte, sagte jeder irgendwann die Wahrheit. Carola versuchte, sich vorzustellen, wie es für den Mann dort unten gewesen sein musste. Eingemauert in einen Keller, ohne Nahrung, ohne Hoffnung. Wie sollte man in einer solchen Situation den Mann belügen, der einen bedrohte?

Wenn er es dennoch getan hatte, musste es einen Grund dafür geben. Einen sehr starken Grund, stärker als die Aussicht auf Schmerzen und Tod.

Carola fiel nur einer ein. Sie behielt ihn für sich und sagte stattdessen:

«Ihr Podcast hat Millionen Zuhörerinnen und Zuhörer. Wie findet der Täter heraus, welche Menschen in solch prekären partnerschaftlichen Verhältnissen leben, wie es Ihre Eltern taten? Woher weiß er davon? Wer außer Ihnen hat diesen Einblick? Sowohl Martina Spiekermann als auch Sarah Henschel waren zum Coaching eingeladen. Wer ist für diese Einladungen zuständig?»

«Meine Assistentin ... Brittany Kühne», antwortete Borrmann.

«Nur sie weiß davon? Sonst niemand?»

«Doch, schon ... da ist noch jemand.»

9

Heißer, brennender Schmerz riss Roya aus der Bewusstlosigkeit. Sie schnappte nach Luft, weil sie das Gefühl hatte, ersticken zu müssen, da klatschte ihr die Hand ein zweites Mal ins Gesicht, diesmal auf die andere Wange, und ihr schossen Tränen in die Augen, die ihren Blick verschleierten.

Sie sah einen Schemen vor sich aufragen, mehr aber auch nicht.

«Wieder da?», sagte dieser Schemen, und seine Stimme klang seltsam verzerrt.

In Royas Mund lag ein bitterer Geschmack, sie hatte das Gefühl, sich übergeben zu müssen. Nur langsam ließ das Brennen auf ihren Wangen nach. Im gleichen Maß kehrte die Erinnerung zurück, und ihr wurde bewusst, dass Nathan sie überwältigt und irgendwie betäubt hatte. Jetzt schlug er ihr ins Gesicht, um sie zu wecken.

Wie hatte sie sich nur so in ihm täuschen können?

Als sich die Gedanken in ihr ordneten, begriff Roya, dass sie gefesselt war. Ihre Hände waren auf ihrem Rücken zusammengebunden, die Fußgelenke verschnürt und ihr Mund zugeklebt. Eine Hand griff in ihren Ausschnitt und zerriss die Kette, an der sie das Familienmedaillon um den Hals trug. Der Schmerz hätte nicht größer sein können, hätte Nathan sie noch einmal geschlagen.

Roya schrie gegen den Knebel an.

«Ich verstehe das. Mir geht es genauso», sagte die verzerrte Stimme. «Aber diese Art sentimentale Erinnerung bringt dich nicht weiter.»

Gib es her, gib es mir zurück, wollte Roya ihn anschreien, und sie spürte, wie ihr erneut Tränen in die Augen schossen, diesmal jedoch vor Wut.

Sie verstand nicht, was hier vor sich ging. Warum hatte er sie angegriffen? Nathan konnte doch unmöglich mit Hagen unter einer Decke stecken!

«Da du es selbst nicht erkennst, lass mich dir sagen, dass ihr nicht zueinanderpasst.»

Mit jedem Wort, das Nathan sprach, klang seine Stimme weniger verzerrt. Er redete langsam, kontrolliert, wie jemand, der sich seiner Sache sicher war und wusste, ihm wurde Gehör geschenkt.

«Leider weiß ich aber, dass du mir nicht glaubst ... das ist immer so. Diese Art von Fehler erkennen die Menschen erst, wenn es zu spät ist. Wenn das Leid bereits entstanden ist und auf andere übergreift. Und das kann ich nicht zulassen.»

Während er sprach, entfernte er sich von Roya, und sie hörte ihn irgendwo rumoren. Hinzu kam noch ein anderes Geräusch, das sie zunächst nicht einordnen konnte.

Sie hätte sich gern die Tränen aus den Augen gewischt, musste aber warten, bis sie von allein trockneten. Nach und nach klärte sich ihre Sicht. Es war, als zöge sich dichter Nebel zurück und gäbe den Blick frei auf das Monster, das sich dahinter verborgen hatte.

Das Monster trug eine weiße Maske und hielt eine Machete hoch über dem Kopf, bereit zuzuschlagen. Roya schrie hinter ihrem Knebel, wollte zurückweichen, bis sie begriff, dass sie auf eines der Filmplakate in Nathans Wohnung starrte.

Aber auch Nathan war da.

Sie musste den Blick nur senken, um ihn zu sehen, aber sie begriff nicht, was sie da sah.

Er lag mit dem Gesicht zu ihr auf der Couch, silberfarbenes Panzerband über dem Mund, die Hände auf dem Rücken gefesselt, die Fußgelenke zusammengebunden, nackte Panik in den weit aufgerissenen Augen.

Das Geräusch, das Roya nicht hatte einordnen können, waren seine Schreie hinter dem Panzerband.

Jemand trat von links in Royas Sichtfeld. Und dieser Jemand hielt ein Messer in der Hand. Ebenjenes Messer, das Nathan vorhin noch benutzt hatte, um die Packung Filtertüten zu öffnen. Dieser Jemand setzte sich zu Nathan auf die seitliche Lehne der Couch und zeigte mit der Spitze des Messers auf Roya.

«Es sind Menschen wie du und er ...», die Messerspitze wanderte zu Nathan, «... die mit ihren falschen Entscheidungen Leid über Menschen wie mich bringen. Mein Leben ist ein Trümmerfeld deswegen. Du weißt jetzt, was für eine Art Mann er ist, und dennoch würdest du dich auf ihn einlassen, hab ich nicht recht?»

Die Messerspitze zeigte wieder auf Roya.

«Weil du blind bist. Ihr alle seid es. Ihr ignoriert die deutlichen Zeichen und nehmt es in Kauf, dass wegen euch Kinder traumatisiert werden, dass sie ein Leben voller Ängste führen müssen und niemals spüren werden, was es bedeutet, wirklich geliebt zu werden. Menschen wie ihr dürfen keine Kinder bekommen, aber weil es niemanden gibt, der es euch verbietet, muss ich es verhindern.»

Er stach zu.

Die Klinge verschwand bis zum Schaft in Nathans Oberkörper. Nathan bäumte sich vor Schreck und Schmerz auf und schrie noch lauter hinter dem Knebel, kämpfte gegen seine Fesseln an.

Das tat auch Roya, so sehr, dass sie von dem Sessel zu

Boden rutschte, doch es änderte nichts an ihrer hilflosen Lage. Sie musste mit ansehen, wie er ein weiteres Mal auf Nathan einstach, wieder in den Oberkörper, wieder bäumte sich Nathan auf.

«Nein, nein, nein», schrie Roya in den Knebel und riss an den Handfesseln, bis ihre Schultern vor Schmerzen pochten.

Der Mann erhob sich von der Couchlehne und kam einen Schritt auf Roya zu, zeigte wieder mit der Messerspitze auf sie, von der jetzt Nathans Blut zu Boden tropfte.

«Ich weiß, dass du den Podcast zerstören willst, dass du Marc Maria Hagen zerstören willst, aber das ist nicht deine Aufgabe, sondern meine, und von dir lasse ich mir ganz sicher nicht wegnehmen, woran ich so lange gearbeitet habe. Hagen mit seiner beschissenen Litanei über die innere Stimme, über Liebe ... gerade von ihm hätte ich etwas anderes erwartet ... er müsste es eigentlich besser wissen ... aber ich werde allen zeigen, auf was für einen Blender sie hereinfallen und wie er sie dazu bringt, falsche Entscheidungen zu treffen. Entscheidungen, die zu großem Leid führen!»

Er hatte sich in Rage geredet, und jetzt fuhr er herum, hob das Messer und fiel über den wehrlosen Nathan her. Stach wieder und wieder auf ihn ein, bis Nathan sich nicht mehr bewegte und Blut in Strömen seinen Körper verließ. Roya lag wimmernd und zitternd auf dem Boden, konnte nicht mehr hinsehen, sich nicht mehr wehren, ihre Kraft war aufgebraucht.

Schließlich kam er atemlos zu ihr, packte sie und schleifte sie zu Nathan hinüber. Dort trennte er mit dem Messer ihre Handfessel auf, nahm ihre Hände und presste sie gegen Nathans blutbesudelten Oberkörper, hinein in das warme Blut.

«Es sind deine Hände, an denen Blut klebt, nicht meine!», schrie er sie an.

«Und jetzt bist du dran.»

10

«Ein Lebewesen, das ohne Fortpflanzung entsteht, einfach aus der Schöpfungskraft der Sonne heraus – so hatte man im alten Ägypten den Scarabaeus sacer, den Heiligen Pillendreher, gesehen», erklärte Paul Müller, der sich mit derlei esoterischen Dingen bestens auskannte. «Ohne Fortpflanzung, also auch ohne Familie.»

Er warf Carola vom Beifahrersitz einen begeisterten Blick zu.

«Und ohne das manchmal unvorstellbare Leid, das eine Familie hervorrufen kann – wie bei den Wolters», vervollständigte Carola, die ihren Dienst-Golf fuhr.

Paul klatschte in die Hände.

«Wow, das ist richtig spannend», rief er. «Ich wusste es immer, ich habe den falschen Beruf. Kannst du mich nicht einstellen?»

«Ich brauche dich dort, wo du bist», sagte Carola, die Pauls Enthusiasmus nicht teilte.

Sie befanden sich auf dem Weg zu der Produktionsfirma des Podcasts Hörgefühlt im Rheinauhafen in Köln. Borrmann hatte ihnen gesagt, dass er sowohl dort als auch in dem kleinen Raum in der Bernthaler Mühle seinen Podcast aufzeichnete, je nachdem, wo er sich gerade befand. Edgar Thiel war Inhaber von Skarabäus Productions und finanziell zu zwanzig Prozent an dem Unternehmen beteiligt, das mittlerweile einzig und allein Hörgefühlt produzierte, verwaltete und managte. Zuvor hatte Thiel einige andere Podcasts und Hörspiele produziert und war dann an Hagen Borrmann herangetreten, als der auf der Suche nach einem Partner gewesen war. Für ihre Zusammenarbeit hatte er den Firmennamen Skarabäus erfunden.

Thiel leitete die Bewerbungen für die Seminare an Brittany weiter.

«Versuch es noch einmal», sagte Carola und wies auf ihr Handy in der Halterung.

Paul nahm es heraus und wählte die Nummer, die er zuvor schon dreimal gewählt hatte. Er stellte auf Lautsprecher, und gemeinsam hörten sie sich den Durchwahlton an, bis abermals die Mailbox dranging.

«Hier ist Roya Mayer, ich melde mich, sobald es geht.»

«Es scheint aber immer noch nicht zu gehen», bemerkte Paul und legte auf.

Carola machte sich große Sorgen um Roya. Ihre letzte Information war, dass sie unterwegs zu diesem Rettungssanitäter Nathan gewesen war, dem sie das Beweisfoto aus der Bernthaler Mühle geschickt hatte. Eine Streife war zu dessen Adresse unterwegs.

«Irgendwas muss passiert sein, sonst hätte sie sich längst gemeldet», sagte Carola nachdenklich zu sich selbst.

Sie hatte Paul eigentlich gar nicht mitnehmen wollen, denn er hatte bei einem solchen Einsatz nichts zu suchen. Da sie in Eile gewesen war, Paul in seiner Rolle als Ermittler aber zur Hochform auflief und nicht aufzuhalten war, war er einfach mitgekommen.

«Edgar Thiel oder Brittany Kühne, darauf läuft es doch hinaus, nicht wahr!», sagte Paul. Das Strahlen in seinen Augen passte nicht zu der Tragik des Falles, aber da er sonst hauptsächlich mit Toten zu tun hatte, nahm Carola es ihm nicht krumm.

«Und was, wenn es beide sind? Wenn sie gemeinschaftlich morden, um sich für vergangenes Unrecht zu rächen?», sagte Carola. Sie bereute es, dass sie Borrmanns Assistentin hatte gehen lassen. Eine weitere Streife war zu der Adresse von Borrmanns Wohnung in Köln unterwegs, um Brittany Kühne aufzugreifen.

«Wie meinst du das?», fragte Paul, der noch nicht alles wusste, was Carola über die Familiengeschichte der Wolters herausgefunden hatte.

«Martina und Tim Spiekermann, Sarah Henschel und Björn Kumpfmüller ... junge Paare auf dem Weg, eine Familie zu gründen. Zumindest Martina Spiekermann hatte Zweifel daran, das Richtige zu tun. Vielleicht wegen ihres Partners, denn der hatte sich manchmal nicht unter Kontrolle. Ebenso wie Björn Kumpfmüller: ebenfalls ein aufbrausender junger Mann. Auf der anderen Seite haben wir einen traumatisierten Mann, der in seiner Kindheit miterleben musste, wohin es führt, wenn die falschen Partner zusammen Kinder bekommen. In solchen Fällen sind es immer die Kinder, die am meisten leiden ... und bei den Wolters ist alles vollkommen aus dem Ruder gelaufen. Hagen kam damals nach Hause, fand seine tote Mutter und lief zu den Nachbarn hinüber. Aber er hatte noch zwei Geschwister. Wo waren die? Stell dir nur mal vor, die beiden jüngeren Kinder, damals sieben und vier Jahre alt, hätten miterleben müssen, wie ihr Vater die Mutter mit einem Schwert tötet ...»

«Davon erholst du dich niemals», sagte Paul.

«Borrmann hat nach seinen Geschwistern gesucht und

war sogar bereit, für die Wahrheit zu töten – und er hat geglaubt, von Robert Mayer die Wahrheit gehört zu haben. Aber was, wenn Mayer ihn angelogen hat? Was, wenn die Geschwister noch leben?»

«Aber dann hätte Mayer da unten in dem Keller unter Folter eben nicht die Wahrheit gesagt. Wer schafft so etwas?», wandte Paul ein.

Carola schüttelte den Kopf.

«Nicht wer», sagte sie. «Was.»

«Was kann dir die dafür nötige Kraft und Stärke verleihen?»

11

«Ihr dürft nicht zusammen leben, und ihr dürft nicht zusammen sterben, das ist sehr, sehr wichtig, verstehst du!»

Roya hatte Mühe, sich überhaupt auf die Stimme zu konzentrieren; der Inhalt dessen, was sie sagte, kam nicht bei ihr an.

Zum zweiten Mal binnen kurzer Zeit war sie mit Chloroform außer Gefecht gesetzt worden. Der Mann, der Nathan vor ihren Augen getötet hatte, hatte sie verschont – vorerst. Doch als sie jetzt langsam wieder zu sich kam, wusste Roya nicht, wo sie sich befand. Sie war nicht mehr in Nathans Wohnung, so viel war klar. Hier roch es anders, zudem war das Licht schummrig, und es schien, als bestünden die Wände aus schwarzem Stoff.

Roya lag auf dem Boden, den Blick gegen die Decke gerichtet, ein Gewölbe, das ebenfalls mit schwarzen Tüchern abgehängt war. Irgendwo in dem Raum rumorte der Mann, der sie hierher verschleppt hatte, ohne dass sie ihn sehen konnte.

Roya war speiübel, sie war nahe daran, sich zu übergeben. Zunge, Mund und Rachen waren mit einem ekligen Belag überzogen, der bis in den Magen hinabzufließen schien. In ihrem Kopf pochte etwas hart gegen die Schädeldecke, und als sie sich bewegen wollte, stellte sich sofort Schwindel ein.

«Es gibt Menschen, die passen einfach nicht zueinander, die dürfen sich nicht lieben, denn diese Liebe reißt alles in den Abgrund. Menschen wie du, dumm genug, sehenden Auges in die Katastrophe zu rennen ...»

Die Stimme kam von irgendwo im Raum, doch im nächsten Moment spürte Roya Atem an ihrem Ohr.

«Noch nicht sterben», sagte die Stimme ganz dicht bei ihr. «Ich brauche dich noch für eine letzte Sache.»

Roya wurde unter den Achseln gepackt und vom Boden hochgehoben. Der Mann setzte sie auf einen Drehstuhl und presste sie gegen die weiche Lehne. Sein Gesicht befand sich dicht an ihrem, als er sie fragte:

«Kannst du allein sitzen?»

Roya wusste es nicht. Es fühlte sich nicht so an, als hätte sie die Kontrolle über ihren Körper, nicht einmal über ihre Zunge, denn sie bekam kein Wort heraus.

«Nicht? Na, dann machen wir dich mal ein bisschen fest, was meinst du!»

Zuerst schob er die Ärmel ihrer Bluse hoch, dann legte er zuerst ihren rechten Arm auf die Armlehne des Drehstuhls und band ihn mit silbernem Tape fest. Dann den linken. Roya sah ihm dabei zu, ohne etwas dagegen tun zu können, und sie fragte sich, wofür die Metallbänder da waren, auf die er ihre nackten Unterarme gelegt hatte.

Danach zog er ihr die Schuhe und Socken aus und klebte ihre nackten Füße an den metallenen Fuß des Drehstuhls. Ihren Oberkörper fixierte er mit einem Seil an der Rückenlehne.

Roya starrte ihre Hände an.

Ihre blutigen Hände.

Das Blut von Nathan war längst angetrocknet und nicht mehr rot, sondern braun. Bilder zogen vor ihrem inneren Auge vorbei. Nathan, wie sich sein Oberkörper unter dem ersten Messerstich aufbäumte. Das konnte doch nicht wirklich passiert sein, oder? Das musste sie doch geträumt haben!

«Finde ich ganz toll, dass du so gut mitmachst», sagte der Mann. «Das erleichtert mir die Arbeit wirklich sehr. Zur Belohnung bekommst du noch diesen Kopfhörer aufgesetzt, und dann kann es auch schon losgehen.»

Er stülpte ihr einen großen schwarzen Kopfhörer über. Die Schaumstoffmuscheln schmiegten sich weich an ihre Ohren.

«Ich lass dich allein, mein Schatz, aber du musst keine Angst haben. Ich bin gleich da drüben auf der anderen Seite der Scheibe und beobachte dich.»

Er zeigte auf die Scheibe, die Roya erst jetzt wahrnahm. Sie war groß, größer als ein Fenster, und schien sehr dick zu sein, fast wie Panzerglas. Auf der anderen Seite befand sich ein weiterer Raum, ebenfalls schwarz ausgekleidet, und unter dem Fenster konnte sie ein Mischpult mit vielen Knöpfen sehen.

Der Mann verließ den Raum und schloss die Tür hinter sich. Roya verfolgte jede seiner Bewegungen, wie ein im Zoo eingesperrter Tiger die Bewegungen eines Menschen verfolgen würde. Nach und nach gewann sie die Kontrolle über ihren Kopf zurück, und es gelang ihr, Gedanken zu formulieren.

Was macht er mit mir?

Wofür sind die Metallschienen?

Warum müssen Arme und Füße nackt sein?

War das so etwas wie ein elektrischer Stuhl?

Der Mann auf der anderen Seite der Scheibe deutete auf ein Mikrofon, dann drückte er einen Schalter, und Roya hörte es knacken im Kopfhörer. Drüben klopfte er aufs Mikro, was sich in Royas Ohren wie Trommeln anhörte.

«Eins, zwei, Test. Kannst du mich hören?»

Er lächelte sie durch die Scheibe an und machte mit dem Daumen das Okay-Zeichen, weil sie es ja nicht konnte.

«Super, dann passt ja alles. Los geht's.

Ich will, dass du die Wahrheit erfährst, denn sie ist der Grund für deinen Tod und den Tod deines Freundes. Die Wahrheit ist, ich liege jeden Tag unter dem Bett und finde jeden Tag wieder heraus, dass es darunter kein Monster gibt. Das Monster steht vor dem Bett, und es hält eine Klinge in der Hand, von der Blut zu Boden tropft. Man darf nicht zulassen, dass Monster sich vermehren, weil sonst irgendwann die ganze Welt von ihnen beherrscht wird. Schon jetzt sind es viel zu viele, aber man erkennt sie nicht sofort. Am Anfang verbergen sie sich hinter etwas, das man Liebe nennt. Das können sie gut, niemand bemerkt es, auch du hast es nicht bemerkt. Aber nach und nach zeigen sie ihr wahres Gesicht, doch dann ist es zu spät. Dann haben sie sich vermehrt und bringen Unheil über alles und jeden.

Die Wahrheit ist, dass es Liebe nicht gibt.

Die Wahrheit ist, dass das Monster niemals unter dem Bett lauert. Es sitzt mit dir am Tisch, es sorgt für dich, liest dir abends Geschichten vor, deckt dich zu – bevor es dich dann tötet.

Die Wahrheit ist, dass du das Monster liebst.

Und das Letzte, was du hörst, wird die Lüge sein ...»

Der Mann hörte zu sprechen auf und drückte einen Knopf.

Eine andere Stimme übernahm, es war die von Marc Maria Hagen. Diese angenehme, tiefe, tragende Stimme, die wie ein Kissen war, in das man sich getrost betten konnte, die einen umfing, der man vertraute, die sich wie warmes Öl auch noch in die letzten Windungen der Gedanken schlich, um dort niemals wieder zu verschwinden.

Es war diese Stimme, die sagte:

«Eure innere Stimme macht den Unterschied, und eure innere Stimme ist Liebe. Ihr findet Liebe nicht außerhalb von euch, sie ist in euch, das war schon immer so, also sucht nicht nach ihr. Wenn ihr Liebe gebt, bekommt ihr sie zurück, gebt ihr sie nicht, ist sie nicht vorhanden. Wenn ihr Liebe empfindet für jemanden, existiert sie, dann gibt es keine Zweifel, keine Fehler, dann ist dieser Mensch der Richtige für euch, denn Liebe irrt sich nicht. Nie.»

Der Mann auf der anderen Seite der Scheibe streckte die Hand nach einem bestimmten Knopf aus, und in diesem Moment wusste Roya, dass sie sterben würde, wenn er den Knopf drückte.

Sie dachte an ihren Vater, ihre Mutter, ihre Schwester, an die Liebe, die sie alle verband. Sie schloss die Augen, weil der Mann auf der anderen Seite der Scheibe nicht das Letzte sein sollte, was sie sah. Sie wollte sich an die Bilder ihrer Familie erinnern.

Und da sie nichts mehr tun konnte, nahm sie den Tod an.

12

Skarabäus Productions residierte im vornehmen Rheinauhafen in Köln, und weil es dort kaum Parkplätze gab und Carola keine Zeit hatte, nach einem Stellplatz zu suchen, fuhr sie direkt in die Tiefgarage. Dabei handelte es sich um die längste Tiefgarage Europas, die sich über zwei Kilometer erstreckte. Die Suche nach dem richtigen Ausgang später würde ebenfalls viel zu lange dauern, also stoppte Carola den Golf vor dem Glaskasten, in dem die Servicekräfte der Tiefgarage arbeiteten.

Der Mann in Uniform hinter der Scheibe starrte sie unfreundlich an und machte eine wedelnde Handbewegung, die wohl bedeutete, dass sie dort nicht halten durfte.

Carola stieg aus und klatschte ihren Dienstausweis gegen das Glas. Daraufhin beugte sich der übergewichtige Mann mit dem hochroten Kopf über das Mikrofon.

«Was kann ich für Sie tun?», fragte er genervt, und Carola entschied, ihn nicht zu mögen.

«Ich muss zu Skarabäus Productions. Welcher Ausgang?»

«Parken Sie in der grünen Zone und nehmen Sie Ausgang 2», sagte der Mann. «Das ist gleich da drüben.» Er zeigte zur anderen Seite hinüber, wo ein Leuchtschild auf den Ausgang hinwies. «Sie können mit dem Fahrstuhl ins Gebäude fahren.»

«Schön, dann parken Sie bitte den Wagen, ich hab es eilig. Schlüssel steckt.»

Carola wandte sich ab und gab Paul ein Zeichen auszusteigen. Er war kaum aus dem Wagen heraus, da hörte sie hinter sich jemanden rufen.

«Moment mal!»

Der übergewichtige Rotkopf hatte seinen Glaskäfig verlassen.

«Das ist ein Einsatz, parken Sie den Wagen oder lassen Sie ihn stehen», fuhr Carola ihn an.

«Darum geht's nicht», entgegnete er. «Skarabäus, sagten Sie?»

«Ja, warum?»

Der Tonfall in der Stimme des Mannes ließ Carola aufhorchen.

«Na ja, vor einer halben Stunde ist der Geschäftsführer gekommen und … ich weiß nicht, ich fand das merkwürdig. Ich meine, was will er mit einem SUP da oben.»

«Was? Drücken Sie sich klar aus, Mann.»

«Ich schaue Krimis, wissen Sie, und ich dachte sofort, da ist ein Körper in dem Koffer, aber ich hab mich nicht getraut, Alarm zu schlagen. Man will sich ja nicht lächerlich machen. Aber jetzt, wo Sie zu denen wollen …»

«Ein Körper? Wie kommen Sie darauf?»

«Ich habe das auf Video, Sie können es sich anschauen.»

Der Mann deutete auf den Glaskäfig. Carola und Paul folgten ihm zu seinen beiden Bildschirmen, wo er ein Video startete.

«Wir zeichnen hier alles auf», erklärte er. «Immerhin stehen hier Millionenwerte an Autos drin. Rolls-Royce, Bugatti, Jaguar …»

«Das Video», unterbrach ihn Carola.

«Da, jetzt kommt es.» Er zeigte mit seinen kurzen Stummelfingern auf den Bildschirm.

Carola sah, wie ein Mann den Kofferraumdeckel eines dunklen Kombis öffnete und einen großen Gegenstand hervorzog. Jetzt wurde ihr klar, was der Parkwächter gemeint hatte. Bei dem Gegenstand handelte es sich um einen dieser riesigen Rollkoffer, in denen die derzeit beliebten Stand-up-Paddle-Boards transportiert wurden. Dieser Koffer reichte dem Mann bis zur Brust, zudem schien er sehr schwer zu sein. Er mühte sich ab, ihn aus dem Wagen zu bekommen, und als der Koffer auf dem Boden aufschlug, verrutschte darin ein schwerer Gegenstand und brachte den Koffer zum Kippen. Nur die geistesgegenwärtige Reaktion des Mannes verhinderte, dass er umstürzte.

«Da ist doch kein Board drin, oder», sagte der Parkwächter. «Die Dinger sind doch nicht so schwer.»

Carola, die noch nie auf einem SUP gestanden hatte, wusste nicht, wie schwer die waren.

«Auf keinen Fall!», sagte Paul. «Ich habe ein richtig gutes, und das wiegt keine zwanzig Kilo.»

«Du stehst auf so einem Ding?» Carola warf ihm einen fragenden Blick zu.

Paul zuckte mit den Schultern. «Anastasia wollte es unbedingt ...»

Carola verbiss sich eine Bemerkung zu der Schülerin, mit der Paul liiert war.

«Okay, ich gehe hoch, du wartest hier.»

«Vergiss es! Jetzt wird's doch gerade erst spannend.»

«Paul, das ist ein Einsatz», sagte Carola.

«Na und!»

Carola hatte keine Zeit und Lust, sich mit ihm zu streiten, und irgendwo anketten konnte sie ihn auch nicht. Sie bedankte sich bei dem Parkwächter, den sie jetzt doch irgendwie mochte, und eilte zum Ausgang. Paul versuchte, ihr zu folgen, war aber viel langsamer als sie. Er atmete schwer, als er zu ihr in die Fahrstuhlkabine stieg.

«SUP fahren, aber zwanzig Kilo zu viel auf den Rippen haben, was?», sagte Carola.

«Man muss mit der Zeit gehen, egal, wie viel man wiegt», entgegnete Paul.

«Man muss vor allem man selbst bleiben, sonst macht man sich lächerlich», versetzte Carola, zog ihre Waffe und überprüfte sie.

Paul, der etwas erwidern wollte, zuckte zurück.

«Holla! Glaubst du, das ist notwendig?»

«Ich hoffe nicht. Aber wir erreichen die Journalistin nicht, die in diesem Fall drinsteckt, und der Mann auf dem Video hat ganz offensichtlich etwas anderes in diesem Koffer als ein Surfboard.»

«Stand-up-Board.»

«Meinetwegen.» Carola steckte die Waffe wieder weg und sah Paul an. «Misch dich nicht ein, bleib immer ein großes Stück hinter mir. Ich darf dich eigentlich gar nicht mitnehmen und bekomme Ärger, wenn dir hier etwas passiert.»

«Du sorgst dich um mich?»

«Nein, um mich.»

Der Fahrstuhl hielt in der dritten Etage, die Türen glitten zurück. Carola trat auf einen mit Teppich belegten Gang hinaus. An der gegenüberliegenden Wand befand sich ein Hinweisschild. Nach rechts ging es zu Skarabäus Productions, nach links zu einer anderen Firma. In beide Richtungen war der Gang leer und nach wenigen Metern durch Glastüren abgetrennt.

Die Glastür, durch die Carola gehen musste, war abgeschlossen.

Es gab eine Klingel, doch die wollte Carola nicht benutzen. Da sie ihren Freund, das Halligan-Tool, nicht dabeihatte, musst es anders gehen.

«Tritt zurück!», warnte sie Paul, zog die Dienstwaffe und schlug das Glas mit dem Griff ein. Sie musste dreimal zuschlagen, bis es zerbarst. Dann griff sie an den Scherben vorbei zum Schlüssel, der innen steckte, und schloss auf.

Sie bedeutete Paul, still zu sein, indem sie einen Finger auf ihre Lippen legte. Möglicherweise hatte der Lärm, den sie verursacht hatte, jemanden aufgeschreckt, und sie wollte nicht in eine Falle laufen.

Doch es blieb still.

Bis auf ein gedämpftes Geräusch, das nach einer Unterhaltung klang. Carola schlich auf die Tür zu, hinter der sie das Geräusch lokalisierte. Zutritt verboten, Aufnahme, stand auf einem Schild an der Tür.

Tja, da sich Hagen Borrmann sicher verwahrt auf dem Präsidium befand, würden sie nicht die Aufzeichnung seines neuesten Podcasts stören.

Es würde nie wieder eine Folge von Hörgefühlt geben.

Carola lauschte. Hinter der Tür sprach jemand, und jetzt, mit dem Ohr am Türblatt, konnte sie die Worte sogar verstehen. Es ging um ein Monster, das sich nicht unter dem Bett versteckte, sondern davorstand. Wirres Gerede, wie von einem kleinen Jungen.

Carola drückte die Klinke, stellte fest, dass die Tür nicht abgeschlossen war, öffnete sie schwungvoll und riss die Waffe hoch.

«Polizei. Ich will Ihre verdammten Hände sehen!»

Die Hände des Mannes, der vor einem großen Mischpult saß, waren bereits gut zu sehen. Die rechte Hand schwebte einen Zentimeter über einem Knopf, den er gerade hatte drücken wollen. Auf der anderen Seite der Scheibe saß Roya Mayer an einen Stuhl gefesselt und riss in diesem Moment die Augen weit auf. Auf den Ohren trug sie einen großen schwarzen Kopfhörer.

Carola hatte keine Ahnung, wofür der Knopf da war, aber sie wusste instinktiv: Wenn der Mann ihn drückte, würde die Journalistin geliefert sein.

Der Mann hatte sich halb zu Carola umgedreht und blickte in den Lauf ihrer Dienstwaffe. Er wirkte erschrocken, schien sich aber unter Kontrolle zu haben.

«Ganz langsam vom Pult zurücktreten», befahl ihm Carola. Sie zielte auf seinen Kopf. Wenn sie überhaupt eine Chance hatte, ihn zu stoppen, dann nur durch einen sofort tödlichen Schuss. Aber auch der würde die Journalistin wahrscheinlich nicht retten, weil die Hand des Mannes auf den Knopf fallen würde, sobald er tot war.

«Sie hat die Wahrheit und die Lüge gehört, und sie muss jetzt sterben», sagte der Mann.

Sein Blick zuckte wild hin und her, sein Adamsapfel auf und ab. Ein Teil von ihm schien in diesem Raum zu sein, ein anderer ganz weit weg. Vielleicht war er in einer Zeit, die dreißig Jahre zurücklag und in der dieser Mann erst sieben Jahre alt gewesen war. Carola wusste es nicht wirklich, aber es blieb ihr nichts anderes übrig, als alles auf eine Karte zu setzen.

«Marc, wenn Sie das tun, töten Sie Ihre Schwester», sagte sie.

Da sich Carola vollkommen auf den Mann konzentrierte, konnte sie nicht sehen, was diese Information mit Roya machte. Wusste sie überhaupt, wer sie war? Welche Verbindung es zwischen Hagen Borrmann, Edgar Thiel und ihr gab? Das Mädchen war damals vier Jahre alt gewesen, wahrscheinlich hatte sie keine bewusste Erinnerung an den Tag, an dem ihr Vater ihre Mutter mit einem Schwert tötete.

«Niemand nennt mich Marc», sagte Thiel.

«Ich weiß, und es ist lange her, aber die Frau dort auf der anderen Seite der Scheibe, das ist Ihre Schwester. Sie haben schon so viel verloren, tun Sie sich das nicht auch noch an ... ich bitte Sie.»

Die Hand des Mannes verharrte nach wie vor über dem Knopf, zitterte jetzt aber. Immer hektischer zuckte sein Blick umher, und Carola war sich nicht sicher, ob sie überhaupt zu dem Mann durchdrang. Sie fand sich damit ab, ihn erschießen zu müssen.

«Sie ist tot», sagte er. «Papa hat sie kleingemacht. So wie er Mama kleingemacht hat.»

Carola schüttelte den Kopf.

«Nein, das hat er nicht getan. Man hat Ihnen eine Lüge erzählt. Sie lebt. Da drüben, das ist Ihre Schwester, und sie möchte weiterleben.»

«Ich glaube Ihnen nicht», sagte Thiel, wandte sich von ihr ab und konzentrierte sich wieder auf den Knopf.

Was Carola dann tat, war nicht geplant, es schoss ihr in diesem Moment, da sie auf Thiels Kopf zielte, durch ihren eigenen, und sie ging das Risiko ein.

«Dann glauben Sie bitte Ihrem Vater. Er ist hier, er steht auf dem Gang. Ihr Vater ist ebenfalls nicht tot.»

Thiel sah sie wieder an, und die Panik in seinem Blick war deutlich erkennbar.

«Nein!», sagte er mit rauer Stimme. «Nein, nicht das Monster.»

«Komm rein!», rief Carola und hoffte, dass Paul richtig reagierte.

Das tat er, indem er hinter Carola in den Türrahmen trat.

Der Schock war für Edgar Thiel, oder besser Marc Wolters, so immens, dass er für einen Moment von dem Knopf zurückzuckte.

Carola wusste, sie würde keine zweite Chance bekommen, um Roya Mayer zu retten.

Also schoss sie.

13

Marc. Maria. Hagen.

Roya Mayer nahm die drei Kärtchen von der Wand in ihrem ehemaligen Kinderzimmer ihres Elternhauses. Sie hielt sie in der Hand und betrachtete sie nachdenklich.

Drei Namen, drei Leben, untrennbar miteinander verbunden.

Einer davon war ihr Name.

Maria.

Carola Barreis trat hinter sie und legte ihr sanft eine Hand auf die Schulter.

«Wie geht's dir dabei?»

«Ist schwieriger, als ich dachte.»

«Natürlich ist es das. Es ist deine Vergangenheit, sie gehört zu dir. Aber sie sollte nicht dein Jetzt bestimmen.»

Die Auskunft der Adoptionsstelle war eindeutig gewesen: Sie war Maria Wolters. Sie und ihre Brüder Marc und Hagen waren damals nicht getötet worden. In der Folge waren alle drei Wolters-Kinder getrennt voneinander in verschiedene Pflegestellen gekommen. Später hatten Robert und Ursula Mayer die vierjährige Maria adoptiert. Sie waren damals davon ausgegangen, keine eigenen Kinder bekommen zu können, was der ausschlaggebende Grund für die exotische Namenswahl gewesen war. Roya war ihr wunderbarer, ihr schöner Traum. Doch nur ein Jahr später war dann ihre leibliche Tochter geboren worden. Jenna. Sie war zusammen mit Royas Mutter bei dem Autounfall ums Leben gekommen.

Auf den Antrag ihrer Adoptionseltern hin war bei der Adoption nicht nur der Nachname, sondern auch der Vorname geändert worden. Das deutsche Namensrecht ließ dies aus besonderen Gründen zu. Traumatische Ereignisse im Leben von Kindern gehören zu diesen besonderen Gründen. Auch der siebenjährige Marc war adoptiert und sein Name in Edgar Thiel geändert worden. Nur Hagen nicht. Zwar durfte er auf seinen Wunsch hin den Geburtsnamen der Mutter annehmen, doch niemand hatte ihn aufnehmen, ihn lieben wollen. Sein Leben war eine Abfolge von Aufenthalten in Heimen gewesen.

«Mein Name ist Roya, und dabei bleibt es auch», sagte Roya und warf die drei Kärtchen in den Müllsack, den sie mit heraufgebracht hatte. Als sie sie damals beschrieben hatte, wäre sie niemals auf die Idee gekommen, was wirklich hinter dem Namen des Podcasters Hagen Borrmann steckte.

Auch Borrmann wusste nichts von ihrer Verbindung.

Nachdem er Royas Vater entführt, eingekerkert und gefoltert hatte, war er davon ausgegangen, dass seine Geschwister tot waren. Der Mord an ihrer leiblichen Mutter lag dreißig Jahre zurück. Roya selbst hatte keine bewusste Erinnerung daran, Hagen und Marc aber sehr wohl. Hagen hatte ausgesagt, seinen kleinen Bruder nicht wiedererkannt zu haben. Aber auf dessen Vorschlag, für ihn als Produzent tätig zu werden, war Hagen dennoch eingegangen, weil er irgendeine

Art von Verbindung zu Edgar Thiel gespürt hatte. In seiner spirituellen Verklärtheit hatte er diese Verbindung falsch gedeutet. Carola glaubte ihm. Edgar Thiel hatte rein äußerlich nichts mehr mit dem siebenjährigen Marc Wolters zu tun. Dreißig Jahre waren eine lange Zeit.

«Mein Vater muss bis zuletzt geschwiegen haben», sagte Roya und nahm das Foto ihres Papas von der Wand. Das landete nicht im Müllsack.

«Borrmann sagt, dein Vater habe immer wieder behauptet, dass Maria und Marc damals gestorben seien. Borrmann hat sich angeblich sogar das Grab deiner Mutter und deiner Schwester angeschaut. Das Alter deiner jüngeren Schwester kam ja ungefähr hin, und als er den Namen Jenna las, dachte er, dass dein Name geändert worden war und er dich deshalb nicht finden konnte – genau wie Marc. Und weil du damals schon zum Studieren nach Aachen gezogen warst, hatte er dich nie beim Haus deines Vaters gesehen und ahnte nichts von deiner Existenz. In dem Punkt war er nicht gründlich genug, und er hat deinem Vater schließlich geglaubt und die Suche eingestellt. Um endlich sein eigenes Leben beginnen zu können, wie er sagt», antwortete Carola.

Sie hatte den ehemaligen Podcaster mittlerweile einige Male vernommen und glaubte ihm. Hagen Borrmann war jetzt ein zerstörter Mann, der viele Jahre im Gefängnis verbringen würde. Er hatte keinen Grund mehr zu lügen, schwieg aber dazu, was er dem bedauernswerten Robert Mayer wirklich angetan hatte, um die Wahrheit aus ihm herauszufoltern. Die Todesursache ließ sich nicht mehr feststellen, es würde sein Geheimnis bleiben.

«Wie konnte er das aushalten?», fragte Roya, als könne sie ihre Gedanken lesen.

«Das habe ich mich auch gefragt», antwortete Carola. «Und es gibt nur eine Antwort darauf. Liebe. Aus Liebe zu dir konnte er die Kraft aufbringen, die Wahrheit hinter einer Lüge zu verstecken, denn er wusste, würde er es nicht schaffen, drohte dir Gefahr. Und das kann ein Vater niemals zulassen.»

«Ja ... Liebe», sagte Roya, küsste das Foto und steckte es in die Gesäßtasche ihrer Jeans.

Robert und Ursula Mayer mochten nicht ihre leiblichen Eltern sein, aber sie waren Mama und Papa. Sie waren, was Roya mit Liebe verband, und das würde sich auch niemals ändern.

Carola half ihr, die restlichen Kärtchen und Ausdrucke in den Müllsack zu stecken. Die jahrelange Recherchearbeit würde aber nicht im Müll landen, sondern als Beweismittel in der Asservatenkammer der Polizei.

Irgendwann war auch das Bild der Bernthaler Mühle an der Reihe.

«Könnte Martina noch leben, wenn ich diese Spur zu Marc Maria Hagen nicht gefunden hätte?», fragte Roya, und Carola konnte hören, dass sie sich noch immer Vorwürfe machte. «Ist sie nur deshalb ins Fadenkreuz geraten, weil sie Kontakt zu mir hatte?»

«Das werden wir wohl nie mit Sicherheit erfahren», sagte sie. «Ich denke aber, Edgar Thiel hatte sich seine Opfer schon vorher ausgesucht. Laut Hagen hat Thiel den freien Platz im Seminar besetzt, nicht Hagen selbst. Thiel hat Sarah Henschel ausgesucht, genauso wie die anderen Teilnehmerinnen, auch Martina Spiekermann. Das war seine vertraglich geregelte Aufgabe als Produzent. Er hatte Zugriff auf alle relevanten Informationen, und ich gehe davon aus, er hat seine Opfer auch in ihrem Umfeld ausgespäht, sie beobachtet...»

«Und weil er Martina beobachtet hat, ist er auch auf mich aufmerksam geworden», dachte Roya laut nach.

«Wahrscheinlich. Thiel wusste von dem bevorstehenden Online-Artikel, vielleicht hat er dich gegoogelt und herausgefunden, dass du Journalistin bist. Fest steht, er hat nichts dem Zufall überlassen.»

«Jetzt wird mir etwas klar», rief Roya aus.

«Was?»

«Auf dem Seminar kam Hagens Assistentin auf uns zu, weil es angeblich einen Fehler bei den Adressen gab. Sie hatte Schwierigkeiten, sie den Teilnehmerinnen zuzuordnen, und fragte, ob jemand in der Moorstraße wohne. Meine Wohnung befindet sich in der Moorstraße, das konnte ich aber natürlich nicht sagen, weil ich ja als Martina Spiekermann dort war.»

«Also hat Thiel einen Fehler bei der Übermittlung der Adressen gemacht. Er wusste, wo du wohnst, hat dich beobachtet.»

Roya nickte. «Und dabei hat er gesehen, wie Nathan mich nach Hause brachte ... bis an die Tür ... Nathan hat mir sogar davon erzählt, aber ich hab es nicht ernst genommen ...»

Wieder klangen Selbstvorwürfe in Royas Stimme mit.

Aber auch Carola machte sich Vorwürfe. Der Schuss im Tonstudio von Skarabäus Productions war nötig, aber schlecht gezielt gewesen: Marc Wolters alias Edgar Thiel war sofort tot gewesen.

«‹Hilf mir ... ich bin am Baum›», wiederholte Roya die letzten Worte von Martina. «Ihr Mörder hatte sie zum Sterben zurückgelassen, und sie hat noch die Kraft gefunden, diese Nachricht zu schreiben, nicht wahr?»

Carola nickte. «So wird es wohl gewesen sein. Da war sie

aber von den Medikamenten schon zu benommen, um noch etwas anderes zu schreiben.»

«Wenn ich besser gefahren wäre, hätte ich sie retten können», sagte Roya.

Carola umarmte sie.

«Hör auf damit», sagte sie. «Du darfst dir diese Vorwürfe nicht machen. Auch nicht wegen Nathan. Dich trifft keine Schuld.»

Carola wusste, dass es lange dauern würde, bis Roya das auch so sehen konnte, und dass sie Hilfe dabei brauchen würde. Carola nahm sich vor, sich um die junge Frau zu kümmern.

Sie mochte sie wirklich.

Eine Stunde später waren sie fertig. All die persönlichen Gegenstände, die Roya noch im Haus gehabt hatte, lagen im Kofferraum von Carolas Wagen. Bevor Carola den Motor startete, sah sie Roya an.

«Alles okay?», fragte sie.

Roya nickte, und Carola fuhr los.

Im Rückspiegel sah Roya ihr Elternhaus kleiner werden.

Sie würde nicht mehr zurückkehren.

Mehr Raum als das kleine Bild im Rückspiegel sollte die Vergangenheit zukünftig nicht einnehmen.

Und das war gut so.